Douglas Kennedy

Douglas Kennedy est né à New York en 1955 et vit entre Londres, Paris et Berlin. Auteur de trois récits de voyage remarqués – *Au pays de Dieu* (2004), *Au-delà des pyramides* (2010) et *Combien ?* (2012) –, il s'est imposé avec *Piège nuptial* (1997), porté à l'écran par Stephen Elliot, *L'homme qui voulait vivre sa vie* (1998), adapté au cinéma par Éric Lartigau en 2010 avec Romain Duris et Catherine Deneuve, et *Les Désarrois de Ned Allen* (1999). Ont suivi *La Poursuite du bonheur* (2001), *Rien ne va plus* (2002) – Prix littéraire du Festival du cinéma américain de Deauville 2003 –, *Une relation dangereuse* (2003), *Les Charmes discrets de la vie conjugale* (2005), *La Femme du Ve* (2007) – adapté au cinéma en 2011 par Pawel Pawlikowski, avec Kristin Scott Thomas et Ethan Hawke –, *Quitter le monde* (2009), *Cet instant-là* (2011), *Cinq jours* (2013), *Murmurer à l'oreille des femmes* (2014), *Mirage* (2015) et *Toutes ces grandes questions sans réponse* (2016). En 2017 a paru le premier Livre de *La Symphonie du hasard*, suivi en 2018 des Livres 2 et 3. Tous ses ouvrages ont paru chez Belfond et sont repris chez Pocket.

Retrouvez toute l'actualité de l'auteur sur :
www.douglas-kennedy.com

MIRAGE

DOUGLAS KENNEDY

MIRAGE

Traduit de l'anglais (États-Unis)
par Bernard Cohen

belfond

Titre original :
THE HEAT OF BETRAYAL

Pocket, une marque d'Univers Poche,
est un éditeur qui s'engage pour la préservation
de son environnement et qui utilise du papier fabriqué
à partir de bois provenant de forêts gérées
de manière responsable.

© Douglas Kennedy, 2015. Tous droits réservés.

© Belfond, un département place des éditeurs, 2015
pour la traduction française.
ISBN 978-2-266-26525-6

Pour Christine, à nouveau

« Levez les voiles, mes pauvres camarades,
Et que tangue chaque horizon.
Vous avez connu le pire : votre volonté
  est en rade,
Vos principes flageolants, votre cœur
  plein de trahisons,
Et votre vie passée une église effondrée.
Mais que votre poison soit votre cure,
  allez ! »

Louis MacNeice, *Thalassa*

1

Premières lueurs du jour. Où étais-je ?

Dehors, le ciel, semblable à une rotonde d'un bleu naissant. Le contour des choses était encore un peu brouillé, mais, en rassemblant mes esprits, j'ai fini par comprendre où je me trouvais, et dans quelle partie du monde. Un éclair de lucidité ? Non, plutôt quelques constats élémentaires.

Que voici :

J'étais dans un avion. Un avion qui, durant toute la nuit, avait survolé l'Atlantique. Un avion qui se dirigeait vers un recoin de l'Afrique du Nord, vers un pays dont la forme sur une mappemonde était pareille à une calotte posée sur un continent. Nous étions encore à dix mille mètres d'altitude (d'après le petit écran incrusté dans le dossier du siège devant moi), et huit cent quarante-deux kilomètres, ou soixante-treize minutes, nous séparaient de notre destination.

L'idée de ce voyage n'avait pas été la mienne. Elle m'avait été soufflée par l'homme dont la grande carcasse – un mètre quatre-vingt-seize, tout de même – était recroquevillée dans le siège à côté du mien. Le siège du milieu, dans cet avion digne d'un film d'horreur. Pas de place pour étendre les jambes, pas de place pour bouger même un orteil, au moins dix bébés qui n'avaient pas cessé de hurler depuis le départ, un groupe de dames d'un certain âge engagées dans un concours de ronflements, un couple qui se disputait interminablement dans un arabe chuchotant derrière nous, pas de ventilation, pas d'air conditionné, une queue de plus d'une heure pour les toilettes après un dîner à la saveur de plastique, à quoi on pouvait ajouter les odeurs de sueur de claustrophobie accumulées après une nuit de réclusion. Heureusement, j'avais rappelé à Paul d'emporter ses comprimés de zopiclone. Même dans les conditions les plus adverses au sommeil, ils agissaient à merveille. J'avais donc surmonté ma répugnance habituelle à abuser des substances pharmaceutiques et j'avais fini par lui en demander un, m'offrant ainsi quelques heures de répit dans cette prison volante et malodorante.

Paul. Mon mari. Le mariage est encore récent, à peine trois ans, et si nous avons connu quelques heurts, nous nous aimons vraiment. Passionnément. Et nous nous réjouissons souvent de la chance que nous avons eue de nous rencontrer. De cela, je suis convaincue. Cet homme est fait pour moi. Le jour précédant l'officialisation de notre relation et l'échange de notre serment d'engagement total aux côtés l'un de l'autre, j'étais encore persuadée que je serais en mesure de changer certains traits de caractère inquiétants chez lui, que les choses iraient en s'améliorant, progresseraient, se stabiliseraient…

Brusquement, il s'est mis à marmonner dans son sommeil – des chapelets de mots incompréhensibles mais de plus en plus sonores qui trahissaient la suractivité de son inconscient. Sa voix a fini par atteindre un tel niveau de décibels qu'il a réveillé en sursaut notre voisin, un voyageur âgé qui avait gardé ses lunettes teintées et son bonnet en tricot pour dormir. J'ai passé un bras autour du cou de mon mari afin d'essayer de le tirer délicatement de son cauchemar et il m'a fallu m'y reprendre plusieurs fois pour que Paul émerge enfin, posant sur moi un regard égaré comme s'il ne me reconnaissait pas.

— Qu'est-ce que… où ça… je ne sais plus… (Ses yeux ont eu soudain l'expression apeurée de ceux d'un petit garçon.) Je me suis perdu ?

— Mais non, l'ai-je rassuré en lui prenant la main. Tu as fait un mauvais rêve, c'est tout.

— Où on est ?

— En plein vol.

— En plein quoi ?… Et où on va ?

— Casablanca.

Il a eu l'air stupéfait.

— Mais pourquoi ? Qu'est-ce qu'on fait là, Robyn ?

J'ai cherché son regard embrumé.

— À toi de me le dire, chéri.

2

Le destin suit son propre cours. Et c'est le destin qui nous a conduits à Casablanca.

Le signal « attachez vos ceintures » s'est allumé. Les tablettes ont été relevées, les dossiers redressés. Le changement de pression a mis les tympans des bébés à rude épreuve. Dans la rangée de gauche, deux mères – le visage voilé – tentaient en vain de calmer leurs enfants. L'un d'eux en particulier, les yeux grands ouverts, fixait avec angoisse la figure dissimulée de sa mère. Imaginez un peu ce que ce doit être que de ne pas voir le visage de sa mère… À moins que ces enfants ne soient habitués : maman qui, en public, se réduit soudain à deux yeux aperçus à travers la fente du voile. Tout de même, pour un nourrisson réveillé en sursaut dans un avion en plein atterrissage, cela constitue sans doute une raison de plus de hurler.

— Charmants bambins, a marmonné Paul entre ses dents.

— Encore quelques minutes et on sera posés, lui ai-je dit en entremêlant nos doigts.

Comme j'aimerais avoir un « charmant bambin », assis à nos côtés, maintenant.

Paul a passé un bras autour de mes épaules.

— Est-ce que tu m'aimes toujours ?

J'ai serré sa main plus fort, sentant à quel point il avait besoin d'être rassuré.

— Bien sûr que oui.

À l'instant même où il était entré dans mon bureau trois ans plus tôt, j'avais su que c'était l'amour. Quelle est l'expression qu'utilisent les Français ? Le *coup de foudre*[1]... La certitude immédiate – et, oui, foudroyante – que vous avez rencontré l'amour de votre vie, la personne qui va modifier la trajectoire de votre existence parce que vous savez que...

Vous savez que quoi, d'ailleurs ?

Car c'est ici que survient la grande question : comment, et pourquoi, tombons-nous amoureux ? Qu'est-ce qui fait qu'à un moment on se dit : « C'est lui, l'homme de ma vie » ? Jusqu'à ce que, quelques semaines ou mois plus tard, la réalité de l'autre vous rattrape et vous pousse à vous interroger sur les désirs et les attentes que vous aviez projetés sur lui, vous poussant à vous demander si c'est vraiment l'amour qui vous a égaré à ce point.

C'est en tout cas ce que j'ai pensé à l'époque.

Mais laissez-moi vous raconter. En toute honnêteté.

Je suis tombée instantanément amoureuse de Paul Leuen. Et lui-même m'a confié que cette rencontre dans mon bureau avait constitué pour lui, et à sa plus grande surprise, un « changement profond de sa *raison d'être* ».

1. Les mots en italique sont en français dans le texte original.

15

« *Raison d'être* », c'est tellement Paul, ça. Il aime les fioritures linguistiques, ce que je continue à trouver attendrissant – quand il n'en fait pas trop. Celles-ci contrastent de manière saisissante avec la rigueur épurée des dessins grâce auxquels il s'est fait un nom dans le monde des arts graphiques. Et même si, lorsque je l'ai connu, le doute et le manque de confiance commençaient à le miner, je reste fascinée par son talent... En ce qui me concerne, il faut bien avouer que je n'ai jamais eu le moindre don artistique.

Ainsi, Paul et moi avons éprouvé la même chose : l'amour au premier regard. Et quand Paul dit que cela s'est fait « à sa plus grande surprise », c'est sans doute qu'il ne s'attendait pas à succomber au charme de la femme qu'il était venu consulter pour essayer de remettre de l'ordre dans sa situation financière plus que préoccupante !

Eh oui, je suis experte-comptable. Une pro des chiffres. Le cordon sanitaire entre vos problèmes d'argent et nos chers amis du service des impôts.

Il est communément admis que les comptables – et les dentistes aussi, paraît-il – détestent en secret leur profession. Moi qui connais personnellement pas mal d'experts-comptables, je peux dire que la majorité d'entre eux, du petit employé local aux contrôleurs de gestion des plus grandes compagnies, aiment ce qu'ils font.

Et je me range sans hésiter dans cette catégorie, d'autant plus que j'ai embrassé la carrière assez tardivement, vers la trentaine. De toute façon, qui a jamais entendu un seul enfant proclamer : « Quand je serai grand, je serai expert-comptable » ? En fait, c'est un peu comme de rouler sur une route dégagée et de se retrouver soudain – après avoir décidé de prendre à droite – dans une impasse. À première vue, ladite impasse semble morose et banale mais on finit par trouver qu'elle a quelque chose, quelque chose qui n'appartient qu'à elle, un sens singulier de la nature humaine. L'argent est la faille le long de laquelle nous avançons en équilibristes. Montrez-moi le bilan en chiffres d'un individu et je pourrai vous dresser son portrait avec une précision de romancière, un tableau qui reflétera son immense complexité : ses rêves et ses ambitions, ses démons et ses peurs.

« Quand tu regardes ma situation financière, qu'est-ce que ça t'apprend sur moi ? » m'a demandé un jour Paul.

Direct. Très direct, et non sans une nuance de flirt, même si à ce moment-là nous n'étions pas encore devenus intimes et demeurions encore loin de l'être. Il était juste un client potentiel, dont je venais de lire avec attention les livres de comptes terriblement mal organisés. Les difficultés financières de Paul étaient considérables, mais rien d'insurmontable non plus. Le problème était le suivant : si son salaire de professeur d'université d'État était taxé à la source, les ventes de ses œuvres étaient le plus souvent payées en liquide, or il avait négligé de déclarer ces revenus supplémentaires. Ceux-ci ne dépassaient pas quinze mille dollars par an mais, cumulés sur dix années, cela représentait une somme conséquente au cas où quelque inspecteur de l'IRS – le service des impôts sur le revenu américain – particulièrement zélé réclamerait des arriérés doublés d'une sévère pénalité.

De fait, Paul était sous le coup d'un contrôle fiscal à l'époque où je l'ai rencontré, et au premier courrier de l'IRS, le petit cabinet familial qui suivait ses affaires avait pris peur et lui avait conseillé de prendre conseil auprès d'une personne plus compétente pour ce genre de chose, moi, en l'occurrence. J'avais acquis une certaine réputation en ville, j'étais celle qu'on appelait pour limiter les dégâts lorsque survenait une inspection fiscale.

Quoi qu'il en soit, les problèmes de Paul ne se limitaient pas à quelque cent cinquante mille dollars de rentrées non déclarées : il dépensait sans compter, littéralement, et il était de moins en moins créditeur. Les livres et les vins fins étaient ses principaux vices. Et, malgré moi, je ne pouvais m'empêcher d'admirer cet insouciant rapport à l'existence. Voilà un homme qui n'hésitait pas à débourser cent quatre-vingts dollars pour une bouteille de pomerol mais qui négligeait de payer sa facture d'électricité trimestrielle. Il achetait aussi près de mille dollars de livres d'art par mois et ne choisissait que les meilleurs fusains et crayons fabriqués en France pour ses eaux-fortes. À lui seul, son matériel à dessin lui coûtait aux alentours de six mille dollars par an. Et lorsqu'il passait ses vacances d'été dans le sud de la France, hébergé gratuitement par un ami à Èze, un village médiéval, il pouvait claquer l'équivalent de dix mille dollars en diverses explorations gastronomiques…

C'est cela qui m'a d'emblée frappée chez Paul Leuen, ce don qu'il avait – contrairement à la plupart de nous autres, membres de la classe laborieuse des adultes – de ne pas s'embourber dans la grisaille du quotidien. Et puis, j'avais toujours rêvé de tomber amoureuse d'un artiste.

On est souvent attiré par ce qui va à l'encontre de notre nature… Mais suis-je vraiment allée contre mon instinct quand j'ai cédé à mon coup de foudre pour Paul ? Ou bien ai-je simplement entrevu dans ce grand échalas d'artiste tout en muscles et en nerfs, avec ses longs cheveux grisonnants, son jean, son sweat-shirt à capuche et son blouson en cuir uniformément noirs, ses Converse montantes, la possibilité d'une aventure, une échappatoire au train-train dans lequel ma vie s'enlisait chaque jour davantage ?

Au cours de ce premier entretien professionnel, il a remarqué en plaisantant que l'imbroglio financier dans lequel il se retrouvait lui faisait penser à une toile de Jackson Pollock, puis s'est attribué la personnification du mot français *bordélique* : « comparable à un bordel » et « dans le plus grand désordre », ainsi que je l'ai découvert plus tard en cherchant dans le dictionnaire. J'ai tout de suite été séduite par son évidente énergie et sa curiosité débordante. Dans le sac à dos ouvert qu'il avait posé négligemment au pied de sa chaise, j'ai pu apercevoir un fouillis de carnets de croquis, de trousses à crayons, le dernier numéro du *New Yorker* et celui du *New York Times*, ainsi qu'un recueil de poèmes de Louis MacNeice, un nom que je me suis empressée de rechercher sur Google ensuite. Et aussi, il y avait quelque chose de désarmant dans la candeur avec laquelle il a reconnu être une « catastrophe financière ambulante » et avoir besoin de quelqu'un qui le prendrait en main pour le transformer « en adulte responsable ».

« Vos livres de comptes me diront tout », ai-je déclaré.

Et ce qu'ils m'ont dit, c'est que Paul Leuen était déjà sérieusement dans le rouge. Ses cartes de crédit accumulaient un débit de près de vingt mille dollars, et si des sanctions fiscales s'y ajoutaient à cause de tous ses revenus non déclarés…

Je suis donc allée droit au but :

« Vous avez un bon train de vie, à ce que je vois. Mais le fait est que votre salaire d'enseignant, après impôts locaux et fédéraux, vous laisse environ cinquante mille dollars par an. Et que votre maison a été hypothéquée à deux reprises. Et que vous risquez de devoir verser soixante mille dollars ou plus à l'IRS en arriérés et pénalités. Et comme vous n'avez pratiquement pas d'épargne…

— Donc, vous confirmez ce que je pense : je suis une cause perdue. »

Il a fait ce commentaire avec un grand sourire, un sourire de garnement, presque fier de son insouciance et de sa capacité à se fourrer dans de sales draps. Mon père était taillé dans la même étoffe. Charmant, généreux mais incapable de régler ses factures. C'était un « entrepreneur » – enfin, soi-disant. Il avait toujours un nouveau projet sur le feu et ne gardait jamais un emploi bien longtemps. Dans les quinze premières années de ma vie, nous avons déménagé cinq fois, dans sa quête d'un poste plus intéressant, du prochain plan qui nous permettrait enfin de mener « la grande vie » – expression dont il usait et abusait. Sauf que cet heureux caprice de la fortune, cette manne, ne s'est jamais matérialisé.

Partout où nous allions, ma mère retrouvait facilement du travail en tant qu'infirmière en gériatrie. L'âge et les infirmités étant les deux grandes constantes de la condition humaine, cette industrie toujours en expansion offrait des perspectives d'emploi inépuisables. À chaque nouveau revers professionnel, chaque investissement désastreux qui nous poussait vers une autre ville, un autre domicile en location, une autre école pour moi, elle menaçait de quitter mon père. Mais cette sensation d'incertitude et d'instabilité était compensée par le fait que celui-ci m'aimait tendrement. Quant à moi, je l'adorais. Dès qu'il avait une rentrée d'argent, il nous couvrait de cadeaux, ma mère et moi. Voilà le genre d'homme qu'il était, et Dieu sait que je préférais son optimisme, si inconséquent soit-il, à l'approche nettement moins rose de la vie que professait ma mère, même si je savais que son scepticisme était plutôt fondé. Quand j'ai eu dix-huit ans et alors que je me préparais à rejoindre l'université du Minnesota, où j'avais obtenu une bourse d'études, elle m'a dit : « Tout ira bien pour toi parce que, contrairement à ton père, tu es raisonnable. Peut-être un peu trop, même, mais pour moi ce n'est pas une mauvaise chose. Les gens raisonnables sont ceux qui survivent, et tu vas voir que la vie, c'est d'abord et surtout une question de survie. »

Maman voyait juste. Depuis que je suis toute petite, j'ai toujours été hyper organisée et, oui, « raisonnable », c'est-à-dire consciente que les coups durs pouvaient tomber n'importe quand, n'importe où et particulièrement sur mon père, et sur nous par extension. N'empêche, je l'aimais de tout mon cœur, et j'espérais qu'un beau jour la chance lui sourirait, qu'il « frapperait un grand coup ».

Le lendemain de mon arrivée au campus, il m'a téléphoné de Las Vegas – bien sûr – et m'a annoncé que le succès tant attendu se présentait enfin : « Voilà le truc, ma jolie, m'a-t-il dit ; je sors d'un entretien pour un poste important dans la gestion d'un casino. Sous-directeur des ressources humaines au Caesar's Palace, pas mal ! Le gars qui m'a reçu affirme que je suis trois coudées au-dessus des autres candidats, donc il semble que ta mère et moi allions bientôt chanter "Viva Las Vegas" ! Dès que mon contrat est signé, je prépare ce voyage de Noël à Hawaï que je vous promets depuis des lustres.

— Rien ne presse, papa. Je veux dire que Hawaï n'a jamais été une priorité, pour moi…

— Eh bien, si tu veux poursuivre tes études à Columbia le prochain semestre…

— C'est ici que j'ai eu la meilleure proposition, papa.

— Ah, tu es trop gentille, Robyn ! Ma petite fille chérie était admise dans une université aussi presti- gieuse que Columbia et elle a dû se résigner à celle du Minnesota parce que son raté de père ne pouvait pas lui payer l'inscription…

— Ne pense pas ça. Tu es un père fantastique.

— Je ne mérite pas une pareille indulgence… »

La ligne a été brutalement coupée. Tout cela avait lieu en 1993, bien avant l'ère du téléphone portable, et je n'avais aucun moyen de savoir à partir de quel numéro il m'avait contactée. J'ai attendu plus d'une heure près de la cabine de ma résidence universitaire dans l'espoir que nous puissions terminer cette conversation.

Mais il n'y a eu aucun nouvel appel pour moi.

Jusqu'au lendemain matin, à 6 heures. C'était ma mère, cette fois, et sa voix était tellement hachée par les sanglots que j'ai eu du mal à comprendre ce qu'elle disait.

« Ton père… il est mort… cette nuit. »

Je me rappelle encore le silence écrasant qui s'est fait soudain tout autour de moi.

« Il a eu une crise cardiaque après avoir perdu cinq mille dollars au black jack. »

Les policiers de Las Vegas lui avaient tout raconté. Toute la nuit, la chance avait été avec lui, puis, à la fin, il avait misé l'intégralité de ses jetons sur un coup de dés. Et tout perdu.

Il y a eu un silence, puis :

« Il avait fait un testament. Il t'a laissé sa Rolex. La seule chose qu'il n'ait jamais mise au clou, à part son alliance. Mais il ne faut pas pleurer, tu sais ? Personne, ni toi ni moi, personne n'aurait pu protéger ton père de lui-même. »

J'ai pleuré. Comment aurais-je pu ne pas pleurer ? À partir de ce moment, un fossé s'est creusé entre ma mère et moi. Pour tout dire, et même si c'était elle qui s'était toujours assurée que les factures soient payées et que nous ayons un toit au-dessus de nos têtes – ou plutôt « des » toits –, je ne m'étais jamais sentie très proche d'elle. Bien sûr, j'ai continué à me comporter en enfant responsable : je passais les fêtes les plus importantes en sa compagnie, et je l'appelais une fois par semaine. J'ai aussi continué de suivre son exemple, à ma manière, en me montrant raisonnable et économe. Mais quand je me suis décidée à lui présenter Paul, ma mère n'a pas mâché ses mots :

« Je vois que tu vas enfin te marier avec ton père.

— Oh, c'est injuste ! » me suis-je écriée, sous le choc.

Elle aurait tout aussi bien pu me gifler.

« La vérité n'est jamais juste, ni agréable à entendre.

Et si tu penses que je suis trop dure, tant pis. Ne te méprends pas : je trouve Paul charmant. Bien sûr qu'il l'est, il est le charme incarné. Et pour un homme de dix-huit ans ton aîné, il a plutôt bonne allure, en dépit de son look de hippie. Et je sais également que tu te sentais très seule depuis le départ de Donald... »

Donald était mon premier mari et, comme elle était loin de l'ignorer, c'est moi qui avais mis fin à nos trois années de vie conjugale.

« *Je* suis partie, pas lui ! ai-je protesté, assez puérilement à vrai dire.

— Disons qu'il ne t'a pas laissé d'autre choix que de t'en aller. Et ça t'a bousillée. Et maintenant, voilà que tu te mets avec un homme nettement plus âgé que toi, aussi irresponsable que ton père et...

— Paul n'est pas aussi irresponsable que tu crois !

— Le temps le dira. »

Maman... Elle est morte il y a un an, d'un infarctus complètement inattendu, à soixante et onze ans.

Des turbulences ont secoué la cabine. J'ai jeté un coup d'œil par le hublot. Tentant de percer un bouclier de nuages, l'avion tanguait et roulait dans sa descente vers la terre ferme. Notre voisin proche a fermé les yeux.

— Tu crois que le pilote sait ce qu'il fait ? m'a chuchoté Paul à l'oreille.

— Je suis sûre qu'il a envie de revoir sa femme et ses enfants.

— Ou pas...

Les cinq minutes suivantes, tandis que nous traversions l'orage, notre avion a été aussi malmené qu'un boxeur qui passerait une sale soirée sur le ring. Les hurlements des bébés ont atteint de nouveaux sommets, renforcés par les gémissements effrayés de plusieurs femmes. Le passager à côté de nous gardait les paupières closes, ses lèvres s'agitant comme s'il murmurait une prière.

— Imagine que ce soit la fin, maintenant, m'a dit Paul, à quoi tu penserais ?

— Quand on est mort, on ne pense pas.

— Bon, disons l'instant juste avant de mourir. Ta dernière pensée, ce serait quoi ?

— Toutes ces questions, c'est pour me détourner de l'idée que cet avion risque effectivement de s'écraser ?

Il a ri doucement. Un rire aussitôt réduit au silence, car à présent l'avion semblait carrément en chute libre. Je me suis cramponnée aux accoudoirs avec une telle force que j'ai eu l'impression que les os de mes phalanges allaient perforer ma peau. J'ai fermé les yeux, moi aussi. Et puis, avec une soudaineté irréelle, le calme et l'équilibre ont repris leurs droits : nous étions rentrés dans une couche d'air épargnée par les intempéries. L'instant d'après, nous nous posions sur la piste d'atterrissage.

J'ai rouvert les yeux. Paul restait agrippé à ses accoudoirs, le visage blanc comme un linge. Nos mains se sont cherchées, puis trouvées. Et là, il a dit tout bas :

— Je me demande si tout ça n'est pas une erreur…

3

Le hall des arrivées de l'aéroport de Casablanca était un chaos relativement contrôlé. Des centaines de voyageurs attendaient, séparés en deux files de tailles inégales, l'une pour les titulaires de la nationalité marocaine, l'autre pour le reste de l'humanité. Notre monde moderne dans toutes ses contradictions semblait représenté dans ce vaste espace bondé. Il y avait abondance d'hommes et de femmes d'affaires en costume et tailleur à la dernière mode, chaussures italiennes aux pieds et iPhone noirs à la main, dont au moins la moitié étaient d'origine nord-africaine, d'après ce que j'ai vu. À quoi s'ajoutaient une foule de routards, la vingtaine débraillée et planante, qui suivaient d'un œil vaguement amusé les hommes d'affaires sans se douter qu'eux-mêmes, malgré leurs dreadlocks, auraient rejoint cette cohorte disciplinée avant la fin de la décennie. Car ainsi va le monde : l'insouciance de la jeunesse cédant le pas à la nécessité de payer ses factures et d'assumer ses responsabilités, nous sommes tous voués à reprendre le modèle que, durant notre adolescence rebelle, nous nous étions juré de ne jamais répéter.

La famille marocaine qui se tenait dans la queue parallèle à la nôtre s'était-elle une seule fois posé la question des dangers du conformisme social ? Ils étaient quatre représentants de plusieurs générations, de dix à quatre-vingts ans, des hommes, tous en djellaba, chacun traînant un lourd sac en plastique rayé rouge et bleu bourré d'humbles trésors venus d'un ailleurs indéterminé, puisque ces baluchons ne portaient pas d'étiquette d'enregistrement sur laquelle j'aurais pu distinguer le code de leur aéroport de départ. Et d'où pouvaient arriver les trois dames devant moi, en long et strict caftan noir, le visage tanné et ridé comme du cuir craquelé ? Évidemment, il était plus facile de deviner que la très chic jeune femme aux traits nord-africains habillée en haute couture des pieds à la tête, un passeport français à la main, le poignet orné d'une montre Cartier, descendait du dernier avion en provenance de Paris. Quant à ce quadragénaire mince comme un fil qui flottait dans son costume brun fripé et montrait des dents noircies par le tabac, il ne pouvait venir que de Mauritanie, puisqu'il tenait entre ses doigts un billet de la compagnie aérienne nationale de ce pays.

— Quelle est la capitale de la Mauritanie ? ai-je demandé à Paul à brûle-pourpoint.

Sans hésiter une seconde, il a répondu :

— Nouakchott.

— Quelle culture !

— Cette queue est interminable. Et ce qu'ils appellent air conditionné…

— Mais tu as déjà connu tout ça…

— Je suis venu ici pour la dernière fois il y a trente-trois ans, au temps où il n'y avait pas de lecteurs de passeport digitaux ni rien de la paranoïa dans laquelle le monde entier a sombré, ni…

— Restons zen, lui ai-je recommandé en lui caressant rapidement la joue.

— Eh, c'est l'aéroport de Casablanca, pas une foutue retraite bouddhiste !

Mon rire ne l'a pas déridé. Il a continué à piétiner nerveusement sur place, l'impatience et l'anxiété très lisibles sur ses traits.

— On repart, a-t-il brusquement lancé.

— Tu ne parles pas sérieusement ?

— Si !

Silence. Son stress était communicatif.

— Et comment on pourrait repartir ?

— Par le prochain avion.

— Tu plaisantes ?

— J'ai l'air ? Ça ne va pas, tout ça.

— Parce que la queue n'avance pas assez vite ?

— Non, parce que mon instinct me dit de repartir.

— Même si c'est le même « instinct » qui nous a fait venir ici ?

— Ah, tu es fâchée contre moi, maintenant…

— Si tu veux rentrer, on rentre.

— Et après, tu me traiteras de minable. De boulet.

Un boulet… Cette image m'était venue à l'esprit deux mois et demi plus tôt lorsque j'avais découvert l'étendue de ses dettes. Moins d'un an auparavant pourtant, il m'avait solennellement promis de freiner ses pulsions dépensières, mais ce vendredi soir, vers 18 heures, on a frappé à la porte. L'inconnu sur le perron a demandé à parler à M. Paul Leuen avant de préciser qu'il était envoyé par une agence de recouvrement de fonds.

« Mon mari est à son club de gym.

— Ah, vous êtes Mme Leuen ? Donc, vous savez certainement que votre mari doit six mille quatre cents dollars à la Société des œnophiles et vignerons ? »

Je suis restée sans voix. Comment avait-il pu acheter tout ce vin à mon insu, et sans que je voie passer une seule bouteille ? L'agent a continué, expliquant que ladite société lui avait adressé une bonne dizaine de lettres proposant de trouver « une solution » à propos de cette dette accumulée en deux ans et que, ayant perdu patience, elle était maintenant prête à intenter une action en justice, avec à la clé une possible saisie partielle de nos biens.

Au lieu de courir chercher mon carnet de chèques pour régler le problème (ce que j'avais déjà fait en de nombreuses occasions), j'ai dit à cet homme :

« Mon mari est au Gold, un club de gym de Manor Street, à cinq minutes d'ici en voiture. Demandez-le à la réception. Et si…

— Mais vous pourriez régler le problème tout de suite.

— Je sais, mais je ne le ferai pas. Vous devez lui parler directement. »

Je lui ai donné l'adresse complète du centre de remise en forme et j'ai pris congé. Après m'être assurée qu'il avait bel et bien tourné les talons, j'ai couru à notre chambre, préparé un petit sac de voyage et téléphoné à mon ancienne camarade de chambre au campus, Ruth Richardson, qui habitait à Brooklyn, en lui demandant si elle me laisserait son canapé-lit pour quelques nuits. Ensuite, j'ai écrit un court mot pour Paul, que j'ai laissé sur la table de la cuisine : « Si cette histoire de vins n'est pas réglée à mon retour la semaine prochaine, je mets fin à ce mariage. » Je me suis installée au volant de ma voiture et j'ai mis cap au sud, huit heures de route en direction de la ville où j'avais toujours rêvé de vivre un jour.

Durant ces quelques jours, j'ai laissé mon portable éteint, je ne me suis pas connectée à Internet une seule fois et j'ai essayé de ne pas imposer à Ruth le mélange détonant de colère, de culpabilité et de tristesse qui m'habitait. Professeur d'anglais au Brooklyn College, divorcée, sans enfant, éternellement déçue en amour, dotée d'un sens de l'humour à toute épreuve et hyper cultivée (« L'art est ce que Dieu a inventé pour s'excuser d'avoir créé les hommes », m'a-t-elle certifié entre les trois pièces de théâtre, les deux concerts et les deux expositions auxquels nous nous sommes rendues ensemble), Ruth s'est montrée la grande amie de toujours. C'est elle qui m'a exhortée à la fermeté lorsque j'ai laissé échapper que je pourrais peut-être prendre des nouvelles de Paul, pour m'assurer qu'il tenait le coup.

« Rappelle-moi un peu, a-t-elle répliqué, ce que tu as fait quand il s'est retrouvé croulant sous les dettes il y a neuf mois ?

— Eh bien, je… j'ai pioché dans mon plan épargne-retraite et j'ai sorti dix mille dollars pour qu'il se tire de ce pétrin.

— Et en échange, il t'avait promis quoi ?

— Tu le sais très bien ! Il a reconnu qu'il avait une tendance destructrice à jeter l'argent par les fenêtres… et qu'il allait la surmonter.

— Une "tendance" qui mine votre couple. Et c'est d'autant plus consternant que je l'aime vraiment bien, Paul.

— Et moi, je l'aime à la folie, malgré cet énorme

défaut. Il sait me faire rire, il est brillant, j'adore sa curiosité intellectuelle, sa créativité. Et puis il me trouve toujours attirante, enfin, il me le répète tout le temps…

— Vous essayez toujours d'avoir un enfant ?

— Bien sûr ! »

Ruth savait parfaitement que j'avais déjà trente-sept ans lors de ma rencontre avec Paul et que je n'avais pas de temps à perdre si je voulais un enfant. Au bout de six mois d'une heureuse cohabitation, j'avais délicatement laissé entendre à Paul que je ne voulais pas passer définitivement à côté des joies de la maternité et que, pour moi, c'était maintenant ou jamais. J'avais bien conscience qu'en amenant ce sujet sur le tapis, je faisais peser sur notre relation une certaine forme de pression ; j'avais donc tout de suite précisé à Paul que je comprendrais parfaitement s'il jugeait qu'il était encore trop tôt pour parler de bébé. Et voilà ce qu'il m'avait répondu :

« Quand on vient de rencontrer la femme de sa vie, bien sûr qu'on veut avoir un enfant avec elle. »

Eh oui, Paul était un grand romantique. Tellement, d'ailleurs, qu'il m'a demandée en mariage peu de temps après. Pour avoir déjà tenté l'expérience, j'étais assez peu enthousiaste à l'idée de me lancer dans un deuxième tour de piste, mais il a su me convaincre. D'après lui, notre amour était si fort qu'il se devait d'être officialisé. Le fait d'être tombée amoureuse à mon âge d'un homme aussi talentueux et original et, de surcroît, à Buffalo, était si incroyable que j'ai fini par dire oui. En revanche, il m'a demandé si nous pouvions attendre au moins deux années complètes avant de faire un enfant. J'ai accédé à sa requête, raison pour laquelle je n'ai arrêté de prendre la pilule qu'environ huit mois avant ce voyage au Maroc. Dès cette date, nous avons sérieusement essayé de faire un bébé (« essayer de faire un bébé », quelle curieuse expression !). Nous nous sommes attelés à la tâche avec ardeur. Et, le sexe ayant toujours eu une part importante dans notre couple, inutile de dire que nous n'avons pas eu besoin de beaucoup nous forcer.

« Tu sais, si je ne tombe pas enceinte naturellement, il y a d'autres recours, lui ai-je dit au bout de six mois d'"essais" infructueux.

— Tu seras enceinte, a-t-il répliqué.

— Tu as l'air très sûr de ça.

— Ça va arriver, je t'assure. »

Cet échange avait eu lieu dix jours avant l'histoire des bouteilles de vin. Et tandis que je roulais vers Brooklyn, ma tristesse était encore aiguisée par l'idée que Paul était probablement ma dernière chance d'avoir un enfant. Rien que d'y penser...

Ruth m'a resservi un verre de vin.

« Il n'est pas ta "dernière chance", m'a-t-elle corrigée d'un ton légèrement sarcastique.

— Mais c'est avec lui que je veux un bébé.

— Tu me sembles bien catégorique... »

L'amitié est une équation complexe, surtout lorsqu'elle repose sur la franchise la plus entière. Très tôt, Ruth et moi avions décidé que nous nous devions la vérité, quelle qu'elle soit, et que jamais nous n'enjoliverions les choses.

« Je n'ai pas envie d'être une mère célibataire, lui ai-je expliqué. Si seulement j'arrive à lui faire comprendre qu'il a certaines obligations et qu'il...

— Paul avait des problèmes d'argent bien avant de te connaître. Tu as tenté de l'aider à mieux gérer ses finances mais il refuse de jouer le jeu. Il ne va pas avoir une révélation et changer de caractère à cinquante-huit ans ! Ça n'existe pas, ça. Il est comme il est, ce qui pose la question suivante : es-tu prête à continuer à supporter ça ? »

La question de Ruth m'a poursuivie pendant tout le trajet de retour vers Buffalo. Nous projetons sur autrui ce dont nous avons besoin et dont nous manquons à un moment précis de notre existence. Il paraît que l'école de la vie est la meilleure de toutes. Sans doute, mais seulement si nous sommes déterminés à nous extraire des illusions et des leurres dans lesquels nous nous enfermons. Or l'amour n'a pas son pareil pour nous troubler la vue. Et que serait la vie sans l'amour ? Elle serait aussi froide et implacable que les relevés de comptes que j'étudie chaque jour. Et si j'aimais tant Paul, c'était presque autant pour son imprudence justement que pour sa sensibilité artistique, son intelligence et la passion que je lui inspirais…

Il était 18 heures passées quand je suis arrivée. J'ai aperçu sa voiture garée devant la maison de style néogothique, datant du XIXe siècle, que nous avons achetée il y a deux ans. Dès que je suis entrée, j'ai été frappée par l'ordre impeccable qui régnait partout, alors que durant les dernières semaines Paul s'était mis à considérer notre foyer comme le lieu le plus propice à une joyeuse pagaille. Durant mon absence, il avait non seulement ramassé tout ce qu'il avait laissé traîner par terre mais récuré les moindres recoins : chaque carreau de fenêtre scintillait, les meubles dépoussiérés fleuraient bon l'antipoussière citronné, des bouquets de fleurs fraîchement coupées émergeaient de plusieurs vases. Et le fumet de quelque préparation d'inspiration italienne mijotant dans le four me parvenait jusque dans le hall.

Alors que la porte se refermait derrière moi, Paul est sorti de la cuisine. Il avait l'air plus que contrit, et quand il s'est enfin décidé à croiser mon regard j'ai capté une tristesse et une appréhension extrêmes dans ses yeux.

« Ça sent bon, ai-je constaté d'un ton dégagé.

— Je l'ai préparé pour toi… enfin, pour nous, a-t-il dit tout bas en détournant à nouveau le visage.

— Oui ? Et comment savais-tu que j'allais rentrer ce soir ?

— J'ai appelé ton bureau, on m'a dit que tu serais de retour au travail demain matin, et donc…

— Bon, je suis là, oui, mais cela ne veut pas dire que… »

Il m'a interrompue d'un geste de la main.

« J'ai vendu tout le vin.

— Ah… je vois.

— J'ai trouvé un gars d'ici. Un collectionneur de grands crus, un vrai connaisseur. Il m'a proposé six mille dollars pour toute ma cave.

— Parce que tu as une cave ? »

Il a hoché la tête, exactement comme un petit garçon qui vient d'être surpris en flagrant délit de mensonge.

« Et où ?

— La remise derrière le garage, tu sais ? Celle dont on ne se sert jamais. »

Deux battants en fer au niveau du sol ouvraient

sur une sorte d'abri antiaérien. Nous y avions bien évidemment jeté un œil au cours de notre première visite avant l'achat, et nous n'y avions vu qu'un réduit humide. Le sous-sol de la maison offrant tout l'espace de stockage dont nous avions besoin, nous nous étions contentés d'installer un cadenas dessus et de l'oublier. Ou du moins je l'avais cru…

« Et depuis combien de temps tu te la constituais, cette cave ? ai-je repris aussi posément que possible.

— Depuis un moment. (Il s'est approché pour passer ses bras autour de moi.) Je suis désolé…

— Je n'attends pas d'excuses, Paul. Je veux juste être certaine que ce genre d'aberration ne se reproduira plus.

— Et moi, je ne veux pas te perdre.

— Alors, arrête. Parce que je te veux, toi, et je nous veux nous. »

Je dois dire que cette minicrise a eu un effet salutaire immédiat : quelques jours après, Paul s'est lancé dans la réalisation d'une série de lithographies, son premier engagement créatif sérieux après une panne de près de deux ans. Au final, le résultat n'a pas été à la hauteur de ses espérances. Le directeur de la galerie new-yorkaise qui représentait son travail était fier de ces six pièces, mais la crise du marché de l'art conjuguée à l'absence de Paul ces dernières années n'avaient pas contribué à faire grimper les prix. Le galeriste s'est toutefois débrouillé pour lui trouver un acheteur. Bien que déçu, Paul a été plutôt stimulé de constater qu'il avait « encore la cote » (ses mots, pas les miens) malgré sa disparition de la scène artistique. Une fois deux de ses cartes de crédit à nouveau renflouées, il m'a invitée à dîner dans un restaurant français huppé – pour Buffalo, en tout cas – et a commandé une bouteille de pauillac hors de prix tout en m'annonçant que son galeriste avait une commande pour une nouvelle série de lithographies.

« Et l'acheteur est prêt à verser la moitié tout de suite, donc je devrais toucher encore dans les dix mille dollars d'ici deux ou trois semaines. On peut bien se permettre une bouteille de pauillac ! »

Je ne raffole pas tant que ça du vin, mais n'avions-nous pas des choses à célébrer ? À commencer par le fait qu'il avait remboursé une partie de ses dettes.

À notre retour à la maison, ce soir-là, il a allumé des bougies un peu partout dans notre chambre, a mis un CD de Miles Davis dans le lecteur – *Someday My Prince Will Come* – et m'a fait l'amour avec une ardeur et une sensualité bien à lui.

Mon premier époux, Donald, était beaucoup moins à l'aise avec la sexualité. Un esprit brillant mais rongé par l'anxiété. Il était journaliste au *Buffalo Sun* et ses enquêtes sur la corruption des municipalités à travers l'État lui avaient valu une certaine renommée. Par deux fois, il avait été nominé pour le prix Pulitzer, et par deux fois il avait fait l'objet de menaces de mort de la part de ceux dont il avait exposé les méthodes douteuses. On s'était connus lorsque j'avais été embauchée à la rédaction, peu après la fin de mes études. J'avais tout de suite été séduite par ce tourbillon d'énergie, ce journaliste respecté et craint de tous. Je sortais à peine de la fac et après un bref passage dans un journal de Madison j'étais ravie d'atterrir au *Sun* et à Buffalo.

Donald ne jurait que par cette ville, et moi aussi,

puisque là vivait l'homme dont j'étais follement amoureuse. Mais en ce qui concernait le sexe c'était, au mieux un exercice obligé, au pire, un fiasco complet.

« Jamais été bon pour ça », avait-il chuchoté durant notre première nuit ensemble, au terme de ce que l'on pourrait pudiquement qualifier de contre-performance. J'avais tenté de le réconforter : ce n'était pas grave du tout, ce genre d'incident arrivait très fréquemment, et ce n'était qu'une question de temps. En vérité, même lorsqu'il parvenait à aller au bout, ce n'était jamais satisfaisant. Il était si angoissé, si sûr de ne pas être à la hauteur que rien de ce que je pouvais dire ou faire n'arrivait à dissiper son manque de confiance en lui. J'avais choisi de fermer les yeux devant cette réalité, devant le fait que notre lit était devenu une sorte de croix symbolique sur laquelle il se crucifiait. À la fin de notre première année de mariage, notre vie sexuelle (si on peut l'appeler ainsi) ne se bornait plus qu'à deux rencontres frustrantes par mois, si frustrantes d'ailleurs que j'avais fini par lui suggérer de se faire aider. Donald avait acquiescé, mais il n'avait rien fait. Et cette dimension-là de notre vie conjugale avait continué de se dégrader.

Au bout du compte, c'est moi qui en suis venue à consulter quelqu'un. Une excellente psychologue qui, après plusieurs mois passés à m'écouter dans le confort de son cabinet, a conclu que la combinaison d'un père aimant et irresponsable et d'une mère distante et froidement critique avait fait de moi quelqu'un qui cherchait en permanence la conciliation, ne donnait jamais la priorité à ses propres besoins et se reprochait les manquements des autres. Pour résumer, si mon mari refusait de considérer sérieusement ce grave dysfonctionnement de notre union, ne devrais-je pas commencer à envisager un changement ?

Malgré cet avertissement, je me suis entêtée à suivre le raisonnement absurde selon lequel mon amour et ma compréhension finiraient par aiguiller notre mariage sur la bonne voie, que ses réticences physiques se dissiperaient et que…

N'est-ce pas extraordinaire, cette capacité que nous avons à nous persuader qu'une relation que nous savons pourtant condamnée pourra, comme par magie, s'améliorer ?

En ce qui nous concerne, Donald et moi, notre mariage a pris fin brutalement un matin, alors qu'il rentrait d'une nuit passée au journal, empestant de trop nombreux whiskies, et qu'il m'a déclaré d'un ton cinglant :

« Même si je faisais comme tu veux et que j'allais voir un psy ou un toubib, aucune petite pilule bleue au monde ne me guérirait de la répulsion que tu m'inspires chaque fois que tu t'approches de moi. »

J'ai fermé les yeux, espérant que tout cela n'était qu'une hallucination, je devais avoir mal entendu. Puis j'ai ouvert les yeux, et Donald était toujours là, un étrange demi-sourire aux lèvres. C'est cet air tranquillement satisfait, tandis que la confusion et la souffrance ricochaient dans mon esprit, qui m'a fait prendre conscience de l'atterrante réalité : il savait pertinemment, en prononçant ces mots, que nous atteindrions un point de non-retour.

« Et maintenant, tu peux me détester pour de bon.

— Je… j'ai seulement pitié de toi, Donald. »

Dès le lendemain matin, j'étais dans le bureau

de notre rédacteur en chef pour lui annoncer que je souhaitais profiter du plan de départs volontaires mis en place quelques mois plus tôt dans le cadre d'une restructuration de l'entreprise, si l'offre tenait toujours.

Dix jours après, avec deux années de salaire à ma banque en guise de compensation, je prenais ma voiture et mettais le cap sur Montréal. J'avais décidé d'apprendre le français et de m'installer dans une ville qui me semblait associer les bons côtés de la civilisation européenne à ceux du Nouveau Monde. Et où la vie était aussi bien moins chère. Je me suis trouvé un petit studio au Plateau, dans un environnement résolument francophone. Puis je me suis inscrite aux cours de français pour débutants de l'université de Montréal, m'initiant peu à peu aux complexités de cette langue. Mes progrès ont été facilités par ma rencontre et ma liaison avec Thierry, un jeune Québécois qui tenait un magasin de disques d'occasion rue Saint-Denis et caressait le rêve d'écrire un jour le grand roman du Québec. Son charme et ses performances relativement satisfaisantes au lit – surtout après Donald – rachetaient son indécrottable paresse. Au bout d'un an, je me sentais suffisamment à l'aise en français pour envisager de partir vivre à Paris, où je me débrouillerais pour décrocher une *carte de séjour* et me réinventer une nouvelle carrière professionnelle et...

Et là demeurait un grand point d'interrogation : dans quel sens allais-je réorienter ma vie professionnelle, une fois que mon petit pécule serait parti en fumée ? Après avoir pris rendez-vous au consulat de France de Montréal, je me suis retrouvée devant une *fonctionnaire* haute comme trois pommes qui s'est empressée d'étouffer tout espoir de trouver du travail à Paris à moins d'avoir un passeport européen ou un mari français. Comme mon visa étudiant m'autorisait à travailler au Canada pendant le temps où je continuerais à fréquenter une université locale, j'ai obtenu un emploi de secrétariat à durée limitée dans un cabinet de comptabilité bilingue, et c'est ainsi que j'ai découvert que les chiffres me fascinaient.

Je n'ignorais pas qu'en me réinventant dans la peau d'une experte-comptable, j'allais de nouveau me laisser engloutir dans la vie des autres, ce que je m'étais pourtant promis d'éviter en abandonnant le journalisme. Toutefois, au bout de dix-huit mois passés au Québec, j'ai décidé de repasser la frontière et de m'inscrire à un cours de formation d'expert-comptable à Buffalo. Je savais pourquoi je retournais là-bas. Buffalo représentait la sécurité. L'un des seuls endroits où je m'étais jamais sentie chez moi. De plus, dans la mesure où je ne travaillais plus dans la presse, le risque de tomber par hasard sur Donald était limité. L'échec de notre mariage continuait à m'attrister et je n'étais pas complètement débarrassée de la culpabilité à l'idée que j'aurais dû être en mesure de l'amener à changer. Cette soif de stabilité et de rationalité était aussi, sans doute, une conséquence du choc et de la peine dans lesquels la mort de mon père m'avait plongée. Par ailleurs, à Buffalo, je ne manquais ni d'amis ni de contacts, ce serait une bonne chose si je voulais monter mon propre cabinet d'expertise comptable et me constituer une clientèle solide.

Pour prouver au monde – et encore une fois à moi-même – que j'étais bien une jeune femme raisonnable, j'ai commencé à travailler à mi-temps dans un cabinet de gestion avant même la fin de mes deux années de formation. Ces modestes revenus m'ont permis d'investir le restant de mes indemnités de licenciement dans l'achat d'un appartement au premier étage d'un vieil immeuble victorien (les prix de l'immobilier à Buffalo sont ridiculement bas), et même de refaire à neuf la cuisine et la salle de bains, ainsi que d'acheter des meubles dans diverses brocantes. Et le moment venu – celui où je suis enfin devenue experte-comptable –, j'avais déjà sept clients.

Deux années après, Paul surgissait dans ma vie.

« Je me demande si tout ça n'est pas une erreur... »

Voilà ce qu'il m'a dit alors que nous venions d'atterrir au Maroc. Ce voyage, c'était son idée. Une surprise qu'il avait voulu me faire quinze jours à peine après avoir épongé une partie de ses dettes et juré qu'il allait mettre un frein à ses pulsions dépensières. En rentrant de mon cours de yoga bihebdomadaire, je l'avais trouvé très affairé dans la cuisine, tandis que des arômes épicés flottaient à travers la maison. J'étais allée l'embrasser.

« Laisse-moi deviner : un tagine ?

— Tes pouvoirs de déduction sont extraordinaires.

— Pas si extraordinaires que tes talents culinaires, chéri.

— Et ta modestie est touchante mais elle ne rend pas justice à la réalité... »

Comme toujours, son tagine d'agneau s'était révélé succulent. Sa préparation incluait des citrons et pruneaux confits, une recette qu'il avait apprise au cours d'un séjour de deux années au Maroc dans sa prime jeunesse. Au début des années 1980, tout juste sorti de la Parsons School de New York et luttant pour s'affirmer dans le monde alors encore bohème d'Alphabet City, tout au bout de l'East Village, il avait conclu qu'un changement de décor radical lui était nécessaire et avait envisagé de s'installer à Paris ou Berlin, deux cités européennes réputées pour leur vie artistique. Puis le hasard s'en était mêlé. Un matin, alors qu'il traversait St Mark's Place, il avait croisé l'un de ses anciens professeurs à Parsons. Ou plus précisément : Colin McKendrick, « un Écossais pas très marrant », pour reprendre son expression, mais qui avait décelé un certain potentiel chez son élève. Alors que Paul lui racontait qu'il se rendait à un entretien d'embauche dans l'une des grandes agences publicitaires de Madison Avenue, mais qu'au fond tout ce qu'il voulait c'était prendre le large, McKendrick avait rétorqué qu'il ne le voyait pas du tout travailler « pour ces béotiens ». Puis il avait noté son numéro de téléphone sur un bout de papier et l'avait invité à lui passer un coup de fil car il venait d'entendre parler d'une offre à l'étranger susceptible de l'intéresser. Finalement, Paul avait été engagé par l'agence en question. Il y avait travaillé six mois, durant lesquels il avait gagné pas mal d'argent et, ainsi qu'il me le dirait plus tard, développé un vrai talent de commercial.

« Je ne pouvais pas rester là-bas, m'avait-il expliqué lors de notre deuxième rencontre. Je me suis fait près de cinquante mille dollars en six mois, une petite fortune à l'époque, mais je ne me voyais pas du tout passer ma vie dans un bureau. Et une quinzaine de jours après avoir commencé, j'ai pris un verre avec McKendrick, qui m'a parlé de son offre : une école de dessin de Casablanca cherchait un professeur, contrat de deux ans, trois mille dollars par an plus un petit appartement de fonction, démarrage en septembre, ce qui voulait dire un peu plus de cinq mois plus tard… Il a ajouté qu'il s'agissait certainement du meilleur établissement de ce genre dans tout le Maroc. Ce qui ne veut pas dire grand-chose. »

Mais c'était l'occasion de changer de décor, d'échapper au train-train et de pouvoir travailler son dessin dans une incroyable lumière.

Paul avait donc donné sa démission, pris un avion bondé pour Casablanca et… détesté l'endroit sitôt arrivé. Pas la moindre ressemblance avec la ville mythique du célèbre film. C'était, selon ses dires, un hideux assemblage de banlieues-dortoirs sans âme, remplies de béton et de rien d'autre. L'école de beaux-arts lui avait semblé médiocre, les enseignants, démoralisés, les élèves, dépourvus d'ambition et de talent. Son appartement de fonction était « une boîte à chaussures bourrée de cafards donnant sur un boulevard où les voitures et les camions n'arrêtaient pas de passer jour et nuit ». Après qu'il eut menacé le directeur français de l'établissement de s'en aller comme il était venu, celui-ci lui avait accordé une allocation de logement qui lui avait permis de trouver un studio avec une petite terrasse dans le quartier CIL, à dix minutes du centre-ville, « genre Art déco fatigué mais correct, et surtout très central ». Une fois installé, il avait déniché une table de dessinateur d'occasion aux dimensions idéales pour son balcon, duquel il avait une vue magnifique sur la mosquée Hassan-II non loin.

« Au début, je ne connaissais presque personne, à part un peintre franco-marocain assez remarquable, surtout pour quelqu'un qui picolait autant. Romain

Ben Hassan. C'est lui qui m'a trouvé un prof de français et m'a forcé à parler la même langue que ceux qui m'entouraient. C'est lui aussi qui m'a tiré de mon auto-apitoiement en m'entraînant dans son cercle d'amis, des artistes locaux ou expatriés. Et c'est lui qui m'a convaincu que je devais continuer à perfectionner mon style, à travailler plus, à aller de l'avant. »

À la fin de la première année, Paul avait trouvé ses marques à Casablanca. Il était entouré de gens, Marocains ou non, avec lesquels il partageait une manière de vivre et des intérêts communs. Il n'était toujours pas passionné par son poste d'enseignant mais il avait deux ou trois élèves assez prometteurs. Surtout, il avait achevé un ensemble de lithographies, d'eaux-fortes et de dessins décrivant la vie quotidienne dans son quartier, un essai graphique sur ce qu'il appelait joliment « la Ville blanche ». Même si l'école de Casablanca l'aurait volontiers gardé, il s'était servi de cette série pour prospecter auprès des galeries d'art new-yorkaises.

Profitant de trois semaines de vacances scolaires, il était parti dans le Sud, s'arrêtant dans la vieille ville fortifiée d'Essaouira. « Un voyage à travers les siècles qui m'a conduit au milieu d'une colonie de peintres de tous horizons », se plaisait-il à résumer. Cette expérience était l'un de ses sujets de conversation préférés, il aimait à décrire l'hôtel « splendidement miteux » qu'il avait déniché, le balcon de sa chambre duquel il contemplait la face changeante de l'Atlantique et les murailles médiévales de cette cité où « Orson Welles avait filmé sa version cinématographique d'*Othello* et Jimi Hendrix fumé joint sur joint en se laissant prendre par l'ambiance unique de ce bout du monde ». Là, il avait réalisé une deuxième série de dessins au crayon et fusain intitulée « Dans le labyrinthe », en hommage aux ruelles tortueuses d'Essaouira. Un marchand d'art et galeriste assez réputé à Manhattan, Jasper Pirnie, avait vendu trente de ces lithos.

« Avec l'argent de cette vente, j'aurais facilement pu rester deux ans de plus là-bas ; à l'époque, on pouvait vivre au Maroc avec trois fois rien, mais au final qu'est-ce que j'ai fait ? La faculté d'arts plastiques de l'université de l'État de New York cherchait un professeur pour son campus de Buffalo. Je connaissais bien le doyen, il appréciait mon travail et l'offre était vraiment tentante : devenir maître assistant titularisable au bout de cinq ou six ans si je continuais à être exposé. Mais, après avoir confirmé par télégramme que j'acceptais la proposition et tandis que je préparais mes bagages à Essaouira, je savais déjà que j'allais regretter cette décision. »

Encore aujourd'hui, je me rappelle que c'était précisément à ce moment-là que j'avais posé ma main sur la sienne – notre premier geste de tendresse. Étrange, n'est-ce pas, que j'aie ressenti le besoin de réconforter cet homme juste au moment où il m'avouait qu'il s'était enfermé dans une existence qui n'était pas faite pour lui ? Peut-être était-ce parce que moi aussi j'avais l'impression d'avoir cédé à l'auto-enfermement (ce mot existe-t-il seulement ?) et parce que je sentais que Paul, si créatif, si peu conventionnel, saurait me tirer de ma prudence naturelle, de la manie que j'avais de dresser des listes de choses à faire même dans mon sommeil, de ma tendance à concevoir la vie comme un livre de comptes bien tenu. Il s'était alors penché vers moi pour m'embrasser, puis il avait entremêlé ses doigts aux miens en murmurant : « Vous êtes merveilleuse. »

Ç'avait été notre première nuit ensemble. Après toutes les années avec Donald, c'était à la fois grisant et nouveau pour moi d'être avec un homme sûr de lui et si désireux de me donner du plaisir.

Lors de notre deuxième nuit, il m'avait préparé un tagine d'agneau. La même recette, donc, que lors de ce fameux dîner, deux mois plus tôt, où il m'avait fait cette surprenante proposition :

« Que dirais-tu d'aller passer un mois à Essaouira, cet été ? »

J'avais tout de suite pensé à l'avance de mille cinq cents dollars que nous avions versée pour la location d'une maison de vacances à Popham Beach, dans le Maine.

Comme s'il devinait mes pensées, Paul avait repris :

« On peut facilement aller aussi dans le Maine. Je nous ai pris des billets de retour du Maroc le 13 août, ce qui nous laisse quelques jours avant de partir à Popham.

— Tu... tu as déjà réservé pour le Maroc ?

— Je voulais te faire une surprise.

— Et tu as réussi. Mais tu aurais pu au moins me demander si j'étais libre...

— Si je t'avais posé la question, tu aurais trouvé une excuse pour dire non. »

Sur ce point, il avait raison, hélas !

« As-tu seulement songé à mon cabinet, à mes clients ? Et financièrement, tu crois que nous pouvons nous permettre un voyage pareil ?

— Jasper a vendu quatre de mes lithos de plus la semaine dernière.

— Hein ? Tu ne m'as jamais dit ça !

— Si on dit tout d'avance, où est la surprise ? »

J'étais séduite, pourtant. En dehors de mon séjour à Montréal et d'une escapade à Vancouver – pas vraiment le comble de l'exotisme –, je n'avais pas d'expérience directe du monde au-delà des frontières des États-Unis, et voilà que mon mari se proposait de m'emmener en Afrique du Nord ! Seulement, les réserves que je venais de soulever concernant nos finances étaient avant tout suscitées par la peur. La peur de l'inconnu. Celle d'être projetée dans un pays musulman qui, malgré tout ce que Paul m'avait dit à propos de sa modernité, me paraissait encore (enfin, d'après ce que j'avais lu) enfermé dans un passé intimidant.

« À Essaouira, on peut mener la belle vie pendant un mois pour deux mille dollars, m'avait-il assuré.

— Je ne peux pas m'absenter aussi longtemps.

— Confie les rênes à Morton et à Kathy et promets-leur une jolie commission s'ils tiennent la boutique six semaines. »

Morton était mon associé ; Kathy, notre secrétaire.

« Qu'est-ce que mes clients vont penser ?

— Tu connais beaucoup de cinglés qui vont voir leur comptable entre la mi-juillet et la mi-août ? »

Il n'avait pas tort. Pour un expert-comptable, l'été était la basse saison. Enfin, tout de même, un mois ! Cela semblait extravagant et pourtant, l'était-ce vraiment ? Morton et Kathy se débrouilleraient sans doute très bien pendant mon absence. Pour des « control freaks » dans mon genre, il n'est jamais facile de constater que le monde continue de tourner sans eux.

« Il faut que je réfléchisse.

— Non ! avait-il tranché en me prenant la main.

Tu vas dire oui, là, tout de suite. Parce que tu sais bien que ça va être une expérience formidable qui te permettra de sortir des sentiers battus et de découvrir un monde que tu n'aurais jamais pu imaginer. En plus, cela me permettra de préparer une nouvelle série de dessins. D'après Jasper, il pourrait en obtenir au moins quinze mille dollars. Financièrement parlant, c'est une bonne opération, donc, mais surtout, surtout, ce sera bon pour nous. Rompre la routine, avoir du temps à nous. »

Le Maroc… Mon mari m'emmenait au Maroc. À Essaouira, dont il m'avait tant parlé. Comment ne pas surmonter mes réticences et ne pas me laisser ravir par la perspective d'un séjour idyllique dans une cité médiévale du Maghreb face à l'Atlantique ? Un vrai rêve. Car tous nos rêves reposent sur cet espoir : celui de se retrouver, même temporairement, dans un environnement bien plus agréable que notre cadre de vie habituel.

J'avais dit oui.

Et je me retrouvais donc dans cette queue interminable devant le contrôle des passeports à Casablanca, flanquée d'un mari qui s'interrogeait sur les raisons de notre présence ici alors que c'était lui qui m'avait convaincue d'entreprendre le voyage.

Nous avancions à une lenteur désespérante. Près d'une heure s'était écoulée depuis l'atterrissage. Nous sommes enfin parvenus à la ligne blanche sur le sol. Le citoyen mauritanien qui nous précédait était en train de se faire interroger par le policier dans sa guérite. La discussion s'est envenimée, le ton est monté, puis le policier a décroché son téléphone et deux agents de sécurité en civil ont aussitôt surgi, la bosse d'un revolver visible sous leur veston. Ils ont entraîné l'homme, maintenant aussi effrayé que furieux, certainement vers une salle d'interrogatoire. Quand j'ai détourné le regard de ce triste spectacle pour me tourner vers Paul, j'ai été surprise de voir à quel point il semblait terrifié.

— Tu crois qu'ils vont me laisser entrer ? a-t-il chuchoté.

— Mais pourquoi non, voyons ?

— Tu as raison, c'est absurde, a-t-il concédé d'une voix hésitante.

Le policier nous a invités à avancer d'un signe, la main déjà tendue pour recevoir nos passeports. Pendant qu'il les scannait et parcourait des yeux son écran d'ordinateur, Paul a eu du mal à masquer son anxiété. J'ai saisi sa main et l'ai serrée pour le calmer.

— Vous rester combien longtemps ? s'est enquis le policier dans un anglais approximatif.

— *Quatre semaines*, a répondu Paul en français.

— Vous travaille ici ?

— Oh non, on est en vacances.

Nouveau coup d'œil sur l'écran, suivi d'un minutieux contrôle de chacune des pages de nos passeports respectifs au cours duquel je percevais la tension grandissante de Paul, puis tchac-tchac – une fois le tampon apposé, il nous a rendu nos papiers.

— *Bienvenue*, a-t-il dit.

Et nous sommes entrés en territoire marocain.

— Tu vois ? ai-je dit à mon mari avec un sourire amusé. Pourquoi es-tu si nerveux ?

— Tu as raison, c'est stupide, a-t-il marmonné.

Mais, tandis que nous nous dirigions vers les tapis à bagages, je l'ai entendu murmurer un seul mot, comme s'il se parlait à lui-même : « Imbécile ! »

4

Le mois de juillet au Maghreb : chaleur, poussière et effluves d'essence saturant l'air desséché. En sortant du terminal de l'aéroport, c'est la première odeur que j'ai perçue, celle d'un oxygène aride, figé et empestant le pétrole. Le soleil était implacable. Et la proximité de l'océan Atlantique semblait n'avoir aucune incidence sur la chaleur torride, de celles qui irritent les yeux et dessèche la bouche. Nous venions de débarquer dans une fournaise.

— C'est pratiquement comme d'arriver en enfer, a constaté Paul alors que, pris dans une foule compacte, nous attendions l'autobus reliant l'aéroport à la ville.

— Toi qui as déjà vécu ici, tu connais, non ? ai-je observé.

— Oui, il fera moins chaud à Essaouira.

— Et nous y serons dans quelques jours. De toute façon, on aura l'air conditionné, à l'hôtel.

— N'en sois pas si certaine. C'est le Maghreb : quand on ne paie pas des fortunes, il faut s'attendre à un confort plus que relatif.

— Dans ce cas, on trouvera un autre hôtel, qui sera climatisé, lui.

— Ou alors, on pourrait changer nos plans…

— Quoi ?

— Je reviens tout de suite.

Sur ces mots, il a disparu dans la foule. J'ai été tentée de le suivre, mais j'étais là avec nos bagages, quatre valises encombrantes qui contenaient nos vêtements pour plusieurs semaines, ainsi que le matériel de dessin de Paul et la bonne dizaine de livres que je comptais lire sur cette rive-ci de l'Atlantique. Si je courais à sa poursuite, je nous exposais à être dépouillés de nos affaires dès le début d'une escapade qui, soudain, m'apparaissait beaucoup moins idyllique que je l'avais escompté. Alors, je me suis bornée à crier son prénom, plusieurs fois, ma voix se perdant dans le brouhaha de la foule qui se pressait maintenant autour de l'arrêt de bus, matrones voilées, hommes de tous âges en costumes fripés, quelques jeunes Occidentaux à la dégaine de routards, deux vieillards qui ne semblaient pas souffrir de la chaleur sous leurs lourds burnous et un groupe d'Africains à la peau très foncée, sans doute des travailleurs migrants transportant tous leurs maigres biens dans des sacs en toile délavée et avec l'air presque aussi perdus que moi, ici…

Des autobus arrivaient et repartaient, pour la plupart antiques et poussifs, leurs panaches de fumée noirâtre ajoutant à la pollution ambiante. Je me suis mise sur la pointe des pieds pour observer les alentours. Aucune trace de Paul. J'ai pensé crier encore son prénom mais cet effort me rappelait celui, dérisoire, de ces hommes à la virilité fringante que l'on voit appuyer rageusement sur le bouton d'appel d'un ascenseur au rez-de-chaussée d'un immeuble de cinquante étages, leur fierté masculine mise en déroute par la logique d'une machinerie obstinée. Il ne me restait plus qu'à traîner nos éléphantesques valises jusqu'au banc le plus proche et m'asseoir sur la surface en béton jadis blanche et maintenant lardée d'inscriptions. J'ai jeté un coup d'œil à ma montre : 9 h 15.

Dix minutes, puis vingt, se sont écoulées. Mon Dieu, il avait donc vraiment l'intention de faire demi-tour et de retourner aux États-Unis ? Il était probablement en train de nous acheter des billets de retour.

Puis soudain, au milieu de la cohue, une haute silhouette reconnaissable entre mille s'est profilée : Paul. Il se dirigeait vers moi, flanqué d'un tout petit bonhomme mal rasé, au crâne pelé, une cigarette coincée entre ses dents noircies par le tabac. Un plateau rond en étain perché sur une main ouverte, il tenait dans l'autre une grosse théière.

— *Laissez-moi vous présenter ma charmante épouse*, a dit Paul au curieux personnage.

Avec un sourire timide, le nouveau venu a déposé son plateau sur le banc à côté de moi avant d'élever théâtralement la théière au-dessus – d'un mètre ? – et de faire cascader un liquide vert dans deux petits verres à facettes ornées de dorures. Mes narines ont palpité en captant un délicieux arôme.

— *Thé à la menthe*, a annoncé Paul : *le whisky marocain !*

Avec un clin d'œil amusé, l'inconnu m'a présenté le plateau sur lequel j'ai pris un verre. Paul, qui s'était également servi, a trinqué avec moi.

— Je te dois des excuses, m'a-t-il glissé.

Il s'est incliné pour m'embrasser sur les lèvres. Je ne me suis pas détournée.

— Ça n'arrivera plus, a-t-il murmuré.

— Embrasse-moi encore.

Ce qu'il a fait. Puis j'ai pris ma première gorgée de ce qu'il avait surnommé le whisky marocain. J'ai tout de suite noté le goût poivré de la menthe fraîche, adouci par une bonne dose de sucre. De manière générale, je n'aime pas trop les sucreries, mais l'arôme puissant du thé, sa fluide densité ont immédiatement agi comme un baume après le vol éprouvant et cette attente sous le soleil.

— Tu aimes ? s'est enquis Paul.

— Sans réserve.

— Notre ami ici présent m'a prêté son portable et voilà, changement de programme.

— C'est-à-dire ?

— On part directement à Essaouira. Dans vingt minutes.

— Mais… et Casablanca ?

— Fais-moi confiance, tu ne rates pas grand-chose.

— Quand même, Casablanca, tu m'en as tellement parlé…

— Casa peut attendre.

— Et Essaouira, c'est à quoi ? Quatre ou cinq heures de route, non ?

— En gros, oui. J'ai téléphoné à notre hôtel ici, ils m'ont confirmé qu'ils n'avaient pas la clim et qu'on devrait attendre trois heures pour le check-in. Tu te vois poireauter tout ce temps dans un café ? Autant aller directement à Essaouira. Et le garçon qui vend les billets m'a assuré que le bus a l'air conditionné.

— Donc, c'est déjà décidé ? On va à Essaouira. Tu aurais pu me demander mon avis.

— Eh, le gars m'a dit qu'on avait eu les dernières places dans le bus. S'il te plaît, ne le prends pas mal…

— Je ne prends rien mal, d'accord ?

J'ai détourné la tête, j'étais épuisée par le voyage, le choc thermique et les émanations toxiques. Une autre gorgée de thé a apaisé les picotements dans ma gorge et mon nez. Je lui ai souri.

— Très bien. Direction Essaouira, alors…

Vingt minutes plus tard, nous étions à bord du bus. Lequel était en effet bondé, mais Paul a glissé dix dirhams au garçon qui recueillait les tickets au bas du marchepied et il nous a trouvé deux sièges contigus tout au fond. Et non, il n'y avait pas d'air conditionné.

« *Ça va se mettre en marche quand le bus aura démarré* », nous a certifié le jeune homme lorsque Paul lui a demandé – dans un français plutôt bon, je crois – si nous pourrions respirer un peu mieux pendant le voyage. Sauf que je n'ai ressenti aucune fraîcheur lorsque nous avons commencé à rouler. Autour de nous, ballots et passagers étaient entassés dans un désordre coloré. Sur notre rangée, deux femmes en burqa encadraient une fillette dont les mains étaient couvertes de symboles peints que j'ai vainement tenté d'interpréter. Plus loin, un vieillard maigre comme un clou se balançait d'arrière en avant sur son siège, priant à voix basse avec une ferveur remarquable. À côté de lui, un jeune d'une vingtaine d'années au teint bilieux et à la barbiche clairsemée écoutait de la pop arabe, si fort que de la musique s'échappait de ses écouteurs surdimensionnés. Il chantait à l'unisson sans se rendre compte combien sa voix était forte elle aussi. Je craignais que ses fredonnements de fausset nous accompagnent tout au long de notre descente vers le Sud.

Comme nous étions au dernier rang, Paul a réussi à incliner un peu son dossier et à se caler contre la vitre, allongeant de biais ses jambes interminables. Je me suis blottie contre lui.

— Je me suis encore trompé sur la clim, s'est-il excusé.

— On n'en mourra pas, ai-je dit, même si après seulement dix minutes de route mes vêtements étaient déjà trempés.

— Non. Nous, on s'en tire toujours, a-t-il affirmé en m'enlaçant d'un bras et en plantant un baiser sur mes cheveux.

Surprenant du coin de l'œil ce geste d'affection conjugale, le type aux écouteurs bourdonnants a fait une grimace comique sans cesser de répéter le même refrain en arabe. J'ai regardé par la vitre. Une banlieue nord-africaine. Un lent défilé de barres d'immeubles, de pavillons serrés les uns contre les autres, de dépôts, garages, centres commerciaux, le tout d'un blanc fatigué. Et ensuite…

Ensuite, je me suis assoupie.

Enfin, disons plutôt que j'ai sombré.

J'ignore combien de temps a duré mon somme, mais quand j'ai rouvert les yeux, nous étions en train de doubler une longue remorque chargée de paille et péniblement tirée par un paysan sur une vieille moto. Mes vêtements étaient trempés de sueur, la seule ventilation étant l'air surchauffé qui entrait par les vitres. Paul, son bras toujours passé autour de moi, dormait à poings fermés (avait-il avalé un autre somnifère ?). J'ai recalé ma tête sur sa poitrine et j'ai basculé à nouveau…

Une grosse secousse. Le bus avait dû rouler sur une

ornière. Nous étions dans une plaine pierreuse et morose, bordée par des collines basses à l'horizon. Le type aux écouteurs continuait à fredonner en boucle le même air répétitif, dont l'effet soporifique m'a renvoyée dans les limbes. Pour être aussitôt réveillée en sursaut par les cris perçants d'un nourrisson. Devant nous, la mère, très jeune, la tête drapée dans une écharpe bigarrée, avait elle aussi été tirée de sa sieste et s'empressait de calmer son bébé. Il devait à peine avoir trois mois et semblait furieux. À raison, d'ailleurs. Le peu d'oxygène qu'il restait dans ce bus était maintenant plombé par l'odeur malodorante de la sueur collective, par des relents de fatigue, et par cette chaleur maintenant si dense qu'on pouvait presque la toucher, lourde et compacte comme un pain vieux de quatre jours.

En me rencognant contre Paul, j'ai soudain senti son sexe à moitié érigé sous le tissu de son pantalon et j'ai été prise d'un désir aussi soudain que violent. Un désir mû par l'envie de m'abandonner entre ses bras, mais aussi par l'urgente nécessité de faire un enfant, tout de suite. Il y avait eu d'autres femmes dans le passé de Paul, évidemment, dont une collègue d'université avec laquelle il avait vécu près de deux ans, une relation qu'il n'avait que brièvement évoquée devant moi, se bornant à dire qu'elle s'était mal terminée. À part ça, il m'avait fait savoir assez clairement qu'il ne souhaitait pas s'étendre sur son passé amoureux. Il m'avait toutefois fait cadeau d'un détail crucial : j'étais la première avec laquelle il pouvait imaginer avoir un fils ou une fille.

Un autre cahot particulièrement violent l'a tiré de son sommeil. Se frottant les yeux, il a aperçu ma main discrètement posée sur son bas-ventre.

— Tu essaies de me dire quelque chose, là ? s'est-il enquis en souriant.

— Peut-être, ai-je murmuré en me soulevant pour l'embrasser sur la bouche.

— Où est-on ?

— Aucune idée.

— Depuis combien de temps on roule ?

— Trop longtemps.

— Et l'air conditionné ?

— Absent. Ce n'est pas ta faute…

Il m'a caressé la joue.

— Quelle chance j'ai eue de te rencontrer !

— Moi pareil.

— Tu le penses vraiment ?

— Oui, vraiment.

— Même si je te rends folle sans arrêt ?

— Oh, Paul… Je t'aime, et je veux que notre mariage fonctionne.

— Moi aussi. Et si on survit à ce putain de voyage en bus, c'est qu'on peut survivre à tout !

J'ai ri, puis je l'ai embrassé à nouveau, si fougueusement que quand une embardée nous a contraints à nous séparer, j'ai constaté que tous les autres passagers nous jetaient des regards désapprobateurs ou embarrassés.

— *Pardon*, ai-je murmuré à l'adresse du vieil homme devant nous qui nous fusillait du regard, mais il m'a tourné ostensiblement le dos.

— Les gens seront plus décontractés à Essaouira, m'a assuré Paul tout bas. Ils ont l'habitude des touristes dans notre genre, des hippies attardés.

— Nous, des hippies attardés ?

— Je corrige : *je* suis un hippie attardé, pas toi.

57

J'ai éclaté de rire et provoqué de nouvelles mines choquées en embrassant encore mon mari sur la bouche. Mais ce moment était trop délicieux, la complicité entre nous si totale, la détente si merveilleuse… Paul avait raison : notre amour triomphait même de cet interminable périple dans un bus étouffant.

Environ dix minutes plus tard, l'autocar s'est arrêté sur une petite esplanade au bord de la route. Tout autour, un vide caillouteux, broussailleux, monotone.

— Tu penses qu'il y a des toilettes, ici ? ai-je demandé à Paul.

— Aucune idée, mais cette file d'attente là-bas suggère que oui…

Il m'a montré du menton une dizaine de femmes, la plupart en burqa, silencieusement alignées devant une modeste cabane.

— Je ferais peut-être mieux de patienter jusqu'à Essaouira…

— On en a au moins pour une heure et demie encore. Allons voir derrière le hangar.

Je l'ai suivi. Au pied du bâtiment traînaient divers détritus, des bouteilles cassées, des restes de feux de camp et même une souris morte, calcinée par le soleil.

— Tu veux que je fasse pipi ici ? me suis-je récriée.

— Autrement, il y a les « vraies » toilettes…

La puanteur ambiante était quasi toxique – odeurs mêlées de déjections humaines et d'ordures en décomposition. Mais j'avais trop envie de me soulager. Alors, après avoir trouvé un espace dépourvu de tessons et de saletés, j'ai baissé mon pantalon et je me suis accroupie. À quelques pas, Paul pissait crânement contre le mur, riant tout seul.

— La belle vie, non ?

Étourdie par les effluves nauséabonds, je me suis relevée et j'ai reboutonné mon pantalon.

— Je crois qu'un peu de thé me requinquerait.

Sous l'auvent, deux hommes au visage tanné faisaient bouillir de l'eau sur un réchaud à gaz de camping.

— *Deux thés à la menthe*, leur a dit Paul.

L'un d'eux a pris deux verres sur leur table improvisée et les a rincés à l'eau bouillante, me faisant comprendre d'un signe de tête qu'il prenait cette précaution hygiénique spécialement pour nous. J'ai vu qu'il appréciait le sourire reconnaissant que je lui ai adressé tout en étant embarrassé, aussi. Pendant ce temps, son collègue détachait plusieurs feuilles de menthe de leur tige et les laissait tomber dans une minuscule théière en fer-blanc, y ajoutant deux morceaux de sucre et une pincée de thé noir. Le préposé à l'eau chaude l'a remplie avant de la remuer un moment avec un mouvement circulaire du poignet pour accélérer l'infusion. Enfin, il a laissé le breuvage d'un vert doré cascader dans les deux verres, m'en tendant un en premier avec une infime inclinaison du torse.

— *Merci*, ai-je murmuré en portant le petit verre à mon nez, aussitôt transportée par son arôme stimulant.

Cinq dirhams pour deux thés, la moitié d'un dollar… Et pourtant, ils nous avaient été servis avec cérémonie, une élégance ancestrale. Au bord de cette route poussiéreuse, sous le soleil féroce de midi, ce rite d'hospitalité était étrangement émouvant… et la boisson elle-même merveilleusement désaltérante. Au bout de trois verres, je n'étais pas loin de la béatitude.

Mais le moment était venu de remonter dans le bus.

Deux jeunes d'à peine vingt ans, lunettes de soleil sur le nez, barbe naissante sur leur visage encore poupin, blousons en nylon noir, s'étaient emparés de nos places au fond. Ils nous ont regardés descendre la travée, tandis que nous enjambions une série de colis et deux chiens abrutis de chaleur. Lorsque nous sommes arrivés près d'eux, Paul leur a signifié en français qu'il s'agissait de nos sièges. Pour toute réponse, ils nous ont ignorés. J'ai jeté un coup d'œil à la ronde. Aucune place libre.

— *Vous êtes assis à nos places*, a insisté Paul en élevant un peu la voix. *Vous devriez chercher d'autres sièges*. (Aucune réaction.) *S'il vous plaît*.

Les deux petits durs ont échangé un regard amusé. Ils n'avaient toujours pas prononcé un mot. À ce moment, le type aux écouteurs, toujours connecté à son iPod, s'est retourné pour leur lancer une rafale de mots en arabe. L'un d'eux a répliqué brièvement, son intonation menaçante laissant déduire qu'il lui conseillait de ne pas s'en mêler. Loin de perdre son calme, le jeune homme a simplement secoué la tête avant de reprendre sa position initiale.

Ç'a alors été au tour du vieil homme qui avait marmonné ses prières d'exploser en une diatribe indignée. Tellement indignée d'ailleurs que tous les passagers se sont tournés vers nous avec curiosité. Le sale gosse qui avait tenu tête à notre allié aux écouteurs lui a répondu sur le même ton, suscitant aussitôt des cris de protestation alentour. Notamment d'une dame corpulente qui, derrière son voile, s'est jointe au concert de cris. Feignant l'indifférence, plus obstinés que jamais, les deux caïds se sont carrés dans nos sièges, bien déterminés à mener cette scène jusqu'à sa déplaisante issue.

— Et si on prenait le bus suivant ? ai-je chuchoté à Paul.

— En poireautant deux ou trois heures ici ?

— Oui, c'est vrai…

— Je vais chercher le chauffeur.

Celui-ci – un homme à l'air surmené et contrarié, avec des yeux caves et une fine moustache – était déjà alerté puisqu'il est apparu dans la travée. Le vieil homme, la femme voilée et trois ou quatre témoins ont alors entrepris de lui expliquer la situation dans un brouhaha de voix courroucées. Il a rapidement interrogé Paul en français, et celui-ci lui a répondu tout aussi rapidement que ces deux jeunes gens étaient assis à nos places et que, en dépit de nos demandes, ils refusaient de se lever. Le chauffeur a ensuite apostrophé le duo avec véhémence. Il hurlait, tout en essayant de capter leur regard derrière les lunettes noires qui leur donnaient un air encore plus sinistre. Et une nouvelle fois, ils ont refusé de répondre. Fou de rage, l'homme s'est mis à crier de plus belle, le visage presque collé à ceux des deux garçons. Et là, le plus agressif des deux, le seul à s'être exprimé jusqu'alors, a fait quelque chose de sidérant : il lui a craché à la figure, l'atteignant directement à l'œil.

Le chauffeur, un instant figé de stupeur, n'a pas cédé à la provocation. Au lieu de cela, il a sorti un mouchoir de sa poche et, avec dignité, s'est essuyé l'œil. Tournant les talons sans un mot de plus, il a remonté la travée à grands pas, dévalé le marche-pied pour se ruer dans le hangar devant lequel nous étions arrêtés. Le type aux écouteurs s'était déjà levé. M'effleurant timidement l'épaule, il m'a fait signe de prendre son siège.

— *Ce n'est pas nécessaire*, ai-je protesté.

— *J'insiste*, a-t-il dit, très cérémonieusement.

Son voisin immédiat, un quadragénaire à l'allure de commerçant prospère avec son costume bleu nuit à rayures et ses lunettes à monture dorée, a lui aussi quitté sa place.

— *Je vous en prie.*

— *Mille mercis*, a fait Paul, une expression que j'ai trouvée très jolie et que je me suis promis de réutiliser.

Il m'a fait passer en premier pour que je prenne le siège du côté vitre et s'est assis près de moi, me protégeant d'un éventuel danger venu de la travée.

— Ça va ? m'a-t-il murmuré à l'oreille.

— Oui, mais… qu'est-ce que c'était que ça ?

— Des conneries de petits machos. Ils veulent montrer qu'ils peuvent traiter de haut une femme occidentale.

— Mais je ne leur ai rien fait ! Je ne leur ai même pas parlé !

— Peu importe. Ce sont des imbéciles. Tout le monde ici pense la même chose d'eux, heureusement.

Sur ces entrefaites, deux policiers accompagnés du chauffeur sont montés dans le car, aussi suants et congestionnés que le reste d'entre nous mais avec la démarche assurée de ceux qui se savent détenteurs d'une autorité absolue. Lorsque le chauffeur a vu que nous étions assis, il s'est lancé dans une explication volubile en arabe à l'adresse des représentants de l'ordre. L'un d'eux s'est tourné vers nous et nous a fait un salut militaire pendant que le vieux passager, pointant un doigt accusateur vers les deux voyous, se lançait dans de copieuses récriminations. Sans préavis, le second policier a attrapé par le collet celui qui était apparemment le meneur et lui a arraché ses lunettes de soleil d'un revers de la main avant de les écraser sous sa semelle. Privé de cet artifice, le garçon n'était plus qu'un adolescent blafard et mal à l'aise. Son comparse a subi le même sort, et j'ai décelé de la panique dans ses yeux exposés.

En moins d'une minute, ils ont été débarqués du bus sans ménagement. Dès qu'il a pu refermer la porte automatique, le conducteur a démarré, pressé de s'éloigner au plus vite du théâtre de cette pénible scène. Paul et moi nous sommes levés, proposant d'un geste au type aux écouteurs et au quadragénaire en costume-cravate de reprendre leurs sièges, mais ils ont tenu à ce que nous y restions, s'installant eux-mêmes à nos places précédentes, moins confortables. En me rasseyant, j'ai jeté un coup d'œil par la vitre, ce que j'ai aussitôt regretté. J'ai vu le plus récalcitrant des voyous tenter d'échapper à la poigne du policier et recevoir un coup de matraque en pleine figure. Il est tombé à genoux, et un autre coup sur le haut du crâne l'a assommé. Le second, qui s'était mis à crier, a été réduit au silence d'une gifle monumentale.

Le bus a pris de la vitesse, noyant ce tableau brutal dans un nuage de poussière. Derrière nous, le type aux écouteurs avait repris sa litanie. J'ai caché mon visage dans l'épaule de Paul, en proie à une honte cuisante. Comme si j'étais responsable de toute cette violence. Sentant ma détresse, Paul m'a enlacée tendrement.

— Allez, c'est du passé, maintenant, a-t-il affirmé.

Et l'autobus a continué de foncer vers le futur.

5

Le chat avait l'air de se demander : « Mais qu'est-ce que je fais ici ? » Le pelage poussiéreux, les pattes maigrelettes : un animal des rues, sans un foyer où trouver refuge. Et cette nuit-là, pour une raison connue de lui seul, il s'était suspendu à un mur. La force avec laquelle ses griffes s'étaient plantées dans les briques crayeuses lui conférait une immobilité totale, comme s'il avait été fixé là avec de la colle. Sa position était étrangement acrobatique, voire inquiétante. Cela me rappelait les images que j'avais vues de ces créatures vivantes prises dans une coulée de lave et instantanément transformées en fossiles, leurs derniers pas figés dans le temps.

J'ai passé un long moment à l'étudier ainsi perché à la verticale. Où puisait-il la force de se maintenir dans une position aussi insolite ? De quoi avait-il eu peur au point de se pendre à cette paroi poussiéreuse, dans une ruelle sombre de cette labyrinthique citadelle ?

Et moi, qu'est-ce que je faisais ici ?

Dans ce coin silencieux en pleine nuit ?

Retour en arrière, douze heures plus tôt…

Le bus nous avait déposés à la gare routière d'Essaouira, son terminus, juste avant 14 heures. Alors que nous émergions de ce bain de vapeur en titubant, le type aux écouteurs, fredonnant toujours la même chose – n'avait-il qu'une seule chanson sur son iPod ? –, nous a fait un signe d'adieu amusé. Le chauffeur, qui tirait déjà avec bonheur sur une cigarette, nous a également salués de loin pendant que nous attrapions nos bagages dans la soute tout en essayant de repousser les avances d'une bande de démarcheurs qui cherchaient à nous entraîner dans quelque pension bon marché.

— Tu veux une chambre, monsieur ? Très propre, très bon prix…

— *Nous en avons déjà une*, a répondu Paul en me poussant vers quelques taxis déglingués qui attendaient au coin.

— Mais moi, j'ai une chambre mieux ! Tu viens avec moi et je te montre tout ce que tu dois voir à Essaouira…

Paul l'a éconduit d'un geste tandis que je contournais plusieurs femmes déterminées à brandir sous mon nez des chemises brodées, des châles bigarrées et des colliers en plastique. Le soleil de l'après-midi était toujours implacable et la place bétonnée, saturée de gaz d'échappement et de poussière. Après avoir extirpé mon chapeau de toile fripé de mon sac à dos, je l'ai enfoncé sur ma tête jusqu'à ce que le bord me protège les yeux. Nous sommes parvenus aux taxis, suivis de près par la cohorte des quémandeurs. Visiblement, « non » n'était pas une réponse acceptable.

— Ne fais pas attention, m'a conseillé Paul. Ils sont fatigants mais inoffensifs.

Le conducteur de la première voiture – une Peugeot beige qui semblait rescapée de plusieurs gymkhanas – avait l'air de ne pas avoir dormi depuis 2010 au moins et s'époumonait dans le téléphone portable collé à son oreille. Lorsque Paul lui a donné le nom de notre hôtel, il a répondu machinalement « deux cents dirhams » en anglais, alors que Paul s'était adressé à lui en français.

— Mais enfin, c'est à dix minutes à pied d'ici, au maximum !

— C'est le prix, a rétorqué le chauffeur en abandonnant quelques secondes son téléphone. Tu veux pas, tu marches.

— *Charmant*, a persiflé Paul.

L'homme s'est contenté de hausser les épaules. Secouant la tête, Paul a abandonné ce grossier personnage pour aller parler au chauffeur suivant. Le premier a aussitôt bondi hors de son véhicule en vociférant, mais l'autre l'a ignoré avec flegme.

— *Vous allez où ?* a-t-il demandé à Paul.

— *Vous connaissez l'hôtel des Deux Chameaux ?*

— *Bien sûr. Ça vous coûtera environ trente dirhams*.

Trente dirhams. Un honnête homme.

— *D'accord*.

Après avoir chargé nos affaires dans le coffre, nous sommes partis en fonçant droit à travers une escouade de poules et d'oies qu'un paysan en gandoura et calotte blanches tentait de faire avancer en suivant les remparts de la ville. Le taxi a donné deux ou trois coups de klaxon nonchalants. Le propriétaire de cette basse-cour savait de toute façon quoi faire pour se garer des roues des véhicules. Un peu plus loin, un homme poussait un tonneau rempli de coton brut au milieu de la rue. Et encore plus loin, vision absolument hallucinante, un vieillard assis en tailleur au bord de la chaussée soufflait dans une flûte en roseau pour encourager un cobra dressé hors de son panier en paille à onduler en rythme...

Sous le regard de Paul, j'ai continué à m'imprégner de toutes ces nouveautés, tandis que nous avancions le long des murailles d'Essaouira, vestiges d'une ancienne forteresse médiévale aux abords du désert.

— Tu vas voir, ça devient encore plus dépaysant, m'a dit Paul.

Il avait l'air de se sentir parfaitement à l'aise au milieu de ce chaos pittoresque. Nous avons suivi l'enceinte pendant une ou deux minutes avant d'obliquer, de passer sous une étroite arcade puis de nous engager dans une allée plongée dans la pénombre qui sinuait entre des parois peintes en bleu marine. Tout au fond se trouvait un portail de la même couleur, dont le bois ajouré en arabesques laissait à penser que derrière se trouvait un mystérieux palais. C'était l'entrée de notre hôtel, Les Deux Chameaux. Nous avons pénétré dans un hall austère et sombre où se trouvait un vieux bonhomme endormi derrière le comptoir de la réception. Il m'a fait penser à un dandy sur le retour avec sa chemise à fleurs, l'étoile marocaine en or passée à son cou oscillant à chacun de ses ronflements, ses doigts lourdement bagués et les grosses lunettes noires dissimulant ses yeux.

J'ai étudié rapidement la pièce. Des fauteuils et canapés de style oriental dont les moulures exubérantes et le velours jadis mordoré disparaissaient sous une sérieuse couche de poussière, une horloge de gare des années 1920 au mécanisme bruyant et là, sur le comptoir, un chat famélique qui nous observait d'un œil soupçonneux, voyant en nous des intrus venus déranger ce petit monde assoupi. Prenant l'initiative, Paul a d'abord chuchoté un « *Monsieur* » avant de répéter le mot de plus en plus fort. Comme il n'obtenait aucun résultat, j'ai choisi une autre approche en abattant ma main sur la vieille sonnette en cuivre à côté du registre des clients grand ouvert. Le tintamarre a immédiatement ramené le réceptionniste parmi nous, sursautant comme s'il venait de recevoir une décharge de défibrillateur. Puis il nous a regardés d'un air effaré, le regard vitreux, encore hagard.

— Désolés de vous avoir réveillé si brutalement, a commencé Paul, mais nous avons essayé de...

— Vous voulez une chambre ?

— Nous avons une réservation.

— Pas besoin de réservation, ici. Il y a toujours des chambres libres. Enfin, nous ne sommes jamais très pleins.

— Il n'empêche que nous en avons une.

— Quel nom ?

Paul lui a donné l'information demandée et l'homme s'est mis debout, a fait pivoter le gros registre pour le placer devant lui en le poussant avec ses deux index et, après s'être penché sur la page du jour, en a tourné pensivement plusieurs tout en secouant la tête et en marmonnant de façon incompréhensible.

— Vous n'avez pas de réservation, a-t-il conclu.

— Mais je l'ai faite moi-même ! s'est étonné Paul.

— Vous avez reçu une confirmation de notre part ?

— Évidemment. Je l'ai faite par Internet.

— Vous avez une copie ?

— Je… (Sans se tourner vers moi, il m'a glissé du coin des lèvres :) … oublié de l'imprimer.

— Mais si ça s'est passé en ligne, tu peux la retrouver facilement, ai-je objecté.

— Je crois que je l'ai supprimée…

J'ai réprimé un mouvement d'agacement. Paul avait la fâcheuse manie de vider régulièrement sa boîte mail, détruisant ainsi des courriers électroniques importants qu'il aurait dû archiver.

— Mais il vous reste bien des chambres, non ? ai-je tenté.

— Oui et non.

Saisissant un antique combiné téléphonique – de ceux qu'on voit dans les films dont l'action se déroule pendant l'occupation nazie –, l'homme s'est mis à parler en arabe d'un ton cassant, péremptoire. J'avais déjà noté que les intonations de cette langue avaient quelque chose de déclamatoire, d'agressif, qui pouvait aisément passer pour hostile. Du même coup, je me suis fait la réflexion qu'il fallait vraiment que je ressuscite mon français qui, bien que très rouillé, restait d'un niveau convenable – une promesse que je m'étais faite maintes fois depuis mes jours lointains à Montréal.

Sa conversation terminée, le réceptionniste a reporté son attention sur nous.

— Mon collègue, il prévient le propriétaire.

Nous avons dû attendre cinq bonnes minutes jusqu'à ce que le maître des lieux fasse son apparition. M. Picard, ainsi qu'il s'est présenté, était un quinquagénaire de petite taille mais à l'allure encore jeune. Chemise blanche impeccable, pantalon crème à plis, il arborait une expression de dédain glacial qui m'a paru refléter toute une vie à prendre les autres de haut et à dissimuler ses émotions.

— On me dit qu'il y aurait un problème ? a-t-il demandé, à la limite de l'arrogance.

— Nous avons réservé une chambre mais vous n'en avez pas trace, apparemment, a expliqué Paul.

— Avez-vous la confirmation ? (Au signe de dénégation de Paul, il a immédiatement enchaîné :) Nous non plus. Conclusion : il n'a pas dû y avoir de réservation.

— Mais voyons, je l'ai effectuée et…

— Visiblement pas.

— Eh bien, vous avez des chambres, non ? ai-je insisté.

— Ahmed, ici présent, ne vous a-t-il pas dit que nous n'avions qu'une chambre de disponible ?

— Il nous a dit qu'il y en avait « plusieurs » de libres !

— Non. Seulement une.

— Ah… Et combien coûte-t-elle ?

— C'est une chambre avec balcon et vue sur la mer. Combien de temps vous la faudrait-il ?

— Un mois, a déclaré Paul. C'est ce que nous avions réservé.

Avec une moue contrariée, Picard s'est tourné vers Ahmed et lui a enjoint en français de vérifier les disponibilités. Là encore, le réceptionniste a feuilleté ostensiblement les pages, traînant un doigt distrait le long des colonnes, claquant la langue sur son palais comme si nous loger pendant tout ce temps représentait une prouesse impossible. Je commençais à me demander si Paul avait réellement fait la réservation ou s'il s'agissait d'un autre de ses multiples « petits oublis », ainsi qu'il les appelait, et qui constituaient l'un des agréments de notre existence commune. Déjà, je me reprochais de ne pas avoir tout vérifié avant notre départ, de lui avoir accordé toute ma confiance. Toutefois, je m'en voulais aussi de mettre en doute sa parole ; cet odieux directeur et son somnambule de subordonné paraissaient bien capables de vouloir dissimuler le fait qu'ils avaient égaré la réservation, ou de se livrer à cette agaçante comédie dans le seul but de nous soutirer plus d'argent. Cette dernière hypothèse s'est avérée encore plus plausible lorsque Ahmed a abandonné son air sombre pour chuchoter quelque chose à son patron, lequel nous a fixés d'un regard condescendant.

— OK, j'ai de bonnes nouvelles : cette chambre est effectivement libre pour la période que vous souhaitez. De plus, c'est la meilleure de tout notre établissement, une suite, en fait, avec un balcon face à l'océan. Le tarif est de sept cents dirhams la nuit.

Les traits de Paul se sont affaissés alors que, dans mon cerveau, la calculatrice toujours prête à entrer en action se mettait à crépiter. Sept cents dirhams, soit près de cent dollars, soit le double du tarif qu'il m'avait assuré avoir obtenu.

— Mais j'avais réservé à trois cent cinquante ! a-t-il protesté.

— Sauf que vous n'avez aucune trace d'un tel accord, n'est-ce pas ? a objecté M. Picard. Pas plus que nous n'en avons de votre réservation dans nos registres. Nous essayons simplement de vous arranger.

— J'ai réservé une chambre à trois cent cinquante dirhams la nuit, pour un mois, a insisté Paul.

Il était furieux, tendu.

— Monsieur, sans preuve écrite tout cela n'est que paroles, et les paroles, comme chacun sait...

— Ah, vous êtes philosophe, maintenant ? a sifflé Paul entre ses dents.

J'ai posé une main apaisante sur son avant-bras.

— Il ne voulait pas dire ça, ai-je assuré à M. Picard. Nous sommes épuisés l'un et l'autre, et la tension...

— Si, c'est exactement ce que je voulais dire ! Ce type se moque de nous !

M. Picard a eu un petit sourire.

— À vous entendre, on croirait que vous me faites une faveur en restant ici. Ne vous gênez pas, allez chercher un autre hôtel et voyez si vous trouvez la qualité, la propreté de mon établissement. Et une suite de cette taille pour un mois ? La porte est ouverte. *Bonne chance*.

Sur ce, il a tourné les talons en se dirigeant vers l'escalier. J'ai crié dans son dos :

— S'il vous plaît ! Serait-il possible de voir cette chambre ?

— Comme vous voulez, a concédé Picard d'un air hautain.

Je l'ai suivi sur les marches tandis que Paul restait à sa place, boudeur.

— Tu viens ? lui ai-je lancé.

— Visiblement, c'est toi qui te charges de tout, maintenant.

— Très bien.

J'ai continué mon ascension. Sur le premier palier, M. Picard s'est tourné vers moi :

— Votre mari ne semble pas être un homme heureux...

— Et en quoi cela vous regarde-t-il ?

La sécheresse de mon ton a eu l'air de le surprendre.

— Je ne voulais pas être désobligeant.

— Si, c'est précisément ce que vous vouliez.

Le couloir de l'étage était étroit mais assez attrayant avec ses encadrements de porte en céramique bleue. Au bout, nous avons encore grimpé quelques marches pour parvenir à un lourd battant en bois travaillé.

— Splendide isolement, a déclaré Picard d'un ton pompeux. (Il a ouvert.) *Après vous, madame.*

J'ai fait deux pas à l'intérieur pendant qu'il allumait une lampe sur une table ronde. D'abord, j'ai pensé : Mon Dieu, c'est microscopique ! Nous nous trouvions dans une sorte d'antichambre, un salon exigu envahi par un canapé et un fauteuil tendus de brocart rouge. La poussière dansait dans les rais de lumière filtrant par les persiennes peintes en bleu. Percevant ma déception, Picard a annoncé :

— Vous n'avez pas tout vu.

Après avoir poussé une porte de communication, il m'a précédée dans une chambre à haut plafond voûté et soutenu par des poutres en bois au centre de laquelle trônait un immense lit dont la tête accueillait d'énormes coussins en panne de velours rouge. Tout le mobilier était sombre et massif, du lit king size au grand bureau et sa chaise, en passant par la commode et une chaise longue digne d'un sultan. Les murs étaient en pierres apparentes. Dans la salle de bains, modeste mais tout à fait acceptable, j'ai tourné les robinets de la cabine de douche aux parois joliment décorées d'arabesques. La pression de l'eau était convenable. Alors que je revenais dans la pièce principale, je suis restée sans voix : Picard avait ouvert les persiennes et la lumière entrait maintenant à flots, égayant la sombre alcôve.

M'extasier devant la beauté de la pièce aurait été une erreur stratégique dans les négociations dans lesquelles je m'apprêtais à me lancer. J'ai quand même accepté l'invitation de Picard à passer sur le balcon, replongeant ainsi dans l'air incandescent de l'après-midi. Si ses proportions n'avaient rien d'imposant – trois mètres sur un, au mieux –, il offrait une vue incontestablement magnifique. À ma droite, c'était la vieille ville d'Essaouira dans tout son pittoresque médiéval, avec ses tourelles altières, ses murailles, ses ruelles capricieuses, la densité de la vie en contrebas.

À ma gauche... eh bien, l'immensité scintillante de l'Atlantique captait aussitôt le regard.

Qu'y a-t-il de plus revigorant et de plus reposant à la fois que le spectacle de la mer ? Surtout celle-ci, qui nous rattachait à notre pays par-delà l'horizon. Il y avait une petite table et deux chaises pliantes sur le balcon. Tout de suite, je me suis imaginé Paul entouré de ses carnets de croquis et de ses fusains, sa formidable créativité stimulée par le ciel, l'océan, la ligne compliquée des toits, tout cet exotisme à ses pieds. Et moi sur l'autre siège, penchée au-dessus d'une grammaire française, à peine sortie de mon cours particulier du matin et retournant avec délice aux arcanes du subjonctif...

— Pas mal, hein ? a demandé Picard, nettement plus diplomate depuis que je l'avais remis à sa place quelques minutes plus tôt.

— Ça ira, oui.

Je suis retournée à l'intérieur. Ne jamais essayer

de marchander devant une vue aussi splendide. Il m'a suivie.

— J'ai eu sous les yeux l'e-mail que mon mari a reçu de vous, ai-je commencé.

— Il n'a jamais rien reçu de moi directement.

— De votre réceptionniste, alors.

— Nous n'avons aucune trace de correspondance électronique, madame.

— Mais je l'ai vu. Je sais que vous avez accepté un tarif de trois cent cinquante dirhams pour une chambre avec balcon donnant sur la mer.

— Ce n'était pas cette suite. Et comme celle-ci est la seule disponibilité que nous ayons…

— Votre employé, en bas, nous a certifié qu'il y avait plein de chambres libres, en ce moment.

— Oui, mais sans vue sur la mer.

— Allons, soyez intelligent, là.

— Quoi, vous trouvez que je suis stupide ? s'est-il récrié, retrouvant son ton plein de morgue.

— Non, arrogant. Et peu accueillant. Déplaisant, même. Et je commence à penser que je devrais contacter ma secrétaire aux États-Unis et lui demander de retrouver cet e-mail, puis de me l'envoyer ici. Ensuite, je pourrais aller voir l'office du tourisme de cette ville et vous dénoncer comme fraudeur.

— Là, je vais devoir vous prier de quitter cet établissement.

— Dommage. La chambre n'est pas mal, et vous auriez pu l'avoir louée pendant un mois. Mais c'est comme vous voulez, monsieur.

J'étais en train de me diriger vers la sortie lorsqu'il m'a interpellée :

— Attendez ! Je peux accepter six cents par jour.

Sans me retourner, j'ai annoncé « Quatre cents », sachant que je devais lui laisser de la marge.

— Cinq cent cinquante.

— Cinq cents, petit déjeuner et blanchisserie compris.

— Quoi, vous attendez de nous que nous fassions votre lessive tous les jours ?

— Deux fois par semaine. Nous n'avons pas une garde-robe très fournie.

Silence. Il pétrissait son front de son pouce, un signe d'anxiété bien connu.

— Et vous resterez bien un mois entier ? a-t-il fini par demander.

— Je peux vous montrer nos billets de retour.

— Pour ce prix, j'ai besoin d'être payé d'avance. En totalité.

Mon tour était venu de le faire mariner un peu, mais en jetant un nouveau coup d'œil à la chambre, au ciel d'un bleu intense dehors, je me suis dit que le moment de prendre une décision était venu. Avec les petits déjeuners, l'entretien de notre linge et les deux cents dirhams par nuit auxquels j'étais parvenue à le faire renoncer, je nous économisais plus de mille dollars. J'avais également l'impression qu'après ce petit bras de fer Picard se montrerait un peu plus civilisé. Alors j'ai tiré une carte de crédit de mon sac.

— Parfait, monsieur. Marché conclu.

Un léger pincement des lèvres. Il allait avoir affaire à moi pendant trente jours, maintenant, avec tout ce que cela supposait.

— *Très bien, madame.*

— À propos, est-ce que vous connaîtriez quelqu'un susceptible de me donner des cours de français quotidiens ? J'aimerais améliorer ma maîtrise de votre langue.

— Je suis sûr que je pourrai trouver.

Lorsque nous sommes redescendus, Paul était assis à une petite table, devant un verre de thé à la menthe.

— Pourriez-vous faire monter nos bagages, s'il vous plaît ? ai-je demandé à Picard.

— *Très bien, madame.*

D'un geste, il a ordonné au réceptionniste de satisfaire à ma requête. Paul s'était levé, m'observant d'un œil incrédule.

— Ne me dis pas qu'on va rester ici !

— Monte voir la suite.

Je suis repartie seule dans l'escalier mais très vite, Paul m'a suivie. Quand nous sommes arrivés dans la suite, je me suis dirigée directement vers le balcon. Dehors, face au soleil, les toits bleutés se fondant dans le ciel maintenant plus clair, la surface miroitante de l'Atlantique reflétant l'incroyable luminosité nord-africaine, je me suis abandonnée à la contemplation et à l'émerveillement. Oui, c'était merveilleux de me trouver aux confins occidentaux de l'Afrique, au-dessus d'une cité vénérable encerclée par l'océan et le désert, disposée à m'immerger tout un mois dans un univers qui m'était radicalement étranger mais dont je sentais déjà l'attraction sur moi. Quel privilège exceptionnel d'avoir échappé à la grisaille et d'être ici ! Et tout cela, je le devais à l'homme dont je percevais la présence dans la chambre, celui avec qui j'espérais tant que les choses s'arrangeraient.

J'ai fermé les paupières, cherchant à échapper à la vague de tristesse qui montait en moi. Je les ai rouvertes quand les mains de Paul se sont posées sur mes épaules.

— C'est extraordinaire, cette vue, a-t-il murmuré.

— Et la chambre ?

— On ne pouvait pas espérer mieux.

— Donc, on reste ?

Il m'a fait pivoter vers lui pour m'embrasser avec fougue. La sensation de son corps pressé contre le mien, de ses mains se faufilant sous mon tee-shirt, de son sexe contre moi, tout cela a réveillé en moi un désir puissant. Je voulais abolir la fatigue, la colère, les doutes en me perdant sous lui. Je l'ai serré plus fort et sous ma main son membre s'est durci davantage. Après avoir vérifié que nos bagages avaient été déposés et que la porte était refermée, j'ai poussé Paul vers le lit et nous nous sommes aussitôt mutuellement dépouillés de nos vêtements. J'étais déjà si excitée et emportée par la passion que je l'ai attiré en moi sans attendre, passant mes jambes autour des siennes pour l'attirer plus profondément. Le plaisir fut immédiat. J'ai joui très vite, deux fois de suite, ce qui n'a fait que redoubler l'ardeur de Paul. Ses coups de reins lents et profonds m'ont de nouveau entraînée au bord de l'abîme dans lequel j'ai basculé, les sens électrisés, chaque parcelle de mon corps abandonnée.

J'ai senti la lente montée du plaisir de Paul, dont il retardait le dénouement avec le savoir-faire d'un amant exceptionnel, ce qu'il était, savourant jusqu'au bout la force de notre étreinte. J'ai senti ses muscles se contracter, ses gémissements s'accélérer et son sexe se durcir encore un peu plus et, dans un ultime coup de boutoir, il a laissé échapper un cri. « Amour de ma vie », ai-je chuchoté plusieurs fois à son oreille, sûre et certaine que c'était la vérité, à cet instant, et avec l'espoir qu'un enfant allait naître de cette étreinte.

Il est retombé sur le dos à côté de moi. Après avoir repris ma respiration, j'ai regardé ma montre. Presque 16 heures. Après ces trente heures de voyage, une courte sieste serait la bienvenue. J'ai remonté le drap sur nous. Le ventilateur au plafond ronronnait doucement, brassant l'air surchauffé. Un bras autour de Paul déjà endormi, j'ai fermé les yeux.

Il faisait nuit noire quand j'ai repris conscience. Aucun bruit autour de nous sinon celui du ventilateur, le premier élément de réalité qui m'a permis de me rappeler où j'étais. Levant les yeux vers les fenêtres restées ouvertes, j'ai contemplé les myriades d'étoiles dans le ciel. Soudain, une voix venue de nulle part a entamé une sorte d'incantation pensive, interrompue par un grésillement électrique de haut-parleur avant de s'élever à nouveau, la phrase musicale s'achevant sur un « Allaaaaaaah » soutenu qui résonnait sur les toits de la vieille ville. J'ai rassemblé les pièces du puzzle. Le Maroc. Essaouira. L'hôtel. La suite dans laquelle nous allions passer un mois. Mon mari, endormi à mes côtés. J'ai attrapé ma montre et fixé le cadran. 3 h 43…

J'avais donc dormi douze heures d'affilée ! Je me suis redressée dans le lit, puis je me suis levée pour aller aux toilettes, les jambes engourdies par ce long sommeil. Il me fallait une bonne dose de caféine pour sortir de la délicieuse torpeur qui suit un somme d'une telle durée. Le carrelage bien froid sous mes pieds, je me suis dirigée vers la salle de bains. La nuit marocaine avait quelque chose d'apaisant, un antidote parfait à la chaleur de la veille. La mosaïque bleu sombre de la salle de bains m'a rappelé la nuance du ciel nocturne. Elle était aussi propre et bien entretenue que la chambre : si M. Picard était imbuvable, il n'en connaissait pas moins son métier, et le style de la décoration prouvait son bon goût.

Parfaitement réveillée maintenant, j'ai posé ma trousse de toilette et je me suis précipitée sous la douche. L'eau est restée convenablement chaude pendant les vingt minutes que j'ai passées sous le jet. Après avoir enroulé mes cheveux dans une serviette, j'en ai noué une autre autour de la taille et je me suis observée dans le miroir carré. Cette interminable sieste avait effacé les cernes hérités du voyage en avion et en bus, mais ce miroir me disait assez clairement que la lutte contre le passage du temps a beau être de tous les instants, elle est aussi perdue d'avance.

Le meilleur remède quand vous êtes en proie aux doutes et autres incertitudes de la vie, c'est de mettre un peu d'ordre dans ses affaires. J'ai donc enfilé un pantalon en lin, un débardeur bleu, et je me suis mise à ranger. En un quart d'heure, j'avais trié et suspendu mes vêtements dans la penderie, empilé mes livres sur la commode. Je n'ai hésité qu'une seconde avant de faire de même avec les frusques de Paul car je savais qu'il m'était toujours reconnaissant quand je me chargeais des détails domestiques. Ouvrant sa valise, je suis tombée sur l'habituel chaos : tee-shirts, caleçons, jeans, chaussettes, shorts jetés pêle-mêle et dans un état de douteuse propreté.

Après avoir rempli le panier à linge sale, j'ai passé des sandales et je suis descendue à la réception. Un homme était endormi dans le fauteuil derrière le comptoir mais ce n'était pas celui qui nous avait – mal – accueillis plus tôt. La quarantaine, très maigre dans sa djellaba grise, sa bouche ouverte révélant des dents brunâtres, il avait été surpris par le sommeil, abandonnant une cigarette allumée au bord du cendrier. Quand j'ai effleuré son épaule et murmuré « Monsieur ? », il a fait un bond comme s'il avait été atteint par une décharge électrique.

— Pardon… (Levant le panier devant ses yeux, j'ai risqué en français :) *Linge ?*

Reprenant ses esprits, il a regardé l'horloge au mur, qui indiquait maintenant 4 h 28.

— *Maintenant ?* s'est-il étonné. *On est au beau milieu de la nuit…*

Sans me laisser le temps de lui dire que cela pouvait en effet attendre, il est sorti par une porte cachée derrière un rideau pour revenir peu après accompagné d'une jeune fille – elle devait avoir à peine seize ans –, robe en coton imprimé et foulard sur la tête, qui m'a lancé un regard timide et ensommeillé.

— Ce n'était pas la peine de la déranger maintenant, ai-je dit à l'homme.

Haussant les épaules, il a montré du doigt le panier à la fille et lui a donné quelques instructions en arabe. Elle a répondu d'une voix hésitante mais cristalline, puis il s'est tourné vers moi :

— *Laver et repasser ?*

— Oui, oui. Pour ce matin, si possible.

Nouvel échange en arabe entre les deux. Même s'il semblait lui en coûter de s'exprimer devant deux adultes, la jeune fille a risqué un timide commentaire.

— C'est vrai, il faut attendre le soleil pour que les habits sèchent, a déclaré l'homme en haussant un sourcil.

— En effet, ai-je approuvé en souriant à la jeune fille.

Un sourire est apparu sur son visage frais. Elle s'est emparée du panier.

— *Choukrane*, ai-je dit pour la remercier, l'un des trois ou quatre mots d'arabe que j'avais pu glaner.

— *Afwane*, a-t-elle répondu – de rien.

Et elle a disparu.

— J'ai un dernier service à vous demander, ai-je poursuivi. Comme tous les habits de mon mari sont au lavage maintenant, auriez-vous un peignoir ou quelque chose de ce genre pour lui ?

— *Une djellaba pour votre mari ?*

— *Oui...*

— *Attendez ici.*

À ce moment, une nouvelle incantation a retenti sur la ville endormie. *Allaaaaah*, le mot prolongé dans une inflexion si mélodieuse, si fascinante, que je suis instinctivement sortie pour tenter de discerner d'où venait la voix.

Passant sous l'arche bleue marquant l'entrée de l'hôtel, je n'ai pas reconnu les lieux que je n'avais fait qu'entrevoir dans une brume de chaleur et de poussière lors de notre arrivée. La cantillation, qui semblait venir du ciel, faisait paraître la nuit encore plus noire, plus silencieuse. Je suis passée devant quelques portes verrouillées, des échoppes aux volets fermés, deux ou trois ruelles qui semblaient conduire à un labyrinthe obscur. Un labyrinthe dans lequel il aurait mieux valu que je ne m'aventure pas. Mais j'étais comme envoûtée par cette voix à la fois plaintive et chantante.

C'est là que j'ai aperçu le chat collé à la paroi devant moi, paralysé à la verticale, arrêté dans sa fuite de je ne savais quoi. Cette vision était si irréelle et si inquiétante que j'ai eu un frisson. Puis un deuxième, plus violent celui-là : une main glacée venait de se poser sur mon épaule dénudée.

Aussi soudainement que s'ils étaient sortis du sol, je me suis trouvée entourée par trois hommes, dont un quinquagénaire édenté aux joues mangées par une barbe grisonnante et un adolescent corpulent dont le tee-shirt trop court révélait une partie du ventre poilu et qui me dévorait des yeux, un sourire niais aux lèvres. Quant à la main sur mon épaule, c'était celle d'un individu jeune mais voûté, presque bossu, dont le regard erratique avait quelque chose d'anormal. Je me suis dégagée d'un mouvement sec. « *Bonjour, madame* », a croassé le plus vieux en jetant à terre son mégot de cigarette. La main venait de se reposer sur mon épaule. Cette fois, je me suis écartée en chuchotant avec véhémence :

— Laissez-moi tranquille !

— Pas de problème, pas de problème, a affirmé l'ado bedonnant en avançant d'un pas vers moi, son visage encore plus luisant de graisse maintenant que je le voyais de plus près. Amis-amis.

Alors que je faisais mine de me retourner pour m'enfuir, le bossu a posé ses doigts osseux sur mon bras, non pour me retenir de force mais plutôt comme s'il ne résistait pas à la tentation de me toucher. Derrière moi, l'adolescent a lâché un petit rire idiot. J'ai eu l'impression qu'il s'apprêtait à me saisir à bras-le-corps. Le plus âgé se contentait d'observer la scène, visiblement amusé par ma frayeur.

Je devais agir sans tarder. Le bossu barrait ma retraite vers l'hôtel mais sa proximité pouvait être un avantage : avec un coup de genou bien placé, je pourrais partir en courant, crier au secours et franchir les quelques dizaines de mètres qui me séparaient de l'entrée.

— On est des amis, a répété le jeune avec un rire déplaisant.

Le bossu me serrait toujours le bras. J'ai commencé à compter en silence jusqu'à trois. Un, deux...

La ruelle pavée a soudain résonné de pas précipités et d'une voix menaçante qui criait :

— Emchi, emchi, emchi !

C'était le gardien de nuit de l'hôtel qui arrivait à ma rescousse, son bâton levé haut au-dessus de lui. Devant cette apparition furibonde, le trio s'est évaporé dans la nuit, me laissant clouée sur place, terrifiée.

Tel un père venu tirer son enfant d'une mauvaise passe, mon sauveur m'a saisie par le coude et reconduite sans un mot à l'hôtel. Dans le hall, il s'est laissé tomber sur une chaise, recouvrant peu à peu son calme. Je me suis assise aussi, le cœur battant à se rompre, pas encore remise de ma peur et furieuse contre moi-même d'avoir été si stupide.

D'une main légèrement tremblante, l'homme a attrapé une cigarette et l'a allumée. Après deux longues bouffées, il a prononcé deux mots qui pouvaient être une injonction ou un constat :

— *Plus jamais...*

6

« Plus jamais. Plus jamais. Plus jamais. »

Assise sur le balcon, j'ai regardé le jour s'immiscer dans le ciel nocturne, encore sous le choc de ma mésaventure.

« Plus jamais… »

Mais ces admonestations silencieuses avaient moins pour objet le comportement de ces hommes dans la ruelle que ma propre inconscience. Quelle mouche m'avait piquée, de partir ainsi seule dans une ville inconnue, et en pleine nuit ? Quelle impulsion absurde m'avait fait suivre cette voix au milieu des ténèbres ? Mon sens pratique me poussait à séparer l'impression menaçante de la scène de ce qui s'était réellement passé. Étaient-ils vraiment sur le point de m'attaquer, avaient-ils eu l'intention de me violer, ou bien n'avais-je été qu'un objet de curiosité pour eux ?

Mon sauveur est venu m'apporter du thé à la menthe, s'arrangeant pour traverser la chambre et poser le plateau sur la table du balcon sans réveiller Paul. Celui-ci restait effondré sur le lit, dans l'ignorance complète de ce à quoi je venais d'échapper. Les yeux perdus sur les constellations dont l'aube commençait à ternir le brillant, je suis parvenue à la conclusion que, même si cette rencontre avait été effrayante et chargée de danger, l'agression sexuelle n'en avait pas été le motif. Seul mon excès de témérité m'avait conduite à me risquer ainsi dans la nuit. Tant que je n'aurais pas compris la force étrange qui m'avait poussée au-devant des ennuis, je ne me pardonnerais pas pareille imprudence.

— Ah, tu es là…

Paul était apparu dans l'embrasure de la porte-fenêtre, vêtu de la djellaba blanche que le veilleur de nuit avait déposée sur le lit en m'apportant mon thé.

— On peut dire que tu as dormi, ai-je plaisanté.

— Et toi ?

— Douze heures, contre tes quatorze.

— Quatorze heures ? a-t-il répété, éberlué.

— Tu en avais besoin.

— Toi aussi. Et on dirait que tous mes habits ont disparu.

— En cet instant, ils sont au lavage.

— Et tu as déballé tout mon matériel de dessin. Je devrais vraiment t'engager comme majordome.

— Ça te va bien, la djellaba.

— Les Français ont une expression à eux pour caractériser un hippie vieillissant qui continue à se fringuer comme s'il fréquentait un ashram. « Un baba cool », ils disent. Même durant l'année que j'ai passée au Maroc, je ne me suis jamais habillé de cette façon.

— Mais maintenant, ça va avec ton style « hippie vieillissant »…

Il s'est penché pour m'embrasser sur les lèvres.

— Je l'ai cherché, non ? a-t-il noté avec un sourire.

À mon tour, je l'ai embrassé tendrement.

— Oui, tu l'as cherché ! Un peu de thé ?

— Avec plaisir.

J'ai rempli les deux petits verres joliment décorés. Nous avons trinqué.

— *À nous*, a-t-il lancé.

— Oui.

Main dans la main, nous avons admiré les premières lueurs du jour.

— Tu sais comment on appelle ce moment de la journée ? a-t-il repris.

— À part « l'aube », tu veux dire ?

— Oui, à part l'aube : « le point du jour ».

— C'est poétique.

— Mais il y a plus poétique encore : « l'heure bleue ».

Il y a eu un silence pendant lequel j'ai laissé l'expression résonner dans ma tête, puis je l'ai répétée à haute voix, savourant sa sonorité :

— L'heure bleue…

— C'est joli, non ?

— Très. Ni complètement obscur, ni totalement clair.

— Voilà. L'heure où rien n'est comme on croit le voir. Celle où on est pris entre l'apparence et ce qu'on imagine.

— Entre la clarté et le flou ?

— Entre le translucide et l'opaque ? La limpidité et le mystère ?

— Quelle belle image, ai-je remarqué.

Il a approché son visage du mien pour me donner un baiser impétueux.

— *J'ai envie de toi*, a-t-il murmuré.

Et moi aussi. Surtout après ce sommeil réparateur et les émotions dans la ruelle. En cet instant, alors que l'heure bleue nous enveloppait.

Il m'a fait me lever de ma chaise. Déjà, ses mains se faufilaient sous mon tee-shirt. Je l'ai attiré à moi pour sentir son sexe palpiter sur ma peau. Quelques instants plus tard, nous étions allongés sur le lit et, les dents plantées dans l'épaule de mon mari, je jouissais et jouissais encore. Enfin, il a laissé échapper un cri étranglé et s'est répandu en moi. Côte à côte, pantelants, oui, nous étions heureux.

— C'est maintenant que notre aventure commence, ai-je annoncé.

— À l'heure bleue.

Pourtant, les premières percées des rayons du soleil fouillaient déjà la pénombre de la pièce.

— Elle est passée, l'heure bleue.

— Jusqu'au crépuscule ce soir.

— Oui, mais le début d'une journée est toujours tellement plus mystérieux que l'arrivée de la nuit...

— Parce qu'on ignore ce qui va suivre ?

— Au crépuscule, on a dépassé la moitié de l'histoire contenue dans une journée, tandis qu'à l'aube on n'a aucune idée de la façon dont l'intrigue va se développer.

— C'est peut-être pour ça que l'heure bleue est plus bleue le matin. Et toujours plus mélancolique le soir : la nuit tombe, un autre jour parvient à son terme...

Il m'a de nouveau embrassée.

— Comme diraient les Irlandais, on fait la paire, nous deux.

— D'où tu connais cette expression ?

— J'ai eu une amie irlandaise.

— Qui ça ?

— Oh, c'était il y a longtemps…

— Une « amie », ou plus ?

— Qui sait…

— « Qui sait » ? Tu veux dire que tu ne te rappelles plus si tu as eu une histoire avec une Irlandaise qui prétendait que vous faisiez la paire ?

— OK, OK, puisque tu insistes… Elle s'appelait Siobhan Parsons. Professeur d'arts graphiques dans une grande école de Dublin, et assez bon peintre. Elle passait un an à l'université de Buffalo. Célibataire et folle comme tout. Entre nous, ç'a duré trois mois au plus, et c'était il y a une bonne dizaine d'années, quand ni toi ni moi ne savions que l'autre existait, donc pourquoi diable est-ce qu'on parle de ça maintenant ? Et ici, surtout ?

Pourquoi ? Parce que Paul continuait à garder la majeure partie de son passé sous scellés. Et que, malgré mes efforts, j'étais jalouse de sa vie avant moi, jalouse de l'intimité qu'il avait partagée avec d'autres femmes que moi. Il était le premier homme à m'avoir comblée et je n'aimais pas penser qu'il avait fait l'amour à d'autres. Cependant, là, après cet accès de curiosité, je me suis surtout sentie ridicule. Stupide, comme l'avait été ma sortie dans la nuit d'Essaouira.

— Désolée, ai-je dit tout bas.

— Pas besoin d'être désolée. Essaie seulement d'être heureuse.

— Je le suis.

— Content de l'entendre, a-t-il approuvé avec un baiser.

— Bon, tu as faim ?

— Tu veux dire que je suis affamé !

— Moi aussi.

— Mais il est hors de question que je sorte dans cet accoutrement.

— Enfin, le monde t'attend dehors ! Et tu crois que ça choquera quelqu'un que tu aies décidé de jouer l'indigène ?

— Moi, ça me choque.

— Eh bien, pas moi. Et ça devrait être important, non ?

— Ça l'est, mais je préfère quand même attendre que mes habits reviennent.

— Minute, il n'y a pas un film où quelqu'un dit : « Viens avec moi à la casbah » ?

— Charles Boyer à Hedy Lamarr dans *Casbah*.

— Impressionnant ! Alors, viens avec moi à la casbah.

— On n'appelle pas ça la casbah, ici. On dit le souk.

— Quelle est la différence entre une casbah et un souk ? ai-je voulu savoir.

— Mystère, a-t-il dit avec un sourire.

7

Le souk à midi... Un soleil impitoyable, le ciel d'un bleu dur. La boule de feu au-dessus de nos têtes déchargeait une touffeur volcanique mais à Essaouira, personne, à part nous, ne semblait affecté par cette chaleur si intense que le goudron donnait l'impression de fondre sous nos pas.

Le souk à midi... Un labyrinthe de ruelles, certaines couvertes, d'autres pas, un dédale de cours où toutes les marchandises imaginables étaient exposées sur des étals, entassées à même le sol ou mélangées dans de minuscules échoppes. Et la densité stupéfiante de la foule. Et l'explosion tout aussi incroyable de couleurs dans ces enfilades de pyramides d'épices : marron, orange, écarlate, beige, roux, voire chartreuse, les infinies variations de turquoise et d'aigue-marine des carreaux de céramique qu'un artisan avait étalés par terre et que la cohue des passants parvenait pourtant à ne pas piétiner, le rouge violent de la viande de boucherie, quartiers et pattes dégoulinant de sang autour desquels des essaims de mouches s'affairaient. Et les ocres, les verts laiteux, les roses criards, les blancs cassés, les jaunes passés des ballots de tissu, et les infinies tonalités de brun sous les auvents présentant des articles en cuir repoussé aux motifs tarabiscotés…

Ajoutés à cette débauche visuelle le mélange de mille odeurs dans l'air torride, certaines appétissantes, d'autres repoussantes, les relents fétides des égouts se mêlant aux arômes robustes du marché aux épices, le parfum sucré des fleurs coupées aux effluves salés venus de la mer et au thé à la menthe servi à chaque coin de rue.

Les oreilles étaient également mises à l'épreuve dans le souk : pop-music marocaine ou française crachée à plein volume par des haut-parleurs, appels tonitruants des marchands, les « *Venez voir, venez voir !* » insistants des orfèvres ou tanneurs décidés à nous faire entrer dans leur antre, ainsi qu'au moins deux muezzins – c'est Paul qui m'avait appris le nom arabe de ces voix flottant surnaturellement au-dessus de la ville – se livrant à une surenchère de modulations pour appeler à la prière de milieu de journée depuis des minarets stratégiquement placés. Ajoutés à cela le vrombissement des scooters slalomant entre les ornières, le bruit des charrettes plates couvertes d'un assemblage à la Van Gogh d'oranges et de mangues, les paniers de tomates d'un rouge primaire…

Un garçon a tenté de m'attraper par la main pour m'entraîner dans une arrière-cour où des pains de savon de multiples teintes, ivoire, cuivre, ébène, caramel, avaient été entassés en élégantes pyramides. Malgré la proximité de l'océan, l'air était si aride qu'après vingt minutes d'exploration la sueur imprégnait mon tee-shirt et mon pantalon en lin. C'était aussi le cas de la chemise et du short que Paul avait choisis dans la pile de linge que l'on nous avait apportée peu après 11 heures, s'en tenant au principe du « pas de djellaba dehors ».

Auparavant, nous avions pris un copieux petit déjeuner sur notre balcon-terrasse et nous avions entrepris d'aménager ce que Paul nommait son « studio en plein air ». Il m'avait aidée à transporter le bureau dans le coin du balcon ombragé par un avant-toit, avec une vue imprenable sur la vieille ville, avant de s'éclipser un moment et de revenir chargé d'un parasol en toile qu'il avait déployé au-dessus de son nouveau poste de travail. Deux minutes plus tard il était devant la table, un carnet de croquis vierge et huit crayons déployés avec un soin minutieux sur la surface en bois. Après avoir retiré son chapeau de brousse, il avait laissé son regard errer sur les toits avoisinants pendant quelques minutes avant de se mettre à dessiner. Debout dans la chambre, j'étais restée à le contempler, impressionnée par sa concentration, par l'aisance et la sûreté de son tracé, par l'implacable discipline à laquelle il se soumettait en s'absorbant dans le paysage urbain en contrebas. Comme je l'avais aimé, alors. Toutes mes émotions allaient vers cet homme surprenant, bourré de talent et si imprévisible…

Revenue à l'intérieur, j'avais à mon tour organisé mon petit espace de travail, mettant sur une table mon ordinateur portable, un joli carnet de moleskine que j'avais acheté avant notre départ et le vieux stylo à plume Shaeffer qui avait appartenu à mon père et que j'ai toujours trouvé tellement années 1950 avec sa laque rouge et ses chromes rappelant les anciennes décapotables Chevrolet. Papa ne le remplissait que d'encre rouge, ce qui faisait dire à ma mère sur un ton sarcastique qu'il avait l'air « de passer sa vie à corriger des copies ». Il m'avait confié un jour la raison pour laquelle il affectionnait cette couleur : « Comme ça, on a vraiment l'impression d'écrire avec son sang. »

Ouvrant mon ordinateur portable, j'avais trouvé le réseau de l'hôtel et je m'étais connectée. Le signal était plutôt faible, mais j'étais parvenue à accéder à ma boîte mail. Trente-cinq messages s'étaient accumulés durant les trente-six dernières heures, en majorité des spams ou des publicités me rappelant que le moment était venu de renouveler mon abonnement aux concerts du Philharmonique de Buffalo, d'envisager un week-end dans un nouvel hôtel design de Montréal, de goûter un pinot noir que mon marchand de vins habituel avait en promotion… Au milieu desquels se trouvaient un mail de mon associé, Morton.

> Hello, Robyn, juste pour vous dire que nous avons reçu une lettre de l'IRS hier, et que la menace d'une inspection fiscale concernant votre mari semble s'éloigner définitivement. L'inspecteur à qui j'ai parlé, un certain Pinkerton, estime qu'il n'y a pas eu de tentative de dissimulation de revenus et que tout le produit des ventes d'œuvres passées a maintenant été intégré à sa déclaration. Ce Pinkerton a mené son enquête de son côté et il était au courant de toute la carrière de Paul. Il a même déclaré lors de notre conversation : « Talentueux, le gars, il devrait être plus connu. » Et il m'a expliqué qu'il s'était lui aussi essayé à la lithographie, dans sa jeunesse. Il m'a dit : « Je note que la comptable de M. Leuen est maintenant son épouse, donc je présume qu'elle continuera à garder ses affaires en ordre. » Je lui ai assuré que ce serait le cas. Enfin, résultat, ils ne demandent ni pénalités, ni amendes, ni rétrocessions. Paul devrait être très soulagé et, si j'ose ajouter, très reconnaissant envers vous. J'espère que le Maroc répond à vos attentes. Morton.

J'ai relu son message. Morton, mon bras droit et mon ange gardien… Toujours soucieux de mes

intérêts. À jamais méfiant vis-à-vis de mon mari...
Il était persuadé que j'avais épousé un hippie sur le
retour uniquement par rébellion contre les conventions
provinciales et que je m'épuisais depuis à le maintenir
sur le droit chemin. « Très soulagé et, si j'ose ajouter,
très reconnaissant envers vous »... J'étais tentée de
le rabrouer. De quel droit se permettait-il de faire
de pareils commentaires à propos de l'homme que
j'aimais ? Je savais que c'était peine perdue. Et ce
« j'espère que le Maroc répond à vos attentes » ! Quel
grincheux vous faites, Morton !

J'avais tapé un court mot de remerciement pour lui
répondre que oui, les nouvelles concernant les impôts
étaient excellentes, qu'en effet, le Maroc était fabu-
leux et que je lui étais vraiment reconnaissante de
tenir la boutique pendant mon absence. Après avoir
refermé l'ordinateur, je m'étais dit qu'il serait sans
doute préférable de ne lire mes e-mails qu'une fois
par semaine. Peut-être était-il temps d'apprendre à me
détacher du monde extérieur, à oublier un moment
les responsabilités et les tracas de la vie quotidienne.
De prendre un nouveau départ, même. La vie ne se
limite pas au cadre étriqué de la réalité des chiffres
et des bilans.
Une demi-heure plus tard, Paul était rentré pour
aller à la salle de bains. À son retour, j'avais annoncé :
— Je t'ai épargné l'horreur d'une inspection fiscale.
— C'est-à-dire ?
— Tu ne peux pas avoir oublié que l'IRS avait
manifesté l'intention d'aller fouiller dans les dix dernières années de tes finances !

— J'essaie de prendre mes distances avec ce genre de détails.

— Mon bureau vient de me dire que le service du fisc a décidé de te laisser tranquille.

— Ah… merci, alors.

— Et en parlant de « prendre ses distances », moi, j'ai décidé de ne vérifier mes e-mails que tous les sept jours.

Le fusain qu'il tenait encore entre ses doigts lui avait échappé.

— Non, sérieusement ?

— Très sérieusement.

— Tu m'épates.

— Tu vois !

— Tu penses que je te sous-estime ? Et que je trouve toutes ces histoires d'inspection fiscale bien trop prosaïques pour moi ?

— Mais c'est vrai que c'est prosaïque. Ma vie est tellement prosaïque…

— Moi, je suis dans ta vie et je ne pense pas l'être.

Je n'avais pas pu m'empêcher de rire, même si au fond je n'en avais pas envie.

— Oui, tu es tout sauf banal…

— Et c'est pour ça qu'on est à Essaouira. À ce propos, maintenant que je n'ai plus l'air de m'être évadé d'un ashram, si on allait flâner en ville ?

Dix minutes plus tard, nous plongions dans le dédale du souk à midi, les oreilles pleines de sa trépidante cacophonie, ses senteurs fortes sur notre peau surchauffée. Nous avons évité de justesse un vieux paysan qui transportait sur son vélo une énorme cage remplie de poules caquetantes. La chaleur me desséchait la bouche et mes vêtements me collaient au corps. Tous ces bruits, ces images, ces odeurs étaient tellement éloignés de mon univers habituel que la tête me tournait un peu.

Et pourtant, et pourtant... Tandis que nous nous enfoncions toujours plus avant dans le fouillis bigarré du marché d'Essaouira, je n'ai pu m'empêcher de noter que, décidément, mon imprévisible mari avait raison : il est parfois bon de s'échapper de la routine.

8

Ma répétitrice de français, Soraya, était une Berbère venue de l'extrême sud du pays, en plein Sahara. Âgée de vingt-neuf ans, elle enseignait dans une école primaire de la ville après des études à l'université de Marrakech et une année passée en France, d'où elle était revenue quand son visa avait expiré. Elle portait le hijab, ce foulard qui dissimule les cheveux mais non le visage. Les langues étaient sa passion : en plus de l'arabe et du français, elle maîtrisait parfaitement l'anglais et avait commencé à étudier l'espagnol.

— Mais avec un passeport marocain, on peut difficilement vivre ou travailler ailleurs qu'ici, m'a-t-elle dit pendant notre troisième leçon.

— Vraiment, vous n'avez jamais vécu en Angleterre ou aux États-Unis ? me suis-je étonnée, admirative de son anglais, langue à laquelle nous recourions parfois, même si nous avions résolu de ne parler que français pendant les cours.

— C'est mon rêve, a-t-elle avoué avec un bref sourire. Me retrouver un jour à New York ou Londres. Mais non, à part la France, je n'ai jamais rien vu d'autre que le Maroc.

— Comment connaissez-vous aussi bien ma langue, alors ?

— Je l'ai étudiée à l'université. J'ai regardé tous les films et feuilletons américains ou anglais que je pouvais trouver. Et j'ai beaucoup lu, aussi.

— Quel est votre romancier américain préféré ?

— J'ai vraiment aimé *L'Attrape-cœurs*, bien que je n'aie pas tout compris.

— Quoi, par exemple ?

— Toutes les références à New York. J'ai essayé de chercher dans des encyclopédies, mais… Là où le héros va voir le spectacle de Noël, qu'est-ce que c'est ?

— Une salle de spectacle. Le Radio City Music Hall.

— Et les danseuses représentent… comment vous appelez la naissance de votre Sauveur, déjà ?

J'ai eu un petit rire.

— La Nativité. Et la troupe de danseuses habillées comme des gens de la Terre sainte s'appelle The Rockettes.

J'allais ajouter « Et ce n'est pas "mon" Sauveur », mais je m'étais déjà rendu compte que le Maroc n'était pas un endroit où afficher son athéisme, non par crainte d'offusquer qui que ce soit mais parce que, comme me l'avait expliqué Paul, la notion d'un individu dépourvu de convictions religieuses était tout simplement incompréhensible ici, en dehors de certains cercles d'artistes et d'intellectuels à Casablanca ou Tanger.

— Vous êtes allée au Radio City Music Hall, vous ? m'a demandé Soraya.

— Une seule fois. Pour un concert – pas un spectacle de danse.

— Quel genre de concert ?

— De rock.

— Vous voulez dire pareil que les Beatles ?

— Si seulement ç'avait été eux… Vous aimez les Beatles ?

— J'ai appris quelques-unes de leurs chansons, quand j'étudiais l'anglais.

— Votre favorite, c'est laquelle ?

— Je crois qu'elle s'appelle *Blackbird*.

— Très beau, en effet.

— « *Take these broken wings and learn to fly*. » J'ai toujours adoré cette phrase. Et elle m'a aidée, à une période difficile de ma vie…

— Vous voulez en parler ?

À son air choqué, j'ai compris que je venais de franchir une frontière invisible, et aussi qu'elle m'avait donné une information qu'elle aurait préféré garder pour elle. Je me suis empressée de la rassurer :

— Pardon, je n'avais pas l'intention de m'immiscer…

— Je ne devrais pas vous importuner avec des choses personnelles comme ça…

Elle s'est interrompue à nouveau, cherchant à déguiser son embarras en ouvrant l'une des grammaires françaises sur la table.

— Remettons-nous au travail, ai-je approuvé.

— Oui, et il vaut mieux que nous reprenions notre règle : toutes les conversations en français. Vous progresserez plus vite.

C'était M. Picard, le propriétaire de l'hôtel, qui m'avait trouvé Soraya. À notre première rencontre, je le lui avais demandé, en passant, j'avais l'intention de trouver quelqu'un pour m'aider à rafraîchir mes connaissances dans la langue de Voltaire et deux jours plus tard, à ma grande surprise, le téléphone avait sonné dans notre chambre, le réceptionniste m'annonçant cérémonieusement : « Votre professeur de français est en bas. » M. Picard ne perdait pas son temps... Avant que je descende, Paul m'avait conseillé :

— Qu'elle ait un autre emploi ou non, elle a besoin de ce travail. Ne la laisse pas te demander plus de cent dirhams de l'heure.

— Mais ça fait seulement quinze dollars !

— Ici, c'est beaucoup d'argent, crois-moi.

À la réception, j'avais vu une jeune femme en train d'attendre sagement près du bureau. Bien que couverte d'un hijab, elle portait un jean et une chemise à fleurs qui lui donnaient un chic un peu rétro, évocateur d'une bohème très sixties. On comprenait d'emblée qu'elle devait être tiraillée entre deux univers culturels. La moiteur de sa timide poignée de main prouvait qu'elle était venue avec une certaine appréhension. J'avais tenté de la mettre à l'aise, lui désignant deux fauteuils poussiéreux où nous pourrions converser tranquillement, tout en priant le réceptionniste de nous apporter du thé à la menthe.

Elle était extrêmement timide et désireuse de plaire. Elle m'avais écoutée avec attention tandis que je lui expliquais que je passais l'été au Maroc avec mon mari artiste, que j'avais appris le français au Canada des années plus tôt et que j'avais l'intention de faire une remise à niveau.

— Mais vous le parlez déjà bien, avait-elle affirmé.

— Vous êtes beaucoup trop aimable.

— Si, franchement... Mais en effet, une langue

étrangère, ça s'entretient, autrement la mémoire se perd.

Surmontant son évidente timidité, elle m'avait posé des questions sur les raisons de ma présence à Essaouira, sur le premier séjour de Paul au Maroc que je lui avais mentionné, sur notre vie aux États-Unis ; d'ailleurs, pensais-je que Buffalo lui plairait ?

— C'est une ville à laquelle il faut s'habituer, avais-je répondu en employant l'expression anglaise « *acquired taste* ».

— « *Acquired taste* » ? avait-elle répété, perplexe.

— C'est ironique, avais-je précisé. Buffalo n'a rien de particulièrement pittoresque, élégant ou cosmopolite…

— Mais vous y vivez ?

Je m'étais sentie rougir légèrement.

— On ne vit pas toujours là où on voudrait. (Elle avait médité cette réponse en fermant les yeux un instant, puis avait hoché la tête pour manifester son approbation.) Alors, si je veux vraiment retrouver mon français en un mois, combien d'heures par semaine me faut-il, d'après vous ?

— Cela dépend de votre emploi du temps.

— Je n'en ai pas, ici. Ni obligations, ni engagements, ni programme précis. Et vous ?

— J'enseigne.

— Où ?

— Dans une école d'ici. Ce que vous appelleriez « élémentaire ». Les enfants ont entre six et neuf ans.

— Dans ce cas, vous ne devez pas être très libre dans la journée…

— Non, mais je finis tous les jours à 17 heures.

— Si je proposais deux heures par jour…

102

— Trois, vous pourriez ? avait-elle demandé.

— Combien prenez-vous de l'heure ? (Aussitôt, elle était devenue écarlate.) Vous ne devez pas vous sentir gênée. L'argent, c'est important. Et il vaut mieux s'entendre dès le début.

Mon Dieu, quelle façon tellement américaine de présenter les choses ! Cartes sur table ! Dis ton prix et on discute ! Après un moment de gêne, elle avait risqué d'une toute petite voix :

— Soixante-quinze dirhams, ce serait trop ?

Environ dix dollars. J'avais répondu sur-le-champ :

— Non, c'est trop peu.

— Mais je ne veux pas demander plus !

— Moi, je veux vous offrir plus. Cent vingt-cinq dirhams de l'heure, cela vous paraît acceptable ?

Elle avait sursauté.

— C'est presque deux mille dirhams par semaine !

— Vous allez me donner beaucoup de cours...

— N'empêche, c'est trop !

— Non, non, je vous assure ! Si ce n'était pas faisable pour moi, je vous le dirais.

— OK, alors, avait-elle concédé en détournant les yeux mais avec une expression de ravissement incrédule sur les traits. Où allons-nous travailler ?

— J'ai une suite, ici. Je dois vérifier avec mon mari mais je pense qu'il n'y aura pas de problème.

— Et votre mari... ?

Je lui avais raconté qu'il était enseignant, lui aussi, mais également dessinateur, et que son français était excellent.

— Et vous, vous travaillez, dans votre pays ? avait-elle voulu savoir.

— Oui, mais rien de très passionnant, avais-je répondu.

D'un air impassible, elle m'avait écoutée tandis que je résumais en quelques phrases le labeur du comptable agréé. Je devinais qu'elle se demandait aussi si j'avais des enfants et, si oui, où ils étaient à cette heure… à moins que ce n'ait été ma propre préoccupation que j'aie projetée sur cette jeune femme si attentive.

— Je suis sûre que cela doit être très intéressant, avait-elle opiné.

— On apprend pas mal de choses sur les gens, dans leur rapport avec l'argent, avais-je reconnu. Bon, enfin, est-ce que nous pouvons commencer demain ?

— Tout à fait possible pour moi.

— Excellent ! Et pourriez-vous me trouver les livres dont je vais avoir besoin ?

Je lui avais tendu trois cents dirhams, précisant que je la rembourserais à notre première leçon si elle dépensait plus.

— Cela suffira. Je vous les apporterai demain.

— Vous préférez être payée chaque jour ou une fois par semaine ?

De nouveau, elle avait baissé les yeux.

— Le plus simple pour vous. Si vous me payez le vendredi, la banque réouvre le soir jusqu'à 21 heures, donc je pourrai y déposer la majeure partie de l'argent.

Ah, j'étais tombée sur une femme économe !

— Paiement le vendredi, alors. Une dernière chose : comment connaissez-vous M. Picard ?

— Ma mère est femme de ménage dans cet hôtel.

J'avais réfléchi quelques secondes avant de répondre.

— Je suis certaine qu'elle est très fière de vous.

Elle a hésité, fait modestement oui de la tête. Après lui avoir dit que j'étais impatiente de commencer à étudier sous sa direction, j'avais pris congé avec un joyeux « À demain, Soraya ! » puis j'étais remontée dans ma chambre. Paul était à sa table de travail à peine ombragée, une bonne demi-douzaine de dessins éparpillés devant lui. Son visage baigné de sueur et ses yeux vitreux prouvaient qu'il était au bord de l'insolation. J'avais attrapé la petite bouteille d'eau sur la table de nuit et je l'avais obligé à la boire. Il l'avait vidée en quelques gorgées, avait quitté le balcon d'un pas flageolant et s'était laissé tomber sur le lit.

— Tu es fou ? Risquer un malaise de cette manière…

— L'inspiration l'a emporté sur la transpiration, avait-il murmuré avec un sourire épuisé.

— Mais toi, plus que n'importe qui, tu devrais savoir à quel point le soleil est dangereux, ici.

— Tu peux aller sauver mes gribouillis avant qu'ils déteignent complètement dans cette lumière ?

J'avais ramassé les dessins et j'étais revenue dans la chambre. Je les avais passés en revue un par un, le souffle coupé. C'était six variations sur le même point de vue, les abords immédiats du bâtiment, avec chaque fois un changement de perspective époustouflant. Les minarets, les parapets de toit érodés, les citernes à eau, le linge lavé multicolore flottant dans la brise, les antennes paraboliques ; tout le paysage urbain avoisinant était redéfini, réinventé à six reprises. Levant les yeux, j'avais observé le panorama réel sur lequel Paul avait travaillé avec tant d'ingéniosité avant de reporter mon regard sur ses dessins. Ce n'était pas seulement leur maestria technique qui suscitait l'admiration, mais aussi la virtuosité avec laquelle ils rappelaient qu'il n'y a jamais une seule vision de la réalité, que le regard est profondément subjectif, que nous avons tous notre façon particulière de considérer les objets, les espaces, la vie. Que tout est, par essence, interprétation.

— C'est… extraordinaire, avais-je murmuré.

— Eh, c'est toi qui as attrapé une insolation ! Ce ne sont que des croquis que j'ai expédiés en quelques heures…

— Est-ce qu'il n'arrivait pas à Mozart de composer une sonate pour piano en une matinée ?

— C'était Mozart.

— Tu es incroyablement doué, Paul.

— J'aimerais partager une aussi haute opinion de moi.

— Moi aussi, j'aimerais que tu la partages. Mais écoute : à mon humble avis, cette série marque le début d'une toute nouvelle période de création pour toi.

— Tu es trop indulgente.

— Accepte les compliments, allons ! Ces dessins sont géniaux.

Comme il détournait la tête, refusant cet éloge pourtant sincère, j'avais changé de sujet.

— Je commence les cours de français demain, avais-je annoncé en lui résumant ma conversation avec Soraya.

— Combien elle te prend de l'heure ?

— Elle pensait quatre-vingts, je lui donne cent vingt.

— Tu es plus que généreuse.

— Seulement quand c'est justifié.

— Même quatre-vingts dirhams de l'heure, ce serait énorme, pour elle.

— Et pour moi ce n'est pas excessif du tout, donc pourquoi discuter ?

— Je ne discute pas. Fais à ta guise.

— Tu t'inquiètes de nos finances maintenant ?

— Je sens de l'ironie dans ta voix, non ?

— Bon, on peut laisser tomber ?

— Volontiers.

Sur ce, il était parti à la salle de bains. Peu après, j'avais entendu la douche couler. À son retour une dizaine de minutes plus tard, une serviette nouée autour des reins, il m'avait dévisagée un instant.

— Je préférerais vraiment qu'on arrête avec ce genre d'échanges !

— Moi aussi.

— Alors, essayons de ne pas tomber dans ces stupidités.

— C'est usant, n'est-ce pas ? La gentillesse reste la meilleure solution.

Il avait réfléchi un instant avant de venir à moi et de me prendre dans ses bras.

— C'est peut-être même « la » solution. OK, on prend un nouveau départ, donc ?

— Ça me convient, avais-je dit en lui déposant un baiser sur les lèvres.

Je m'étais pourtant demandé si ce même dialogue ne se répéterait pas d'ici un jour ou deux. Est-ce que je ne devais pas simplement accepter le fait que notre union fonctionnait ainsi, que l'écosystème de notre couple était fait de passages orageux supplantés par des périodes d'harmonie et, bien sûr, d'amour fou ? Nous nous lançons toujours dans une nouvelle relation avec l'espoir que, « cette fois », elle ne sera pas le cadre de frictions permanentes ou de malentendus grandissants qui finissent par polluer les histoires les plus passionnées, par miner les espérances dans lesquelles cette nouvelle aventure avait commencé.

Aventure. Le mot tournait encore dans ma tête le lendemain, lors de mon premier cours avec Soraya, et je l'avais interrogée sur les multiples sens qu'il pouvait avoir en français. Rougissant légèrement, elle avait dit :

— Une « aventure » désigne ce qui est aventureux, mais c'est aussi une expression typiquement française pour « histoire d'amour ». Comme dans : « *J'ai eu une aventure avec Jacques... seulement une aventure, rien de bien sérieux.* »

— Un coup de cœur, un béguin sans lendemain, alors ? Quelle différence entre « aventure » et « amour », dans la langue de Molière ?

— En français, si on dit « *C'est l'amour* »... et vous l'entendez beaucoup, en France, ça signifie que c'est très sérieux. Sur le moment, en tout cas !

— Expliquez-moi un peu plus.

— Quand je vivais à Lyon, j'avais plusieurs amies françaises qui n'arrêtaient pas de jurer qu'elles étaient tombées follement amoureuses après avoir fréquenté un garçon pendant deux ou trois semaines. Et ensuite, quand c'était fini quelques mois après et qu'elles venaient d'en rencontrer un nouveau : « *Oh, c'est l'amour !* », après la quatrième nuit... De la manière dont elles utilisaient cette expression, j'ai conclu que dire « *J'aime* », pour elles, c'était exprimer une émotion immédiate, qui n'avait pas eu le temps de

vraiment se développer. Et c'était aussi avouer :
« J'aime l'idée d'aimer. »

— Et au Maroc ?

Elle s'était soudain raidie.

— Reprenons la leçon, avait-elle déclaré en posant
son index sur un livre d'exercices.

Je n'avais pas objecté. De toute évidence, j'avais
une nouvelle fois franchi une limite qu'elle tenait à
maintenir, et nous étions donc retournées à l'étude
des terminaisons du subjonctif. Nous étions installées
ensemble sur le canapé de la petite antichambre, les
manuels et grammaires qu'elle s'était procurés étalés
sur la table basse. Sur le balcon, Paul se protégeait
du soleil encore vif à 17 h 30 non seulement avec
le parasol mais aussi avec son chapeau à large bord.
Il était venu saluer Soraya lorsqu'elle avait frappé à
la porte de notre suite, et j'avais vu qu'elle notait
discrètement sa haute taille dégingandée, ses cheveux
gris, la différence d'âge entre nous. Elle semblait
impressionnée par son français, ainsi que par les
dessins que j'avais disposés dans la pièce.

— Ils sont de votre mari ? avait-elle demandé à
voix basse.

— Ils vous plaisent ?

— Ils sont magnifiques. Et vraiment fidèles à
Essouira.

— Ou du moins à ses toits…

— Il va faire des scènes de rue, aussi ?

— Vous devriez lui demander.

— Quelle chance d'être mariée à quelqu'un d'aussi
talentueux…

— Eh oui.

— Vos enfants, ils… ?

— Nous n'en avons pas. (À son air horrifié, on voyait bien qu'elle aurait aimé disparaître sous terre. Je me suis hâtée d'ajouter :) Pas encore, je veux dire.

Son soulagement fut patent.

— Ah, je suis navrée, navrée. Je n'aurais pas dû être aussi indiscrète.

— Ce n'était pas de l'indiscrétion.

— Si, ma question était déplacée. Même si je sais qu'en Occident il n'est pas obligatoire qu'un couple marié ait des enfants…

— C'est exact. Mon premier mari n'en voulait pas.

Elle avait paru décontenancée par ma franchise.

— C'est… c'est pour cette raison que vous l'avez quitté ?

— Une des nombreuses raisons.

— Je vois…

— Mais Paul veut absolument avoir des enfants, lui.

Elle avait hoché la tête.

— Il n'en a pas eu, avant ? Euh… si ce n'est pas encore indiscret de ma part.

— Mais non, pas du tout.

— C'est que, au Maroc, on se marie avant tout pour avoir des enfants…

— Vous, vous pensez ça aussi ?

— Eh bien… La façon dont je vois les choses et ce qu'elles sont, c'est très différent. Et maintenant, révisons cette conjugaison.

Durant les dix premiers jours de leçons avec Soraya, tous nos échanges qui n'étaient pas liés aux subtilités de la grammaire française ont constitué une fascinante partie de ping-pong dans laquelle sa réserve naturelle et ses barrières culturelles étaient souvent malmenées par son immense curiosité à l'égard de mon existence en Amérique et de la condition de la femme là-bas. Nous avons tout de suite été en confiance, elle et moi, pourtant, c'est seulement à partir de la deuxième semaine qu'elle a commencé à révéler des aspects plus privés de sa vie. J'ai rapidement discerné que son séjour en France avait radicalement transformé sa vision des choses, et qu'elle n'avait regagné son pays natal qu'à contrecœur.

— Quoi, vous habitiez directement sur le campus, pendant vos études ? s'est-elle étonnée le jour où je lui ai raconté mon entrée à l'université du Minnesota et mon départ du foyer familial.

— Ce n'est pas pareil, en France ou ici ?

— Au Maroc, si vous allez à l'université dans une autre ville, vos parents veillent à ce que vous viviez chez quelqu'un de votre famille.

— Et quand vous étiez à Lyon ?

Ses lèvres se sont pincées.

— Si on m'a autorisée à aller étudier à Lyon, c'est uniquement parce qu'un oncle du côté de mon père, Mustapha, vit là-bas depuis trente ans. Il a une compagnie de taxis qui marche bien, sa femme est professeur dans un lycée, donc ils sont tous les deux relativement modernes… sauf quand il s'agit de leur nièce d'Essaouira. J'ai passé l'année à me battre avec eux. Surtout lorsqu'ils se sont rendu compte que je ne mettais pas le hijab pour aller en cours et que je me changeais avant chez une amie. Et pour ce qui était de sortir le soir, ce que j'ai commencé à faire quand j'ai connu Fabien…

— Attendez, qui est ce Fabien ?

Paul a choisi ce moment précis pour se diriger vers la salle de bains, et elle s'est tue brusquement. Plus tard, dans la petite gargote où nous avions pris l'habitude d'aller dîner, je lui ai raconté que Soraya avait mentionné le nom d'un Français auquel elle n'était visiblement pas insensible et il a eu ce commentaire :

— C'est le grand rêve de la plupart des Marocaines qui ont suivi des études : rencontrer un Occidental qui les sortira d'ici.

— Et tu parles d'expérience, je présume.

— Pourquoi ? Il ne me semble pas avoir mentionné que j'avais une quelconque expérience en la matière.

— Il y a certainement eu une Marocaine ou deux dans ta vie d'avant...

— Qu'est-ce qui te fait dire ça ?

— Voyons, tu es très séduisant maintenant, donc tu devais l'être encore plus dans ton jeune temps. Et sans doute que tu fréquentais d'autres artistes à Casablanca, les milieux non conformistes. J'imagine bien une jolie peintre locale te...

— Où tu veux en venir, exactement ?

— Je veux en venir au fait que j'ai envie de toi, là, tout de suite.

Une heure plus tard, de retour dans notre chambre d'hôtel, nos corps emmêlés en un accord parfait, et alors qu'il me chuchotait à l'oreille qu'il m'aimait, me promettant un merveilleux futur libéré des ombres insistantes du passé, que pouvais-je faire d'autre sinon proclamer que je l'aimais aussi, d'un amour plus vrai et plus tangible que je n'en avais jamais connu ?

Et ensuite, alors que nous retrouvions une respiration normale dans les bras l'un de l'autre, j'ai murmuré :

— Peut-être que c'est arrivé, cette fois…

J'étais juste au milieu de mon cycle, et la passion entre nous avait atteint de nouveaux et étourdissants sommets ce soir-là.

Ses lèvres ont caressé les miennes.

— Je suis sûr que oui, a-t-il assuré. Nous sommes bénis, après tout.

Car au même moment, dehors, le muezzin s'était mis à chanter à la gloire de son Créateur, *Allah u akbar ! Allah u akbar !* et en silence je me suis adressée à lui : Votre timing, cher monsieur, est impeccable.

9

Ont suivi deux semaines de bonheur suprême. Jusque-là, cet état m'avait toujours semblé éphémère, un bref répit où l'on échappe aux aléas de la vie mais seulement pour quelques heures trop courtes. Soudain, on est détaché des innombrables sujets d'appréhension ou de tourment qui s'acharnent, ou semblent s'acharner à accompagner chacune de ses tentatives d'accomplissement. Le problème quand on est en couple, c'est que l'on est aussi soumis aux appréhensions et tourments de son partenaire, les moments où l'on parvient à se délester en même temps de toutes ces choses qui nous encombrent sont donc assez rares. Et quand cela arrive, alors là, on peut légitimement se dire : Nous sommes bénis.

Ces quatorze jours à Essaouira ont été de ces moments. « Magiques », pour reprendre un terme cher à Paul qui était alors entré dans une phase d'intense créativité, travaillant près de six heures par jour. Il avait troqué le poste d'observation panoramique qu'était notre balcon contre la table d'un café au beau milieu du souk, où il devenait peu à peu une célébrité locale. Le gérant de l'établissement, Fouad, un jeune homme d'environ vingt-cinq ans, s'était mis à veiller personnellement à ce que Paul ne soit pas dérangé dans son travail et, en échange, Paul lui offrait chaque jour un petit dessin format carte postale. Il se pliait volontiers à cet exercice après s'être penché de longues heures sur des projets de plus grande taille. Lesquels restituaient avec un réalisme décalé l'agitation saisissante du souk, ses ruelles toujours vibrantes de vie. Le secret de son art était de représenter le réel tout en y découvrant des angles inattendus, un élément de surnaturel.

Fouad était un garçon entreprenant, bien dans sa peau. Il travaillait pour son père, propriétaire en titre du café et qui préférait passer le plus clair de son temps à Marrakech où, ainsi que son fils l'avait laissé entendre à Paul, il avait une maîtresse attitrée. Fouad avait suivi des études en France, aux Beaux-Arts de Marseille. Il était tombé amoureux d'une étudiante en peinture comme lui, une Toulonnaise qui n'était pas musulmane, et son père, bien qu'ayant volontiers financé son escapade de trois années de l'autre côté de la Méditerranée, avait joué la carte de la culpabilité filiale : son diplôme en poche, le fils avait dû abandonner tout espoir d'une vie dédiée à l'art et à l'amour sur la Côte d'Azur, rentrer dare-dare au Maroc et s'initier à la gestion de l'affaire familiale.

Fouad s'occupait donc à présent du café et d'une modeste maison d'hôtes dans le souk, mais sa formation lui avait permis de mesurer immédiatement le talent exceptionnel de Paul, et il l'avait pris sous son aile. La salle et ses quelques tables sur le trottoir étant situées juste au coin de la médina où la section des épices rejoignait celle des fruits et légumes, sans oublier les carcasses d'agneau blanchissant au soleil au-dessus des étals de boucher, elle offrait à Paul un observatoire privilégié pour restituer la symphonie de mouvements au fusain et crayon noir sur carton blanc cassé. Fouad (qui cherchait clairement une sorte de grand frère – si celui-ci était un artiste c'était encore mieux) l'avait installé à une bonne table et l'abreuvait de thé à la menthe pendant ses journées de travail. Il nous servait également à déjeuner chaque midi.

Comme il refusait catégoriquement l'argent que nous lui proposions, Paul avait eu l'idée de lui offrir en compensation une carte postale originale de sa main chaque jour. Cet arrangement ingénieux lui avait été inspiré par Picasso, qui avait l'habitude de payer son hôtel et ses notes de bar à Collioure par des croquis laissés au patron. Celui-ci s'était ainsi retrouvé peu à peu en possession d'une collection valant une fortune.

— Quoique je doute que Fouad soit en mesure de prendre une retraite dorée sur la Côte d'Azur en revendant mes gribouillages, a-t-il fait remarquer un après-midi où nous étions rentrés à l'hôtel pour faire l'amour et nous accorder une sieste.

— Ne sous-estime pas ta valeur marchande, lui ai-je dit. Ce nouveau style que tu développes ici ne passera pas inaperçu, crois-moi.

Je progressais aussi, de mon côté. En plus de mes trois heures quotidiennes avec Soraya, je consacrais la plus grande partie de la matinée à mes livres de cours, m'obligeant à retenir dix nouveaux verbes et vingt nouveaux substantifs chaque jour. Je lisais également les journaux locaux en français et j'avais acheté un petit poste de radio afin d'écouter régulièrement les émissions de RFI, l'équivalent tricolore du BBC World Service.

— Vous prenez ça vraiment au sérieux, avait constaté Soraya un soir où je l'avais impressionnée en lui posant plusieurs questions sur les usages du *français soutenu*, ce registre de langue particulièrement recherché. Bravo pour votre zèle. Si vous parvenez à ce niveau, vous allez épater les Français !

— À condition que je me rende un jour en France.

Elle m'avait lancé un regard intrigué.

— Pourquoi pensez-vous que vous n'irez jamais là-bas ?

— Je n'ai pas beaucoup voyagé, jusqu'ici.

— Mais maintenant, vous voyagez.

— Ça dépendra si certaines choses m'arrivent dans la vie.

— Bien sûr…

— Encore que, comment dirait-on en français… *les enfants sont portables* ?

— Non, vous n'employez pas le terme correct. *Portable*, c'est pour un téléphone, un ordinateur… Le verbe à utiliser ici est *transporter*. Allez, essayez de reformuler votre phrase.

De toutes les raisons qui me poussaient à désirer retrouver mon ancien niveau de français, la plus importante était l'idée de profiter utilement de mon temps libre, d'accomplir quelque chose. Et voir Paul si captivé par son travail me poussait à redoubler d'efforts. Lorsqu'il m'a félicitée de mes progrès, j'ai répondu :

— À te regarder travailler comme ça, j'ai eu envie de mettre la barre plus haut.

— Tomber amoureux de toi a été l'un des rares choix intelligents que j'aie faits dans ma vie…

Au café de Fouad, ou sur notre balcon, ou à la plage au crépuscule, quand il a commencé une succession de vues d'Essaouira dans la lumière déclinante, un homme nouveau m'est apparu : libre, détendu, sûr de lui. Et heureux. S'il avait jusque-là recherché l'original, le décalé, le simple bonheur n'avait jamais réellement fait partie de son vocabulaire, ni du mien, d'ailleurs. Et maintenant, dans la chaleur, la poussière et les couleurs vives de cette ville côtière d'Afrique du Nord, il avait trouvé un accord avec le monde et avec lui-même. Un modus vivendi. « *Sing the body electric* », ainsi que le disait Walt Whitman...

Au lit, la pulsion électrisante de notre passion semblait sans limites. Nous faisions l'amour comme des jeunes gens de dix-huit ans, mais avec en plus le savoir accumulé au fil d'années de cette mystérieuse alchimie, de ces découvertes, de ce plaisir et de ces frustrations qui palpitent au plus intime de notre vie. Nous avions atteint une nouvelle frontière du désir, et imaginer qu'un enfant puisse être conçu au sein d'un amour si fusionnel était tout bonnement merveilleux.

Essaouira est devenu un second chez-nous. J'ai progressivement maîtrisé le dédale de la vieille ville, appris à retrouver mon chemin dans le souk et à esquiver sans effort les racoleurs professionnels ou les petits frimeurs tentés de jouer les machos. Même si j'avais l'impression de mieux connaître les réalités déroutantes de la cité, son mélange d'exubérance et de réserve, je ne m'aventurais pourtant jamais seule dehors le soir tombé. C'était peut-être dû au souvenir de cette première nuit où je m'étais retrouvée malgré moi au centre d'une inquiétante attention, ou au fait que, sans présenter de réels dangers, la géographie tourmentée de la ville me paraissait oppressante une fois qu'elle se livrait à l'ombre. En tout cas, je ne serais pas sortie sans Paul dans les rues obscures. Mais cette restriction ne m'empêchait pas de goûter toujours plus intensément la beauté des lieux, ni d'apprécier la magnifique hospitalité de leurs habitants, visiblement enchantés que nous ayons décidé de passer un long moment parmi eux.

J'ai pris l'habitude de me promener sur la plage les fins d'après-midi, lorsque je n'avais pas cours avec Soraya, après la sieste. Pendant que Paul, qui emportait une chaise et un chevalet pliants, s'attelait à ses études d'Essaouira vue du rivage atlantique, je partais loin, laissant derrière moi les familles et les touristes regroupés dans la zone bordant la ville nouvelle, les femmes à la tête couverte levant un peu leurs djellabas pour se risquer dans l'eau jusqu'aux mollets, les chameliers marchandant un tour d'une demi-heure sur le dos de leurs bêtes au regard hanté. Deux kilomètres plus au sud, j'étais seule face à l'immense ruban de sable blond et à l'océan reflétant le soleil d'été dans sa descente. Moi qui avais toujours rêvé de vivre sur une plage perdue, loin des bruits du monde, bercée nuit et jour par le va-et-vient hypnotique des vagues, le plus sûr remède contre le stress, le doute et l'anxiété qui ne nous quittent vraiment jamais. Nous sommes un peu comme des Bédouins sur ce plan : où que nous allions, nous charrions notre passé avec nous. Mais sur cette plage paisible, il paraissait tout à fait possible de se dépouiller pour de bon de ce lourd fatras.

À mon retour de ces deux bonnes heures de marche, un Paul libéré des ombres qui l'avaient si souvent encerclé et satisfait du travail qu'il avait accompli m'accueillait par un sourire, un baiser et la proposition d'aller contempler le coucher de soleil sur le toit-terrasse d'un élégant hôtel situé dans la vieille ville et dont le nom, L'Heure bleue, n'aurait pu être plus propice. Bâtiment colonial des années 1920 luxueusement rénové, ses tarifs étaient hors de portée de notre bourse. Nous pouvions cependant nous permettre un ou deux kirs au bar en plein air. Et il n'existait sans doute pas de meilleur emplacement pour regarder le globe incandescent se liquéfier dans l'océan maintenant placide.

— C'est étonnant comme l'Atlantique est calme, ici, a noté Paul un soir où nous suivions avec des yeux fascinés la lente agonie de l'astre.

— Surtout si on compare avec le Maine, oui.

— On y sera dans quelques semaines.

— Je sais…

— Tu n'as pas l'air trop emballée par cette perspective.

— J'adore le Maine, bien sûr, mais… enfin, c'est notre pays, n'est-ce pas ?

— Je te reçois cinq sur cinq. Et si on restait ici quinze jours de plus ?

— On perdrait notre réservation dans le Maine, et on a versé mille cinq cents dollars d'avance. En plus, nos billets d'avion ne sont pas modifiables, il faudrait en racheter d'autres et…

— Ce serait deux mille deux de frais supplémentaires. Je sais, j'ai regardé en ligne ce matin.

— Ce qui ferait trois mille sept cents dollars, sans compter de nouveaux billets pour Buffalo qui coûteraient au moins quatre cents dollars pièce et… bon, je sais, j'ai une mentalité d'experte-comptable.

— Et tu as raison, vu mes déplorables habitudes en la matière.

J'ai pris sa main dans la mienne.

— Tout ça est derrière nous, mon chéri.

— Parce que tu m'as forcé à devenir adulte.

— Ce n'était pas « devenir adulte », juste faire un peu attention.

— J'ai conscience d'être un flambeur. Et que si je suis ainsi, c'est parce que j'ai laissé ma vie prendre une direction que je ne voulais pas. Jusqu'à ce que je te rencontre, bien entendu…

— Contente de rendre service, ai-je murmuré avant de l'embrasser rapidement sur la bouche.

Devant nous, le soleil n'était plus qu'une traînée de lave orangée à la surface de l'Atlantique. J'ai senti les larmes me monter aux yeux, et je les ai fermés. Un barrage venait de céder. Les démons qui trop souvent avaient interféré dans notre couple n'étaient plus, laissant toute la place à la franchise et à l'honnêteté.

Le jour suivant a commencé de façon idyllique. Dehors, le ciel était d'un bleu parfait, sans un nuage. Nous avons été tirés d'un profond et délicieux sommeil par des coups discrets à la porte. J'ai regardé l'horloge de la table de nuit. Midi ! Zut, zut, zut ! Soraya m'avait demandé si nous pouvions avancer notre cours ce vendredi – le jour férié de la semaine au Maroc –, car elle avait prévu d'attraper le bus de 15 heures pour Marrakech afin de passer le week-end avec une ancienne camarade d'université.

« J'ai dû demander à la mère de mon amie de téléphoner à ma mère pour lui garantir qu'elle aurait un œil sur moi pendant mon séjour, m'avait-elle raconté tout bas. J'ai vingt-neuf ans mais je suis encore surveillée comme une petite fille… »

J'avais évidemment accepté sa proposition. Il était maintenant… 12 h 02, et Soraya était toujours d'une ponctualité exemplaire. Zut !

Quand j'ai bondi hors du lit, Paul a grommelé, encore ensommeillé :

— Quelle heure est-il ? (À ma réponse, il a eu un sourire langoureux.) Tu te fais à la vie de bohème. Ça me plaît.

En réalité, c'était la première fois que nous avions dormi si tard depuis notre arrivée, Paul tenant à être installé au café avant 11 heures afin de saisir les moments les plus trépidants du souk.

— C'est Soraya, ai-je chuchoté. Je prendrai ma leçon en bas.

— Pas besoin. Installez-vous dans l'antichambre, d'ici vingt minutes je vous aurai laissé toute la place.

Après m'être rapidement habillée, j'ai fait entrer Soraya en m'excusant. Pendant qu'elle posait ses livres et ses cahiers sur la table basse, j'ai couru en bas demander qu'on nous monte du café, du pain et de la confiture. En revenant, j'ai entendu l'eau couler dans la salle de bains. Soraya paraissait plutôt mal à l'aise à l'idée qu'un homme était tout nu, juste derrière la cloison.

— Pardon, pardon, j'aurais dû proposer que nous allions ailleurs…

— Pas de problème, m'a-t-elle assuré, nettement soulagée de m'avoir de nouveau avec elle dans la pièce. On commence ?

Le thème du jour était le verbe « vouloir », particulièrement dans sa variante conditionnelle, équivalente au « *would like* » anglais : « *Je voudrais un café... Voudrais-tu un café aussi ?... Il voudrait réussir... Nous voudrions un enfant...* »

À l'instant où je proposais ce dernier exemple, la porte de la salle de bains s'est ouverte et Paul en est sorti, vêtu mais les cheveux encore humides de sa douche. Il nous a saluées d'un grand sourire et, s'approchant du canapé, m'a posé un baiser sur les lèvres avant de confirmer joyeusement :

— *Tout à fait, nous voudrions un enfant !* (Puis, se tournant vers Soraya, il a continué dans son français très fluide :) Alors, comment progresse ma chère épouse ?

— Magnifiquement. Elle a vraiment un don. Et elle travaille très dur.

— Ça, c'est sûr, a-t-il approuvé.

— Oh, arrêtez ! ai-je protesté.

Paul a lancé un coup d'œil à la jeune femme.

— Elle n'a aucune confiance en elle. Vous pourriez l'aider là-dessus, Soraya ?

— Le petit déjeuner sera là dans un moment, lui ai-je dit avant de remarquer qu'il avait déjà sa sacoche bourrée de carnets de croquis et de crayons à l'épaule.

— Fouad se chargera du mien. On se retrouve là-bas après ta leçon. *Je t'adore.*

Encore un baiser, et il est parti. Dès qu'il a été dans le couloir, Soraya a soupiré, les yeux baissés :

— *Je voudrais un homme comme votre mari.*

— *Mais plus jeune ?* ai-je ajouté.

— *L'âge importe moins que la qualité.*

— Je suis sûre que vous trouverez quelqu'un à la hauteur.

— Moi, pas, a-t-elle murmuré.

Avant de changer de sujet.

— Bon, « vouloir » au subjonctif, première personne du singulier, qu'est-ce que vous diriez ?

J'ai réfléchi quelques secondes.

— *Il faut que je veuille d'être heureuse ?*

Elle a eu l'air déçue par ma réponse.

— *Être* heureuse, a-t-elle corrigé. Mais votre phrase

ne fonctionne pas vraiment. Vous pouvez faire mieux que ça. Si vous parliez de « *wanting happiness* »...

— *Je voudrais le bonheur.*

— Bien. Et au subjonctif ?

— J'éviterais « vouloir », plutôt « essayer », non ? « *Il faut que j'essaie d'être heureuse* » ?

Une expression pensive a envahi ses traits.

— Oui, c'est toute la question, « essayer »... n'est-ce pas ?

Lorsque le plateau du petit déjeuner est arrivé, elle a accepté de prendre une tasse de café. Nous avons continué à étudier pendant une heure et demie, puis je lui ai payé sa semaine en lui souhaitant un agréable séjour à Marrakech. D'une voix de conspiratrice, elle m'a confié :

— Entre nous, il y a un garçon que mon amie voudrait que je rencontre. Un Français. Il a un bon poste à la Société générale. Mes parents apprécieraient le côté banquier, pas le côté français... Mais enfin, je ne le connais même pas encore...

Après avoir pris rendez-vous pour le lundi à 17 heures, elle s'en est allée vers son week-end et sa rencontre avec le jeune Français qui pourrait – ou pas – être la clé ouvrant sur une nouvelle vie. L'espoir fait accomplir tant de choses.

Après son départ, j'ai pris une longue douche, enfilé des vêtements propres et consulté ma montre. Il était encore temps de rejoindre Paul pour un déjeuner tardif chez Fouad mais auparavant, je voulais consulter rapidement mes e-mails. Le vendredi était le jour de la semaine que j'avais choisi pour mon contact hebdomadaire avec le reste du monde. J'ai allumé mon ordinateur, lancé la connexion. Le premier message était arrivé à peine vingt minutes plus tôt et provenait du fidèle Morton.

> Maintenant que votre mari a échappé au risque d'une inspection, j'ai entrepris de mettre à jour ses livres de comptes afin que nous ne soyons pas pris de court l'an prochain. Vous m'aviez confié le dossier dans lequel, selon vos instructions, il garde pêle-mêle ses reçus, factures, relevés de cartes de crédit, etc. J'ai commencé à les éplucher mercredi et, ce matin, je suis tombé sur la note d'honoraires ci-jointe. J'ai hésité entre vous l'envoyer et attendre votre retour d'ici quelques semaines, mais comme il y a ici une dimension morale et éthique, j'ai fait le choix de la transparence immédiate.

À la lecture de ces derniers mots, j'ai senti mon cœur se serrer. Qu'est-ce qui m'attendait, maintenant ? Aussitôt, j'ai cliqué sur la pièce jointe pour l'ouvrir. La note émanait d'un certain Dr Brian Boyards, urologue, et était adressée à Paul Edward Leuen dont la date de naissance, le 4 novembre 1956, était celle de mon mari. Et le domicile indiqué était le nôtre. Et c'était bien son numéro d'assurance maladie Blue Cross/Blue Shield, compagnie qui avait couvert quatre-vingts pour cent des 2 031,78 dollars facturés pour l'acte chirurgical suivant : « Consultation externe, déférentectomie sans bistouri ».

Une quoi ?

J'ai entré le mot dans Google en vérifiant l'orthographe. Et j'ai ainsi appris qu'une déférentectomie était le terme savant pour une opération urologique de nos jours très commune : une vasectomie, pour parler clairement.

Et la date à laquelle celle-ci avait été subie par mon mari ? Le 7 septembre 2014. L'époque où nous avions décidé l'un et l'autre qu'il était temps d'essayer d'avoir un enfant.

10

Pétrifiée devant l'écran de mon ordinateur, j'ai tenté de me persuader : ce que je venais de lire était une erreur. Une machination. Un montage, un mensonge envoyé par un individu malveillant déterminé à torpiller notre union.

Le problème avec une telle preuve – une note d'honoraires médicaux à la suite d'une opération de chirurgie en est une particulièrement irréfutable –, c'est qu'il est impossible d'en contourner la réalité. Cela m'a rappelé une conversation que j'avais eue avec l'un de mes clients. Cet homme avait dépensé plus de dix mille dollars en connexions à des sites pornographiques payants. Son épouse, après être tombée sur ses relevés de Mastercard indiquant le nom de la maison de production X, ainsi que la date et l'heure de chacune de ses visites facturées – tard le soir, invariablement –, avait fait un scandale. Alors qu'il me suppliait de lui trouver un alibi plausible, j'avais rétorqué : « Comment expliquer plus de cent cinquante facturations, toujours après minuit, par un fournisseur Internet qui s'appelle Fantasy Promotions ? Il n'y a pas d'échappatoire, là. C'est la preuve ultime. »

Étrangement, c'est donc à cet homme pathétique

– qui peu après avait perdu presque toutes ses plumes dans un divorce sanglant – que j'ai repensé tandis que je fixais toujours des yeux la note du spécialiste. Tous les faits étaient exposés devant moi, accablants, et je prétendais les nier ?

Patient : Leuen, Paul Edward
Date de naissance : 04-11-56
Domicile : 5165 Albany Avenue, Buffalo, NY 10699
Assurance : Blue Cross/Blue Shield, A566902566
Acte : Consultation externe, déférentectomie sans bistouri
Date d'intervention : 07-09-14

Ensuite venait le détail des frais : l'opération elle-même, l'anesthésiste, les honoraires du chirurgien, la visite de contrôle. Et l'indication que Paul avait payé quelque quatre cents dollars de sa poche pour régler ce que son assurance ne rembourserait pas. « Déférentectomie ». Le mot continuant à tourner dans ma tête, je suis allée voir ce qu'en disait Wikipédia : « La vasectomie (ou déférentectomie) ne prend qu'une vingtaine de minutes sous anesthésie locale. Elle peut également se faire sous anesthésie générale, au choix du patient. La durée de convalescence est très réduite et, selon le métier pratiqué, il est possible de retourner travailler deux ou trois jours après l'opération.

« Une technique sans bistouri mise au point en Chine dans les années 1990 évite de faire une incision ou de laisser une cicatrice permanente en perçant un trou d'un millimètre de diamètre pour avoir accès aux canaux déférents. Cette technique permet une guérison plus facile et plus rapide après l'opération.

« La stérilité complète n'est atteinte qu'après plusieurs semaines et une dizaine d'éjaculations au minimum. Celle-ci est vérifiée au moyen d'une analyse de sperme confirmant l'absence de spermatozoïdes. À cause de sa permanence, la vasectomie est déconseillée aux patients qui ne sont pas sûrs de leur décision, qui sont très jeunes ou qui ne peuvent pas donner leur consentement éclairé. »

Le 7 septembre de l'année précédente. À peu près dix mois plus tôt. Quelques jours après le week-end prolongé du Labor Day, que nous étions allés passer dans le chalet d'un ami au milieu des bois, à Lake Placid. Où nous avions fait l'amour deux fois par jour. Où le dernier soir, après un dîner aux chandelles dans une charmante auberge des environs, j'avais annoncé qu'au bout de deux ans ensemble, et alors que mon quarantième anniversaire approchait, j'avais décidé d'arrêter la pilule à compter de maintenant, même si mon gynécologue m'avait prévenue qu'il faudrait au moins deux semaines avant que je débute un cycle d'ovulation.

Lorsqu'il m'avait entendue faire cette annonce, Paul avait-il pâli, ou invoqué le désir urgent de s'engager dans la marine marchande ? Non, bien au contraire : il m'avait assuré qu'un enfant était « le lien le plus essentiel dans un couple vraiment amoureux », ou l'une de ses déclarations ronflantes. Puis il y avait eu ce jeudi soir où il était rentré de son club de gym en boitant un peu. Et de m'expliquer qu'il s'était froissé un muscle du bas-ventre, qu'il craignait une hernie et qu'il valait mieux pour lui s'abstenir de rapports sexuels pendant quelques jours. Compréhensive, comme toujours, j'avais accepté. Le lendemain, il m'avait raconté que le médecin à l'infirmerie de son campus avait confirmé que la paroi abdominale était « légèrement herniée » – ses propres termes, je m'en souvenais maintenant – et qu'il était préférable que nous restions chastes encore une semaine...

Aujourd'hui, dix mois plus tard, dix absurdes mois plus tard, j'étais en train de lire en hâte les informations dispensées sur le site personnel du Dr Brian Boyards : « Plus de cinq cent mille vasectomies sont réalisées chaque année aux États-Unis » [...] « L'acte sans bistouri, avec anesthésie locale à la xylocaïne (comparable à la novocaïne), présente moins de complications ultérieures » [...] « Avec les mêmes résultats que la vasectomie traditionnelle, la technique dite "sans bistouri" est une intervention plus discrète et moins traumatisante. »

Ainsi mon mari avait délibérément détruit mes chances de devenir mère en optant pour une chirurgie « plus discrète et moins traumatisante » ! Cet enfant que je voulais si fort... J'ai fermé les yeux, partagée entre désespoir et rage pure.

« *Tout à fait, nous voudrions un enfant !* » C'est ce que ce salaud avait osé dire à peine deux heures auparavant. Et pendant ces longs mois, il m'avait exhortée à la patience, me certifiant que je serais bientôt enceinte...

J'ai éteint mon ordinateur et j'ai éclaté en sanglots. Je perdais pied. C'était comme si toute la structure de cette nouvelle vie bâtie ensemble venait de s'effondrer, tel un château de cartes. À cause de cet homme, de cet imposteur que j'avais été assez sotte pour croire. Mais comment une femme telle que moi, qui se targuait de tout contrôler, de ne rien laisser au hasard, n'avait-elle pas flairé la supercherie qui imprégnait chacune de ses promesses d'engagement ?

Je connaissais la réponse à cette question : nous ne voyons que ce que nous voulons bien voir.

Dès le début, j'avais perçu que, dans certains domaines fondamentaux de l'existence, Paul Leuen était incapable de se comporter en adulte, mais j'avais choisi de relativiser cette évidence pour ne retenir que le romanesque bohème, le charme vénéneux, le sexe hallucinogène. J'avais tellement besoin d'amour que j'avais relégué tous mes doutes et que je m'étais abandonnée à l'illusion d'une harmonie domestique et d'un enfant à venir avec un individu qui...

Qui quoi, d'ailleurs ? Comment pouvais-je prétendre définir cet homme qui venait de me trahir de la pire des manières...

Je suis allée m'asperger le visage, évitant soigneusement mon reflet dans le miroir de la salle de bains. Pour l'instant, je n'avais pas la force de me regarder en face. Je suis sortie sur le balcon, et j'ai contemplé la splendeur qui m'entourait. « Cela aurait pu attendre notre retour, Morton ! » avais-je envie de hurler, mais le bon, le sage Morton avait à coup sûr procédé à un examen de conscience approfondi avant de m'envoyer cette abominable nouvelle. Et s'il avait finalement décidé de jouer cartes sur table, c'était parce qu'il aurait eu des scrupules à s'arroger le pouvoir de me cacher la vérité jusqu'à ce que je sois rentrée à Buffalo. Le seul à blâmer était mon mari, qui avait rangé la note de l'urologue dans son dossier en oubliant que je finirais par la voir, puisque je restais sa comptable. Ce qui signifiait qu'il me rendait des comptes...

Je me suis agrippée à la rambarde, déterminée à reprendre mes esprits ; la colère l'emportait maintenant sur le chagrin. Une sorte de froideur clinique s'est emparée de moi. Je suis retournée à mon ordinateur, je l'ai ouvert et j'ai rédigé quelques lignes à l'intention de Morton : « On dit que savoir, c'est pouvoir, mais quel mal cela peut faire aussi… S'il vous plaît, merci de vérifier ses relevés Mastercard pour septembre 2014 et de voir si vous trouvez un paiement de quatre cents dollars en faveur du Dr Brian Boyards. Ensuite, de me le scanner et de me le transmettre. J'ai l'impression que je serai de retour à Buffalo d'ici peu. Seule. »

En attendant sa réponse – je savais qu'il consultait ses e-mails en permanence depuis son téléphone portable –, j'ai retrouvé nos billets d'avion et une rapide recherche sur le site de Royal Air Maroc m'a appris que, contrairement à ce que j'avais présumé, un changement de date de retour serait possible à condition d'acquitter trois mille dirhams de frais, soit environ trois cent cinquante dollars. D'accord, j'avais payé le mois d'hôtel entier d'avance mais nous étions déjà dans notre troisième semaine et, pour ce qui me concernait, Paul pouvait rester ici, terminer ses dessins et revenir à son existence de loup solitaire. J'étais d'ailleurs presque sûre que, au fond, c'était ce qu'il désirait. Comment aurait-il ignoré que sa vasectomie clandestine finirait obligatoirement par être révélée ? Ne serait-ce que parce que, au bout d'un an de tentatives infructueuses, j'aurais réclamé que nous allions faire un test de fertilité dans un établissement spécialisé. Et là…

Ding. E-mail. De Morton : « Trouvé. Le scan est en pièce jointe. Je suis là pour vous. Tout ce que je peux faire. Il suffit de demander. Courage… »

Les larmes se sont remises à cascader sur mes joues. Mes pleurs n'ont été interrompus que par un coup frappé à la porte.

— Va au diable ! ai-je hurlé, certaine que c'était Paul.

Mais pourquoi aurait-il frappé, puisqu'il avait une clé ? J'ai couru dans l'antichambre, ouvert à la volée. Devant moi se tenait la jeune fille qui nettoyait notre suite chaque jour et s'occupait de notre linge. Elle avait l'air perdue, effrayée.

— *Mes excuses, mes excuses*, me suis-je écriée en lui prenant les mains. *Je suis... dévastée.*

Revenant précipitamment sur mes pas, je me suis réfugiée dans la chambre, cherchant à contenir les sanglots qui me nouaient la gorge. Ne pas m'effondrer, surtout ne pas m'effondrer. La jeune fille avait disparu, sans doute avait-elle dévalé l'escalier pour fuir le spectacle d'une folle en pleine crise de nerfs.

Retour à la salle de bains. Encore un peu d'eau sur le visage. J'avais les yeux rouges. Je suis allée chercher mes lunettes de soleil dans la commode, attrapant au passage mon passeport, mon portefeuille, la copie imprimée de mon billet d'avion et un bloc de papier. Après avoir refermé la porte derrière moi, j'ai pris un billet de cent dirhams. La jeune fille s'était attardée au pied de l'escalier et elle m'a regardée approcher avec appréhension, se demandant à quoi elle devait s'attendre.

— Il faut me pardonner, lui ai-je dit doucement. Je viens de recevoir de très mauvaises nouvelles. Je suis désolée.

J'ai forcé le billet entre ses doigts crispés. En voyant la somme, elle a ouvert des yeux immenses. Pour elle, cela représentait deux jours de salaire, d'après ce que Soraya m'avait expliqué.

— *C'est trop... Ce n'est pas nécessaire*, a-t-elle protesté d'une voix oppressée.

— *Si, c'est nécessaire. Et merci pour ta gentillesse.*

— *J'espère que tout ira bien, madame.*

— *On verra.*

Et j'ai plongé dans l'air brûlant d'un début d'après-midi dans le Sud marocain. Deux ruelles plus loin, je suis entrée dans un cybercafé et j'ai demandé au jeune homme présent – vingt ans à peu près, la cigarette aux lèvres et dodelinant au son d'une chanson de pop orientale – s'il avait une imprimante.

Il a pointé du doigt une machine poussiéreuse.

— C'est deux dirhams par page, et dix pour une heure de connexion. Vous pouvez payer après.

J'aurais pu me servir de l'équipement de l'hôtel, mais je craignais que les documents puissent être retrouvés et dupliqués. Je me suis installée devant l'ordinateur et j'ai imprimé toutes les pièces jointes envoyées par Morton avant d'aller sur le site de Royal Air Maroc. J'ai réservé une place sur le vol direct de Casablanca à New York qui partait le lendemain à midi. Grâce au décalage horaire, je me poserais en Amérique à 14 h 55, puis j'enchaînerais sur le JFK-Buffalo de Jet Blue à 17 h 58, que j'ai également réservé en ligne. Un dernier e-mail à Morton : « Je rentre demain à 19 h 22. Si vous pouviez venir me chercher à l'aéroport et me ramener chez moi, ce serait une vraie mitsva. Et si vous connaissiez un avocat spécialisé en divorce… mais on en parlera demain. »

Trois minutes plus tard, sa réponse arrivait : « Je serai là. Et je vous emmènerai au E. B. Greens pour un bon steak et quelques martinis que je sens nécessaires. Tenez le coup. »

Morton était non seulement un grand ami, mais aussi l'un des rares confrères juifs de ma connaissance qui aimait bien boire. Et il était éminemment sensible au concept de « mitsva », bonne action – et même obligation –, selon les préceptes du judaïsme. Avec moi, il adoptait volontiers le rôle du grand frère protecteur, mais sans jamais tomber dans le « Je vous l'avais bien dit ». Dès le début, j'avais perçu ses réserves à l'encontre de Paul. Cependant, il ne s'était permis qu'une seule remarque en ce sens : « Du moment que vous vous rendez compte que vous épousez un Vincent Van Gogh, vous avez ma bénédiction. » Et il savait combien je désirais avoir un enfant, et que Paul avait promis…

J'ai recommencé à trembler de tous mes membres. Fermant les yeux, je me suis efforcée de conserver une apparence de normalité, puis j'ai ramassé les documents que j'avais imprimés et je me suis dirigée vers le comptoir pour payer l'aimable jeune homme. Il avait beau avoir l'air de planer complètement, il a tout de suite remarqué ma détresse.

— *Ça va, madame ?*

J'ai haussé les épaules.

— *Ah… C'est… la vie.*

13 h 39 à ma montre. Paul devait m'attendre au café de Fouad pour déjeuner. Afin d'éviter de passer par le centre du souk, j'ai emprunté une piste en terre battue qui rejoignait l'une des portes de la vieille ville. Je redoutais l'assaut inévitable des harponneurs de touristes mais ce jour-là, lorsque l'un d'eux s'est approché pour me susurrer : « Un tour en chameau pour la jolie madame ? » j'ai levé une main impérieuse

tel un agent de la circulation et aboyé : « *Emchi !* », supposant, de manière totalement arbitraire, que cela équivalait à : « Casse-toi ! » Devant son air estomaqué, je me suis sentie idiote, stupidement agressive. En guise d'explication, j'ai soulevé mes lunettes de soleil, lui révélant mes yeux rougis par les larmes.

— *Oh, je m'excuse, madame !*

— *Je m'excuse aussi…*

Et j'ai pressé le pas vers la station d'autobus, évitant les vendeuses de chemises brodées, les gamins brandissant des chapelets de sucreries, un garçon perché sur une vieille mobylette qui m'a, sans le vouloir, coupé la route. J'ai fait la queue au moins vingt minutes près du guichet minuscule, chaque personne devant moi semblant s'engager dans une interminable discussion avec le préposé aux tickets, lequel m'a aimablement appris qu'il existait un bus reliant directement Essaouira à l'aéroport de Casablanca, avec un départ à 6 heures du matin et une arrivée prévue à 9 h 45. J'ai acheté un billet simple, puis il m'a conseillé de me présenter à la station une heure avant.

— *Entendu*, lui ai-je assuré.

En fait, rien n'était « entendu », tout me paraissait irréel, incompréhensible. À ma montre, il était maintenant 14 h 20. Paul devait s'être demandé où j'étais passée et avait dû retourner à l'hôtel. À moins qu'il n'ait conclu que j'étais partie me promener, ce qui m'arrivait parfois. J'espérais que le temps serait avec moi : monter à la chambre avant son retour, faire mes bagages, lui laisser les preuves de son forfait accompagnées d'un mot définitif, partir sur la plage des heures durant et…

Et quoi ? Sauter dans un taxi dès que je serais prête

et attraper le premier car pour Casablanca ? C'était la meilleure solution, mais quelque chose me retenait : le besoin de me confronter à Paul une dernière fois. Je voulais une explication, qu'il voie combien j'étais dévastée, qu'il voie tout ce qu'il avait détruit.

Mais pour quel résultat ? Moi récriminant, tapant du pied, et lui jouant le petit garçon pris en faute et m'implorant de lui donner une dernière chance ?

À quoi bon exiger un dédommagement, une revanche sur l'autre, une flopée d'excuses qui de toute façon ne changeront rien, nous le savons bien ?… Dans notre cas, les dégâts étaient trop énormes. Comment imaginer que notre union survive à un pareil coup ? Parler à Paul était absurde. Mieux valait partir, tout simplement.

En revenant à l'hôtel, j'ai donné dix dirhams à une vieille femme qui faisait la quête avachie sur le sol devant l'entrée, ses yeux désespérés me fixant à travers l'étroite fente de sa burqa sombre. « *Je vous en supplie, je vous en supplie* », avait-elle psalmodié, mais son « *Bonne chance !* » réticent une fois qu'elle a eu le billet en main m'a paru étrangement sinistre, presque une malédiction.

J'ai croisé notre jeune femme de ménage dans le couloir.

— *Tout va bien, madame ?* s'est-elle enquise avec prudence, comme si elle s'attendait à de nouvelles excentricités de ma part.

— *Ça va mieux*, ai-je menti.

— *La chambre est prête.*

Je suis entrée. Mes yeux se sont arrêtés sur le lit où nous avions fait l'amour tous les jours, passionnément, follement, et toujours avec l'espoir que… Tous mes doutes ont soudain cédé la place à une détermination glaciale à la vue de ce lit qui aurait pu être l'image de notre bonheur mais s'était transformé en symbole de sa trahison. Et c'est sur ce même lit que, une fois mes valises prêtes, j'ai étalé les feuilles que je venais d'imprimer, ces documents médicaux et bancaires dont le prosaïsme disait tout. Je voulais qu'il se sache démasqué. Qu'il se retrouve seul face à la preuve de sa duperie.

Je ne m'attendais pas à ce qu'il tombe à genoux et quémande mon pardon. Et quand bien même il l'aurait fait, cela nous aurait avancés à quoi ? Non, je voulais qu'il pleure toutes les larmes de son corps, seul. Dans son coin. Qu'il commence à mesurer ce qu'allait être sa vie désormais, une vie sans moi…

J'ai arraché une feuille d'un carnet de notes sur la commode et j'ai écrit à toute allure ce que je voulais être mon ultime message : « Tu as tout démoli. Je te déteste. Tu ne mérites pas de vivre. R. »

Après avoir posé ce mot à côté des documents que j'avais étalés en éventail sur le lit, j'ai attrapé mon chapeau, mon sac, et j'ai dégringolé l'escalier. En me voyant passer comme une flèche devant lui, Ahmed a perdu son flegme habituel.

Je suis partie vers la plage à grandes enjambées, la tête basse, avançant obstinément sur le sable jusqu'à ce que le reste du monde se soit évanoui autour de moi. Je me suis assise et j'ai contemplé l'océan que j'allais survoler le lendemain. Une fois rentrée au bercail, la peine, la déception et la colère continueraient à se développer en moi comme un cancer. Pour la deuxième fois de ma vie, je devrais m'extirper des ruines d'une union ratée… Sauf que, dans le cas présent, la sensation d'échec et de trahison serait encore plus cuisante, car tous mes espoirs avaient été fondés sur un mensonge.

J'ai pleuré, pleuré sans retenue pendant dix minutes, ou plus, libérée des regards surpris, choqués ou compatissants, mon chagrin peu à peu noyé par le paisible ressac marin. Quand mes sanglots ont cessé, je me suis dit : Et maintenant ? Maintenant, j'allais rentrer à la maison. Me remettre au travail. Recoller les morceaux, comme on dit. Et surtout, j'allais devoir affronter la pire des solitudes. Parce que si je détestais Paul, à cet instant, mon cœur se convulsait à l'idée de le perdre. Comment éprouver de pareils sentiments à l'égard de quelqu'un qui venait de trahir aussi grossièrement ma confiance ? J'étais tiraillée par des émotions contradictoires : je continuais à avoir besoin de lui alors même que je souhaitais qu'il sorte de ma vie. Si seulement les choses pouvaient être plus univoques.

La culpabilité s'est glissée dans le cours de mes pensées. Je savais que je n'avais aucune raison de me sentir coupable, que c'était moi qui avais été abusée, manipulée, moi qui devrais désormais subir la torture de sa trahison. Et pourtant j'étais là, sur une plage marocaine, toute seule, et je commençais à me demander si le mot que j'avais laissé à Paul n'était pas trop dur… Le problème avec la culpabilité, surtout quand elle vous suit depuis l'enfance, c'est qu'il est impossible de l'ignorer lorsqu'elle referme sa main sur vous. Un peu comme un prisonnier qui tenterait de négocier avec celui qui l'a enfermé dans une cellule souterraine : Allons, est-ce bien raisonnable ? Pouvons-nous parler de vos motifs ? D'accord, je suis enchaîné au mur, ma liberté m'a été volée mais je sais, je suis certain que c'est un peu ma faute…

Le jour faiblissait. Près de 17 heures à ma montre. Étais-je vraiment restée sur cette plage aussi long-temps ? N'était-ce pas dans l'espoir que Paul, qui savait à quel point j'aimais cet endroit, se hâterait de venir m'y retrouver ? Mais c'était un long trajet, de l'hôtel jusqu'ici : peut-être avait-il fini de dessi-ner chez Fouad seulement une vingtaine de minutes plus tôt ? Peut-être était-il en route ?

Et me voilà à désirer une sorte de dénouement hol-lywoodien. Paul à genoux dans le sable avouant qu'il avait commis la plus grave erreur de sa vie, que la vasectomie était réversible, qu'il repartait avec moi le lendemain, que tout allait s'arranger... Mais, aussi loin que mon regard portait, la plage était déserte. Il ne viendrait pas, non, et cette ultime dérobade prouvait, s'il en était encore besoin, que notre histoire était morte et enterrée.

Le chemin du retour m'a paru interminable. En me voyant franchir la porte, Ahmed a bondi sur ses pieds d'un air affolé.

— Il y a un problème ? me suis-je enquise.

— Le patron... M. Picard... Il a besoin de vous parler.

Il ne « désirait » pas s'entretenir avec moi, il en avait « besoin »...

— Qu'est-il arrivé ? Est-ce mon mari ?

— Attendez ici, s'il vous plaît.

Il s'est esquivé par la porte menant au bureau du directeur. J'ai fermé les yeux, ne sachant à quoi m'at-tendre. Picard est bientôt apparu. Il avait la gravité de circonstance du chirurgien sur le point de commu-niquer de mauvaises nouvelles après une opération.

— Nous vous avons cherchée partout, madame. Nous étions très, très inquiets.

— Que s'est-il passé ? Où est mon mari ?

— Eh bien, il a… disparu. (J'ai pâli, mais comme je ne me montrais pas totalement stupéfaite Picard a repris :) On dirait que ça ne vous surprend pas vraiment.

— Mais… si !

— Pourtant, vous lui avez laissé des documents et une lettre qui…

— Vous êtes entré dans notre chambre ? l'ai-je coupé, soudain furieuse. Qui vous a donné la permission ?

— Si nous nous le sommes permis, c'est parce qu'un membre du personnel a entendu votre mari pousser des hurlements à l'intérieur. Suivis de coups sourds.

Je grimpais déjà l'escalier, poursuivie par les injonctions de Picard me criant de ne pas entrer dans la suite, d'attendre que la police… Mais je ne l'écoutais déjà plus et lorsque j'ai ouvert la porte de notre chambre…

Le chaos.

On aurait pu croire qu'un crime avait été commis. Un cambriolage qui aurait mal tourné. Des vêtements jonchaient le sol. Tous les tiroirs de la commode avaient été sortis et vidés par terre, certains brisés. Deux ou trois de ses carnets de croquis n'étaient plus que des lambeaux de papier disséminés comme d'étranges confettis. Et sur le mur en pierre en face du lit, une traînée de sang dégoulinante n'avait pas encore séché. À côté des preuves imprimées et de mon message, une feuille froissée portait l'écriture tourmentée de Paul. Quelques mots seulement, mais quels mots…

« Tu as raison. Je mérite la mort. »

11

— Ne touchez pas à ces papiers, m'a lancé sèchement Picard alors que je tenais le mot de Paul entre mes doigts.

— Mais ils sont à moi !

— La police risque de penser autrement.

— La police ?

— La dernière fois qu'on a entendu votre mari, il hurlait dans cette chambre. C'est ce que m'a raconté Ahmed quand je suis revenu ici, il y a à peine dix minutes. Il n'a pas osé déranger M. Paul, puisque le calme semblait être revenu. Je lui ai quand même demandé de monter voir, et voici ce qu'il a constaté : votre mari avait disparu, un mur était couvert de sang. Vous ne vous étonnerez donc pas que nous ayons appelé la police, d'autant que, dans un premier temps, j'ai crains que ce sang soit le vôtre. Et puis j'ai découvert la lettre que vous lui aviez laissée… Où étiez-vous, pendant tout ce temps ?

— Je marchais sur la plage.

— Je vois…

Le ton sur lequel avait été énoncée cette remarque m'a déstabilisée ; il était d'une neutralité suspecte, comme s'il voulait me faire comprendre qu'il ne me croyait pas une minute.

— Je suis revenue ici un instant vers 14 h 30, avant d'aller faire ma promenade habituelle et de…

— Vous n'avez pas besoin de vous justifier. C'est les policiers qui vont vous poser des questions.

— Quelles questions ? Je dois partir à la recherche de mon mari, je…

— Ils ne tarderont pas. Je leur ai dit de se tenir prêts et d'attendre votre retour.

Et de fait, ils ont débarqué deux minutes après : un policier en uniforme, corpulent, qui suait à profusion sous sa veste en lourde toile bleu marine et un inspecteur d'une quarantaine d'années. Costume élimé, chemise blanche jaunie par trop de lessives et étroite cravate à motifs bariolés, il avait une fine moustache et les cheveux brillantinés. Le duo m'a saluée en m'observant d'un œil professionnel tandis qu'Ahmed apparaissait lui aussi dans l'embrasure. L'inspecteur a eu un échange rapide en arabe avec Picard, puis il s'est mis à interroger le réceptionniste qui m'a désignée à plusieurs reprises d'un geste embarrassé.

Pendant ce temps, le policier en uniforme inspectait le lit, les feuilles dispersées dessus, le mur en pierres apparentes maculé de sang, le désordre général de la chambre. Il a invité son supérieur à venir examiner une tache sur le mur et celui-ci l'a tamponnée avec un mouchoir, qu'il a étudié attentivement avant de poser une question à Ahmed. Celui-ci lui a répondu dans un torrent d'arabe tout en me désignant à nouveau avec insistance. Là, l'enquêteur s'est enfin présenté, s'adressant à moi en français.

— Inspecteur Moufad, madame. À quelle heure avez-vous vu votre mari pour la dernière fois ?

— Vers midi et quart. Nous avons dormi tard et mon professeur de français, Soraya...

— Nom et adresse ? (Il a noté avec soin dans un calepin les informations que Picard s'était empressé de lui donner.) Donc, vous avez dormi tard, cette dame est arrivée et... quoi ?

— J'ai eu mon cours. Soraya a vu mon mari quitter la suite. Il se rendait au café de Fouad pour travailler et déjeuner.

— Pardon ? Votre mari travaille à ce café ? a-t-il demandé d'un ton perplexe.

— C'est un artiste, un dessinateur et... et aussi un professeur d'université aux États-Unis. Il complétait une série de dessins sur le souk.

— Où sont-ils, ces dessins ?

J'ai montré du doigt la cascade de lambeaux de papier sur le sol. Ses dessins merveilleux, extraordinaires. Son meilleur travail à ce jour et qui aurait constitué un nouveau départ dans sa carrière. Tout cela était maintenant réduit en pièces.

— Qui les a déchirés ? a voulu savoir Moufad.

— Paul lui-même, je suppose...

— Vous avez le passeport de votre mari ?

— Bien sûr que non. Il le gardait sur lui.

— Pourquoi aurait-il détruit son travail, d'après vous ?

— C'est à lui qu'il faudrait le demander.

— Mais il n'est pas là, hein, madame ? M. Picard nous a signalé que l'une de ses employées a entendu des bruits inquiétants dans la chambre vers 16 heures. À la demande de M. Picard, M. Ahmed est monté voir mais il a trouvé les lieux déserts, sens dessus dessous, avec du sang partout...

Il a levé le mouchoir imprégné de rouge.

— Est-ce qu'il y aurait eu quelqu'un avec Paul ? ai-je suggéré.

— Et si ce quelqu'un était vous, madame ? a-t-il rétorqué.

— Je me promenais sur la plage, comme je le fais souvent.

— Quelqu'un vous a vue là-bas ?

— Non. J'étais seule, comme toujours.

— Quelle preuve, alors ?

— Vous avez la preuve qu'un incident violent est survenu dans notre chambre pendant que mon mari y était et que je me trouvais sur la plage. Selon moi, cela ressemble énormément à un cambriolage qui a mal tourné. Dans lequel mon mari a été blessé, apparemment.

— Mais où est-il passé, s'il était si blessé que ça ?

— Je... je n'en ai pas idée.

— S'il s'agit d'un vol, pourquoi vos deux ordinateurs portables sont-ils encore là ? Et sur la table de nuit, là, cet appareil photo Canon très coûteux ? (Le policier en uniforme a rapporté un petit vase qu'il avait trouvé sur la commode et qu'il a tendu à Moufad, lequel en a retiré une liasse de dirhams.) Et un voleur aurait aussi certainement pris cet argent que vous laissiez traîner à la vue de tous...

Picard a pris un air offensé.

— Depuis vingt-trois ans que je dirige Les Deux Chameaux, nous n'avons jamais eu un seul vol, jamais !

— Il y a une première fois à tout, ai-je fait remarquer d'un ton las.

Picard et Moufad ont échangé un bref regard, puis l'inspecteur a repris :

— Même si votre mari avait surpris des voleurs dans la chambre, et même s'ils lui avaient cogné la tête contre ce mur, ils auraient emporté tout ce qui a de la valeur ici, les ordinateurs, l'appareil photo, l'argent… Drôle de comportement, pour des cambrioleurs. Et d'ailleurs, s'ils l'ont attaqué, on ne sait toujours pas pourquoi ils l'ont emmené, laissant ensuite tout le butin derrière eux. Ça n'a aucun sens.

— Quelqu'un a bien dû voir mon mari quitter l'hôtel !

— L'une de nos jeunes femmes de chambre, Mira, a entendu des bruits suspects dans la suite, est intervenu Picard. Elle est descendue alerter Ahmed, qui m'a prévenu. Je lui ai demandé d'aller voir et il a trouvé les lieux dans cet état. Nous avons fouillé tout l'hôtel. Aucune trace de votre mari.

— N'aurait-il pas pu sortir pendant qu'Ahmed était en haut ?

— C'est une possibilité, a concédé Moufad. Il en existe une autre : votre mari et vous avez eu une dispute…

— Nous n'en avons pas eu.

— Mais les mots que vous vous êtes laissés sont assez… rudes, non ? Je ne lis pas l'anglais mais M. Picard nous les a traduits quand il nous a contactés. Voyons… (Il a cherché une page dans son calepin relié en plastique noir.) Le premier, que j'imagine être de votre main, dit notamment : « Tu ne mérites pas de vivre. » Vous avez bien écrit ça ?

Baissant la tête, j'ai confirmé d'une voix sourde :

— Oui, je l'ai écrit.

— Et sa réponse : « Tu as raison. Je mérite la mort. » Enfin, si c'est vraiment lui qui a écrit cela…

— Qui d'autre l'aurait fait ? ai-je relevé, irritée à présent.

— Quelqu'un qui lui aurait voulu du mal ?

— Attendez, inspecteur. Vous pensez sérieusement que j'ai eu une altercation avec mon mari pendant laquelle moi, une femme presque deux fois moins grande que lui – Paul approche des deux mètres –, je lui aurais fracassé la tête contre le mur, puis j'aurais traîné son corps quelque part sans que personne me voie ? Et qu'entre-temps, j'aurais rédigé une note en imitant parfaitement son écriture pour laisser entendre qu'il avait l'intention de se suicider ?

Moufad a considéré ces dernières paroles quelques instants, puis :

— J'admets que c'est un peu tiré par les cheveux. Mais d'un autre côté, il est possible que vous ayez caché le corps dans l'hôtel...

— Sauf que je n'étais pas là !

— Si vous le dites.

— Je n'ai rien fait à mon mari ! ai-je protesté, tandis que la colère m'envahissait de nouveau. Je ne l'ai pas revu après son départ chez Fouad.

— Mais vous lui avez laissé tous ces documents très intéressants, ainsi qu'un mot très dur. Ainsi, votre mari a subi une opération chirurgicale particulière. Une vasectomie.

Silence. Je sentais que les trois hommes se délectaient de mon malaise à l'idée qu'ils étaient maintenant au courant de cette histoire lamentable. D'un signe, j'ai demandé à Moufad si je pouvais m'asseoir dans le fauteuil le plus proche. Il a acquiescé et je suis restée un moment sans parler, cherchant une issue. La seule possible était de dire la vérité.

— Je suis experte-comptable, aux États-Unis. Mon cabinet s'occupe des finances de mon mari. Aujourd'hui, l'un de mes associés m'a transmis les informations que vous avez découvertes sur le lit. Il se trouve que mon mari, tout en affirmant vouloir un enfant avec moi et en sachant qu'à mon âge il ne me restait plus beaucoup de temps, s'est fait secrètement… stériliser. Vous imaginez le choc… Il était au café de Fouad quand ces documents sont arrivés. Je les ai imprimés et laissés dans la chambre avec un mot très dur, en effet, parce que je voulais qu'il éprouve du remords, qu'il se retrouve face à sa conscience. Après, je suis allée sur la plage, je suis revenue et… voilà.

Nouveau silence. Picard et Moufad se sont encore consultés du regard. L'inspecteur s'est approché de moi.

— Croyez à ma sympathie après l'épreuve que vous avez traversée, madame, mais je dois relever que vous avez oublié un élément essentiel dans votre récit : cet après-midi, vous avez réservé un vol de retour aux États-Unis pour demain, 12 h 10, au départ de Casablanca.

Je me suis raidie.

— Vous ne perdez pas de temps, ai-je remarqué d'une voix que j'espérais assurée.

— C'est mon métier, madame.

— La décision de rentrer demain, c'était… Je voulais le quitter. Après ce que j'avais découvert, j'avais résolu que c'était fini entre nous.

— Et vous lui avez laissé un mot disant qu'il ne méritait pas de vivre pour ce qu'il avait fait.

— C'était sous le coup de la colère ! Jamais je ne voudrais qu'il arrive quoi que ce soit à Paul !

— Mais il est écrit noir sur blanc que vous souhaitiez

sa mort. Peut-être à raison, cela dit : son acte était une véritable trahison, après tout...

Sous son regard insistant, je commençais à avoir les mains moites et des gouttes de sueur coulaient dans mon cou. Il était désormais clair que j'étais à ses yeux la suspecte numéro un.

— Monsieur, ai-je repris en tentant de recouvrer mon calme, pourquoi aurais-je écrit cela si j'avais réellement eu l'intention de l'attaquer physiquement ? Pourquoi m'aurait-il laissé ce mot en réponse s'il n'avait pas eu terriblement honte de son mensonge ?

L'inspecteur a haussé les épaules.

— Je le répète, peut-être est-ce vous qui l'avez écrite, cette réponse.

Je me suis levée pour aller prendre sur la commode le grand carnet noir dans lequel Paul tenait son journal et auquel je n'avais jamais touché car j'estimais que les pensées intimes de chacun étaient sacro-saintes (je me rappelais toujours mon indignation quand, adolescente, j'avais surpris ma mère lisant mon propre journal). L'inspecteur a arrêté d'un mot le policier alors que celui-ci faisait mine de m'empêcher de l'ouvrir. Après avoir trouvé une page de texte écrit de sa main parmi les multiples croquis et ébauches qu'il contenait, j'ai posé le carnet ouvert sur le lit, à côté du mot de Paul. Même sans la confirmation d'un graphologue assermenté, il était évident que le message était de lui. Moufad et Picard se sont tour à tour penchés sur cette preuve irréfutable.

— Et qui me dit que ce n'est pas votre journal ? a lancé l'entêté inspecteur avec une moue contrariée.

Très déterminée maintenant, j'ai foncé dans l'antichambre, attrapé le carnet de moleskine dans lequel je notais mes réflexions et observations et, regagnant la chambre, je l'ai placé sur le lit, cette fois près de ma note furibonde.

— Le voici, le mien, et vous verrez que c'est la même écriture.

— Oui ? Je vais devoir le prendre avec moi pour le verser au dossier de l'enquête. Et votre passeport, aussi.

— Est-ce que vous m'accusez de crime ?

— Pas encore, mais il existe suffisamment de preuves pour que…

— Quoi ? l'ai-je coupé, l'indignation me rendant téméraire. Ce que je vois ici, moi, c'est que, en comprenant que j'avais découvert sa trahison et que j'allais le quitter, mon mari a eu une crise de folie. Il a détruit son travail, s'est tapé la tête contre le mur. De l'autodestruction comme lui seul en est capable !

J'avais fait cette déclaration d'un ton si affirmé et si véhément que Moufad et Picard m'ont regardée avec de grands yeux. À l'évidence, l'inspecteur n'avait pas l'habitude qu'on lui réponde ainsi. Voulant sans doute reprendre la situation en main, il a dit :

— J'emporte tout de même les journaux, les documents et votre passeport, en tant que…

— Non, vous ne le ferez pas. À moins que vous vouliez formellement m'inculper pour la disparition de mon mari… s'il a disparu.

— Vous ne connaissez pas la loi marocaine, madame.

— En effet, mais je sais qu'il y a une ambassade américaine à Rabat et un consulat à Casablanca. Si vous prétendez saisir mon passeport, mes effets personnels ou ceux de mon mari, je leur téléphone. Et vous aurez à en supporter les conséquences.

Pour prouver que j'étais déterminée, j'ai posé une

main sur mon carnet. Alors que le policier en uniforme me saisissait par le bras, je me suis dégagée en lui criant :

— Comment osez-vous ? Je connais mes droits !

Intimidé, il a reculé.

— Inutile de faire un scandale, madame, a tempéré l'inspecteur.

— Si ! Mon mari est en danger ! Peut-être gravement blessé. En train d'errer dans la ville en perdant son sang. Nous gâchons un temps précieux ! Nous devrions tous aller chez Fouad voir s'il n'y est pas retourné, s'ils l'ont emmené à l'hôpital…

Silence. Moufad soupesait ma suggestion.

— D'accord, a-t-il fini par concéder. Allons chez Fouad. Mais tout reste ici.

— Pas question. Je refuse que vos hommes profitent de notre absence pour tout emporter.

— Vous avez ma parole, madame.

— Excusez-moi mais ce n'est pas suffisant, monsieur. (J'ai été prise d'une inspiration, soudain.) J'ai une proposition : je vous laisse tout photographier ici, la chambre en l'état, les documents, tout, mais je conserve les papiers et les ordinateurs.

L'inspecteur s'est mordu la lèvre. Ce n'était pas l'idée qui lui déplaisait, visiblement, mais le fait que ce soit moi qui l'aie avancée.

— J'accepte, à deux conditions : un, nous scellerons la chambre après avoir tout photographié. Je suis certain que M. Picard vous trouvera un autre logement. Et deux, l'un de mes hommes montera la garde devant votre porte.

— Ce n'est pas du tout nécessaire.

— Si, madame. Même si vous n'êtes pas en état

d'arrestation, il reste très possible qu'un acte criminel ait été commis ici. Peut-être que votre mari n'a plus toute sa tête, comme vous l'envisagez, mais dans ce cas il pourrait très bien revenir pour vous attaquer. Nous avons besoin de garantir votre sécurité cette nuit. D'accord ?

Je me sentais à deux doigts de flancher.

— Je… Je suis certaine que Paul ne recourrait pas à la violence contre moi.

— Mais puisque vous dites qu'il l'a fait contre lui-même ?

Ne trouvant rien à répliquer à son objection, je me suis tue. Il s'est ensuite tourné vers Picard et lui a demandé s'il existait un accès par le toit de l'hôtel, ou une porte de service.

— Seul un chat pourrait entrer par le toit, et notre porte de service est cadenassée en permanence.

— Dans ce cas, si vous voulez bien, l'un de mes hommes sera en faction toute la nuit à la porte principale pour s'assurer qu'il n'arrive rien à madame…

— Et si je veux aller prendre l'air ?

— Il vous accompagnera. À propos, je dois vous dire que je vais demander un mandat au juge d'instruction demain matin, dans le but de saisir les preuves que nous allons photographier et de vous contraindre à nous remettre votre passeport jusqu'à ce que l'enquête sur la disparition de votre mari soit conclue.

— Si c'est ainsi, je contacterai mon consulat à la première heure demain.

— C'est votre droit, madame. (Puis, à Picard :) Avec votre permission, je vais charger trois de mes hommes d'inspecter votre hôtel, au cas où le mari de madame serait caché quelque part.

— Mais est-ce qu'il n'est pas envisageable qu'il

soit sorti à un moment où l'accès n'était pas surveillé ?
ai-je objecté.

Tous les yeux se sont braqués sur Ahmed, soudain
mal à l'aise devant tant d'attention.

— J'étais à la réception tout l'après-midi et je n'ai
pas vu M. Paul s'en aller, s'est-il défendu.

— Donc il est encore ici… a tranché Moufad.

— Mais il y a forcément eu un moment où
M. Ahmed a dû répondre au téléphone, ou s'occuper
d'un client, ou satisfaire un besoin naturel, et la sortie
de mon mari serait passée inaperçue…

— Quelqu'un d'autre l'aurait vu, a dit Picard. Karim.
C'est notre gardien pendant la journée et il se tient
tout le temps dans la courette de l'entrée, à arroser les
plantes, à balayer, à dissuader les vagabonds… La nuit,
c'est quelqu'un d'autre, que vous connaissez puisqu'il
est venu à votre rescousse la fois où vous avez commis
l'imprudence de vous aventurer dehors toute seule…

Une fois de plus, j'étais confondue. Et le visage
de l'inspecteur – qui avait écouté ce récit avec intérêt – était éloquent. Voilà qui confirmait ses premières
impressions : j'étais une femme à histoires.

Picard a encore enfoncé le clou :

— J'ai interrogé Karim tout à l'heure, il n'a pas
vu sortir votre mari depuis la fin de la matinée.

— Et moi, je n'ai pas vu Karim quand je suis
partie me promener, ai-je rétorqué.

Picard m'a observée avec insistance.

— Il vous a vue, lui. Et il m'a dit que vous aviez
« des couteaux dans les yeux ».

— C'est faux !

Mais je ne pouvais nier que j'étais hors de moi, à ce
moment-là, ni que j'avais laissé un mot furieux sur le lit…

— Ah ! Est-ce important, l'air que j'avais ? Ce qui compte, c'est qu'il m'a vue sortir avant que mon mari revienne !

— Sauf qu'il n'a jamais vu votre mari revenir, a relevé Picard. Ni sortir. Et Ahmed non plus. N'est-ce pas, Ahmed ?

Celui-ci a hoché vigoureusement la tête, plusieurs fois. Qui voudrait mordre la main qui vous nourrit, surtout quand c'est celle d'un homme aussi calculateur et d'aussi mauvaise foi que Picard ? Celui-ci était ravi d'aider l'inspecteur à établir ma culpabilité. Il se ferait ainsi bien voir et, pour un commerçant d'Essaouira, avoir les forces de l'ordre de son côté était une nécessité absolue.

— Je le redis une dernière fois, ai-je annoncé, les dents serrées : mon mari a quitté l'hôtel vers 12 h 10, moi autour de 14 heures. Je suis revenue une heure plus tard, ensuite je suis allée me promener sur la plage et…

Au bord de craquer, j'ai refoulé un sanglot.

— Et mon mari est je ne sais où, blessé ! Il a besoin de notre aide, pas que nous discutions des heures ! Nous devrions déjà être chez Fouad, merde !

Cet éclat n'a pas eu l'effet escompté sur l'inspecteur. Il s'est contenté de lever un sourcil avant de lâcher :

— Nous irons chez Fouad seulement après avoir photographié tous les éléments de la scène et fouillé l'hôtel pour nous assurer que le corps de votre mari n'y est pas caché. Et non, vous n'êtes pas autorisée à vous rendre seule chez Fouad. Enfin, je n'ai pas encore le pouvoir légal de vous retirer votre passeport, mais j'ai celui de vous placer sous escorte partout où vous irez dans cette ville, et c'est précisément ce que j'ai l'intention de faire.

12

Il leur a fallu plus de deux heures pour fouiller l'hôtel. Chaque chambre a été ouverte, et plusieurs pensionnaires dérangés, tandis que l'escouade policière menée par l'inspecteur Moufad regardait sous les lits, derrière les rideaux de douche et dans les penderies. Les placards des quatre étages ont été vérifiés un par un, la chambre froide, le vaste congélateur dans la cuisine, les quartiers du personnel au sous-sol, et même les poubelles supplémentaires à l'arrière du bâtiment.

Ils ont continué, inexorablement. L'inspecteur, qui m'avait informée que c'était lui qui fixait les règles, a non seulement refusé que je me rende chez Fouad, même accompagnée par un policier, mais il a insisté pour que je reste dans la suite pendant que le « photographe assermenté » prenait, avec une lenteur horripilante, des clichés de chacune des « pièces à conviction », ainsi que de la commode endommagée et des traces de sang sur le mur en pierres. Et même, à la demande expresse de l'inspecteur, un plan rapproché de mon visage.

À un moment, Mira est arrivée avec un plateau

chargé de tasses et d'une théière de thé à la menthe pour les policiers, mais Ahmed a tenu à les servir lui-même. Il était évident que l'état de la chambre bouleversait Mira, et il était très clair également, à la manière dont elle me fixait, qu'elle désirait me dire quelque chose mais ne pouvait le faire en présence de la police. Comme je lui montrais la porte du menton, suggérant que nous allions parler dans le couloir, elle a secoué la tête et s'est dépêchée de quitter la suite. J'ai regardé ma montre : 20 h 10. J'ai interpellé l'inspecteur qui venait de rentrer dans la pièce :

— Allons, nous aurions pu consacrer les deux dernières heures à chercher mon mari et au lieu de ça vous…

— Vous insinuez que je ne mène pas cette enquête comme il le faudrait, madame ?

— Non, je veux seulement retrouver Paul. J'ai peur. J'ai peur pour lui.

— Alors, vous serez satisfaite d'apprendre que deux de mes hommes ont déjà ratissé la plage dans notre 4 × 4, sur dix kilomètres ou plus. Aucun signe de votre mari. À moins qu'il n'ait décidé de se noyer. Ou que quelqu'un l'y ait aidé.

À nouveau, j'ai vu qu'il étudiait chaque inflexion de mes traits, curieux de savoir comment je prenais cette accusation à peine voilée ou la suggestion que Paul, hors de lui et la tête en sang, s'était effectivement jeté dans l'Atlantique. Malgré mon trouble, j'ai réussi à soutenir son regard.

— Vous êtes vraiment un homme très sympathique, ai-je dit d'un ton coupant. Très classe.

Une grimace de contrariété s'est lue sur son visage, puis il a contre-attaqué :

— Vous allez regretter ces paroles.

Sur ce, un policier en uniforme est entré pour lui donner son rapport : fouille de l'hôtel complète et infructueuse.

— Donc, on va chez Fouad, maintenant ? ai-je demandé.

— Nous devons d'abord dresser l'inventaire de tout ce que vous allez sortir d'ici.

Encore une demi-heure de perdue. Le sous-fifre de Moufad inscrivait dans un registre de police la moindre chose, vêtement, objet ou document que je m'apprêtais à transférer dans la chambre que Picard m'avait assignée à l'autre bout du couloir. J'ai pu fourrer les deux ordinateurs portables et quelques vêtements de rechange pour moi dans un sac à dos. Et, sur instructions de son patron, Mira est revenue emplir les valises de nos affaires personnelles restantes et les porter à la 212. J'ai senti une nouvelle fois qu'elle cherchait à entrer en contact avec moi mais qu'elle ne pouvait le faire devant les autres.

— Très bien, madame, a annoncé l'inspecteur, nous allons maintenant au café de Fouad.

J'ai saisi mon sac.

— Vous préférez sûrement le déposer dans votre nouvelle chambre, est intervenu Picard.

— Pour m'apercevoir à mon retour que la police s'en est emparée ?

— J'apprécie votre confiance, madame, a persiflé Moufad.

— *Je vous en prie.*

Dans le couloir, Picard m'a prise à part.

— Je vais devoir vous facturer la chambre dans laquelle je vous ai installée jusqu'à ce que la police m'autorise à rénover celle que vous et votre mari avez mise à sac.

— Moi ? Je n'ai rien à voir là-dedans !

— Je dois aussi vous informer que, en plus des cinq cents dirhams par nuit pour la nouvelle chambre, je vais devoir vous demander huit mille dirhams pour remplacer la commode, tout nettoyer et repeindre dans la suite.

Ce qui représentait mille dollars. Absurde, d'autant qu'il suffisait de réparer deux des tiroirs dont les pièces s'étaient déboîtées, et que le sang sur les pierres du mur partirait avec une brosse et de l'eau savonneuse. Mais j'étais bien trop à cran pour me lancer dans une nouvelle dispute avec ce grossier personnage.

— Je paierai la chambre pour cette nuit. Quant à la suite, nous avons versé un mois d'avance, et en ce qui concerne les prétendus frais de rénovation, votre avocat n'a qu'à se mettre en rapport avec le mien.

— Ce n'est pas correct, madame.

— Essayer de m'extorquer de l'argent à un moment aussi terrible pour moi, ça l'est ?

Et je me suis engagée dans l'escalier avec le gros sac à dos. Dans le hall d'entrée, j'ai été tentée de m'enfuir à travers les ruelles et les allées sombres d'Essaouira jusqu'au café en laissant derrière moi l'inspecteur et ses hommes. J'espérais y trouver Paul la tête bandée, un verre de vin à portée de main, un fusain courant distraitement sur le papier devant lui, l'air abattu et mélancolique. Je me serais alors jetée dans ses bras, tellement soulagée de le revoir en vie, prête à oublier ces horribles instants, même si je continuais à douter fortement que notre mariage puisse aller beaucoup plus loin… Dans ce tourbillon d'émotions contradictoires, la culpabilité l'emportait encore : c'était moi qui lui avais fait perdre pied à ce point. Je regrettais amèrement cette cruelle mise en scène, désormais. Si je l'avais attendu avec la facture de l'urologue en main, il y aurait eu une explication sans doute pénible, des cris, peut-être même aurions-nous conclu que nous ne pouvions plus vivre ensemble, mais cela aurait mieux valu que d'avoir cédé à l'impulsion de le punir, de me venger. Comme tant d'actes uniquement inspirés par la volonté de revanche, celui-ci nous avait blessés l'un et l'autre. Une tape sur l'épaule m'a ramenée à la réalité.

— OK, on y va, a dit l'inspecteur.

— Et s'il n'est pas là-bas ?

— Eh bien, c'est qu'il sera ailleurs.

20 h 30 à ma montre. Tout ce temps gâché depuis qu'il s'était enfui à l'insu de tous… Dans les ruelles conduisant au café, je regardais de tous côtés, dévisageais les rares passants. C'est ce que doivent ressentir les parents d'un enfant qui a disparu : la soudaine absence de l'être qui donnait sens à leur vie, l'espoir lancinant et futile qu'il va brusquement surgir devant eux, mettant fin à ce cauchemar qui ne leur laisse pas un instant de répit. En deux minutes, nous avons atteint la petite véranda dont les six tables étaient occupées. Fouad était en train de prendre une commande quand il m'a aperçue de loin. Au frémissement de ses lèvres, j'ai compris qu'il devait savoir quelque chose au sujet de Paul. Déjà l'inspecteur lui montrait sa carte de police et entamait un interrogatoire improvisé.

— Bien sûr que je connais M. Paul, a répondu

Fouad. L'un de mes meilleurs clients ! Il s'installe toujours à la table du coin, là-bas. Nous avons accroché plusieurs de ses dessins derrière le comptoir.

— Et quand l'avez-vous vu pour la dernière fois ?

— Lorsqu'il est parti, à 16 heures.

— Il n'est pas revenu, vous êtes sûr ? ai-je insisté.

— C'est moi qui pose les questions, madame, a protesté Moufad.

— Et c'est mon mari qui a disparu ! En plus, je connais bien Fouad, donc…

— M. Paul m'a dit au revoir à cette heure-là et je ne l'ai pas revu depuis, a déclaré ce dernier.

— Savez-vous si quelqu'un d'autre, un serveur…

— Je suis le seul à servir ici, madame, comme vous le savez bien. Et je n'ai pas quitté mon poste. S'il était repassé, je vous le dirais.

J'ai remarqué qu'il se pétrissait le front avec son pouce, un tic nerveux qui a échappé à l'inspecteur, occupé à consulter son calepin. Après avoir informé Fouad qu'il avait l'intention de fouiller la cuisine et la salle de stockage, l'inspecteur est entré à l'intérieur du café. J'en ai profité pour retenir Fouad un instant.

— Je sens que vous ne dites pas tout, ai-je commencé tout bas. Vous savez où est Paul, j'en suis sûre. Vous pouvez au moins me dire si son état n'est pas trop grave ?

— Revenez plus tard, d'accord ?

— Je vais avoir du mal, il y aura un flic posté devant l'hôtel, avec pour instructions de me suivre partout où j'irai. Ils croient que c'est moi qui ai attaqué Paul.

— Arrangez-vous pour venir avant minuit.

— Je vous en prie, rassurez-moi ! Mon mari n'est pas en danger ?

À cet instant, l'inspecteur a sorti la tête par l'embrasure, ordonnant à Fouad de le suivre à l'intérieur.

— Venez avant minuit, a-t-il répété avant d'obtempérer.

Soudain sans escorte, j'étais très tentée de partir à toutes jambes dans le dédale obscur, de me cacher quelque part pendant une heure et de revenir écouter ce que Fouad aurait à me confier. Mais j'avais à peine fait trois pas sur le trottoir que le policier en civil que j'avais vu plus tôt à l'hôtel est sorti d'une encoignure en me saluant poliment.

— J'ai ordre de vérifier que vous ne vous éloignez pas d'ici, madame. Veuillez retourner à votre table et attendre l'inspecteur.

Je n'avais pas le choix, il fallait obéir. Quelques minutes plus tard, Moufad s'est approché, suivi de Fouad, et m'a annoncé qu'une inspection complète du café n'avait révélé ni la présence ni le passage récent de Paul.

— Je vais vous faire reconduire à votre hôtel, a-t-il conclu. J'ai déjà demandé à mes hommes de voir à la gare routière et à la station de taxis si votre mari a essayé de quitter la ville. Nous avons nos informateurs. S'il a pris un bus ou engagé un chauffeur, nous le saurons vite. À présent, il faut que vous rentriez.

— Et si je veux ressortir ?

— Un policier vous accompagnera.

Celui qui m'avait empêchée de m'éloigner du café m'a escortée aux Deux Chameaux. À la réception, Ahmed m'a appris que Mira avait fini de transférer nos affaires dans la nouvelle chambre et que Picard avait réclamé le paiement d'avance des cinq cents dirhams comme condition pour me laisser monter à l'étage. Je lui ai remis l'argent en ajoutant :

— Vous direz bien à M. Picard que je le considère ni plus ni moins comme un connard.

Bien que surpris par la vigueur de l'insulte, Ahmed n'a pu réprimer un sourire approbateur, puis il s'est emparé de mon lourd chargement et l'a emporté jusqu'à la 212. C'était plus une cellule qu'une chambre, avec son lit étroit, sa petite fenêtre donnant sur un mur proche et un coin toilette rudimentaire où la peinture s'en allait par plaques.

— Vous pourriez me trouver un peu mieux ?

— M. Picard a dit que vous deviez dormir ici ce soir. Demain matin, quand il reviendra...

— ... Je lui dirai de vive voix que c'est un connard, ai-je complété. Merci quand même. Est-ce que Mira pourrait me monter un thé à la menthe ?

— *Très bien, madame.*

Une fois seule, je me suis assise sur le lit, j'ai ouvert le sac à dos, je l'ai retourné et j'ai laissé son contenu s'amonceler sur le matelas. Le journal de Paul a accroché mon regard. L'une des pochettes intérieures de la jaquette a révélé un élément à la fois rassurant et troublant : son passeport. S'il ne l'avait pas pris avec lui, il n'avait pas l'intention de quitter le pays, ni même de se rendre en avion à un autre endroit du Maroc. D'un autre côté, qu'il ait négligé de se munir de cette pièce d'identité nécessaire à tout touriste reflétait peut-être la panique qui l'avait saisi en découvrant que je connaissais son vilain secret, sa fuite de l'hôtel dans un état de confusion extrême... Ce qui me faisait sentir encore plus coupable.

Dans la seconde pochette, à l'arrière de la reliure, une autre découverte m'a fait l'effet d'un coup de poing. Une photographie. De petit format. Une jeune femme qui devait avoir dans les vingt, vingt-deux ans. Marocaine, mais avec certains traits laissant à penser qu'elle avait aussi une ascendance de type européen. Et belle, indiscutablement : mince, une cascade de boucles brunes soyeuses autour d'un visage à la peau parfaite, des lèvres pulpeuses discrètement maquillées, d'une élégance décontractée dans son tee-shirt noir moulant et son jean également noir dont la coupe affinait encore plus ses longues jambes... Franco-Marocaine, ai-je décidé. Et l'une de ces femmes-enfants qui devaient faire tourner les têtes.

J'ai longtemps fixé le cliché, sous le choc. Et mon malaise n'a fait que croître lorsque, le retournant, mes yeux sont tombés sur la dédicace : « De la part de ta Samira

» L'absence rend le cœur encore plus affectueux.

» Avec tout mon amour,

» S ♥ »

Elle avait un prénom, maintenant. Samira. Une très jeune femme avait envoyé un portrait d'elle à mon mari pour lui exprimer son amour. Et plus encore – « L'absence rend le cœur encore plus affectueux » –, pour lui dire qu'elle se languissait de lui.

Samira... Une écriture raffinée avec, touche juvénile, un petit cœur dessiné à côté de son initiale. J'ai jeté la photo sur le lit, loin de moi. Étourdie par le choc, j'ai repris le journal de Paul entre mes mains tremblantes. Des pages et des pages de notes très brèves, parfois illisibles. Mira allait arriver d'un moment à l'autre et je n'avais pas le temps de déchiffrer cette confusion de mots, de phrases laissées inachevées, de dessins capricieux. J'ai préféré survoler l'ensemble, mon œil cherchant une indication quelconque sur cette Samira. Un feuillet plié en biais, le battant supérieur décoré de miniportraits de… Oh, mon Dieu ! Le délicat visage de cette fille répété plusieurs fois au crayon. J'ai rabattu le triangle de papier pour lire ces lignes : « Dois trouver un moyen de ramener Samira dans ma vie. Robyn va bondir, pour ne pas dire plus, mais il faut bien qu'elle apprenne la vérité un jour… même si je la perdrai à jamais quand elle apprendra TOUTE la vérité. »

Alors il était là, le deuxième secret enfoui en lui depuis longtemps… Une autre femme. Comment avais-je pu être aussi naïve, aussi incapable de décrypter les indices ? Et où l'avait-il connue, cette beauté marocaine qui rêvait de lui et qu'il désirait tant « ramener dans sa vie » ?

« L'autre femme ». Quel cliché !

Une très jeune femme qui vivait… l'adresse était là, notée au bas de la page… 23/50, rue Taha Hussein, Casablanca 4e. Pas de numéro de téléphone, zut ! Ni d'e-mail. Impulsivement, j'ai ouvert l'ordinateur portable de Paul avec une sensation des plus étranges, un mélange de malaise à l'idée de m'introduire ainsi dans sa vie privée et de rébellion contre mes propres scrupules, absolument déplacés dans un tel contexte. L'accès était protégé par un mot de passe. J'ai tenté plusieurs combinaisons avant de me souvenir que celui que Paul avait proposé pour notre compte bancaire joint était « robynpaultogether ». Il a suffi que je tape cette formule, RobynPaultogether, Robyn et Paul ensemble, pour que les larmes me montent aux yeux. Mais c'était le bon.

Un coup frappé à la porte m'a fait sursauter. Avant d'aller ouvrir, je me suis dépêchée de tout remettre en ordre, la photo de l'amante de Paul a repris sa place dans les replis de la jaquette. Mira se tenait dans le couloir, un plateau sur la main, l'air plus embarrassée que jamais. Je l'ai fait entrer et elle m'a tout de suite demandé où je voulais qu'elle dépose le thé.

— Tu sais quelque chose, n'est-ce pas ? ai-je dit en français, résolue à aller droit au but.

Elle m'a regardée avec stupeur, comme si je venais de l'accuser de vol, secouant la tête à plusieurs reprises. Elle s'était détournée, ses yeux étaient remplis de larmes.

— Non, ne t'inquiète pas, tout va bien.

Les épaules secouées de sanglots, elle a plongé une main dans la grande poche de sa djellaba, exhibant un billet de cent dollars.

— Pardon, pardon, je n'aurais pas dû accepter…

— C'est mon mari qui t'a donné cet argent ?

Les larmes ont coulé davantage encore.

— Je lui ai dit que je voulais pas mais il m'a obligée ! a-t-elle répondu d'un ton véhément. J'ai dit, c'est trop ! Mais il a déclaré que c'était juste pour me remercier de…

Sa voix s'est cassée.

— Tu n'as rien fait de mal, Mira, l'ai-je rassurée.

— Si ! J'ai pris l'argent pour lui montrer un moyen de sortir sans passer devant Ahmed.

— Ah… Et il t'a expliqué pourquoi il voulait quitter l'hôtel sans que personne le voie ?

— Bien sûr que non ! Il a dit qu'il voulait « s'en aller sans laisser de traces ». Exactement comme ça.

— Et tu connais un passage donc ?

— Moi ? Oh, j'aurais jamais dû dire oui !

— Il a dit qu'il partait pour toujours ?

— Il a seulement dit qu'il voulait n'être vu de personne, et si je pouvais le dire à personne…

— Pourquoi tu me le racontes, alors ?

— Vous, vous n'êtes pas « personne » ! Vous êtes sa femme ! M. Paul, il n'est pas méchant, hein ?

— Non. Juste envers lui-même.

— Mais je l'ai laissé s'échapper !

— Il n'essayait que d'échapper à lui-même.

Silence. Il était clair qu'elle essayait d'assimiler mes paroles et que celles-ci ne faisaient qu'ajouter à sa confusion.

— Mon mari t'a dit où il allait ?

— Non ! Mais il m'a demandé de… de lui faire un bandage autour de la tête avant de partir.

— Il s'était blessé ?

Un doigt pointé sur le lit, elle m'a demandé du regard la permission de s'asseoir tout au bord du matelas, s'y cramponnant comme à une planche de salut.

— Je devrais pas trahir sa confiance…

— Je suis sa femme, comme tu l'as dit, et il a complètement trahi la mienne.

Elle a changé de position, partagée entre la honte et la curiosité.

— Qu'est-ce qu'il a fait ? a-t-elle chuchoté.

— C'est mon problème, Mira. Dans quel état il était, quand il est parti ?

— Sa tête était… il y avait une grosse coupure.

— T'a-t-il dit comment il s'était blessé ?

— Quand j'ai entendu ce grand bruit dans votre chambre, j'ai ouvert la porte et j'ai vu qu'il… il se jetait contre le mur la tête la première. Plein de fois.

Il est tombé par terre au milieu de tout le désordre, j'ai voulu courir appeler à l'aide mais il a dit pardon pour le bruit, que je devais appeler personne, ni Ahmed ni n'importe qui, mais si je pouvais bander sa tête… Je suis allée chercher des pansements, de l'eau chaude, et quand je suis revenue M. Paul était assis sur le lit, tout blanc. J'ai nettoyé la blessure, il y avait beaucoup de sang et une grosse bosse sur le front, bleu et noir. J'ai dit qu'il devait voir un médecin, il a répondu d'accord, d'accord, et là il m'a demandé si on pouvait sortir de l'hôtel sans passer par la réception.

— Peut-être ne voulait-il pas qu'on voie sa blessure ?

— Je sais pas, madame… Il avait l'air, comment dire, bizarre ? J'ai essayé de lui dire que c'était pas une bonne idée, de sortir dans l'état qu'il était, mais il m'a dit qu'il devait aller voir un ami.

— Un ami ? Il t'a donné un nom ?

— Quelqu'un qui a un café pas loin. Et comme j'hésitais, il m'a donné… ça. (Elle m'a montré le billet de cent dollars roulé en boule dans sa main.) J'ai expliqué que M. Picard allait se fâcher très fort contre moi si je l'aidais à partir comme ça, surtout vu comment la chambre était. Mais il m'a dit que vous, vous alliez payer M. Picard pour tout ça, et que les cent dollars, c'était juste un petit cadeau parce que je l'aidais tellement… Mais je peux pas le garder, non !

Alors qu'elle brandissait le portrait froissé de Benjamin Franklin, une question m'a effleuré l'esprit : Paul avait-il une réserve d'argent américain dont il m'avait caché l'existence ?

— Évidemment que tu le gardes ! Et je te donne trois cents dirhams de plus si tu me montres par où tu l'as fait passer.

— Mais la police… Ils vont être très en colère contre moi ! Vous voulez vous en aller aussi ?

— Ils ne l'apprendront jamais, et en plus je serai de retour dans une heure, pas plus. Tu es certaine que Paul ne t'a pas dit où il allait ?

— Oh, non !

— Qu'est-ce qu'il a pris avec lui ?

— « Pris avec lui » ? Ah… mais rien ! Je lui ai enroulé la tête dans le bandage, il m'a donné l'argent, il voulait partir tout de suite, je lui ai dit d'attendre deux minutes, le temps que je vérifie si la voie était libre et…

— Tu me montres, s'il te plaît ? Et je pourrai revenir ici de la même façon ?

— Oh, madame, j'aurai des ennuis terribles s'ils se rendent compte que je vous…

— Je prends la responsabilité sur moi, Mira, lui ai-je assuré en lui mettant les trois billets dans la main.

— Monsieur et vous, vous êtes trop gentils…

Non, plutôt très américains, avec cette certitude que l'argent peut résoudre presque tous les problèmes. Mira a baissé les yeux sur ce pactole. Une semaine de salaire pour ouvrir une porte. Je sentais qu'elle hésitait, mais aussi qu'elle imaginait déjà ce qu'elle pourrait s'acheter avec cette rentrée de fonds inattendue…

— Je reviens dans vingt minutes, a-t-elle fini par dire. C'est la pause d'Ahmed, maintenant, il va souvent fumer dans la cour de derrière. Dès qu'il a repris son poste, je viens vous chercher mais s'il vous plaît, s'il vous plaît, tenez-vous prête…

— Je le serai, Mira.

Deux tasses de thé successives ne m'ont pas procuré la sensation de bien-être habituel, ce soir-là. Sans tarder, j'ai refait mon sac, le chargeant de tout ce que je ne voulais absolument pas laisser dans la chambre : mon ordinateur portable, mon passeport et celui de Paul – il devait être vraiment hors de lui pour l'avoir oublié en s'en allant –, son journal, le mien, la liasse de documents que j'avais imprimés, mes cartes de crédit et l'argent liquide que nous avions pris l'habitude d'accumuler – à la grande désapprobation de l'inspecteur Moufad – dans le vase sur la commode pour nos dépenses courantes, près de huit mille dirhams, soit un millier de dollars.

J'espérais qu'en retournant chez Fouad, j'y retrouverais Paul, qu'il s'était caché dans un appentis afin d'échapper à l'attention de la police. Je refoulerais alors mon amour-propre malmené et je le convaincrais de rentrer avec moi en Amérique, où je lui trouverais un psychothérapeute capable de l'aider à surmonter le contrecoup de notre séparation.

Sirotant une dernière tasse de thé à la menthe, j'ai résisté à la tentation de feuilleter encore le journal de Paul. Cela n'aurait fait que réveiller mon chagrin et mon angoisse. J'ai toujours avancé dans l'existence avec l'espoir que le chemin ne serait pas trop chaotique. Mais, comme tout un chacun, ce que je voulais surtout, c'était une présence à mes côtés, qui vienne rompre ma solitude. Sauf qu'on ne connaît jamais totalement l'autre. Ni même vraiment soi-même, d'ailleurs.

Un discret grattement à la porte m'a tirée de mes réflexions. Mira était là, son index posé sur ses lèvres pour m'intimer le silence. Nous avons gagné l'autre bout du couloir sur la pointe des pieds jusqu'à une autre porte, pas plus grande que celle d'un placard à balais, à tel point que j'ai dû retirer mon sac à dos de mes épaules pour la franchir. Des marches en ciment mangées par l'humidité descendaient interminablement jusqu'à un passage souterrain à rendre claustrophobique. Encore une porte, en métal cette fois, qui a dégagé une affreuse odeur d'égout dès que Mira l'a ouverte. Elle a sorti de sa poche un briquet et une mince bougie, l'a allumée et m'a recommandé dans un murmure :

— Pas un bruit…

Nous étions dans un tunnel au sol spongieux, très bas de plafond. J'ai imaginé Paul obligé de se casser en deux pour avancer le long du boyau nauséabond. J'ai retenu mon souffle. Une main sur la bouche, je me suis servie du pouce et du majeur pour me pincer le nez et j'ai suivi la petite flamme en essayant de ne pas toucher les parois ruisselantes où des vers et des insectes grouillaient lugubrement et… oui, un gros rat venait de détaler entre mes pieds nus dans mes sandales trempées ! J'ai étouffé un cri. Mira – qui n'avait pas vu l'immonde bestiole – m'a une nouvelle fois intimé l'ordre de me taire en mettant un doigt devant sa bouche. Le plafond avait l'air fragile et il me semblait qu'il suffirait d'un simple coup de coude malencontreux pour nous retrouver ensevelies vivantes, toutes les deux. L'un de mes cauchemars récurrents était de me réveiller suffoquant sous une avalanche de neige et un glissement de terrain. Ma terreur était encore accentuée par l'idée que j'avais entraîné avec moi une toute jeune fille en la convainquant de me montrer par où Paul s'était échappé.

Une fois parvenue à une porte métallique toute rouillée, Mira a essayé de l'ouvrir. Rien à faire. Elle a frappé à plusieurs reprises dessus avec ses phalanges délicates. Le battant s'est entrouvert, une main a attrapé celle de Mira et l'a entraînée de l'autre côté avant de répéter la même opération avec moi. Je me suis retrouvée en face d'un garçon d'une quinzaine d'années qui m'étudiait d'un air narquois. Il a adressé quelques mots en arabe à Mira, elle lui a répondu d'une manière qui laissait entendre qu'elle n'était pas impressionnée par son commentaire puis, repassant au français, elle s'est tournée vers moi :

— Lui, c'est Mohammed. Il croit qu'il est mon petit ami mais pas du tout. Il demande cent dirhams pour avoir ouvert la porte et vous guider dehors. J'ai dit trente. On s'est entendus sur cinquante. Vous lui donnez la moitié maintenant, l'autre quand vous revenez. (D'une voix coupante, elle lui a adressé une admonestation à laquelle il a réagi par un regard où le défi se mêlait à l'adoration, et elle a souligné sa dernière phrase en agitant un index menaçant sous ses yeux.) Je l'ai prévenu que s'il essaie de vous soutirer plus, il aura affaire à moi. Maintenant, il faut que je reparte. Mohammed va vous attendre dans la rue, et après il vous ramène ici pour que vous rentriez à l'hôtel. Mais vraiment, si quelqu'un s'aperçoit que vous êtes sortie…

— Promis, je ne dirai pas un mot de ton aide, Mira.

— Merci, madame, a-t-elle déclaré d'un ton assez solennel.

— C'est moi qui te remercie.

— Il n'y a pas de quoi, madame. Avec tout ce que vous et votre mari m'avez donné…

Avec une ultime mimique de mise en garde à l'adresse de Mohammed et un bref salut de la tête pour moi, elle a repassé la porte. D'un geste, le jeune garçon m'a invitée à le suivre. Nous étions dans une espèce de cave sombre et à travers le plafond nous parvenaient une musique à plein volume ainsi que des coups sourds et répétitifs. Remarquant mon air perplexe, il a expliqué dans un français hésitant :

— Mon père... il est boucher.

J'en ai déduit que nous étions au-dessous de la boutique. Et que le père de Mohammed devait être en train de démembrer quelque animal. Le jeune garçon a tendu une main pour recevoir le premier versement, et je lui ai donné les vingt-cinq dirhams convenus. Puis j'ai distingué les énormes poubelles débordantes de carcasses, les traces de sang sur le sol en béton, et les effluves nauséabonds caractéristiques des restes d'animaux en décomposition. Cette cave ressemblait à un abattoir de fortune. Mohammed a souri en voyant l'effet qu'avaient sur moi les arômes de la cave paternelle.

Après avoir monté une volée de marches, nous avons émergé par une trappe derrière le comptoir de la boucherie. Lorsqu'il m'a vu, le père de Mohammed, un homme d'une quarantaine d'années au visage rendu encore plus patibulaire par le hachoir sanguinolent qu'il s'apprêtait à abattre sur le billot, a paru absolument médusé. Il m'a adressé un signe de tête poli avant d'aboyer en direction de son fils. Celui-ci lui a répondu sur le même ton en faisant un geste de la main signifiant clairement que je lui avais donné de l'argent. L'homme s'est aussitôt radouci et m'a proposé un thé.

— *Mille mercis, mais j'ai rendez-vous.*

Où étais-je ? Je connaissais bien le souk désormais, mais sa structure était si dense, si labyrinthique que l'on finissait toujours par se retrouver, comme dans le cas présent, dans une allée sombre et totalement inconnue. Comment trouver mon chemin dans ce dédale où de rares lumières ne faisaient que projeter des ombres inquiétantes ? Se retournant vers l'échoppe paternelle, Mohammed a annoncé :

— *Ici, c'est chez moi.*

— *Mais où on est ?*

— *Où ? Essaouira !*

— *Mais où ?*

— *Vous cherchez quoi ?*

Je lui ai expliqué que je devais trouver le café tenu par un certain Fouad. Il m'a regardée d'un œil perplexe.

— *Quoi, tu ne connais pas Chez Fouad ?*

— *Non.*

— *Aide-moi, s'il te plaît,* l'ai-je pressé, maintenant très inquiète à l'idée que Fouad ait conclu que je ne reviendrais pas avant minuit, comme convenu.

Tendant sa paume ouverte, le garçon m'a fait comprendre que ce service supplémentaire devrait être payé. Il était inutile de discuter, j'ai donc extrait un autre billet de dix de ma poche et j'allais le poser dans sa main tendue lorsque le père, qui avait fusé hors de la boutique derrière nous, s'est rué sur lui en levant un de ces maillets qui servent à attendrir la viande. Terrorisé, Mohammed s'est réfugié derrière moi. Son père l'a saisi par une épaule et s'est mis à l'invectiver en arabe. J'ai cru comprendre qu'il reprochait à son fils de me demander de l'argent ; j'ai tenté d'intervenir en sa faveur en lui expliquant que j'avais besoin de son fils pour qu'il me conduise là où il fallait que je me rende. Mohammed, qui pleurait maintenant à chaudes larmes, lui a traduit mon explication. Il a fallu un petit moment pour que la colère du père se calme, et même s'il m'a semblé qu'il croyait mon histoire, il n'en a pas moins secoué son fils une dernière fois en lui disant quelque chose que Mohammed m'a ensuite traduit dans un français rudimentaire :

— Papa... il dit que vous mentez pour moi.

— Dis-lui que je ne mens pas du tout. J'ai besoin que tu m'aides. (Ponctuant chaque mot de mimiques et de gestes que j'espérais explicatifs, je me suis livrée à une véritable pantomime à l'adresse du père.) Moi... aller café Fouad... Donner argent votre fils... pour me guider... Il n'a rien demandé... juré !

Cette épuisante gesticulation n'a pas été inutile. L'homme a relâché son fils, puis il a pointé du doigt la droite et a aboyé une autre bordée de mots en arabe.

— Mon père m'a demandé de vous emmener au café.

— Où est-il, ce café ?

Mohammed a dû retourner la question à son père, qui s'est lancé à nouveau dans ce que j'ai d'abord interprété comme une tirade irritée avant de comprendre que c'était simplement sa façon à lui d'indiquer le chemin. Puis, retrouvant son extrême courtoisie, il s'est incliné vers moi, la main droite sur le cœur, en ajoutant une formule par laquelle j'ai eu l'impression qu'il me priait d'excuser le comportement de son fils. J'ai secoué la tête, et posé une main protectrice et maternelle sur le bras de Mohammed.

— Mohammed est un garçon serviable et poli. C'est tout à votre honneur, monsieur.

Sans saisir exactement le sens de mes paroles, le père a dû être touché par le ton de ma voix et ce qui lui semblait être un compliment, car il m'a saluée une seconde fois avant de faire comprendre à son fils par un mouvement rapide de la main qu'il était temps de me guider jusqu'au café.

Dès que nous avons tourné au coin de la ruelle, hors de vue du boucher, Mohammed s'est arrêté et a fondu en larmes une nouvelle fois. L'adolescent qui crânait devant les filles était redevenu un petit garçon fragilisé par la sévérité despotique de son père. Après un moment d'hésitation, j'ai passé mon bras autour de ses épaules, persuadée qu'il allait me repousser. À ma grande surprise, il s'est au contraire serré impulsivement contre moi, redoublant de chagrin. Comme j'aurais voulu pouvoir l'emmener loin de cette existence, dans un lieu plus joyeux, moins menaçant ! Et comme j'aurais voulu échapper à ce que ma vie était devenue, moi aussi...

Mohammed a séché ses pleurs et repris sa marche. Au bout d'un enchaînement d'étroits goulots et d'allées obscures, nous sommes arrivés devant Chez Fouad. Je savais que je ne pourrais jamais retrouver ma route toute seule, alors je lui ai proposé de m'attendre un moment, lui tendant cinquante dirhams pour la peine.

— *Mon père sera fâché.*

— *Je parlerai à ton père. Je vais tout régler.*

Avec un petit hochement de tête, il est allé s'assoir sur une marche en pierre. Avant de me diriger vers le café, je lui ai jeté un dernier regard. Assis là, il avait l'air accablé de celui qui ne sait pas trop quoi faire de lui-même. J'ai repensé à tous ces hommes que j'avais aperçus perchés sur un mur ou prostrés à l'ombre d'une carriole chargée de légumes, inertes au milieu du tourbillon d'activité, soumis à un sort qui les dépassait, une expression indéchiffrable sur le visage. Chaque fois, j'éprouvais une immense compassion à leur égard, parce qu'ils paraissaient toujours méditer cette éternelle question : « Alors, c'est ça, ma vie ? » J'espérais sincèrement que Mohammed ne deviendrait pas l'un de ces hommes, que son avenir ne se limiterait pas à reprendre le hachoir de son père et à découper des carcasses dans une cave puante.

Quand il m'a vue passer entre les tables sur le trottoir, Fouad m'a regardée comme si la peste venait de s'abattre sur son restaurant. De toute évidence, j'étais la dernière personne qu'il avait envie de voir. Avec une grimace résignée, il m'a quand même indiqué une table dans un coin tranquille de la salle avant de disparaître un moment dans l'arrière-boutique. Il en est revenu avec un sac en plastique passé à un poignet, un plateau de thé à la menthe posé sur son autre main. Il nous a servis et nous avons siroté le miraculeux breuvage en silence. C'était à moi d'entamer la conversation ou, plutôt, l'interrogatoire.

— Donc, vous savez où est mon mari ?

— Peut-être.

Fouad n'allait pas se livrer si facilement, je devais soupeser chacun de mes mots.

— Écoutez-moi. Je suis inquiète non seulement parce que Paul a disparu mais parce qu'il s'est blessé. À la tête, en plus.

— Il m'a dit que c'est vous qui lui avez fait ça.

— Il a... quoi ? ai-je crié.

Aussitôt, tous les regards se sont tournés vers nous.

L'air contrarié, voire excédé, Fouad m'a fait signe de parler moins fort.

— Vous n'allez pas attirer encore plus l'attention sur vous, a-t-il chuchoté.

— Je n'ai rien fait à mon mari !

— C'est votre version.

— Non, c'est la vérité ! Paul traverse une passe très difficile. Et une employée de l'hôtel l'a vu de ses propres yeux se cogner la tête contre le mur.

— À cause de vous.

Je l'ai dévisagé, interdite.

— Qu'est-ce que vous racontez ? ai-je fini par protester. Ce n'est quand même pas moi qui lui ai dit de s'ouvrir le front sur un mur !

— Vous l'avez rejeté…

— Je l'ai surpris en flagrant délit de mensonge. Un mensonge abominable.

— Et pour ça vous lui avez écrit un mot lui disant qu'il devrait mourir. C'est ce qu'il a essayé de faire.

Silence.

— J'étais furieuse, vous comprenez ? Furieuse et complètement désespérée.

— Mais lui, il vous a prise au mot. Et maintenant, pour quelle raison je vous aiderais ?

— Parce qu'il a besoin que je l'aide, moi. Et qu'il est plus vulnérable que jamais.

Fouad a détourné les yeux, j'ai insisté :

— Je vous en prie, Fouad. Il suffit que vous me disiez où il est.

J'ai pris le journal intime de Paul dans mon sac à dos et j'en ai retiré la photographie de Samira, que je lui ai montrée.

— Vous la connaissez ?

Silence.

— Est-ce qu'il est allé la voir à Casablanca ?

Silence.

— Il faut que vous m'aidiez.

— Non, il ne « faut » pas.

— Je vous donne cent dirhams si vous me le dites.

— Cinq cents.

— Deux cent cinquante ?

— Trois cents.

J'ai accepté d'un signe de tête. Après avoir recompté la petite liasse de billets que je lui avais remise, il a déclaré :

— Oui, M. Paul est parti voir cette femme.

— Il a expliqué pourquoi ? Et pour quelle raison il avait sa photo dans son journal ?

— Encore une fois, c'est à lui qu'il faut poser la question.

— Mais comment je pourrais le faire ?

— Allez à Casa.

— Cette jeune femme est une de ses élèves, me suis-je entendue déclarer.

J'éprouvais le besoin de compléter le scénario qui m'était apparu peu après la découverte de la photo. Samira était l'une de ses étudiantes. Il était tombé amoureux d'elle au cours de l'année universitaire précédente et quand elle lui avait dit qu'elle rentrait au Maroc pour l'été il avait décidé de traverser l'Atlantique lui aussi. Et comme il n'aurait pu expliquer ce voyage en solitaire il m'avait convaincue de l'accompagner. Pendant toutes ces semaines, il avait guetté l'occasion qui lui permettrait de la rejoindre. La crise que j'avais déclenchée lui avait-elle servi d'excuse pour disparaître, sa blessure à la tête n'étant qu'un leurre pour me faire sentir coupable de l'avoir poussé à bout ? Ou alors avait-il estimé que, puisqu'il était démasqué, son avenir se trouvait maintenant à Casablanca, avec elle ?

— Dites-moi seulement s'il l'a rencontrée en Amérique. À Buffalo.

De nouveau, il a eu une moue excédée.

— Demandez-lui vous-même !

Ouvrant le journal de Paul à la page où il avait noté son adresse, j'ai posé un doigt dessus.

— Là… Vous pourriez me conduire là-bas ?

— Et qu'est-ce que dirait la police ?

— Je peux vous dédommager pour votre temps, et plus.

— Si je vous emmène à Casablanca et que l'inspecteur vienne me poser des questions… Il serait capable de faire fermer le café.

— Dans ce cas, trouvez quelqu'un pour m'y conduire.

— Oui ? Dix mille dirhams.

Plus de mille deux cents dollars !

— Mais… c'est insensé !

— C'est le prix. Si ça ne vous convient pas, prenez l'autobus. Il y en a un à minuit. La station est surveillée en permanence, bien entendu. N'oubliez jamais que le Maroc est un État policier. Poliment policier, je dirais, mais ils nous ont tous à l'œil et personne n'échappe à leur surveillance.

— Comment Paul a-t-il pu quitter la ville sans qu'ils s'en rendent compte, alors ?

— Il a été aidé.

— C'est ce que je vous demande, maintenant, de m'aider.

— Je vous ai indiqué mon prix.

— Je ne peux pas vous offrir plus de quatre mille dirhams en liquide.

Il a réfléchi quelques secondes.

— Attendez-moi ici.

Il est rentré dans le café. J'ai lancé un coup d'œil à Mohammed, qui m'a en retour adressé un signe timide de la main. J'ai fait de même, tout en me demandant si Fouad n'était pas parti prévenir la police et leur raconter comment je m'étais échappée de l'hôtel et comment j'avais tenté de le soudoyer pour quitter la ville malgré l'interdiction qui m'en avait été faite. Mais il était seul quand il est réapparu peu après.

— C'est bon, a-t-il annoncé à voix basse. Quatre mille, payés d'avance.

— Quand est-ce que nous partons ?

— Tout de suite.

13

Mon chauffeur conduisait une Peugeot vétuste qui avait un sérieux problème de suspension. Toutes les trois minutes, elle lâchait des bruits inquiétants venus de ses entrailles mécaniques. Alors que nous roulions au milieu de nulle part à plus de quatre-vingts à l'heure, le moteur émettait un rot guttural laissant présager un arrêt cardiaque imminent, sans que le chauffeur paraisse s'en inquiéter une seconde. Simo – c'était son nom – était un grand maigre tout en nerfs, proche de la cinquantaine et à la toux tenace de qui a passé le plus clair de sa vie à tirer sur une cigarette. Durant les quatre heures de trajet pour atteindre Casablanca, il a d'ailleurs fumé sans discontinuer, tâtonnant à la recherche de son paquet sur le siège passager pour en allumer une avec le mégot rougeoyant de la précédente.

Il avait insisté pour que je m'asseye à l'arrière, probablement dans l'idée que les deux vitres ouvertes me préserveraient du nuage de fumée produit par ses soins et procureraient une ventilation relative en dépit de l'air humide de la nuit, épais comme du sirop d'érable. Cela pouvait aussi me signifier que, à part me conduire, il ne voulait rien avoir à faire avec moi.

Quand je lui ai demandé s'il connaissait l'adresse que Fouad avait notée en arabe pour lui, il a hoché la tête. Et c'est par un haussement d'épaules fataliste qu'il m'a répondu lorsque j'ai voulu savoir s'il pensait que nous allions rencontrer des barrages de police.

Fouad m'avait prévenu que Simo était d'un tempérament peu loquace. Avant de partir, j'avais prévenu Mohammed, toujours assis sur sa marche en pierre, afin qu'il sache que je devais me rendre quelque part et qu'il ne devait pas en parler à qui que ce soit.

— Mais, Mira… Qu'est-ce qu'elle va dire si vous ne revenez pas ?

— Dis-lui que je suis allée chercher mon mari. Elle ne le répétera à personne, elle me l'a promis. Et, s'il te plaît, promets-moi toi aussi de ne rien dire à personne.

Sortant deux billets de cent dirhams, je les lui avais tendus. Il avait ouvert de grands yeux.

— Oh, *choukrane, choukrane…*

— Cet argent est pour toi, pas pour ton père. Il va poser des questions à mon sujet, tu penses ?

— Je vais lui donner les cinquante dirhams, il ne dira rien. Et moi… vous avez ma parole.

— Bonne chance, Mohammed.

— Toi aussi, madame.

J'étais rentrée dans le café. Fouad m'attendait pour m'escorter à travers la cuisine, un petit réduit encombré où deux garçons en tee-shirt sale s'affairaient devant d'énormes poêles à frire d'où s'élevait une fumée grasse. Ils m'avaient regardée, étonnés. Fouad les avait foudroyés du regard et ils avaient repris leur tâche sans tarder.

La porte de service donnait sur une allée étroite, entre les maisons dans laquelle l'antique Peugeot s'était faufilée. Fouad m'avait présentée à l'homme qui fumait impassiblement, adossé à un mur. Après avoir expliqué à Simo qu'il devait m'emmener à Casablanca, il avait écrit sur un bout de papier, en caractères arabes, l'adresse que je lui montrais dans le cahier de Paul. Replaçant son crayon derrière l'oreille, il avait fait signe au chauffeur de nous laisser seuls un moment. Celui-ci s'était éloigné de quelques pas dans la ruelle obscure.

— Je ne voulais pas qu'il vous voie me donner l'argent, avait-il expliqué tout bas. Je le paierai plus tard, pas de problème. Si ce n'est pas un grand causeur, il n'essaiera pas de vous taper plus de dirhams et il sait qu'il aura affaire à moi s'il arrive le moindre pépin, voilà pourquoi je l'ai choisi.

Rapidement, j'avais compté quatre mille dirhams. Mon espoir, mon fol espoir, était de trouver Paul chez sa maîtresse à Casablanca, de m'assurer qu'il avait recouvré sa raison et de lui proposer, ultime option, de me rejoindre à l'enregistrement du vol pour New York le lendemain. Au pire, il me claquerait la porte au nez et mettrait ainsi un terme à un mariage qui, en ce qui me concernait, était de toute façon déjà fini.

La transaction financière terminée, Fouad avait rappelé Simo, lui avait communiqué ses instructions avec force gesticulations, puis m'avait tendu une autre feuille de son carnet de commande sur laquelle il avait noté une série de chiffres. Le numéro sur lequel je pourrais le joindre en cas de difficulté, même si, à l'écouter, il n'y en aurait pas. Ensuite, il m'avait remis avec solennité le sac en plastique qu'il avait apporté.

— Votre mari a laissé ça quand il est revenu en fin d'après-midi. Je ne dis pas qu'il voulait que ce soit vous qui l'ayez mais je préfère que ce soit vous qui le gardiez.

— Vous refusez toujours de me dire où votre autre chauffeur l'a conduit ?

— Oui, je lui ai donné ma parole !

— Vous pouvez au moins m'assurer que ça vaut la peine que je me rende à cette adresse de Casablanca ?

Soupesant un moment sa réponse, Fouad s'était borné à une seule formule :

— *Inch'Allah.*

Si Dieu le veut...

À peine avions-nous quitté Essaouira, je me suis rendu compte que le plafonnier ne fonctionnait pas. Et lorsque j'ai suggéré à Simo qu'il s'arrête un moment pour l'arranger ou changer l'ampoule, il s'est contenté de hausser les épaules. J'avais prévu de profiter de ces longues heures en voiture pour voir ce qu'il y avait dans le mystérieux sac en plastique et pour chercher quelque nouvel indice dans le journal de Paul – quand bien même la perspective de fouiller dans ses pensées les plus secrètes me mettait mal à l'aise. Qui sait si ce n'était pas un signe : je ne devais surtout pas m'immiscer dans son monde. D'un autre côté, j'étais dans une vieille guimbarde qui ahanait dans la nuit, fuyant mon hôtel à la recherche d'un homme disparu, alors...

— *J'ai besoin de lire, monsieur !*

Pour toute réponse, il a fouillé dans une de ses poches et m'a jeté un briquet.

— *Ce n'est pas suffisant. Vous n'auriez pas une...* (J'ai cherché le mot en français.)... *une torche ?*

Il a fait non de la tête en appuyant encore plus sur l'accélérateur, provoquant le premier d'une longue série de borborygmes mécaniques. Je me suis renfoncée dans la banquette, assaillie par les ressorts qui menaçaient de percer le revêtement craquelé, j'ai pris le sac que Fouad m'avait confié et c'est avec un immense soulagement que j'en ai sorti l'un des grands carnets de croquis de Paul. Il n'avait pas tout détruit, donc ! À la lumière vacillante de la flamme du briquet, j'ai découvert des pages et des pages de vues d'Essaouira, scènes de rue et de marché. En dépit de la furie autodestructrice qui s'était emparée de lui dans la chambre, il avait dû avoir un sursaut de lucidité pour conserver cette série. Cette cinquantaine de dessins constituait le meilleur de son travail au Maroc. Son approche très originale mêlait l'abstrait au figuratif, il avait su rendre une réalité légèrement déformée par la chaleur et la poussière. L'émotion que j'ai ressentie était si forte que j'ai refermé le carnet et je suis restée dans l'obscurité, la sensation de perte se répandant en moi comme un poison. Mes yeux erraient sur les étendues sombres que nous traversions, le ciel chargé de nuages gris. La tension extrême des dernières heures écoulées, l'angoisse à l'idée de ce que j'allais découvrir à Casablanca, mon statut de fugitive, c'était trop pour moi, soudain. Pour la première fois, je prenais pleinement conscience que ma vie entière venait de basculer. Quant à l'espoir d'être mère un jour…

Je me suis mise à pleurer. Seule à l'arrière d'une guimbarde délabrée, apercevant dans le rétroviseur le regard préoccupé d'un homme taciturne, mal à l'aise devant cette démonstration d'émotion. Il a allumé nerveusement une cigarette, et quand j'ai fini par me calmer il a ouvert d'une main la boîte à gants, en a extrait des baklavas emballés dans du papier. Il me les a tendus sans se retourner, cherchant ses mots en français :

— Ma femme… Elle les fait… Tu manges.

— *Choukrane.*

Il a hoché la tête, et cela a été notre dernier échange jusqu'à notre arrivée à Casablanca des heures plus tard. J'ai fermé les yeux, désireuse de succomber au sommeil. Sans succès. Je les ai rouverts et, même si c'était sans doute une très mauvaise idée, j'ai sorti le journal de Paul de mon sac à dos. J'ai rapidement passé en revue son contenu. Au sein d'une multitude d'ébauches, de dessins achevés ou non qui me rappelaient avec quelle attention il ne cessait d'observer la vie autour de lui, il y avait des phrases notées ici et là, de courtes réflexions qui prenaient souvent l'allure de confessions. Typique de lui, aussi, l'absence de dates. Les chiffres, les obligations... très peu pour lui. Il n'y avait aucune chronologie, juste une avalanche de doutes et de reproches adressés à lui-même. Et puis, là... « Robyn a failli m'étrangler, à l'aéroport. Je ne la blâme pas : elle a épousé quelqu'un qui n'était pas fait pour elle, et j'avoue qu'un raté aussi peu fiable que moi ne mérite pas une femme pareille. »

Quelques feuilles plus loin, un croquis de moi nue sur notre lit d'hôtel était accompagné de ces mots : « Le sexe entre nous est incroyable, comme toujours. Mes réticences, mon ambivalence n'existent plus quand je suis en elle. »

J'ai tressailli. Voilà pourquoi on ne devrait jamais fouiller dans les pensées intimes d'autrui. Je me suis forcée à continuer, pressée par le besoin de trouver au moins un indice, une piste.

Plus loin : « Des fois, Robyn me traite comme un gamin de cinq ans qui a cassé son jouet. Elle n'a pas tort, là-dessus, mais je la trouve nettement moins séduisante quand elle laisse voir ce côté pimbêche insupportable. »

Je devais refermer ce cahier, maintenant ! Tout de suite ! Mais j'ai encore tourné une page : « Elle s'est répandue en éloges à propos de mes nouveaux dessins, aujourd'hui. Au lieu de me donner confiance, ses compliments me rabaissent. Plus elle me répète que j'ai du talent, moins je m'en trouve. Je relis ce que je viens d'écrire et je me dis que je suis un cinglé total. »

Un autre dessin me représentait debout sur notre balcon, le regard perdu au loin, suivi d'un aveu que je n'aurais pas été en mesure de comprendre la veille : « Quand elle saura, elle me quittera. Rester avec moi serait complètement idiot de sa part. Je vais la regretter, et ensuite je passerai à autre chose. Je ne mérite pas d'être heureux. Et je suis incapable de seulement imaginer ce que signifierait être responsable d'une nouvelle vie, d'un enfant. Encore une preuve de ma tendance à tout saboter. »

Donc, il se doutait que je finirais par apprendre la vérité, qu'en choisissant de subir une vasectomie en secret il avait lui-même armé la main qui ferait feu sur lui…

« Je n'arrive jamais à dire ce que je veux. Non, le vrai problème, c'est : je n'arrive jamais à dire ce que je ne veux pas. »

Exact. Comme m'assurer qu'il désirait avoir lui aussi un enfant alors qu'il redoutait cette éventualité.

Une autre phrase a retenu mon attention : « Il y a trop de fantômes ici, trop de débuts prometteurs que j'ai gâchés. Je dois m'expliquer de vive voix avec Samira. Est-ce que Romain B. H. pourrait m'aider ? »

Qui était ce Romain B. H. ? La réponse à cette question n'a pas tardé à venir, quand je suis tombée, en bas d'une page, sur le nom complet : Romain Ben Hassan, et une adresse à Casablanca, dans le quatrième arrondissement. J'ai fouillé dans ma mémoire, jusqu'à ce que des bribes de conversations entre Paul et moi me reviennent. Ce ne pouvait être que l'ami peintre qu'il avait eu pendant son année au Maroc, moitié marocain, moitié français, un personnage anticonformiste et grand buveur, d'après Paul. Je me suis rappelé également que Samira habitait le même arrondissement, coïncidence ou preuve d'un lien entre les deux ? Lorsqu'il avait mentionné Ben Hassan, Paul m'avait précisé qu'il avait perdu tout contact avec lui. Encore un mensonge, un parmi tant d'autres dans ce trompe-l'œil que mon mari avait bâti avec insistance depuis notre rencontre.

Une question demeurait : pourquoi, tout en pensant à prendre son seul carnet de croquis rescapé du massacre et à le confier à Fouad, Paul était-il parti sans son passeport ni une seule tenue de rechange ? Le fait qu'il ait laissé ses crayons à dessin me tracassait aussi. Paul n'allait jamais nulle part sans son matériel. Le traumatisme sans doute… Sa blessure à la tête avait dû le désorienter, voilà pourquoi il était parti de l'hôtel sans rien emporter. À moins qu'il ait des affaires chez sa maîtresse. Mais, si c'était le cas, comment s'y était-il pris pour les lui faire parvenir ? Si cela se trouvait, tout avait été planifié à Buffalo alors qu'il cherchait une excuse pour mettre un terme à notre mariage. Excuse que je lui avais fournie aujourd'hui.

Voilà à quoi j'en étais réduite : me perdre en de folles spéculations.

Ce qui me taraudait était de comprendre comment il avait pu faire la connaissance de cette fille et nouer une relation avec elle. Hormis trois rapides allers-retours à New York pour voir le directeur de sa galerie, nous avions toujours voyagé ensemble, depuis notre mariage. La seule fois où nous avions quitté le territoire américain tous les deux avait été pour aller voir une exposition collective au musée des Beaux-Arts de Montréal, dans laquelle plusieurs de ses œuvres étaient présentées. Non, c'était forcément à Buffalo qu'il l'avait rencontrée, sans doute à l'université. La très jeune femme de la photo était probablement une étudiante. Était-ce aussi par crainte qu'elle ne tombe enceinte qu'il avait eu recours à une vasectomie ?

Il fallait que j'arrête de penser. Cela ne me mènerait nulle part.

Le problème, quand on est confronté à un mensonge et qu'on se trouve dans l'impossibilité d'exiger des explications de son auteur, c'est qu'on en est réduit à des hypothèses toujours plus élaborées… et vaines.

Affirmer que Simo n'avait plus articulé un seul mot avant Casablanca serait inexact. Il en a prononcé un : « Police… » Je me suis redressée sur la banquette. Devant nous, une chicane de barrières métalliques était gardée par deux policiers. L'un d'eux a balancé sa puissante lampe électrique pour ordonner au chauffeur de se ranger sur le bas-côté. Ma fuite avait été découverte. Maintenant, ils allaient me renvoyer à Essaouira et me remettre à l'inspecteur Moufad, dont les soupçons avaient dû être renforcés par ma disparition soudaine. Maintenant, celui-ci allait me faire surveiller nuit et jour, jusqu'à ce qu'un juge l'autorise à me confisquer mon passeport. J'étais plus que jamais sa suspecte numéro un. Seule une personne coupable tenterait de fuir, n'est-ce pas ? D'un autre côté, jamais Mira ne m'aurait dénoncée. Cela ne correspondait pas à ce que je connaissais de son caractère.

Simo a ralenti et s'est garé devant le véhicule de police. Il s'est empressé d'écraser sa cigarette dans le cendrier. Les vitres étaient déjà baissées et j'entendais dans le silence de la nuit les crachotements d'un émetteur radio. À la lueur des torches, j'ai pu distinguer les policiers, tous deux flottant dans des uniformes trop grands pour eux. Leurs traits juvéniles se sont animés de curiosité en apercevant une femme seule, qui plus est une Occidentale, à l'arrière de la Peugeot. Un bref échange en arabe, puis l'un d'eux s'est écarté de la voiture, emportant la pièce d'identité et le permis de conduire que Simo lui avait docilement remis. Il est revenu au bout de cinq longues minutes et s'est entretenu avec son collègue, qui est venu vers moi.

— *Vos papiers, madame.*

J'avais déjà sorti mon passeport, dont il s'est emparé en silence. À la lumière de la torche, le duo l'a examiné sous toutes les coutures, les multiples pages blanches démontrant que j'étais loin d'être une globetrotter. Ils ont étudié longuement le tampon d'entrée au Maroc. Ont discuté entre eux. Puis le plus âgé des officiers m'a demandé si je parlais français. J'ai acquiescé.

— Le chauffeur dit que vous l'avez payé pour vous emmener à Casablanca. C'est vrai ?

— Absolument vrai.

— Pourquoi vous faites la route en pleine nuit ?

Je m'étais déjà préparée à cette question.

— Mon mari arrive par avion demain matin très tôt. Je vais l'attendre à l'aéroport.

Ils se sont éloignés avec mon passeport. Je les ai suivis des yeux tandis qu'ils marchaient vers leur voiture, mes papiers d'identité passant de l'un à l'autre.

Pendant ce temps, Simo s'est allumé une cigarette. Il semblait aussi inquiet que moi. Au bout d'interminables minutes, ils sont revenus vers nous. Le début de la fin, ai-je pensé en me préparant au pire. Le responsable du barrage s'est adressé en arabe à Simo avant de se pencher sur ma portière.

— *Alors, madame...*

Il m'a rendu mon passeport.

— *Bon voyage à Casa.*

Il a fait signe à Simo qu'il pouvait redémarrer. Nous roulions à nouveau depuis un moment quand celui-ci a laissé échapper un soupir de soulagement. Même quand on n'a rien à se reprocher, une explication avec les forces de l'ordre au beau milieu de la nuit est toujours éprouvante. À moins qu'il ait deviné que mon départ précipité d'Essaouira cachait quelque chose ? Harassée par la tension de ces dernières minutes, écrasée par les émotions de la journée, je me suis étendue sur la banquette en essayant d'éviter les ressorts les plus agressifs. J'ai immédiatement sombré dans un sommeil que ni les cahots ni les éructations du moteur n'ont pu troubler.

Un brutal coup de frein et les braiments assourdissants d'un âne m'ont réveillée. Nous étions en ville, entourés d'immeubles de plusieurs étages, dans une rue déserte bloquée par une charrette attelée à un mulet, lequel refusait obstinément d'avancer. Indifférent au fouet que le muletier abattait frénétiquement sur son échine, l'animal endurait la punition sans faire un seul pas. Comme la chaussée était trop étroite pour contourner l'attelage, Simo a klaxonné à plusieurs reprises. Encore groggy, j'ai jeté un coup d'œil à ma montre. Bientôt 6 heures. Une ligne rosée était apparue à l'horizon hérissé de bâtiments. Il m'a fallu quelques instants pour comprendre que nous étions arrivés à Casablanca.

— *Arrêtez, s'il vous plaît…*

Abandonnant son klaxon, Simo a tendu le bras vers un immeuble de style Art déco plus loin sur la droite. L'épicerie au rez-de-chaussée était déjà ouverte. Juste en face de l'entrée, sur l'autre trottoir, la terrasse d'un café alignait ses tables encore vides. J'ai aperçu également la devanture d'un opticien et la vitrine d'une boutique de mode où étaient exposés des blousons en cuir bariolé, des jeans délavés et lacérés, des chemises en soie imprimée. Cet étalage de mauvais goût était une vision assez brutale pour mon cerveau malmené. L'âne a enfin daigné reprendre sa marche pesante, libérant la chaussée. Au bout de quelques dizaines de mètres, Simo s'est arrêté.

— *Votre adresse*, a-t-il articulé, toujours aussi disert.

Avant de descendre, j'ai pris dans ma poche un billet de cent dirhams qu'il a accepté avec un rapide hochement de tête. En glissant sur la banquette pour ouvrir la portière de droite, j'ai légèrement déchiré le fond de mon pantalon sur l'un des ressorts qui pointaient au-dehors. J'ai dit au revoir à Simo et lui, sans se retourner m'a répondu :

— *Bonne chance.*

Ployant sous mon volumineux sac à dos, j'ai regardé la Peugeot se fondre dans une circulation qui, en l'espace de quelques minutes, s'était densifiée. J'ai jeté un œil à ma montre. 6 h 15. Et maintenant, que faire ? Je pouvais aller directement à l'appartement de Samira, la forcer à m'ouvrir, tirer mon mari de son lit et le convaincre de s'en aller avec moi.

Mon instinct me dictait de n'en rien faire. De tourner les talons. De reprendre le cours de ma vie. D'accepter que cette page de mon existence s'achève aussi lamentablement. De ne pas tenter de sauver Paul – peu importait mon inquiétude de le voir se diriger inexorablement vers un point de non-retour.

J'étais en train de négocier avec ma conscience, je le savais. Je cherchais une solution de compromis qui ne résoudrait rien, ne ferait qu'ajouter à ma peine.

C'était simple pourtant. Entrer dans ce café. Commander une boisson chaude. Trouver un taxi. Aller à l'aéroport. Embarquer dans le premier avion en partance pour les États-Unis.

Au lieu de ça, j'ai pris mon sac et j'ai traversé la rue en hâte. Au pied de l'immeuble, j'ai encore vérifié l'adresse que Paul avait marquée, 23/50, rue Taha Hussein. La plaque de l'interphone portait une liste de noms de famille, sans prénoms. Pas de Samira, ni même de « S ». L'espace d'un instant, j'ai songé à aller montrer sa photo au propriétaire de l'épicerie, lui demander s'il la connaissait : vu qu'elle habitait ici, sans doute était-elle une habituée de son magasin. Mais dans ce cas, il y avait fort à parier que si une Américaine entre deux âges et manifestement au bout du rouleau entrait dans sa boutique en brandissant une photo et en posant des questions confuses, l'épicier ne manquerait pas de prévenir Samira qu'une folle rôdait dans le quartier à sa recherche. Et il risquait aussi d'appeler la police. Mieux valait jouer la prudence et attendre de l'autre côté de la rue.

Ne sachant trop combien de temps j'allais devoir faire le pied de grue, je suis entrée dans le magasin pour acheter un journal. Et ce que j'ai découvert à l'intérieur m'a beaucoup surprise. Les lieux abritaient une véritable épicerie fine, avec une grande variété de produits locaux – diverses sortes de graines de couscous, de la harissa, des fruits confits, des pâtisseries – mais aussi des conserves françaises, une collection de thés Hédiard, du chocolat belge, les meilleures huiles d'olive en provenance d'Italie, voire des capsules de Nespresso. Cet établissement évidemment conçu pour une clientèle aisée possédait aussi un présentoir avec une vaste sélection de presse internationale en plusieurs langues, certains titres dans leur édition du jour. Après avoir acheté le *New York Times* et le *Herald Tribune*, j'ai traversé la rue et je me suis installée à une terrasse de café d'où j'avais une vue directe sur la porte de l'immeuble.

J'ai commandé un petit déjeuner. Le serveur m'a confirmé qu'il avait non seulement du café, mais aussi des croissants et du jus d'orange. C'est seulement alors que j'ai compris que je mourais de faim. Au cours des éprouvantes vingt-quatre heures qui venaient de s'écouler, je n'avais mangé en tout et pour tout qu'un baklava. Colère, angoisse et tristesse avaient été plus fortes que la faim. Une fois le serveur parti avec ma commande, j'ai pris le temps de mieux observer les alentours. Le quartier avait gardé le style architectural des années 1930, ponctuée de-ci de-là par des bâtiments plus modernes. Une librairie qui semblait bien garnie jouxtait un magasin de savons et d'huiles parfumées. Des panneaux publicitaires montraient de jeunes couples élégamment habillés en train de se regarder avec amour tout en tenant à la main un téléphone portable. Il y avait aussi une boutique spécialisée dans les nouvelles technologies, avec les derniers modèles d'ordinateurs portables et de téléphones. Une femme en survêtement noir de marque est passée en trottinant hardiment pour son jogging matinal, des écouteurs aux oreilles. Les trottoirs étaient bordés de voitures coûteuses, Audi, Mercedes ou Porsche. Pas une seule burqa en vue. Je me trouvais dans un Maroc à mille lieues de celui de la vieille ville d'Essaouira, un monde d'apparence familière qui me restait pourtant étranger.

Deux autres carrioles tirées par des mulets ont lentement descendu la rue. L'une des bêtes s'est arrêtée pour uriner, arrosant au passage le pare-chocs d'un coupé Mercedes flambant neuf. Son propriétaire, un homme d'affaires en costume sombre et chemise blanche, cigarette à la bouche, un téléphone portable dans chaque main, a bondi hors de son siège sur la terrasse et s'est rué vers le muletier qui, tout confus, tentait d'arranger les choses en essuyant l'enjoliveur profané avec un pan de sa djellaba. Ce qui n'a fait qu'accroître la fureur de l'homme d'affaires.

Mon café et mes croissants sont arrivés en même temps qu'un agent de police, lequel a tout à la fois demandé au propriétaire de la Mercedes de baisser d'un ton et à l'homme en djellaba d'éloigner son animal du véhicule.

Mordant avec délice dans un croissant, j'ai déplié l'édition internationale du *New York Times*. Pas une fois au cours de ces semaines passées à Essaouira je n'avais éprouvé le besoin de lire un journal. Là, j'étais ramenée à un nouveau scandale secouant Wall

Street, à une énième vague d'attentats à Beyrouth, à la mort inattendue d'un dictateur du Caucase, à la...

Le vacarme autour de la Mercedes a repris de plus belle. Visiblement frustré par l'attitude servile du propriétaire de l'animal coupable d'avoir si étrangement « baptisé » sa voiture, l'homme d'affaires l'a bousculé, forçant ainsi le policier à intervenir. Puis, comme s'il n'en avait pas déjà assez fait, il a été assez stupide pour repousser le représentant de l'ordre d'une violente bourrade, l'envoyant chanceler au milieu de la chaussée. Un automobiliste qui arrivait à cet instant l'a évité de justesse, mais seulement pour emboutir l'avant du coupé.

Le chaos était total à présent. Perdant le peu de raison qui lui restait, le propriétaire de la Mercedes s'est rué sur le conducteur de l'autre voiture, l'attrapant au collet.

En ce qui me concernait, j'étais plutôt contente que le mulet ait choisi précisément cet endroit et cet instant pour se soulager. Parce que sans lui, je n'aurais pas été obligée de regarder de l'autre côté de la rue et je n'aurais pas vu cette jeune femme aux longs cheveux artistement bouclés sortir de l'immeuble. Elle était très grande – un mètre quatre-vingts ou plus –, ses jambes interminables gainées dans un jean noir, une chemise en lin blanche flottant autour de sa taille de guêpe, d'élégantes sandales révélant ses pieds aux ongles peints. J'ai saisi la photo de Samira que j'avais au préalable glissée sous le journal. Elle devait dater de quelques années puisque l'inconnue que j'avais devant moi semblait plus mûre, quoique toujours insupportablement belle. Abandonnant un billet sur la table, j'ai traversé en courant. Elle s'était arrêtée pour regarder l'agitation autour de la Mercedes, le policier tentant maintenant de passer les menottes à son propriétaire. Je me suis dirigée vers elle.

— Vous êtes Samira ?

Si la question a paru la surprendre, elle m'a répondu dans un anglais impeccable :

— Vous, qui êtes-vous ?

— La femme de Paul.

Elle a froncé les sourcils.

— Je n'ai rien à vous dire.

Comme elle avait tourné les talons, je l'ai suivie ; criant presque :

— S'il vous plaît, il faut que je sache !

— Vous n'avez pas entendu ce que je viens de vous dire ?

Elle a continué à marcher d'un pas nerveux, moi à son côté.

— Est-ce qu'il est ici, avec vous ? ai-je demandé plus bas.

— Je ne veux pas vous parler.

— Mais il le faut !

En prononçant ces mots, j'ai commis l'erreur de lui prendre le bras. Elle m'a repoussée en lançant d'une voix sifflante :

— Si vous osez me toucher encore, je...

— Pourquoi êtes-vous à ce point en colère ?

— Posez la question à votre mari !

Même si elle avait accéléré le pas, je ne me suis pas laissée distancer.

— Vous savez où il est ?

— Aucune idée. Et maintenant, laissez-moi !

— Inutile de me mentir.

Elle a pilé sur place.

— Vous mentir ? Comment osez-vous ?

— Dites-moi où je peux le trouver.

— C'est à lui de vous le dire.

— Alors il est là-haut, chez vous ?

— Comment ? Je ne le laisserais jamais franchir le pas de ma porte !

— Mais il est venu ici, non ?

— Je suis arrivée à ma voiture. Partez.

— Vous devez m'aider, ai-je insisté, suppliante.

— Non, je ne dois rien du tout !

Prenant un trousseau de clés dans son sac à main, elle a déverrouillé la portière d'une petite Citroën garée au bord du trottoir. Alors qu'elle s'apprêtait à monter dedans, je me suis interposée entre le siège et elle.

— Je sais qui vous êtes. Je sais que vous avez une relation avec lui. Si vous tenez à l'avoir, je m'en moque, je veux seulement savoir !

J'avais élevé la voix. La sienne s'est faite encore plus stridente.

— Si j'ai « une relation » avec lui ? Si je « tiens à l'avoir » ? Non, mais vous savez qui je suis ?

— Oui, j'ai ma petite idée !

— Ah, vraiment ? a-t-elle riposté d'un ton brusquement calme et froid. Ça m'étonnerait, parce que si vous connaissiez la réalité vous n'auriez pas l'audace de m'accuser d'une chose pareille.

— OK. Qui êtes-vous pour lui, alors ?

Elle a soutenu mon regard avec des yeux obscurcis par un mépris indicible.

— Je suis sa fille.

14

Je suis restée tétanisée sur le trottoir bien longtemps après le départ de la voiture. La révélation avait été si stupéfiante que je n'avais même pas tenté de retenir Samira quand elle avait refermé sa portière. Lorsque j'ai enfin relevé les yeux, je l'ai aperçue une dernière fois à travers la vitre, qui me regardait avec mépris. Mais aussi avec une infinie tristesse.

Finalement, je suis retournée au café d'un pas hésitant. Le serveur avait eu la prévenance de garder sur la table les journaux, le jus d'orange et les croissants. Il m'a rendu le billet de cent dirhams que j'avais précipitamment laissé pour régler l'addition.

— Vous aviez oublié tout ça, madame.

— Il fallait que je parle à quelqu'un…

Il a hoché la tête d'un air entendu. Avait-il été témoin de notre confrontation ? Si oui, il en avait probablement déduit que j'étais une épouse trompée et que j'avais voulu affronter celle que je pensais être la maîtresse de mon mari. Si seulement il connaissait la vérité. Si seulement j'avais connu la vérité.

Je me suis laissée tomber sur mon siège. J'ai fermé les yeux, épuisée, anéantie par ce coup que je n'avais tout simplement pas vu venir. Paul avait un enfant. Une fille âgée de trente ans, peut-être plus, et conçue avec une Marocaine. Belle, très belle. En soustrayant les années, il était facile de déduire qu'elle était née peu après le premier séjour de Paul au Maroc. Un secret qui remontait à loin, donc, mais qu'il m'avait obstinément caché. Et qui rendait encore plus dévastatrice son autre trahison, celle de m'avoir juré vouloir un enfant avec moi tout en se prêtant à une vasectomie...

— Vous voulez un autre café ?

Le serveur venait d'apparaître. Je lui ai fait un signe affirmatif. J'ai essayé de lire le *Herald Tribune* mais les mots dansaient devant mes yeux. En reposant le journal sur la table, j'ai vu que l'homme d'affaires était maintenant poussé à l'intérieur d'un fourgon de police, les mains menottées dans le dos. Il allait être inculpé pour voies de fait sur un agent de la force publique, contraint de payer de lourds honoraires à un avocat... Ne sommes-nous pas les artisans de notre malheur ? Mais la douleur et la haine que j'avais captées dans les yeux de Samira ? J'avais tout de suite vu que cette jeune femme avait été profondément blessée par son père.

Son père... Paul.

Qui était sa mère ? Où était-elle, à cet instant ? J'ai jeté un coup d'œil à ma montre. Presque 6 h 45. Moins de cinq heures avant mon vol. Brusquement, une intuition m'a assaillie. S'il avait été rejeté par sa fille, Paul avait sans doute cherché refuge auprès d'anciens amis habitant Casablanca. Ou plus exactement : un ami en particulier. J'ai sorti le cahier relié de mon sac, et je suis tombée sur la page que je cherchais.

« Est-ce que Romain B. H. pourrait m'aider ? »

Romain Ben Hassan. Dont l'adresse était inscrite juste en dessous.

J'ai fait signe au garçon de café et je lui ai montré le nom de la rue.

— C'est à deux pâtés de maisons d'ici, a-t-il affirmé avant de tracer un itinéraire sur un dessous-de-verre, précisant que cet immeuble se trouvait à moins de cinq minutes du café.

Un plan a rapidement pris forme dans ma tête. J'allais attendre un peu avant de me rendre au domicile de ce Ben Hassan où Paul devait encore dormir, harassé par les événements de la nuit dernière, sa fuite à Casablanca et ce qui avait sans doute été une confrontation déchirante avec sa fille. Le connaissant, il n'aurait certainement pas recherché la solitude d'une chambre d'hôtel mais une épaule compatissante sur laquelle s'épancher. C'est ce qu'il avait toujours fait avec moi, quand il traversait des moments difficiles. Étant donné la proximité de l'appartement de Samira, l'option Ben Hassan était des plus plausibles. Là-bas, je pourrais m'assurer que son état physique – sinon mental – était satisfaisant, avoir une ultime explication avec lui, le laisser avec ses mensonges et ses subterfuges, puis sauter dans un taxi et m'envoler loin de toute cette désolation.

Temporairement revigorée par l'afflux de caféine, je me suis levée, j'ai payé l'addition et j'ai demandé au serveur combien devrait me coûter un taxi pour l'aéroport.

— Il faudra discuter le prix, m'a-t-il conseillé, pas plus de deux cents dirhams. Et entendez-vous là-dessus avec le chauffeur avant de monter en voiture.

Je l'ai remercié pour sa prévenance, et pour la carte improvisée qui m'a permis de mettre le cap sur le 34 de la rue Hafid Ibrahim. En dépit de mes préoccupations, je n'ai pu rester insensible à l'élégance très années 1920 – même si quelque peu défraîchie – de ce quartier que l'on appelait Gauthier en l'honneur de l'architecte français qui l'avait conçu, ainsi que me l'avait expliqué le serveur.

L'immeuble où je suis arrivée avait connu des jours meilleurs : ciment effrité, allée aux pavés disjoints, fouillis de fils électriques, le plafond du hall d'entrée envahi par une fuite d'eau obstinée... Si j'ai tout de suite repéré le « Ben Hassan R 4ᵉ G » sur l'interphone à moitié sorti de son boîtier, je me suis bien gardée de sonner. Je voulais surprendre Paul. Et peu importait qu'il soit 7 heures et quelques du matin. Je me suis donc attardée dans l'entrée jusqu'à ce qu'une résidente – tailleur noir et grosses lunettes de soleil Chanel – émerge de l'autre côté de la porte. Elle m'a regardée de travers lorsque je me suis faufilée à l'intérieur mais n'a pas osé protester. Je me suis engouffrée dans l'escalier en spirale en marbre vert qui avait jadis dû être imposant mais dont la rambarde en bois sculpté menaçait de céder sous la main.

Sur le troisième palier, dangereusement incliné en direction de ce fragile garde-fou, j'ai été prise de vertige. Le manque de sommeil, l'anxiété et ce sol affaissé vers le vide concouraient à me donner le tournis. Je suis quand même parvenue au quatrième étage. La porte de gauche était peinte d'un violet criard, les moulures étaient laquées de noir. L'effet était plutôt curieux. Ce n'était pas dans le ton, trop psychédélique. J'ai appuyé sur la sonnette, sans obtenir de réponse. J'ai réessayé. Toujours rien. À peine 7 h 30 :

tout le monde devait dormir, là-dedans, y compris mon mari.

J'ai gardé mon doigt sur le bouton une trentaine de secondes. Finalement, la porte s'est entrouverte. Un homme de petite taille au crâne rasé, d'une trentaine d'années, m'a fixée de ses yeux très clairs, ensommeillés.

— Il faut que je parle à M. Ben Hassan, ai-je dit en français.

— Il dort, a-t-il rétorqué d'une voix atone.

— C'est urgent.

— Revenez plus tard.

Il a fait mine de refermer la porte mais je l'ai coincée en avançant un pied.

— Je ne peux pas plus tard. Je dois le voir maintenant.

— Un autre jour, alors.

— Non, maintenant !

J'ai pratiquement hurlé ce dernier mot, provoquant chez lui un sursaut de recul dont j'ai profité pour pousser le battant.

— Vous n'entrerez pas ! a-t-il grondé entre ses dents, craignant visiblement un esclandre.

— Je suis l'épouse de Paul Leuen ! Je sais qu'il est ici ! Il faut que je lui parle !

Pesant de plus belle sur la poignée, j'ai crié :

— Paul ! Paul ! Il faut que je te parle !

Soudain la porte a cédé et je me suis retrouvée nez à nez avec un homme qui devait dépasser les cent cinquante kilos. La soixantaine, un énorme crâne luisant strié de rares mèches de cheveux. Son visage lourd et huileux surplombait un quadruple menton. Dans ses yeux bleus perçants, une étincelle furibonde indiquait claire-ment que mon entrée fracassante l'avait tiré du sommeil. Mais ce qui m'a le plus frappée, ç'a été la circonférence de ce corps informe à peine contenu par un caftan blanc maculé de sueur qui évoquait un monumental bloc de camembert en train de fondre au soleil. Il m'a jaugée un instant par-dessous ses lourdes paupières.

— Votre mari n'est pas là.

— Vous… vous savez qui je suis ?

Il a agité mollement l'une de ses énormes mains.

— Bien sûr que je le sais, Robyn. Je suis Ben Hassan, et hélas ! votre mari est parti.

— Parti ? Parti où ?

Sentant mes jambes se dérober sous moi, je me suis adossée au mur. À travers le bourdonnement dans mes oreilles, j'ai entendu Ben Hassan s'adresser en arabe à son ami, qui a posé une main sur mon bras. Instinctivement, je me suis dégagée.

— Omar veut simplement vous aider à entrer… avant que vous ne tombiez par terre.

D'une voix faible, j'ai répété :

— Parti où ? Dites-moi la vérité, j'ai un avion à midi, je dois me dépêcher…

Ben Hassan m'a regardée fixement.

— Il est allé voir sa femme.

Là, j'étais vraiment sur le point de m'effondrer.

— Sa femme ? Mais « je » suis sa femme…

Omar, puisqu'il s'appelait ainsi, m'a retenue de justesse alors que je m'affalais. La suite est plutôt confuse. Je me souviens seulement d'avoir bredouillé que j'avais besoin de m'asseoir. Je me rappelle ensuite m'être retrouvée étendue sur un matelas couvert de velours dans une pièce violette. On me parlait en français et les mots semblaient flotter autour de moi. Je ne cessais de me répéter qu'il fallait me lever pour attraper mon avion, tandis que dans mon cerveau engourdi résonnait cette phrase : « Il est allé voir sa femme. »

Puis plus rien.

J'ai émergé de l'inconscience par étapes successives et il m'a fallu un bon moment pour déterminer où j'étais. En revanche, un quart de seconde après avoir regardé ma montre – 16 h 12 – a suffi pour que je sombre dans la panique la plus totale. J'avais dormi plus de huit heures d'affilée. Et j'avais raté mon vol pour New York.

Mes yeux hagards ont parcouru la pièce. Murs violacés aux plinthes laquées de noir, lourdes draperies en velours rouge comme le couvre-lit du matelas où j'avais perdu connaissance, étranges et assez mauvaises peintures abstraites représentant des boîtes empilées les unes dans les autres ou des cercles écarlates semblant tourner sur eux-mêmes dans un espace assombri.

Plus encore qu'une envie pressante d'aller aux toilettes, m'apercevoir soudain que je ne voyais pas mon sac m'a fait bondir sur mes pieds. Où étaient passés mon ordinateur, mon portefeuille avec toutes mes cartes de crédit et, plus important encore, mon passeport ? Je me suis mise à le chercher frénétiquement dans cette pièce qui ressemblait à celle d'un lupanar. En vain. Je me suis alors précipitée dans le couloir en criant « Monsieur, monsieur, monsieur ! » et en ouvrant à la volée toutes les portes que j'apercevais. La deuxième m'a révélé une pièce nue au milieu de laquelle trois tables à tréteaux rapprochées soutenaient une photocopieuse, des tampons encreurs avec une collection de cachets, l'un de ces appareils servant à plastifier les documents comme on en voit dans certains magasins de photo et… plusieurs piles de passeports de diverses couleurs.

Qu'est-ce qui se tramait ici ? Et pourquoi Paul fréquentait-il ce type ?

J'ai couru au bout du long couloir, entrant en trombe dans une cuisine envahie par plusieurs jours de vaisselle sale, des cendriers débordant de mégots, sans même parler de l'odeur, que j'ai tout de suite identifiée comme étant celle de légumes en putréfaction. Je suis repartie en sens inverse. J'ai essayé une autre porte, et cette fois je suis tombée sur le spectacle de Ben Hassan et Omar, tous deux nus et endormis sur un vaste lit recouvert de coussins chatoyants. Le contraste était saisissant entre la masse de chair amorphe de l'un et le corps mince mais musclé de l'autre, qui a aussitôt ouvert les yeux en entendant la porte s'ouvrir. Il s'est couvert d'un drap, avant de m'adresser une diatribe en arabe. Au même moment, Ben Hassan a ouvert les yeux.

— Vous avez interrompu notre sieste.

— Je ne trouve plus mon sac !

— Et vous avez évidemment tout de suite conclu que les deux sales Marocains vous l'avaient volé.

— Vous ne m'avez pas réveillée alors que je vous avais dit avoir un avion à prendre ! Où est mon sac ?

— Dans le placard de l'entrée. Vous constaterez qu'on n'y a pas touché. Si vous cherchez les toilettes, c'est la porte à côté. Il y a aussi une douche, et des serviettes propres vous attendent. Quant à la cuisine, vous excuserez le désordre mais nous avons eu beaucoup de travail, ces derniers jours, et malheureusement nous avons dû négliger le ménage. De toute façon, nous dînerons dehors, ce soir.

— Il faut que j'y aille.

— Vous voulez aller où ?

— Chercher Paul ! Vous savez où il est parti, n'est-ce pas ?

— Prenez tranquillement une douche, je vais demander à Omar de faire du thé et nous pourrons ensuite parler de votre mari et de ses déplacements.

— Écoutez, j'ai quitté Essaouira en catastrophe hier, dès que j'ai appris que Paul s'était rendu à Casablanca, et… je n'ai rien pour me changer. Je n'ai même pas de brosse à dents.

— Je vous en donnerai une neuve, mais pour le reste, en ce qui concerne les goûts vestimentaires, j'ai l'impression que nous appartenons à deux univers différents. Quant à la taille… même la garde-robe d'Omar ne risque pas de vous dépanner, mais il y a un centre commercial français à cinq minutes d'ici, où vous trouverez votre bonheur. Et ce cher Omar sera ravi de vous y conduire.

— Je… j'y penserai. Est-ce que je pourrais me servir de votre téléphone ?

— Vous avez l'intention d'appeler Royal Air Maroc ?

— Peut-être.

— Je m'en suis déjà chargé pour vous.

— Pardon ?

— Quand vous vous êtes endormie, j'ai tenté de vous réveiller à plusieurs reprises. Sans succès. J'ai donc pris la liberté de regarder dans votre sac, d'en retirer votre réservation imprimée et de contacter un ami à moi qui fait la pluie et le beau temps à la RAM. Vous avez été rebookée sur le même vol demain. Bon, puis-je maintenant vous inviter à garder notre chambre d'amis cette nuit et à me faire l'honneur de dîner avec moi ce soir ?

Plus qu'étonnée par toutes ces nouvelles, j'ai hésité un moment avant de répondre.

— Je ne sais pas si je dois être très en colère ou très reconnaissante.

— Pourquoi ne pas choisir la seconde solution ? Eh bien, laissez-nous dix minutes pour nous préparer...

J'ai hoché la tête et je suis retournée dans l'entrée. Mon sac était bien dans la penderie, son contenu au complet. Ben Hassan y avait même ajouté ma nouvelle réservation, agrafée à la précédente, avec l'indication qu'aucune pénalité ne m'avait été débitée : avait-il réellement un excellent contact à la compagnie aérienne, ou bien avait-il payé de sa poche ?

J'ai été saisie de remords pour avoir présumé que mon hôte et son assistant-amant avaient pu me voler. Un réflexe d'Occidentale persuadée qu'en Afrique du Nord on ne pouvait faire confiance à personne. Mon séjour à Essaouira m'avait pourtant prouvé le contraire, j'avais été traitée avec un grand respect et beaucoup de déférence. Et quant à ce M. Ben Hassan, non seulement il m'avait permis de me reposer sous son toit, s'était chargé de changer mon billet, mais il me proposait maintenant de passer la nuit chez lui. Que méritait-il, sinon mes remerciements ?

Pourtant, j'avais du mal à croire qu'il avait inspecté mon sac dans le seul but de voir s'il contenait un billet d'avion nécessitant une modification. N'avait-il pas d'autres motivations ? Après tout, je venais de découvrir qu'il s'adonnait à la fabrication de faux documents d'identité. Pourquoi ses relations avec Paul restaient-elles entourées d'un tel mystère ? Et puis... la manière faussement innocente avec laquelle il avait lâché cette bombe : « Il est allé voir sa femme. »

Au-delà de ces soupçons, certainement aiguisés par mon état d'anxiété et mes tendances paranoïaques, je devais reconnaître que Ben Hassan s'était montré jusqu'ici un hôte exemplaire. Je suis donc retournée dans le salon et j'ai commencé à faire le lit dans lequel j'avais dormi.

— Vous jouez à la femme de ménage pour vous racheter ?

J'ai fait volte-face. Ben Hassan se tenait sur le seuil, vêtu d'une nouvelle djellaba, blanche et brodée, déjà imprégnée de sueur malgré les nombreux ventilateurs qui tournaient aux plafonds de l'appartement.

— Non, mais je me sens coupable, c'est vrai. Notamment pour avoir pensé que…

— Allons, allons. Nous avons tous des idées préconçues… même si nous nous répétons que nous sommes au-dessus de ça.

— Je m'excuse, en tout cas.

— « *Ego te absolvo.* »

— Vous êtes catholique ? ai-je demandé, lui rendant le sourire qu'il m'avait adressé.

— Ma mère l'était, tandis que mon père était simplement un infidèle aux yeux des musulmans purs et durs. Moi, je suis un peu tout cela mais j'apprécie la rédemption immédiate par la confession qu'offre le catholicisme. Et vous n'avez pas à vous excuser pour quoi que ce soit. Donc, nous dînons ensemble ?

— C'est très aimable de votre part, mais je dois d'abord trouver de quoi me changer. Comme je vous l'ai dit, j'ai quitté Essaouira sans mes bagages et…

— Quand on cherche à échapper à la police, on est généralement contraint à un départ précipité.

— Mais… Comment savez-vous que j'étais sous surveillance policière ?

— J'ai mes sources. Cependant, je vous rassure : ils ne sont pas au courant de votre présence ici, et ils ne l'apprendront pas. Ma discrétion peut être totale, quand je le veux. En tout cas, bravo de vous être esquivée sous leur nez aussi habilement. D'accord, ils sont persuadés que vous avez frappé Paul, sans doute avec un objet contondant, mais il méritait peut-être votre fureur ? Bourré de talent, notre Paul… L'un des artistes les plus talentueux qu'il m'ait été donné de croiser. Ce qui est malencontreux, c'est qu'il ne peut pas garder les pieds sur terre, et au lieu de simplement dire ce qu'il ne veut pas, il préfère accepter quelque chose qu'il se sait incapable d'assumer jusqu'au bout, avec pour conséquence de fabriquer un tissu de mensonges en guise d'échappatoire.

J'ai considéré Ben Hassan avec un respect accru. C'était la première fois que j'entendais une tierce personne résumer aussi bien la complexité psychologique de mon mari. Cela dit, lorsque vous vous trouvez au cœur d'une crise conjugale, vous êtes toujours plus réceptif à celui ou celle qui vient confirmer vos plus sombres pressentiments. Si j'acceptais l'hospitalité de M. Ben Hassan, j'allais en apprendre énormément sur l'homme que j'avais cru connaître mais dont l'enveloppe extérieure était un vernis derrière lequel se cachaient tant de facettes contradictoires.

— Si vous pouvez me supporter encore quelques heures, lui ai-je déclaré, j'aimerais beaucoup rester ce soir.

Ben Hassan a souri.

— Je pense que je pourrai tout à fait.

15

Le centre commercial que Ben Hassan avait mentionné était en effet tout près de son immeuble. Avant de descendre, j'ai discrètement rangé dans la housse de mon ordinateur mes biens les plus précieux. Au Maroc, on ne laisse jamais traîner son passeport... surtout quand votre hôte est visiblement spécialisé dans la falsification de documents d'identité.

— Vous ne voulez pas prendre une douche d'abord ? s'est enquis Ben Hassan.

— Je préfère attendre d'avoir une tenue de rechange.

— Omar va vous montrer où c'est.

— Pas la peine. Expliquez-moi juste.

Il m'a donné quelques instructions en précisant qu'un grand café dans la même galerie marchande, Le Parisien, avait le Wi-Fi.

Dix minutes plus tard, j'entrais dans le monde monoculturel de la consommation standardisée, l'un de ces espaces qui se retrouvent sur toute la planète et où des produits formatés vous sont proposés dans le même air violemment conditionné, au son de la même musique d'ascenseur que quelque gourou du marketing a soigneusement choisie en estimant qu'elle stimulerait votre fièvre acheteuse. Alors que j'entassais rapidement dans mon panier plusieurs ensembles soutien-gorge-culotte, des tee-shirts, un pantalon en coton beige, un short kaki, deux chemises en lin blanches et des sandales, une vague de chagrin m'a brusquement envahie. Un commentaire que Paul avait fait quelques jours plus tôt seulement m'est revenu soudain. Nous étions sur notre balcon à Essaouira, chacun avec un verre de vin à la main, encore dans l'euphorie du plaisir sexuel que nous venions de partager. Tandis que la brise du soir atténuait la chaleur suffocante et que le soleil descendant sur l'Atlantique baignait la ville d'une lueur cuivrée, il m'avait regardée avec un sourire extatique avant de déclarer :

« Tourner le dos à notre univers mercantile, c'est plus facile à dire qu'à faire, parce que nous en sommes tous esclaves, mais là, tout de suite, nous en sommes libérés. Pour un moment, en tout cas... »

Ensuite, nous nous étions lancés dans une discussion enthousiaste, envisageant une autre façon de vivre. D'ici quatre ou cinq ans, Paul pourrait prendre sa retraite anticipée, et moi vendre mon cabinet de comptabilité ; la maison de Buffalo, entièrement remboursée à la banque, nous permettrait d'acheter une petite propriété sur la côte du Maine, avec une grange qui deviendrait son atelier et peut-être un vaste grenier que nous convertirions en bureau pour moi, un havre de paix où je me mettrais enfin à la rédaction du roman que j'avais en gestation depuis des années. Sa trame serait l'histoire de mon père et la tristesse extrême inhérente à l'éthique américaine du succès...

« Tu seras en mesure d'écrire tranquillement, moi,

de dessiner, m'avait-il assuré. Si je me débrouille pour caser quelques dessins chaque année, nous aurons amplement de quoi passer plusieurs semaines ici, à Essaouira, ou bien dans le sud-ouest de la France. J'ai vu qu'on peut louer un très beau chalet dans les Pyrénées pour à peine trois cents euros par mois.

— L'aventure au quotidien, avais-je résumé.

— Ça ne tient qu'à nous. Et même quand nous aurons notre fils ou notre fille avec nous... »

J'ai senti un nouvel assaut de colère m'assaillir. Rage, indignation, désespoir.

Il avait une fille... Et il avait une femme.

— Tout va bien, madame ?

L'une des vendeuses, une très jolie jeune femme d'une vingtaine d'années, me soutenait par le bras. Pourquoi ? Est-ce que j'avais chancelé, risquant de m'effondrer encore ?

— Ça va, ça va, me suis-je entendue répondre, même si c'était loin d'être le cas.

— Pardon, c'est seulement que j'ai eu l'impression... Puis-je vous aider à trouver ce que vous cherchez ?

— Ce que je cherche ? Ah, oui... Des articles de toilette.

— Et du maquillage ? a-t-elle suggéré, prévenante.

— Pourquoi ? J'ai si mauvaise mine que ça ?

— Encore pardon, madame. Je n'aurais pas dû me mêler...

— Non, c'est moi qui vous prie de m'excuser, ai-je murmuré.

L'adorable jeune femme m'a expliqué comment gagner l'étage supérieur où se trouvait le rayon des produits de beauté. Après l'avoir remerciée, je suis montée acheter un déodorant, du talc, du shampooing, une brosse à dents et une pour les cheveux, du dentifrice et une crème hydratante dont l'étiquette poussait le ridicule jusqu'à promettre de réduire notablement les rides en quinze jours. Une fois mes achats réglés (près de deux mille dirhams… tout de même), j'ai demandé à la caissière où était situé le bureau de poste le plus proche. Du même côté un peu à gauche du magasin, m'a-t-elle répondu, en face d'un café qui s'appelait Le Parisien. Heureuse coïncidence : c'était cet établissement que Ben Hassan m'avait recommandé.

À la poste, j'ai acheté un sac d'expédition rembourré dans lequel j'ai placé le seul carnet de croquis que Paul avait épargné, cette cinquantaine de dessins époustouflants que je n'ai pas voulu regarder une nouvelle fois, de peur de me laisser emporter par l'émotion. J'ai inscrit l'adresse de mon bureau à Buffalo et envoyé l'enveloppe en urgent. Quoi qu'il nous arrive maintenant, Paul serait rassuré de savoir ses dessins en sûreté.

Ma mission accomplie, j'ai traversé et je suis entrée au Parisien. Le café se voulait une réplique exacte des grandes brasseries de Paris dans le style de la Coupole ou du Terminus Nord, ces lieux mythiques que j'avais admirés dans des guides de voyage en me promettant d'y prendre moi aussi un verre un jour. Je me suis installée à une table et j'ai commandé un espresso, du pain et de la confiture. Remarquant que j'avais sorti mon ordinateur portable, le serveur m'a communiqué le nom du réseau et le mot de passe.

Je n'avais pas consulté mes messages depuis les deux e-mails fatidiques de Morton la veille et une quarantaine d'entre eux s'étaient maintenant accumulés dans ma boîte de réception. Une majorité de publicités sans intérêt, mais aussi quelques questions envoyées par des clients que j'ai fait suivre à Morton. J'ai vidé d'un trait la tasse de café et dévoré la tartine de confiture qui m'avait été servie. Le serveur, à qui j'ai commandé un deuxième espresso et un citron pressé, a eu un sourire amusé :

— *Petit déj' à 5 heures du soir, alors ?*

J'ai réussi à lui sourire en retour avant de me concentrer sur mon écran d'ordinateur pour consulter le compte Mastercard que je partageais avec Paul, une carte de crédit que j'avais délibérément fait limiter à trois mille dollars mensuels. Horrifiée (mais non surprise), j'ai tout de suite vu que le plafond avait été atteint dans la matinée, alors qu'à ma précédente connexion nous n'étions débiteurs que de trois cents dollars et quelques, retirés pour couvrir nos repas et les menus frais d'une semaine à Essaouira. Dans les dernières quarante-huit heures, il y avait eu deux retraits d'espèces substantiels – dix mille dirhams chaque fois –, l'achat d'un billet Casablanca-Ouarzazate sur Royal Air Maroc aux premières heures du jour et un prélèvement de mille dirhams en faveur d'un hôtel de cette ville, L'Oasis. Ayant débusqué le site de l'établissement sur Google, j'ai appris qu'il s'agissait d'un deux-étoiles dont les chambres, en cette très basse saison, étaient à quatre cents dirhams la nuit. Il avait donc dû payer au moins quatre nuits d'avance. J'ai été tentée d'appeler le numéro indiqué, de demander à lui parler et d'avoir une explication immédiate avec lui. Mon incertitude m'a retenue.

Cette femme, « l'autre », devait certainement habiter Ouarzazate. Pourquoi nous avoir entraînés à Essaouira au lieu de cette ville du grand Sud où il aurait pu organiser son temps entre nous deux ? Pourquoi s'était-il enfui à Casablanca pour voir sa fille après que je l'avais démasqué ? Pourquoi celle-ci avait-elle refusé de lui parler, et pourquoi avait-il ressenti le besoin de courir auprès de son… épouse marocaine ? Étaient-ils réellement mariés ? Et comment s'était-il arrangé pour embarquer dans un avion de ligne alors qu'il avait laissé son passeport derrière lui, passeport que j'avais maintenant avec moi ?

Ouarzazate… Toujours grâce à Google, j'ai appris que cette agglomération d'environ soixante mille habitants était appelée « la porte du Sahara », que ses studios cinématographiques étaient fréquemment utilisés par des productions internationales pour des scènes de désert, que son office du tourisme vantait « ses infrastructures modernes combinées à une architecture saharienne ancrée dans l'histoire », que son aéroport était relié quotidiennement à Casabanca et Marrakech et accueillait trois vols hebdomadaires pour Paris-Orly.

17 h 12 à ma montre. Midi passé à Buffalo. Une fois sur le site de Royal Air Maroc, j'ai entré le code de réservation pris sur le nouvel itinéraire que Ben Hassan m'avait obtenu. J'étais bien confirmée pour le lendemain, et en constatant qu'il s'était même débrouillé pour m'avoir un siège près d'une issue de secours, de quoi étendre mes jambes pendant ce long vol, j'ai à nouveau été prise de remords en repensant à mes soupçons déplacés. Sur le site de Jet Blue, j'ai ensuite reporté au jour suivant le tronçon JFK-Buffalo. À ce moment-là, le serveur est arrivé avec le citron pressé. J'y ai ajouté une petite cuillerée de sucre et quelques gouttes d'eau pour en tempérer l'acidité avant de le boire à grandes gorgées. Une

boisson simple et acide mais aux nombreuses qualités nutritionnelles.

Me sentant maintenant un peu mieux, j'ai payé et salué le serveur avant de reprendre le chemin de l'appartement. En route, je me suis arrêtée chez un fleuriste où j'ai acheté une douzaine de lys blancs pour mon hôte. Ben Hassan avait des activités sans doute peu recommandables, mais il m'avait accueillie et aidée, ce dont j'avais terriblement besoin en ce moment d'incertitude. En plus, ma mère se serait retournée dans sa tombe si je n'avais pas suivi l'une de ses plus importantes recommandations : « On n'arrive pas chez quelqu'un les mains vides. »

— Des lys ! s'est-il exclamé en me voyant entrer. Comment avez-vous deviné que j'adore ces fleurs ?

— Je me suis dit que vous deviez les aimer.

— Ah ? Vous pensez que je suis obsédé par la mort ?

— Vous les voyez comme ça ?

— Quand on pèse deux cents kilos et qu'on ne peut plus traverser une rue sans risquer l'apoplexie, le lys vous rappelle que le Styx n'est pas loin, oui… Enfin, merci pour l'attention, même si elle réveille en moi des idées morbides que je suis incapable de refouler.

— À propos d'idées morbides, je sais maintenant que mon mari s'est rendu à Ouarzazate. C'est là qu'elle vit, n'est-ce pas ?

M. Ben Hassan a pincé les lèvres.

— Paul m'avait bien dit que vous étiez une femme redoutablement efficace, ainsi que votre profession le requiert. Nous parlerons de tout cela au dîner. Vous vous rappelez certainement que la salle de bains des invités est la deuxième porte à droite. Si vous laissez

216

les habits que vous portez dans le couloir, Omar les aura lavés et repassés d'ici notre retour ce soir. Pas question que vous repartiez chez vous avec du linge sale, pas vrai ?

— Nous nous promenons tous avec notre linge sale, vous ne croyez pas ?

— Ah, une comptable qui a de l'esprit…

Si la salle d'eau était exiguë et que la douche était un simple tuyau en plastique blanc, il y avait une bonne pression et le petit chauffe-eau fonctionnait correctement. Surtout, il m'était très agréable de me débarrasser enfin des vêtements que je n'avais pas quittés ces dernières vingt-quatre heures.

En enfilant mes habits neufs, j'ai surpris mon reflet dans la glace. Les huit heures de profond sommeil avaient presque gommé les cernes sous mes yeux. J'étais toujours très ébranlée par les récents événements, mais après un bon repos et une bonne douche brûlante, les vicissitudes de l'existence paraissaient moins incommensurables.

— Vous êtes radieuse ! a lancé Ben Hassan alors que je passais dans le couloir.

Il se tenait avec Omar dans ce bureau improvisé où s'élevaient des tas multicolores de passeports de toutes origines. Ils ne s'étaient même pas donné la peine de fermer la porte.

— Je vous remercie de votre amabilité, ai-je dit prudemment, ignorant ce qui se cachait derrière sa bonhomie.

— Vous la méritez, madame. Surtout après tout ce que vous avez eu à apprendre récemment. Paul ne regardera jamais en face l'immense gâchis qu'est sa vie. Qui le ferait, d'ailleurs ?

Il a laissé cette remarque planer un instant entre nous, puis il a murmuré quelques mots d'arabe à Omar, qui a abandonné la presse sous laquelle il avait introduit un passeport belge et a quitté rapidement la pièce.

— C'est l'heure d'un kir, a repris Ben Hassan. Vous êtes tentée ?

— Je ne dirais pas non à un verre.

— Parfait ! À part les inclinations catholiques que j'évoquais plus tôt, je suis un bon musulman qui croit en Allah et en l'inévitable paradis où, enfin libéré de ma hideuse plastique temporelle, je flotterai éternellement dans le zéphyr céleste. Mais je suis aussi un mauvais musulman pour qui il est difficile, voire impossible, de ne pas terminer la journée par un verre, ou deux, ou trois. En fait, la sobriété est un choix qui m'a toujours paru suspect. Paul boit modérément, lui. Sauf quand la réalité devient trop envahissante…

— J'en déduis qu'il a beaucoup bu hier soir ?

— Évidemment. Surtout après que sa fille lui a claqué la porte au nez, mettez-vous à sa place… Mais nous y reviendrons bientôt. Puis-je vous demander comment vous avez découvert qu'il était à Ouarzazate ?

Je lui ai expliqué que nous avions un compte commun, consultable en ligne. Il a lâché un sifflement admiratif.

— Eh bien, vous êtes Big Brother en personne !

— Loin de là. Si je l'avais surveillé et espionné, je connaîtrais son secret depuis longtemps.

— Vous voulez dire ses secrets…

— Oui, en effet, il en a plus d'un. Mais j'ai une question, moi aussi : étant donné qu'il est parti sans passeport, comment a-t-il pu monter dans cet avion de Royal Air Maroc ?

Avec un sourire espiègle, Ben Hassan a ouvert ses deux grosses mains devant lui en un geste de capitulation immédiate.

— Vous connaissez déjà la réponse à cette question, j'imagine.

— D'accord. Donc, avec quel passeport voyage-t-il, maintenant ?

— Britannique.

— Et vous lui avez extorqué combien pour ces faux papiers ?

— Mon tarif habituel est de dix mille dirhams.

— Oui. C'est effectivement la somme qu'il a retirée en liquide hier.

— Votre esprit de déduction est exceptionnel. Cela dit, je dois préciser qu'il s'agit du tarif « amis et famille ». Dans le cas de quelqu'un ayant urgemment besoin d'un nouveau passeport à cause de difficultés avec les autorités, le prix est très nettement supérieur.

— Est-ce que Paul vous a expliqué pourquoi il s'était enfui à Casablanca sans papiers ni rien et, d'après ce que je sais, dans un état de confusion mentale plutôt alarmant ?

— C'est cette histoire avec sa fille, bien sûr. Mais que savez-vous exactement de cette histoire, au juste ?

— Je sais seulement qu'il a une fille qui s'appelle Samira et une femme… ?

— Farida.

— Farida. Que fait-elle dans la vie ?

— Elle enseigne les langues dans une école privée de Ouarzazate.

— Ils sont mariés, vraiment ? Depuis quand ?

— Attendons le dîner pour en venir à cet aspect des choses, et à bien d'autres. Et maintenant…

Omar m'a tendu un verre rempli d'un liquide à la couleur de cassis, tandis que Ben Hassan levait le sien.

— Ceci est un vin blanc de la région de Meknès, l'équivalent du bordeaux pour le vignoble marocain. À votre santé, Robyn, et je vous souhaite aussi un bon voyage demain. Envolez-vous loin de toute cette lamentable pagaille.

Nous avons trinqué. Après un nouveau conciliabule à voix basse, Omar s'est retiré en refermant la porte derrière lui. Dès que nous avons été seuls, Ben Hassan s'est penché vers moi.

— C'est tout de même moche, d'avoir tapé sur la tête de Paul avec une bouteille.

— Je n'ai rien fait de tel !

— C'est vous qui le dites.

— Paul vous a raconté ça ? Que je l'avais menacé avec une bouteille ?

— Non seulement menacé, mais rudement sonné.

— Quel mensonge !

— Si vous le dites…

— Je dis la vérité ! Il s'est jeté contre le mur de notre chambre, c'est comme ça qu'il s'est ouvert le front. C'était après que…

Je me suis interrompue. Inutile de lui donner plus d'informations.

— Après quoi ?

J'ai soupiré. Il fallait que je reste évasive.

— Après que je l'avais surpris en flagrant délit de mensonge. Un mensonge épouvantable.

— Ah ? Une autre femme, je suppose ?

— Non ! Non, pas ça…

— Quoi, alors ?

— C'est mon problème.

— Tout comme le fait de l'avoir attaqué avec une bouteille.

— Pourquoi refusez-vous de me croire ?

— Et pourquoi je vous croirais ? Paul est mon ami. Il est arrivé chez moi la nuit dernière complètement bouleversé, disant qu'il s'était enfui d'Essaouira après avoir été sérieusement sonné sur le crâne par sa chère épouse qui avait eu recours à une bouteille pour ce faire. Il m'a montré les séquelles physiques de la chose. À vrai dire, si la personne qui partage mon lit se comportait aussi brutalement avec moi…

Il a laissé sa phrase en suspens, conservant un ton badin comme si les événements abordés dans cette conversation étaient plutôt hilarants. J'ai préféré changer de sujet.

— Pourquoi Samira l'a-t-elle rejeté ?

— Parce qu'il a été un père exécrable pour elle, il n'a pas daigné se manifester pendant des années avant de se souvenir brusquement de son existence il y a quelques mois.

— Comment êtes-vous au courant de tout ça ?

— Il se trouve que Samira me considère comme son père adoptif, a-t-il déclaré en me fixant droit dans les yeux.

— Et sa mère, où était-elle ?

— Ici, à Casablanca, jusqu'à ce que sa fille entre à l'université et que leurs relations se détériorent. Après avoir rencontré pas mal de problèmes dans sa vie professionnelle, Farida a perdu son emploi. Et sa maison, aussi. Elle avait des dettes. Des dettes accumulées par l'homme avec qui elle vivait alors et qui s'est révélé être un sagouin, ni plus ni moins.

— Ce n'était pas Paul ? ai-je demandé, l'esprit confus.

— Bien sûr que non ! Lui, il avait coupé tous les ponts avec sa femme et leur enfant quand il est retourné aux États-Unis peu de temps après la naissance de Samira.

— Pourquoi a-t-il voulu reprendre contact avec elle au bout de… quoi… presque trente ans ?

— Vous lui poserez la question. (Vidant son verre d'un trait, Ben Hassan a émis un petit rot qu'il n'a pas cherché à étouffer puis, avec un clin d'œil complice :) Évidemment, d'avoir appris qu'il était grand-père a sans doute joué pour beaucoup dans ce revirement.

— Samira… a un enfant ?

— Oui. Un fils de dix-huit mois, Claude.

— Claude ? Le père est français ?

— Parfaitement déduit, une fois de plus ! Un avocat de Marseille. Marié, avec une petite famille. Quelqu'un de brillant mais d'assez compliqué, si vous voulez mon avis. Samira a toujours été attirée par les hommes de ce genre, intelligents et complexes. Cela vient peut-être de sa fascination pour ce père mystérieux et démissionnaire dont le silence obstiné l'a intriguée, puis terriblement blessée quand elle a été en âge de comprendre que cette aura de mystère n'était rien d'autre que de la lâcheté. Car une fois de l'autre côté de l'Atlantique il n'a pas levé le petit doigt pour les aider, sa mère et elle, jamais donné de nouvelles et encore moins envoyé d'argent. Et voilà que du jour au lendemain, il y a environ huit mois, il me contacte pour me poser des questions sur sa fille !

Et réclamer des photos et son adresse mail. Il s'est mis à la bombarder d'e-mails, la questionnant sur sa vie... Elle est venue me demander conseil. Elle était à la fois ulcérée et déstabilisée.

— Je répète : pour quelle raison s'est-il manifesté ? Pourquoi à ce moment et pas avant ?

— C'est précisément la question que j'ai conseillé à Samira de lui poser par e-mail. Sa réponse : « Je viens juste d'apprendre que je ne pourrai pas avoir d'enfants avec ma nouvelle femme. »

De saisissement, j'ai laissé mon verre tomber sur le carrelage.

— Il a écrit ça ? me suis-je écriée. Vraiment ?

Ben Hassan a fait mine de réprimer un sourire.

— Eh oui. Il a confié à Samira qu'il ne pouvait pas avoir d'enfants avec vous, puisque vous étiez stérile.

— Mensonge ! Il s'est précipité à Casablanca de cette manière grotesque parce que je venais de me rendre compte qu'il avait subi une vasectomie dans mon dos !

Un éclair de saisissement dans ses yeux, feint ou non, avant qu'il ne revienne à son flegme habituel, à son apparence faussement débonnaire.

— C'est une accusation plutôt grave.

J'ai plongé les deux mains dans le sac à dos, cherchant frénétiquement la liasse de documents imprimés.

— Ce n'est pas une accusation, c'est un fait ! ai-je hurlé en jetant les papiers sur la table devant lui. Là, noir sur blanc !

De la réception du premier message de Morton jusqu'à mon arrivée titubante chez lui ce matin-là, mon récit est sorti en un flot courroucé de mots, probablement moins cohérent que je ne l'aurais voulu.

Ben Hassan m'a écoutée en silence. Lorsque je me suis tue, il a secoué à deux reprises une petite clochette en cuivre posée à côté de lui et Omar est aussitôt apparu. Un rapide échange en arabe, et un nouveau verre de kir m'a été servi. Pendant qu'Omar ramassait les débris éparpillés sur le sol, j'ai tenté de m'excuser. Ben Hassan m'a apaisée d'une main levée.

— Vous avez subi trop d'émotions depuis hier, chère Robyn. Par chance, ce verre n'était pas du cristal de Bohême, ne vous inquiétez pas.

Une fois son fidèle assistant reparti, Ben Hassan a pris entre deux doigts la note d'honoraires du chirurgien.

— Voici ce qu'on appelle communément une « preuve accablante ». La preuve que vous l'avez bel et bien attaqué, ce qui serait compréhensible après la découverte d'une telle trahison.

J'ai fermé les yeux. Jamais je n'aurais dû me laisser aller à de telles confidences, surtout à un individu aussi retors.

— Il faut que vous compreniez ; je vous dis la pure vérité, en ce qui concerne la blessure de Paul.

Ben Hassan a continué de siroter son vin avant de répondre.

— J'espère que vous pourrez trouver du réconfort dans le fait que votre mari a déployé des efforts considérables afin de réparer ses torts envers sa fille.

— Ce qui veut dire ?

— Qu'il l'a aidée à acheter un appartement.

Je l'ai dévisagé, prise de court.

— Il a quoi ?

— Il a aidé Samira à acquérir l'appartement où elle

habite maintenant. Celui en bas duquel vous l'avez verbalement agressée ce matin.

— Comment ? Je ne l'ai pas du tout agressée ! Je voulais juste qu'elle...

— Qu'elle sache que vous la soupçonniez d'être la maîtresse de votre mari. Elle m'a téléphoné pendant que vous dormiez, tout à l'heure. Je dois dire qu'elle était assez outrée par la monstruosité d'une telle accusation, ainsi que par la manière dont vous l'avez prise à partie en public.

— Je ne l'ai pas prise à partie !

— Eh bien, madame. Elle a dit, comme vous plus tôt, la vérité. Sa vérité.

— Je... Il est impossible que Paul lui ait payé un appartement.

— Seulement la moitié. L'autre a été prise en charge par l'amant français de Samira.

— Et combien mon mari aurait-il donné à sa fille ?

— Un million de dirhams.

Il m'a observée tandis que j'enregistrais tant bien que mal cette information.

— Je ne peux pas le croire.

— Pourquoi ?

— Parce que c'est... voyons, au cours de 8,17 dirhams pour un dollar, ça ferait dans les cent vingt-deux mille dollars !

— Vous êtes une calculatrice ambulante, si je puis me permettre.

— Il n'aurait pas pu emprunter une pareille somme aux États-Unis sans que je sois au courant. Impossible.

— Sur ce point, vous avez entièrement raison. C'est pourquoi Paul a réalisé l'emprunt ici, à Casablanca.

— Mais il n'a pas de références bancaires au

225

Maroc ! Et encore moins de biens qu'il aurait pu présenter en garantie pour un crédit de cette ampleur.

— Vous avez tapé dans le mille, à nouveau. Voilà exactement pourquoi il ne s'est pas adressé à une banque ou à un organisme de financement pour obtenir ces fonds.

Je commençais seulement à entrevoir la sidérante possibilité.

— Vous êtes en train de me dire qu'il a fait appel à l'un de ces vautours qui prêtent à des taux exorbitants ?

— Hum, un terme plutôt péjoratif, non ? Je préfère « facilitateurs de fonds », c'est plus élégant.

— Je me fous de vos nuances sémantiques ! ai-je explosé. Il a emprunté hors du circuit légal, ce qui signifie qu'il est encore plus exposé que je ne l'imaginais. Et je suppose que vous connaissez le voleur à qui il doit sans doute maintenant le triple de ces cent vingt-deux mille dollars ?

— Ce n'est pas un voleur, mais un simple brasseur d'affaires.

— Tu parles ! Et il s'appelle comment, ce « brasseur d'affaires » ?

Il a pris tout son temps pour vider son verre, roter avec une satisfaction ostentatoire et annoncer enfin :

— Son nom est Romain Ben Hassan.

16

En dépit des efforts de Romain Ben Hassan pour essayer de me faire croire qu'il était mon nouveau meilleur ami, notre dîner ne s'est pas déroulé dans une atmosphère de franche camaraderie. Au contraire même, Ben Hassan s'est montré d'emblée assez inquiétant.

— Quand j'ai prévenu Paul que Samira serait disposée à lui parler à nouveau s'il l'aidait à acheter un appartement pour son fils et elle, a-t-il commencé, sa réaction immédiate a été : « Trouve-lui l'argent. » J'ai expliqué que s'il pensait sérieusement m'emprunter un million de dirhams, il devrait assumer les conséquences dans le cas où il n'assurerait pas ses remboursements mensuels.

— Quel genre de conséquences ?

— Déplaisantes, disons.

— Vous n'aviez quand même pas l'intention d'envoyer un gros bras à Buffalo pour lui casser la figure… ou pire ?

— Si cela avait été nécessaire, il y aurait évidemment eu des « contacts » dans votre région auxquels j'aurais demandé d'intervenir en ma faveur. Pour un certain prix, naturellement. Un prix ajouté à la dette à rembourser.

— Je crois que les gangsters appellent ça « le jus », non ? Ce qu'il faut débourser chaque mois si l'on ne veut pas se retrouver la tête ouverte dans le caniveau…

— Je présume que vous tirez le terme d'un quelconque roman policier ? Un *polar*, comme disent les Français.

— Il est parfois arrivé qu'un de mes clients ait commis l'erreur d'emprunter à un malfrat de votre acabit.

Il a réuni posément ses doigts devant son visage, formant une minicathédrale à travers laquelle il m'a longuement contemplée. Je voyais ses lèvres frémir légèrement. Tentait-il de réfréner sa colère, ses sarcasmes ? Avais-je franchi la limite ? Ainsi, mon mari avait signé un contrat semi-légal qui l'engageait entièrement et c'était donc probablement parce qu'il ne pouvait pas payer sa dette qu'il avait fui à Ouarzazate, me laissant le soin de nettoyer derrière lui, comme d'habitude. Sauf que la somme en question, un million de dirhams, était vertigineuse. Je n'avais certainement pas cet argent sur mon compte, et encore moins dans ma poche.

Laissant retomber ses doigts boudinés comme des saucisses, Ben Hassan m'a accordé un sourire paternel.

— Inutile de montrer les dents. Je sais que vous ne me faites toujours pas confiance mais je vous donne ma parole que je n'ai absolument pas l'intention de vous causer du tort, de quelque façon que ce soit.

— Mon mari, par contre…

— Espérons qu'il trouvera un moyen pour honorer notre petit arrangement.

— Vous savez pertinemment qu'il n'a pas autant d'argent.

Il a posé sa main sur la mienne, laquelle s'est retrouvée ensevelie sous un monticule de chair molle.

— Laissons ce sujet pour plus tard, voulez-vous ?

Là, il a tenu à commander pour moi. Sur un seul signe, le maître d'hôtel a été à notre table, traitant Ben Hassan avec l'obséquiosité due à un parrain de la mafia. Après avoir annoncé que le patron tenait à nous offrir une bouteille d'une très bonne cuvée pour commencer nos agapes, il l'a informé que le chef avait déjà préparé un tagine d'agneau aux citrons et olives « spécialement pour Monsieur et sa ravissante invitée ».

Le propriétaire de cet établissement devait probablement de l'argent à Ben Hassan, lui aussi…

— J'ai réalisé un modeste investissement dans ce restaurant il y a quelques années, m'a confié Ben Hassan, comme s'il lisait dans mes pensées. La direction me reste extrêmement reconnaissante de ce coup de pouce, survenu à un moment où il leur était très nécessaire.

— Vous êtes une célébrité, je vois.

— Rien qu'un homme d'affaires, a-t-il susurré. Mais ma vie et mes accomplissements ne sont pas un sujet passionnant. Surtout quand je me trouve devant une femme aussi séduisante et fascinante que vous.

Et il m'a fait parler de moi, de ma vie. Ma vie dont je lui ai donné une version abrégée, en veillant à ne lui dévoiler aucun détail sur la mort de mon père, mon premier mariage, mon bref passage dans le journalisme avant de gagner les eaux plus calmes de l'expertise comptable. Mais il savait écouter, débusquant le moindre sous-texte dans chacune de mes remarques, devinant tous les non-dits et les exploitant aussitôt d'une manière qui me mettait mal à l'aise. Il était d'une redoutable intelligence et un simple constat (« Mon père ne tenait jamais en place ») donnait lieu à une implacable analyse psychologique (« Donc, vous avez toujours été attirée par des hommes instables, imprévisibles »).

J'ai vite saisi son petit jeu, et au lieu de rester sur la défensive j'ai décidé de l'interroger moi aussi sur ses origines et son passé, apprenant que son père, français, avait été viticulteur dans la région de Meknès, qu'il avait épousé la fille d'une famille marocaine aisée de Rabat mais qu'il l'avait abandonnée avec son jeune enfant dès qu'il avait eu l'occasion de rentrer en Bourgogne ; qu'il avait refusé de revoir son fils depuis lors – « Il m'a excisé comme un vilain furoncle », selon ses propres termes –, même lorsqu'il était venu en France pour faire une école de commerce parisienne ; que, ses premières tentatives pour entrer dans le monde parisien de l'import-export ayant « quelque peu capoté », il était revenu à Casablanca pour y faire fortune et…

— Vous avez eu des ennuis, en France ? l'ai-je coupé, enhardie par le vin et les plats délicieux qui nous étaient servis.

— Pourquoi présumez-vous immédiatement que la discrimination dont j'ai souffert là-bas aurait été la résultante de je ne sais quel scandale ? a-t-il demandé.

— Mais il y a plein de Nord-Africains qui se sont parfaitement intégrés à la société française, non ?

— La France n'en reste pas moins le pays du Front national.

— Je me rappelle avoir lu que l'une des principales ministres de Sarkozy était d'origine marocaine…

— Bref, je ne pouvais pas rester là-bas.

— Mais vous devez avoir un passeport français, grâce à votre père ? Quand êtes-vous allé en France pour la dernière fois ?

— Mon tour de taille n'est pas compatible avec les voyages en avion.

La deuxième bouteille de vin est arrivée. Le maître d'hôtel l'a débouchée avec cérémonie et, après avoir placé deux nouveaux verres devant nous, en a servi un doigt à Ben Hassan, lequel s'est lancé dans une mise en scène compliquée, le humant bruyamment, le faisant tourner dans la lumière, se gargarisant de la première gorgée et, une fois celle-ci avalée, opinant gravement du bonnet. Dès que nous nous sommes retrouvés en tête à tête, j'ai sorti la question que je brûlais de lui poser depuis des heures :

— La relation de Paul avec Farida était-elle sérieuse ?

Il a parcouru lentement le rebord de son verre du bout de l'index. Romain Ben Hassan aimait faire attendre son auditoire. Enfin, il s'est décidé.

— Nous faisions partie du même milieu bohème, à Casablanca. Écrivains, poètes, peintres. Je dois vous dire que si j'ai étudié le commerce à Paris, c'était pour complaire à ma mère. Mais on ne peut jamais complaire à sa mère, et je crois que vous voyez très bien de quoi je parle… Cela dit, avant et après Paris, ma vraie passion, mon métier, c'était la peinture abstraite. Une galerie de Casablanca vendait même mes tableaux. Étais-je considéré comme un artiste sérieux ? Assez, oui, même si je n'ai jamais approché le niveau de votre mari, que je continue à tenir pour un grand – il aurait dû avoir une carrière beaucoup plus importante.

« À l'époque, donc, j'étais un artiste en pleine activité et Farida, elle, enseignait dans un lycée de la ville tout en essayant de terminer le roman qui, dans ses rêves, ferait d'elle la Simone de Beauvoir marocaine. À dire vrai, elle n'était pas très douée mais ses convictions féministes étaient solides et elle avait grande allure, avant que les déceptions et la cigarette commencent à produire leur effet toxique. Et Paul, en ce temps-là, Paul était le jeune Américain bourré de talent dont toutes les filles étaient folles.

« Farida est donc issue d'une bonne famille de Rabat, avec un père économiste à la Banque centrale. Mais notre société reste conservatrice, notamment sur le plan de la liberté sexuelle, et même si la majorité d'entre nous restent laïques, nous sommes tous plus ou moins influencés par cette réalité. Paul a été le premier amant de Farida et, d'après ce que j'ai cru comprendre, elle est plus tombée amoureuse du sexe avec lui que de sa personne. Il n'empêche, ils formaient un beau couple, et je pense qu'elle voulait réellement qu'il l'emmène à New York, qu'il l'épouse et qu'il lui assure le confort matériel pendant qu'elle écrirait et qu'il deviendrait un artiste reconnu.

« Dans l'intimité, nous avons tous nos défauts. Celui de Farida était de vouloir tout contrôler. Deux mois après qu'ils s'étaient installés ensemble, elle en était déjà à exiger ceci et cela, à critiquer le désordre de Paul, à se disputer avec lui pour tout et pour rien. À plusieurs reprises, il m'a dit qu'il trouvait la situation un peu "trop", et je lui ai conseillé de quitter Farida avant de s'empêtrer encore plus, mais les deux ou trois fois où il a suggéré que leur histoire devrait prendre fin, il y a eu des larmes, des pardons éplorés, des "tu es l'homme de ma vie". Et aussi, j'ai compris à quelques allusions faites par Paul qu'en dépit de son inexpérience au lit Farida apprenait vite, très vite, et comme lui-même est plutôt porté sur le sexe…

— Vous ne m'apprenez rien.

— Pardon, je n'aurais pas dû…

— Non. C'est moi qui suis trop… chatouilleuse, si je puis dire.

— Ah, vous pouvez vous moquer de vous-même, je vois !

— Des fois. Maintenant, laissez-moi deviner. Connaissant Paul, je parie qu'il n'a pas pu affronter les crises de larmes, et étant donné qu'il était trop lâche pour s'en aller et qu'elle le mettait sur un piédestal, le traitant comme un dieu du sexe… il lui a fait entièrement confiance concernant les "menus détails" tels que la contraception ?

Il a lâché un gloussement surprenant, assez semblable à celui d'un petit garçon qui vient d'entendre un mot osé.

— On jurerait que vous connaissez déjà l'histoire ! Effectivement, Paul l'a crue lorsqu'elle lui a affirmé qu'elle prenait la pilule. De sorte que le jour où elle lui a annoncé "Mon chéri, j'ai une grande nouvelle à t'annoncer, je suis enceinte", il a été plutôt surpris. Et pas du tout ravi. Et comme il ne se jetait pas à ses pieds en lui certifiant que cet enfant à venir serait le témoignage de leur *amour éternel*, elle a commencé à se rebiffer, à exiger qu'ils se marient sur-le-champ. Il a hésité, elle a tout raconté à sa famille et quelques jours après son père, flanqué de ses deux frères assez surexcités, ont débarqué à l'école des Beaux-Arts où Paul enseignait, à un kilomètre à peine d'ici. Ils ont été clairs : ou il épousait Farida, ou ils lui coupaient vous savez quoi. Le directeur de l'école a abondé dans leur sens, menaçant de le limoger séance tenante s'il n'offrait pas une "vie décente" à la future mère.

« Les deux frères ont carrément séquestré Paul pendant plus d'une journée, jusqu'à ce que le père surgisse accompagné de Farida, d'un imam et d'un avocat. Elle était dans tous ses états. Il a paniqué et il a fini par se soumettre à une cérémonie expédiée en quelques minutes. Il a prononcé les vœux, signé tous les papiers qu'on lui tendait, essayé d'embrasser celle qui était devenue son épouse, mais elle l'a repoussé en lui disant que ses frères allaient l'aider à déménager à leur nouveau domicile à Rabat le lendemain. Son tout nouveau beau-père lui a déclaré qu'il lui avait trouvé un emploi de professeur d'anglais là-bas, et qu'entre-temps les deux fistons resteraient devant l'immeuble, veillant à ce qu'il ne s'échappe pas à l'aéroport ou ailleurs.

« Dès qu'il a été seul, Paul m'a passé un coup de fil halluciné. On aurait cru que le ciel lui était tombé sur la tête. Je lui ai dit qu'il n'aurait jamais dû se soumettre à ce chantage mais que j'allais le sortir de là. Et je l'ai fait. Trois heures après, je l'ai rappelé pour lui dire de préparer un petit sac, de prendre son passeport et de monter sur le toit à minuit précis. Farida n'avait sans doute pas parlé à ses frères de l'ami gay et obèse de Paul, mais dans le doute j'ai enfilé une djellaba à large capuche pour dissimuler mes traits et j'ai pris ma voiture. Dans le quartier où il vivait, les bâtiments étaient si proches les uns des autres qu'on pouvait facilement passer de l'un à l'autre, enfin, en faisant attention quand même… Bref, j'ai graissé la patte au concierge de l'immeuble voisin, une petite fortune à l'époque, pour qu'il me laisse monter sur le toit et qu'il se taise. Trente ans après, je me rappelle encore la torture que ce fut de monter à pied ces dix étages, de trimbaler ce corps déjà grotesquement boursouflé. Pourquoi j'ai fait ça ? Disons que j'aimais vraiment bien Paul et que je ne voulais pas le voir pris au piège d'une femme qui jouait les émancipées mais se transformait déjà en mégère insupportable.

« Les frères de Farida n'étaient pas bêtes. Ils avaient payé un sbire pour surveiller la porte arrière de l'immeuble adjacent à celui de Paul. Quand il devrait sauter, il faudrait qu'il aille tout au bout du toit, à un mètre au plus. Et brusquement je l'ai vu en face de moi, tétanisé devant ce gouffre étroit qu'il fallait franchir d'un bond. J'ai allumé un briquet pour signaler ma présence. Son hésitation était palpable, douloureuse. Je l'ai encouragé à voix basse : "Saute, ou tu es fichu !" Il m'a écouté, heureusement, mais en atterrissant de mon côté il s'est tordu une cheville. Je ne vous raconterai pas la descente, Paul se cramponnant à mon épaule, le concierge nous guidant à travers un dédale de couloirs et d'escaliers... Et le comble, c'est que quand nous sommes parvenus en bas, le type payé pour surveiller la porte de service m'a aidé à le soutenir jusqu'à ma vieille Peugeot ! Non sans poser plein de questions stupides, même si bien intentionnées, sur l'état de cet étranger que j'ai rapidement installé dans ma voiture.

« Je savais que grâce à sa position à la Banque centrale et à ses relations, le père de Farida pourrait empêcher Paul de prendre un avion à Casablanca ; je l'ai donc emmené à Tanger. Six heures de voiture, puisqu'il n'y avait pas d'*autoroute*, en ce temps-là. Et je lui ai pris une place sur le ferry de 6 heures du matin à destination de Malaga. Je lui ai même donné toutes les pesetas nécessaires pour qu'il montre sa cheville à un médecin, passe une nuit à l'hôtel et rejoigne Madrid en train le lendemain. Et là... (Il a claqué dans ses doigts.) Là, Paul Leuen s'est évaporé.

— Comment ? Il vous a sûrement contacté, une fois de retour en Amérique ?

— Eh non.

— Il vous a remboursé, au moins ?

— Eh non.

— Mais… et quand le bébé est né ?

— C'est simple : Farida a été ostracisée, comme c'est le cas des mères célibataires. Elle a été privée de son poste au lycée pendant plusieurs années. Elle a survécu en donnant des cours particuliers, et même en faisant la femme de ménage. Sa famille ne voulait plus entendre parler d'elle, vous comprenez ?

— Mais elle a certainement tenté de joindre Paul ?

— Tenté, oui, mais sans succès. Elle s'est rendue à l'ambassade des États-Unis avec son père, figurez-vous ! Un rond-de-cuir du service consulaire lui a expliqué qu'à part engager un avocat américain qui essaierait de lui réclamer une pension alimentaire, elle ne pourrait rien faire. Elle lui a écrit, lui a envoyé des photos du bébé, mais il s'est muré dans le silence. Même moi, je lui ai écrit, après…

Sa voix s'est cassée, brusquement. Il a vidé son verre d'un trait, l'a rempli à nouveau et l'a bu avec avidité.

— Après quoi ?

— Eh bien… Quand il s'est rendu compte que Paul s'était échappé, le père de Farida est entré dans une colère noire. Il a ordonné à ses fils d'administrer une raclée mémorable au pauvre type qu'ils avaient engagé pour surveiller l'autre issue, de quoi le clouer à l'hôpital plusieurs mois, puis ils sont allés cuisiner le concierge de l'immeuble adjacent qui a fini par leur donner mon nom. Le soir même, ils m'attendaient à la sortie de l'école d'arts plastiques. Ils m'ont traîné dans une ruelle obscure et ils m'ont cassé les doigts. Un par un. Avec un marteau.

Je me suis rejetée en arrière, horrifiée.

— Ils vous ont… ?

Il a levé ses deux mains pour me les montrer.

— Tous. Écrabouillés. Un amas de chair éclatée et d'os broyés. La douleur était telle que je me suis évanoui. C'est un balayeur qui m'a découvert sur la chaussée et, grâce au ciel, il a couru prévenir deux de mes collègues qui assuraient des cours du soir à l'école, lesquels ont appelé la police et les pompiers. Et heureusement qu'ils sont allés avec moi à l'hôpital, car le médecin de garde voulait procéder à l'amputation, vu la gravité des blessures, mais ils ont réussi à l'en dissuader. L'autre chance que j'ai eue, c'est qu'un orthopédiste français renommé avait décidé de passer trois ans à ce même hôpital de Casablanca, et il a trouvé mon cas fascinant. Il m'a convaincu de tenter une série d'opérations de reconstruction osseuse. Dix, au total. Et ensuite, trois ans de physiothérapie. Oui, trente-six mois de souffrances et d'interventions chirurgicales pour réparer plus ou moins ce que ces deux crétins avaient fait en l'espace de deux ou trois minutes…

Je ne savais pas trop quoi dire.

— Est-ce que Paul a eu connaissance du prix que vous avez payé pour l'avoir aidé à s'échapper ?

— Comme je vous le disais, je lui ai écrit… ou plutôt, j'ai dicté une lettre pour lui, puisque c'était deux mois après l'agression et qu'il m'a fallu trois ans pour être à nouveau capable de tenir un stylo. Je lui ai exposé ce qui m'était arrivé. Je n'ai pas demandé de récompense, de dédommagement. Je voulais juste qu'il soit au courant de ce que ces ordures m'avaient infligé.

— Comment a-t-il réagi ?

Lorsque Ben Hassan a saisi son verre de vin, j'ai remarqué pour la première fois que ce n'était pas la graisse qui déformait et boudinait ses doigts, rendant chacun de ses gestes péniblement affectés : ils semblaient en effet artificiels, « reconstruits ». J'ai décelé aussi une fureur contenue dans son attitude.

— Il n'a pas réagi. Même quand je lui ai de nouveau écrit, deux mois plus tard. Même quand plusieurs de nos collègues à l'école ont cherché à le mettre au courant. Même quand Farida, qui a eu l'honnêteté de désavouer son père et ses frères après mon « accident », l'a supplié d'au moins me répondre... Rien. Le silence.

— Et eux ? Les frères et le père ? Ils n'ont pas été inquiétés pour ce crime ?

— La police les a arrêtés, oui, et il y a eu une comparution devant un juge – une seule. Mais le père avait des appuis et les deux types ont affirmé qu'ils m'avaient attaqué à cause de propositions que j'aurais faites à l'un d'entre eux. On était dans les années 1980, persécuter les gays était encore légitime. Au final, on est parvenus à un arrangement à l'amiable, cent mille dirhams pour moi.

— Mais c'est rien du tout !

— À cette époque, c'était suffisant pour acheter un logement. C'est ce que j'ai fait. Et c'est l'appartement où vous allez dormir ce soir.

— Vous avez récupéré complètement l'usage de vos mains ?

— Ce chirurgien français était un magicien, mais il n'a pas pu réparer l'ensemble des nerfs, et aujourd'hui encore... (Sortant un briquet de la poche de sa veste, il l'a allumé et a tenu la flamme sous son annulaire gauche sans broncher sous l'intense chaleur.)... Comme vous le constatez, l'insensibilité est permanente. Et quant à pouvoir manier un pinceau, eh bien, on peut dire que les frères de Farida ont mis fin à ma carrière de peintre. Ces tableaux que vous avez vus chez moi, c'est *La Recherche du temps perdu*. De l'histoire ancienne.

— Je ne sais pas quoi dire. C'est terrible.

— En effet. Cela dit, en calligraphie chinoise, l'idéogramme pour « crise » a deux interprétations : « danger », et « opportunité ». La mienne, après ce règlement de comptes inhumain, a été de devenir, comment dire, un intermédiaire ? Quelqu'un qui sait tirer les bonnes ficelles, graisser les pattes qu'il faut, trouver les solutions adéquates.

— Et Farida ?

— Après avoir rompu avec sa famille, elle m'a rendu régulièrement visite à l'hôpital et elle a insisté pour trouver des artisans qui se sont chargés de la rénovation de mon nouvel appartement. Je ne dirais pas que nous sommes devenus de grands amis. Elle est trop amère, trop insatisfaite de son sort. Elle ne s'est jamais complètement remise de la perte de Paul, à mon sens. Après lui, elle a vécu avec un boursicoteur qui savait gagner de l'argent, jouer au golf, et c'est tout. Elle s'est prêtée au rôle de maîtresse de maison bourgeoise jusqu'à ce que le bonhomme perde tout, y compris la maison. Quant à ses relations avec sa fille devenue adolescente, on aurait cru un mauvais film avec Joan Crawford... Tous les gays, même au Maroc, vouent un culte à cette actrice ! Enfin, Samira est venue habiter dans mon appartement quelques mois, et puis elle est partie en France mais elle n'a pas pu obtenir de *carte de séjour*, donc impossible de travailler. En théorie elle aurait pu demander un passeport américain, mais comme son père l'avait rejetée c'était très difficile pour elle.

« Farida avait repris son poste au lycée mais elle s'est fâchée avec le proviseur. Un jour, à un cocktail, elle a rencontré un certain Hamsad, qui était le directeur des studios de cinéma de Ouarzazate, et très vite, elle est partie vivre là-bas avec lui, en bordure du Sahara, dans un endroit sans doute pittoresque mais où, en ce qui me concerne, j'aurais envie de me suicider au bout de trois jours. Enfin bon, sa fille partie, avec un nouvel homme relativement prospère pour s'occuper d'elle, et même un emploi dans une école de langues, elle s'est plus ou moins faite à Ouarzazate. C'était il y a cinq ans. Sa relation avec Hamsad a tenu à peine deux ans, avant qu'il la mette à la porte. D'après ce que je sais, elle a réussi à vivoter grâce à son salaire d'enseignante d'école privée et s'est pas mal occupée de sa fille quand Samira s'est retrouvée enceinte et que son amant l'a abandonnée pour rentrer en France.

— L'histoire se répète, alors, ai-je observé sombrement.

— Sauf que ce garçon, Philippe, s'est montré nettement plus raisonnable que qui vous savez. Il verse à Samira cinq cents euros mensuels pour l'éducation de l'enfant, et il s'est engagé à cofinancer son appartement.

— Oui, mon mari payant l'autre moitié…

— Comme je vous l'ai dit, j'ai été stupéfait quand, surgi de nulle part, il m'a contacté il y a sept mois…

c'est-à-dire juste après la petite opération de stérili-sation menée à votre insu. Et lorsqu'il s'est mis à se plaindre d'avoir été un si mauvais père pour Samira, je reconnais que j'ai vu là l'occasion d'une…

— D'une revanche ?

— D'une compensation, plutôt.

— C'est-à-dire ?

— Nous avons échangé plusieurs e-mails pendant quelques semaines, et nous nous sommes parlé deux fois au téléphone. Il m'a paru de plus en plus dés-tabilisé, voire désespéré. D'autant qu'il avait écrit à deux reprises à Samira et qu'elle lui avait répondu qu'elle ne voulait pas avoir le moindre contact avec lui, qu'après trente ans de silence et d'abandon il n'existait plus pour elle. C'est quand il m'a demandé s'il pouvait faire quelque chose pour sa fille que j'ai conçu… un plan, disons.

À force de côtoyer dans mon métier des inspecteurs du fisc malveillants, de même que des citoyens peu scrupuleux, j'ai appris à flairer les subterfuges et les embuscades.

— Vous avez décidé de lui tendre un piège, en clair.

— Non, de lui donner ce qu'il voulait. Et sans doute ce qu'inconsciemment il pensait mériter. La pos-sibilité de se racheter pour avoir abandonné sa fille et ne pas avoir offert une seule fois son assistance ou même sa sympathie à un vieil ami dont la vie avait été ruinée, d'une certaine façon, par son inconséquence et son monstrueux manque de considération. Je lui ai dit que sa fille avait besoin d'un million de dirhams supplémentaire pour acheter un appartement, et qu'elle n'avait pas les moyens d'obtenir un crédit d'un tel montant.

— Et c'était vrai ?

— La vérité, c'est qu'elle n'avait pas besoin de cet argent, et que son amant lui avait donné suffisamment pour acquérir un petit deux pièces dans le quartier.

— Donc, vous lui avez fait croire qu'en assurant le paiement de la moitié de son appartement il pourrait renouer avec sa fille ?

— Peut-être.

— Et vous lui avez aussi expliqué que pour vous emprunter cette somme il devrait venir au Maroc signer son engagement et vous verser un premier acompte ?

De nouveau, il a joint ses doigts difformes devant lui, m'observant à travers.

— Absolument.

— Mais alors, où et quand l'avez-vous rencontré pour ce faire, puisqu'il était tout le temps avec moi ?

— J'ai prié Omar de me conduire à Essaouira et nous avons eu un très agréable déjeuner à ce café, Chez Fouad. Pendant que vous parfaisiez votre français et que vous vous promeniez sur la plage, si ma mémoire est bonne. Il a signé les papiers et m'a remis le premier mois de remboursement. Comme vous me semblez plutôt procédurière, je me suis permis d'apporter ici le contrat de prêt que Paul a paraphé et qui a été certifié par un notaire d'Essaouira que j'avais convoqué chez Fouad.

Il a tiré de sa poche intérieure trois feuilles d'un document en français et en arabe que j'ai examiné rapidement. Sur la dernière page figurait bien la signature compliquée de mon mari, flanquée d'un cachet notarial et du paraphe certifiant l'authenticité du contrat. Les termes du prêt étaient clairement indiqués : un million de dirhams à rembourser en dix ans, au rythme de cent soixante mille dirhams annuels et treize mille trois cent trente mensuels, soit environ mille six cents dollars par mois, vingt mille par an. Or, après déductions diverses et sa part de notre hypothèque, il restait chaque année à Paul autour de quarante mille dollars pour ses dépenses personnelles, l'entretien et l'essence de sa voiture, son abonnement téléphonique, celui du club de gym, sa contribution aux courses et aux frais de la maison et la moitié de notre location de vacances sur la côte du Maine que nous prenions tous les étés. Contracter un prêt qui allait absorber la moitié de cette somme représentait... une folie.

J'ai laissé tomber les feuilles sur la table.

— C'est une sacré revanche que vous prenez sur votre soi-disant ami. Et avec une commission de six cent mille dirhams, en plus...

— Je ne suis pas la Société générale ni la Chase Manhattan Bank, madame. Je suis un homme d'affaires indépendant qui a dû puiser dans ses réserves pour aider un ami, oui.

— Maintenant, je comprends pourquoi Paul tenait tellement à ce voyage au Maroc. Vous vouliez l'avoir à votre merci avant de lui prêter cet argent. Et je parie que vous n'avez même pas dit à Samira que c'était son père qui lui donnait ce million ?

— Elle a conclu l'achat la semaine dernière seulement, et ne sera installée que dans un mois. Il y a peut-être eu un petit oubli de ma part quand j'ai omis de mentionner que Paul l'avait aidée...

À ces derniers mots, il a réprimé un sourire satisfait.

— Foutaises ! Vous vouliez qu'il aille l'implorer chez elle et qu'elle lui claque la porte au nez.

— Possible. Mais je dois vous rappeler, madame, que la seule raison pour laquelle il a rappliqué en courant à Casablanca, c'est que vous aviez appris sa supercherie.

— Et sans doute qu'il vous a appelé, paniqué, en vous suppliant d'organiser une rencontre entre lui et Samira. Vous lui avez donné son adresse, certes, mais vous n'avez rien dit à Samira, sachant comment elle allait le recevoir.

— La vengeance est un plat qui se mange froid.

— Et quelle a été votre vengeance sur le père et les frères de Farida ?

— À vous de le découvrir, mais je répète que je suis impressionné par votre franc-parler et votre opiniâtreté. Et comme je vous apprécie beaucoup, voici mon conseil : demain matin, allez à l'aéroport et tournez la page. Laissez votre mari à ce que le destin lui réserve.

— Et si Paul ne paie pas ce que vous lui extorquez chaque mois ?…

Le regard qu'il m'a lancé était glacial et menaçant.

— Ce qui arrivera à votre cher mari s'il ne remplit pas ses engagements légalement contractés ? Eh bien, j'aurai le vif plaisir de regarder Omar lui casser tous les doigts avec un marteau.

17

En entendant la menace proférée par Ben Hassan, la tentation a été grande de lui jeter mon verre de vin à la figure. Pendant un instant, je l'ai tenu dans ma main tremblante d'indignation et il a dû deviner ce que j'avais en tête car il a levé un index en signe d'avertissement.

— Si vous faites du scandale ici, si je perds la face en public à cause de vous, je vous préviens : cela aura des suites.

— Vous êtes un voyou.

— C'est votre interprétation. Mais n'oubliez pas que je suis aussi votre seul ami, dans ce pays.

— Un « ami » qui a abusé de la confiance de mon mari pour…

— Votre mari est l'architecte de sa perte. Il m'a contacté. Il m'a demandé à genoux de trouver le moyen de se racheter auprès de sa fille. Je le lui ai donné.

— Et vous avez pris votre revanche du même coup.

— Il connaissait le prix à payer pour ce prêt. Et il savait qu'il devrait venir signer ici. Oui, maintenant vous comprenez pourquoi il a organisé ce voyage. Je l'ai également prévenu qu'il allait être très difficile de convaincre Samira, qu'elle avait grandi avec l'image de ce père obstinément silencieux. Elle lui avait régulièrement adressé des lettres, qui sont restées sans réponse. Même après avoir rompu avec sa mère elle avait gardé l'espoir naïf que ce père idéalisé allait miraculeusement surgir pour la sauver de l'immense solitude dans laquelle elle se débattait. Elle n'a abandonné tout espoir qu'à vingt-cinq ans. Bref, il était parfaitement conscient que cette tentative de renouer avec un passé si douloureux n'était pas sans risque, et pourtant il a choisi de traverser l'Atlantique et de tomber dans mes bras ouverts. Et vous, l'innocente, vous qui ne connaissez que trop bien les pères absents et les hommes en lutte perpétuelle avec eux-mêmes, vous devriez arrêter d'envelopper Paul dans un manteau d'indulgence maternelle et le laisser jouer à l'adulte, pour changer. Or vous ne le ferez pas, exact ? Et c'est pour cela que vous avez envie de m'envoyer ce verre au visage, là, et de provoquer ainsi mon mécontentement, ce qui, je pense que vous le comprenez maintenant, ne serait pas très judicieux…

— Pourquoi ? Vous allez me casser les doigts, à moi aussi ? Ou bien je subirai le même sort que celui réservé au père et aux frères de Farida ?

— Je ne me rappelle pas avoir évoqué un quelconque sort qui leur aurait été « réservé ».

— Mais ils ne sont plus de ce monde, n'est-ce pas ?

— Je n'ai jamais rien dit de tel.

— Parce que je n'avais pas posé la question. Et maintenant, je la pose.

— Pourquoi ne pas interroger Farida à ce sujet ? Ouarzazate est votre prochaine destination, si je ne me trompe pas. En fait, permettez-moi d'accélérer les choses et de vous donner son adresse.

— Ah, vous lisez dans les pensées, alors ?

— C'est un de mes dons, en effet. Simplement, je sais que vous êtes quelqu'un d'entêté, même si cela suppose de suivre dans l'abîme un homme qui vous a éhontément trahie.

Produisant un élégant agenda et un stylo en argent, il a noté quelques données sur une page vierge, l'a déchirée et me l'a tendue.

— Voici le téléphone et l'adresse de Farida. Vous connaissez déjà le nom de l'hôtel où Paul réside, bien entendu.

— Pourquoi n'y avez-vous pas envoyé Omar pour qu'il le ramène de force ici ?

— Mais parce que le prochain paiement n'est que dans dix jours. Si vous préférez payer pour lui dès maintenant, évidemment…

— Je n'ai pas tout cet argent sur moi.

— Et je n'accepte pas les cartes de crédit. Enfin, Paul a dix jours de répit devant lui. Quant à vous, vous êtes encore et plus que jamais la bienvenue dans notre chambre d'amis, ce soir.

— Vous êtes sérieux ?

— J'essaie simplement de me montrer généreux. L'autre possibilité, c'est l'autobus de nuit qui part de la gare routière centrale à 23 heures. Je connais l'horaire, c'est celui que Paul a pris hier. Mais c'est un voyage épouvantable, près de dix heures via Marrakech. Ou bien, la RAM a un vol à 6 h 50 demain matin, quoique le billet pris à la dernière minute soit coûteux, dans les cinq mille dirhams, contre seulement cent cinquante pour le bus. À vous de choisir, madame.

— Dès que j'aurai quitté ce restaurant, vous allez appeler Farida, exact ? Pour la prévenir de mon arrivée.

— Pour une fois, vous vous trompez. Je ne ferai rien de tel. À partir de maintenant, je vais m'en remettre à l'effet de surprise. Comme celle qu'aura Paul quand vous allez apparaître à son hôtel. Ou quand vous le trouverez dans le lit de Farida, peut-être.

— Je suis prête à toutes les éventualités.

— Ah, les réalistes, j'aime ça ! Mais avant que vous ne plongiez dans la nuit, vous voudrez sûrement goûter un des fameux desserts d'ici. Leurs baklavas, notamment, sont sublimes. Et l'excellent digestif que le patron nous offrira certainement avec le thé à la menthe. Vous avez encore près d'une heure avant le départ du bus, et la station est seulement à dix minutes en taxi.

Je me suis levée et j'ai pris mon sac à dos. J'étais décidée à partir d'ici, même si je ne savais pas encore quelle serait la suite des opérations.

— Vous partez déjà ? Quel dommage…

— Vous tiendrez votre promesse de ne contacter personne à Ouarzazate ?

— Madame, je n'ai qu'une parole. C'est pourquoi, lorsque je prête de l'argent, je rappelle toujours à l'emprunteur que je m'engage à ce que tout se passe au mieux, à condition qu'il respecte lui-même les échéances. Si vous retrouvez votre mari, dites-lui bien que je compte le voir le 1er août, sans faute. Et au cas où vous penseriez le faire sortir du pays dans mon dos, abandonnez cette idée, je vous prie. (Il s'est péniblement soulevé de la chaise et, avec une petite courbette affectée :) *Bon voyage.*

J'ai soutenu son regard un long moment, pour lui

faire comprendre qu'il ne m'intimidait pas. En réalité, j'étais terrifiée.

— À une prochaine…

Une fois dans la rue, j'ai essayé de rassembler mes esprits. Il fallait réfléchir posément mais décider vite. Il me restait quarante minutes pour attraper l'autobus. Et je trouverais facilement un taxi pour me conduire à la gare des bus, mais la perspective de m'enfermer dix heures dans un car qui allait franchir les montagnes de l'Atlas en pleine nuit me remplissait d'appréhension. D'un autre côté, je devais faire attention à l'argent. Ma première décision a donc été de retourner au café, d'aller sur Internet et de chercher un vol pour Ouarzazate le lendemain matin qui ne me mettrait pas sur la paille.

Après avoir commandé un thé à la menthe, je me suis hâtée d'allumer mon ordinateur portable et d'écumer les sites de voyage. Effectivement, le tarif habituel était de cinq mille quatre cents dirhams mais j'ai trouvé une promotion à deux mille six cents, un peu plus de trois cents dollars. J'ai acheté le billet et je me suis enfin détendue. Le thé brûlant agissait comme un antidote à ce repas trop copieux et à cette conversation éprouvante.

J'ai ensuite repris mes recherches sur Internet et je me suis trouvé un hôtel à quelques rues du café, le Select : une étoile, très simple et très abordable, et les photos des chambres indiquaient un degré de propreté acceptable. Comme ils n'avaient pas de service de réservation en ligne, j'ai demandé au serveur si je pouvais emprunter un téléphone. Il m'a proposé le sien, refusant les dix dirhams que je lui offrais en disant : « Tant que c'est pour un appel local. » J'ai donc pris une chambre, précisant que ce serait jusqu'à 4 heures du matin.

Cinq minutes plus tard j'étais à la réception de l'hôtel. Je me demande bien pourquoi tant de bouges miteux s'appellent le Select. Un réceptionniste âgé en costume-cravate m'a priée de m'acquitter tout de suite de la note. Je me suis exécutée, puis je lui ai demandé qu'on me réveille à 4 heures du matin et qu'un taxi vienne me chercher une demi-heure plus tard.

La chambre était sinistre mais propre, la douche minuscule. Tout en me brossant les dents et en m'appliquant un peu de crème miracle sur le visage, je me suis fait la réflexion que je n'avais pas plus de cinq heures de sommeil devant moi. Une fois allongée entre les draps raides, j'ai tenté en vain de repousser les questions qui se bousculaient dans ma tête. Comment Paul allait-il réagir à mon arrivée à Ouarzazate, puis lorsqu'il apprendrait que je savais tout à propos de Ben Hassan ? Quelles chances avions-nous de quitter discrètement le Maroc ? Je me souvenais d'avoir lu quelque part que la frontière avec l'Algérie était fermée depuis la brutale guerre civile qui avait eu lieu dans la région au début des années 1990. Cependant, peut-être existait-il une possibilité d'entrer en Mauritanie avec des passeports américains dépourvus de visa ? Et si nous essayions Tanger, Ben Hassan avait-il le pouvoir de nous faire arrêter là-bas et d'envoyer ensuite Omar à notre poursuite, armé d'un marteau ou pire ?...

J'ai fini par m'endormir. Des coups fermement frappés à ma porte m'ont ramenée à la réalité. Après une douche rapide, je suis montée dans le taxi qui m'attendait. De nuit, Casablanca restait la métropole

étrangement impersonnelle que j'avais traversée auparavant, sans charme, d'une laideur moderne.

À l'aéroport, j'ai obtenu ma carte d'embarquement
avant de me rendre au guichet de Royal Air Maroc,
où la préposée m'a informée que, si je n'embarquais
pas sur le vol de New York comme prévu ce jour-là,
je perdrais mon billet.

— Mais il a déjà été changé une fois, ai-je objecté,
pourquoi ne pourrais-je pas le modifier encore ?

— D'après ce que je vois, la modification était
exceptionnelle, décidée par quelqu'un à la direction
commerciale. Si vous pouvez faire intervenir cette
personne encore une fois avant midi, ce sera peut-
être faisable mais je suis désolée, madame, ici nous
ne sommes pas en mesure de changer la réservation.

Le petit avion à hélices d'une trentaine de sièges
a décollé dans le soleil levant. Nous volions assez
bas et la vue était impressionnante. Plus particulièrement lorsque nous avons survolé Marrakech et que
les pics altiers de l'Atlas se sont découpés dans le
ciel, leurs flancs vertigineux souvent zébrés de routes
en lacets, les vallées profondes surplombées de villages improbablement perchés sur des promontoires,
certains des plus hauts sommets retenant même des
coulées de neige.

Et puis, brusquement, le sable. Quel contraste saisissant entre ces montagnes déchiquetées et la plate
immensité d'un rouge passé et d'un ocre délicat ! Du
sable à perte de vue, parfois curieusement ondulé par
des vagues souterraines, parfois amassé en dunes qui
viraient à l'écarlate en retenant les rayons du soleil
levant. Une aridité poudreuse capable d'ensevelir
hommes et cités, un espace ayant attisé toutes les

imaginations mais si peu visité, le dernier royaume du vide que l'humanité n'ait pas soumis : le Sahara.

Nous avons touché terre devant des bâtiments qui semblaient tout droit sortis d'un film des années 1930 sur la Légion étrangère. Derrière eux, du sable encore et toujours, l'omniprésent désert que je découvrais pour la première fois et dont la majesté m'a fait oublier un instant mes inquiétudes, mon appréhension. Le terminal lui-même avait le cachet d'un avant-poste militaire de film historique. Au bureau des informations, j'ai donné le nom de l'hôtel auquel je voulais me rendre à une jeune fille dont la tête était couverte d'un hijab et qui m'a dit qu'il se trouvait à courte distance en taxi. Comme je lui tendais le papier sur lequel Ben Hassan avait griffonné l'adresse de Farida, elle a pris une carte pliante de la ville, a marqué d'un X l'hôtel et a tracé au feutre jaune le trajet jusqu'à la maison de Farida. Cinq minutes à pied, m'a-t-elle assuré avant d'ajouter : « Ne payez pas le chauffeur plus de trente dirhams. S'il réclame plus, dites-lui que vous me le signalerez. Mon nom est Fatima et ils me connaissent tous, ici. »

De fait, le taxi a accepté les trente dirhams sans tenter l'habituel marchandage, et l'hôtel Oasis était effectivement tout près, en retrait de la route principale qui, à 8 heures du matin, paraissait encore assoupie. Les yeux sur les constructions basses de type saharien et les cafés à la terrasse desquels des hommes impassibles étaient assis, j'encaissais l'incroyable chaleur qui régnait déjà : quarante-trois degrés, selon le thermomètre fixé sur le tableau de bord de la voiture dépourvue de climatisation. J'étais en nage quand nous sommes arrivés à l'hôtel. À première vue, c'était la copie conforme de notre hôtel d'Essaouira, en plus défraîchi. Mais la réception était climatisée, au moins, et la femme corpulente derrière le comptoir très accueillante. Lorsque j'ai annoncé que j'étais la femme de Paul Leuen, toutefois, son sourire s'est estompé.

— Ah, M. Leuen vient juste de sortir faire un tour.

— Vraiment ?

— Vous avez l'air surprise.

— C'est un peu tôt pour aller se promener, voilà tout.

— Eh bien, c'est que… M. Leuen n'est rentré qu'à 3 heures du matin, d'après ce que m'a dit le gardien de nuit, et il était très… éméché. Désolée, madame.

— C'est désolant, en effet.

— Et après, il a fait du tapage dans sa chambre. Le gardien a dû aller le voir pour le prier de se calmer. Il paraît que M. Leuen criait et pleurait en buvant du vin. Mais il s'est tout de suite excusé quand le gardien lui a dit qu'il allait réveiller les autres pensionnaires.

J'ai fermé les yeux, tentant de dissimuler mon émotion. J'étais furieuse contre Paul, mais aussi terrifiée pour lui. Jusqu'où cette effroyable descente aux enfers allait-elle le conduire ?

— Vous avez une idée d'où il est allé, maintenant ?

— Aucune. Mais ce n'est pas grand, Ouarzazate. Et il est parti il y a seulement cinq minutes. Essayez les cafés de l'avenue Mohammed-V.

— Je regrette sincèrement le dérangement qu'il vous a causé.

— Oh, je suis simplement contente que vous soyez là, madame. Si vous me garantissez qu'il ne fera pas tout ce bruit ce soir, je vous laisserai tous les deux passer la nuit ici. Si vous n'étiez pas arrivée, j'aurais été contrainte de lui demander de partir.

J'étais tentée de monter à la chambre pour déposer

mon sac et prendre une douche avant de replonger dans la fournaise du dehors, mais je sentais qu'il n'y avait pas de temps à perdre. Je devais trouver Paul au plus vite.

— Une question, madame. À part les vols pour Casablanca, il n'y en a pas de directs entre Ouarzazate et Paris ?

— Si, tous les mardis, jeudis et vendredis, à 17 heures. Et nous sommes jeudi, aujourd'hui.

— Vous voudriez bien vérifier s'il reste de la place dans celui de cet après-midi pendant que je vais chercher mon mari ?

— Avec plaisir, madame. Si vous préférez me laisser votre sac, je le mettrai en lieu sûr.

— Merci infiniment.

— Bonne chance, madame.

J'en avais besoin, oui. Avant de sortir, j'ai retiré le passeport de Paul de mon sac et je l'ai rangé dans la poche arrière de mon pantalon. Dans la ruelle, un garçonnet qui ne devait pas avoir plus de sept ans était accroupi, en train de traire une chèvre. Le liquide blanc giclait dans une grosse boîte de conserve vide. Levant les yeux, il m'a souri : « Lait tout frais, dix dirhams. » Je lui ai fait un petit signe amical et j'ai continué à grands pas, contournant deux vieilles femmes voûtées sur leurs cannes. Seuls leurs yeux fatigués étaient visibles sous de lourdes burqas noires. Comment pouvaient-elles supporter cet accoutrement dans une telle chaleur ? L'une d'elles a sorti une main ridée de ce sombre amas et l'a tendue vers moi. Fouillant dans ma poche, j'ai trouvé une pièce de cinq dirhams et je l'ai déposée dans sa paume. Soudain, ses doigts se sont refermés sur les miens et, dans un chuchotement rauque, elle a dit : « *Fais attention, madame.* »

Je suis repartie, le cœur serré. Que savait-elle que j'ignorais, cette inconnue ? Encore une allée étroite, et j'ai atteint l'artère principale de la ville, l'avenue Mohammed-V. L'architecture dominante était celle d'une forteresse coloniale, pierres de taille et torchis. Au bout de deux minutes, le soleil me donnait des éblouissements. J'ai fait halte dans une échoppe pour acheter un chapeau en paille kaki et une bouteille d'eau d'un litre, que j'ai vidée presque entièrement. Ensuite, je suis passée de café en café, inspectant les salles et les terrasses, montrant à chaque serveur la photo du passeport de Paul, précisant qu'il était urgent que je le retrouve. Ils se sont tous montrés polis. Et catégoriques : ils ne l'avaient pas vu.

L'un des consommateurs du énième établissement que je visitais, un quinquagénaire un peu enrobé mais bien conservé, habillé comme le vrai dandy marocain – pantalon crème, polo gris, mocassins italiens – m'a entendue répéter ma question et s'est levé pour s'approcher.

— Je pourrais peut-être vous aider, a-t-il commencé dans un anglais impeccable, me faisant signe de m'asseoir à sa table et se présentant comme « mister Rachid ».

— Vous pensez avoir vu cet homme ? ai-je demandé en ouvrant le passeport de Paul dans ma main.

— Tout à fait. Mais d'abord, permettez-vous de vous offrir une boisson.

— Où l'avez-vous vu, exactement ?

— Dans la rue, ici, il y a quelques minutes.

— Pouvez-vous me dire précisément où, s'il vous plaît ?

— Votre prénom ?

— Robyn.

— Eh bien, Robyn, je vais vous commander un citron pressé, puis nous prendrons ma voiture, une Mercedes très spacieuse et confortable, et nous partirons à sa recherche. Et si nous ne le trouvons pas, vous accepterez bien de déjeuner avec moi ?

J'ai bondi sur mes pieds.

— Merci de m'avoir fait perdre quelques précieuses minutes de mon temps.

Il a semblé outré par la rebuffade.

— Eh, inutile de me parler sur ce ton !

— Vous ne l'avez jamais vu, n'est-ce pas ? Vous vouliez seulement profiter d'une femme en difficulté.

— Vous êtes toujours aussi agressive ?

— Et vous, toujours aussi mielleux ?

— Ah, maintenant je comprends pourquoi votre mari a disparu…

Avec un rictus narquois, il a dû traduire sa remarque perfide en arabe pour le compte des hommes qui étaient installés autour car leur air amusé s'est transformé en ricanements. Là, j'ai explosé :

— Quelle connerie vous venez de leur dire ?

La rudesse de ma question l'a décontenancé une seconde, guère plus.

— Madame emploie de vilains mots…

— Seulement quand je suis importunée par des minables à petit pénis.

Cette fois, il a pris le même air que si je lui avais directement expédié un coup de pied dans le bas-ventre.

— Allez-y, traduisez aussi à vos amis ce que je viens de dire !

Et je me suis élancée dehors, essayant de contenir

ma fureur. Mais je me suis aussitôt immobilisée : mon mari était là, de l'autre côté de la rue.

Il portait la même chemise blanche et le même short vert olive que la dernière fois que je l'avais vu, lorsqu'il avait quitté notre chambre pendant mon cours avec Soraya. Il n'était pas rasé et ses cheveux longs pendaient autour de ses traits hagards. Dans la lumière aveuglante d'un matin saharien, il paraissait épuisé, au bout du rouleau.

— Paul ! Paul !

Mon appel s'est noyé dans le fracas d'un immense semi-remorque qui descendait l'avenue juste à cet instant. Paul n'ayant pas fait mine de m'avoir entendue, j'ai bondi en avant, essayant de traverser avant l'arrivée du monstre aux multiples roues, mais un coup de klaxon assourdissant m'a rejetée en arrière, tandis que le chauffeur gesticulait dans ma direction. Battant en retraite, j'ai failli cette fois être renversée par une camionnette qui circulait dans l'autre sens et dont le conducteur, après avoir freiné dans un hurlement de pneus, s'est mis à m'agonir d'injures par sa vitre ouverte. Les hommes des cafés avoisinants s'étaient levés pour ne rien perdre de ce spectacle d'une Américaine siphonnée qui se trouvait maintenant à quelques pas du mari qu'elle avait frénétiquement cherché.

Quinze secondes plus tard, l'interminable remorque était passée et je me disposais à courir serrer Paul dans mes bras, l'assurer de mon amour en dépit de toute cette folie, lui annoncer que nous serions ce soir à Paris...

Mais le trottoir devant moi était vide. Paul s'était évanoui en fumée.

Je me suis précipitée à l'endroit où je l'avais aperçu, distinctement. J'ai regardé à droite, à gauche. Plus de Paul. Je suis entrée dans la petite pâtisserie attenante. Il y avait deux clientes, plus le boulanger à sa caisse. « Quelqu'un a vu un Américain ? ai-je vociféré. Très grand, les cheveux longs et gris ? » Interloqués, ils ont fait non de la tête à l'unisson.

De retour dans la rue, j'ai examiné chaque embrasure de porte, chaque recoin, foncé dans les deux cafés voisins. Rien. Je suis revenue à l'endroit où je l'avais aperçu pour la dernière fois. Peut-être y avait-il un passage dérobé entre deux immeubles que je n'avais pas remarqué ? Non. Courant toujours, je me suis engagée dans la première rue adjacente, large et calme, bordée de bâtiments d'habitation modernes, sans un seul restaurant ou commerce où il aurait pu se dissimuler. De retour sur l'avenue, j'ai senti mes jambes se dérober sous moi, épuisée par toute cette agitation, par la canicule.

Réfugiée sous l'auvent de la pâtisserie, je me suis laissée aller contre le mur, j'ai vidé le reste de la bouteille d'eau et j'ai cherché à reprendre mon souffle. Soudain, une main s'est posée sur mon épaule. Paul !

Non, ce n'était que le pâtissier, qui me proposait un petit tabouret. M'obligeant à m'asseoir, il m'a présenté un gâteau et une limonade en insistant pour que je mange et boive. À part un peu d'eau dans l'avion je n'avais rien ingurgité depuis mon inquiétant dîner avec Ben Hassan. Après s'être assuré que j'avais repris des forces, il est retourné dans la boutique pour me rapporter un linge mouillé qu'il a drapé sur ma nuque – visiblement un remède local dans les cas de déshydratation. Un remède efficace. Au bout de quelques minutes, je me sentais déjà mieux. Le brave pâtissier m'a demandé à nouveau en français si ça allait, s'il n'était pas préférable qu'il charge l'un de ses employés de me raccompagner à mon hôtel. Je l'ai énormément remercié de son extrême gentillesse, lui ai proposé quelques dirhams pour la pâtisserie, qu'il a refusés en ajoutant : « *Je vous souhaite bonne chance, madame.* » Avait-il perçu mon désespoir, lui aussi ?

D'une démarche encore hésitante, j'ai lentement retraversé l'avenue, résolue à rentrer à l'hôtel pour voir si Paul y était revenu pendant mon absence. Sauf que j'avais oublié de prévenir la réceptionniste de ne pas lui parler de mon arrivée ! Alors que j'entrais dans la ruelle où, quelques minutes plus tôt, j'avais croisé le petit garçon en train de traire une chèvre, j'ai surpris une haute silhouette qui s'engouffrait dans un passage encore plus étroit sur la droite. La taille et les cheveux gris flottant au vent : ce ne pouvait être que lui ! J'ai crié son prénom et je me suis élancée à sa poursuite. Mais il n'a pas ralenti, et quand je suis entrée dans ce couloir à ciel ouvert il n'était plus visible. Une arche s'élevait une vingtaine de mètres plus loin, derrière laquelle deux vieillards accroupis autour d'un réchaud à gaz préparaient du thé. Éperdue, je leur ai montré le passeport mais ils se sont contentés de me regarder d'un air perplexe. J'ai dévalé le reste du passage, qui se terminait abruptement par un mur que surmontait un rouleau de barbelés rouillés. Le revêtement était lisse, glissant. Même le chat le plus agile n'aurait pas pu s'échapper par là. Tête basse, renonçant à comprendre, j'ai repris le chemin en sens inverse, non sans regarder en tous sens jusqu'à la réception de l'hôtel.

— Rien ? m'a demandé celle qui m'avait accueillie plus tôt.

— Non…

— Il va sans doute revenir. Si vous voulez monter à la chambre…

— J'aimerais bien, oui.

— La femme de ménage ne l'a pas encore faite, ce matin.

— Je suis sûre que ce sera très bien. J'ai une petite requête : quand il sera de retour, je vous en prie, ne lui dites pas que je suis là. Il traverse une passe difficile et il risque de paniquer s'il apprend ma présence ici. J'espère seulement que j'arriverai à lui parler et à le convaincre de prendre l'avion avec moi cet après-midi.

— Pour ça, j'ai de bonnes nouvelles. Il y a encore sept places sur le vol de Paris. C'est cher, cinq mille deux cents dirhams le billet, mais si vous les voulez il faudrait que vous me le confirmiez avant 14 heures. *D'accord ?*

— *D'accord.*

La chambre était climatisée, assez spacieuse, et le balcon ne donnait que sur un mur à environ trois ou quatre mètres de distance. En revanche, elle était dans un état déplorable… Les draps traînaient par terre, des taches de sang maculaient les oreillers – Paul saignait encore de la tête ? –, le sol était jonché de papiers froissés, le cendrier débordait de mégots – alors qu'il avait renoncé au tabac peu après notre première rencontre. Deux bouteilles de vin entamées dégageaient une odeur âcre, et quand j'ai ouvert la porte de la salle de bains je me suis trouvée au bord de la nausée : la cuvette des toilettes débordait.

Après avoir tiré la chasse, j'ai téléphoné en bas en

priant qu'on envoie une femme de ménage au plus vite. Ensuite, j'ai jeté le contenu du cendrier dans la cuvette, le reste de vin, et j'ai tiré à nouveau la chasse. Trouvant une boîte d'allumettes, j'en ai allumé quelques-unes, les tenant en l'air pendant que j'allais et venais pour essayer de réduire la puanteur dans les deux pièces. Patiemment, j'ai entrepris de ramasser et de déplier les boules de papier abandonnées partout. Des dessins souvent à peine ébauchés d'un homme solitaire dans un espace dépouillé, sans doute un désert. C'était lui qu'il avait voulu représenter, à l'évidence, efflanqué, d'une taille si démesurée qu'il dépassait les dunes, mais chaque fois ces autoportraits présentaient un visage grotesquement déformé, à moitié fondu d'un côté ou tellement brûlé par le soleil qu'il en était méconnaissable. Et au milieu de ces dérangeants croquis, plusieurs missives laissées inachevées : « Mon amour », « Robyn chérie », « Tu as épousé une catastrophe ambulante »… Deux notes que j'ai ramassées étaient particulièrement sinistres parce que en partie brûlées, froissées et déchirées, avec un seul mot répété des dizaines de fois, « Fini ». Et, ce qui m'a encore plus fait frissonner, il avait écrit cette litanie avec ce qui paraissait être son sang.

On a frappé à la porte. « Une minute ! » ai-je lancé, me hâtant d'expédier toutes les boules de papier à la poubelle, de retirer les taies d'oreiller tachées et de les emballer dans un des draps pour épargner à la femme de ménage le plus repoussant de ce désordre. Une nouvelle fois, je nettoyais derrière mon mari. Et j'ai glissé un billet de trente dirhams dans la main de la toute jeune fille que j'ai fait entrer en m'excusant pour le piètre état des lieux.

— *Mon mari est désordonné*, lui ai-je dit.

— *Oh, j'ai vu pire*, a-t-elle répondu avec flegme, avant de me conseiller de revenir dans une demi-heure, quand tout serait en ordre.

Avait-elle une baguette magique, cette fille enjouée que rien ne paraissait démonter ? En descendant l'escalier, pourtant, c'est aux autoportraits désespérés de Paul que je pensais, à cette répétition lancinante d'un aveu d'échec irrémédiable, à mon errance dans la ville en quête d'une ombre…

Non, il ne fallait pas aller sur ce terrain. Il était toujours à Ouarzazate, il allait bientôt revenir ici. J'ai consulté ma montre. Neuf heures passées de quelques minutes. Nous avions encore assez de temps pour que je prenne ces billets sur le vol de Paris et que nous nous envolions loin de tout cela.

Au bureau de la réception, Yasmina – nous avions enfin échangé nos prénoms – m'a demandé si j'avais besoin de quoi que ce soit. Oui, j'avais besoin de confier à quelqu'un ma triste histoire. Et c'est ainsi que je lui ai résumé ce qui m'était arrivé depuis la disparition de mon mari à Essaouira, comment j'étais parvenue jusqu'ici. À la fin, j'ai soupiré :

— Si vous pouviez m'aider à le retrouver, ou au moins à le retenir jusqu'à ce que nous embarquions pour Paris…

— Je n'ai pas de menottes, a-t-elle répondu avec un sourire compatissant, mais j'ai Youssouf, notre veilleur de nuit, qui connaît toute la ville et tout le monde. Normalement, il dort, à cette heure, mais si vous êtes d'accord pour lui donner, disons, trois cents dirhams, je crois que je pourrais lui téléphoner maintenant pour lui demander de partir à la recherche de votre mari. Si Youssouf n'arrive pas à le retrouver, c'est que le désert l'a avalé !

Je lui ai aussitôt remis la somme, c'était peu payer un renfort aussi précieux ! La jeune domestique est arrivée, m'annonçant que la chambre était nettoyée et qu'elle avait fait brûler de l'encens au jasmin pour « purifier l'atmosphère », selon ses propres termes. Je l'ai encore remerciée, ainsi que Yasmina.

— Laissez vos habits devant la porte et ils seront lavés et secs dans deux heures, m'a-t-elle conseillé.

À ce stade, je tombais de fatigue. La courte nuit de sommeil, la pénible acclimatation à la chaleur sidérante du Sahara, la course-poursuite infructueuse à laquelle je m'étais livrée… Je ne souhaitais rien d'autre qu'une douche froide et des draps propres. Je suis remontée à la chambre, je me suis débarrassée de tous mes vêtements que j'ai abandonnés dans le couloir et je suis restée sous la douche dix bonnes minutes. Avant de m'étendre sur le lit refait, j'ai appelé Yasmina pour qu'elle me réveille à 13 heures, à moins que Paul ne soit de retour avant.

Le sommeil m'a emportée instantanément. Lorsque le téléphone a sonné, j'ai ouvert les yeux dans une pièce que je n'ai pas reconnue tout de suite. L'écran d'un petit réveil luisait dans la pénombre. 13 : 02. Et j'étais seule.

— Je vous appelle, comme prévu, madame, a annoncé Yasmina au bout de la ligne.

— Et mon mari ?

— Rien pour l'instant, mais Youssouf continue à fouiller la ville et il me téléphone régulièrement.

— Je descends tout de suite. Vous voulez bien faire venir un taxi ?

— Mais… le vol de Paris n'est qu'à 17 heures !

— Je ne vais pas à Paris, je vais…

J'ai pris la feuille d'agenda que j'avais retirée de mon pantalon pour lui lire l'adresse de Farida. Elle m'a affirmé que c'était tout près en voiture, et que la jeune fille chargée de l'entretien des chambres allait m'apporter mes affaires sur-le-champ.

Un quart d'heure plus tard, j'étais à l'entrée d'un complexe d'immeubles non loin des Studios Atlas, trois blocs de six ou sept étages, pas plus, le tout en béton, très banlieue des années 1970. J'ai prié le chauffeur de me déposer devant le bâtiment B. Après l'avoir payé, j'ai gravi les escaliers jusqu'au quatrième. Devant la porte de l'appartement 402, j'ai repris ma respiration avant d'appuyer sur la sonnette, m'attendant à n'obtenir aucune réponse ou alors à entendre une voix irascible m'enjoindre à travers le battant de déguerpir de là.

À la troisième tentative, néanmoins, la porte s'est ouverte. Une femme étonnamment grande et élégante malgré sa maigreur se tenait là, son visage jadis séduisant strié de fines rides. Elle avait une cigarette allumée dans une main, un verre de rosé dans l'autre. D'une voix ternie par la nicotine, elle a constaté posément :

— Vous êtes là, finalement…

— Vous… vous savez qui je suis ?

— Évidemment. Vous êtes l'autre épouse.

18

— Je présume que vous buvez un peu ? s'est enquise Farida.

— Un peu, oui.

— Moi, beaucoup.

D'un geste, elle m'a désigné un canapé en velours marron. Elle habitait un petit appartement aux murs en béton peints en blanc et décorés de tableaux abstraits réalisés par un pinceau amateur. Un rocking-chair, un tapis usé. Quelques photos de Samira à divers âges dans des cadres disséminés sur les meubles. Un climatiseur efficace mais plutôt bruyant. Deux vieilles lampes qui, comme tout le reste de la décoration, avaient été à la mode vingt ans plus tôt. Un balcon avec vue sur le désert.

Voyant que mon regard s'arrêtait sur les multiples verres sales, les cendriers pleins à craquer et les surfaces poussiéreuses des meubles, elle a refoulé une quinte de toux de grande fumeuse avant de déclarer :

— Comme je ne vous ai pas invitée ici, je ne vais pas m'excuser du désordre. Disons simplement que j'ai eu certains problèmes en avril et que j'ai été contrainte de trouver rapidement un nouveau logement. Des fois, la vie n'est qu'une longue série de déceptions. Surtout en ce qui concerne les hommes. Vous n'êtes pas d'accord ?

Là, elle s'est mise à tousser violemment.

— Ça va aller ? me suis-je inquiétée.

— Bien sûr que non…

Mince comme un fil, elle portait un ensemble-pantalon en lin noir et avait une dizaine de bracelets en or et en cuivre autour de chacun de ses poignets osseux. Ses cheveux, très longs et raides, étaient restés d'un noir de jais mais son teint était grisâtre et ses dents jaunies.

Disparaissant un instant dans la cuisine, elle est revenue avec une bouteille de vin rosé et un second verre.

— Il est marocain, mais bon lorsqu'il est glacé.

— Comme presque tous ceux que j'ai bus ici.

— Alors, cet éternel enfant de Paul s'est choisi une femme bien plus jeune que lui, a-t-elle fait remarquer en allumant une nouvelle cigarette.

— Je ne suis pas si jeune.

— Mais vous avez au moins vingt ans de moins que moi. Ce qui fait de vous une gamine, pour moi. Et en plus, vous êtes sa femme.

— Vous aussi.

— En réalité, notre mariage a duré environ dix minutes, et a été ensuite annulé.

— « Annulé » ? Vraiment ?

— Vous semblez étonnée.

— On m'avait dit que vous étiez toujours son épouse.

— Celui qui vous a raconté ça, et je crois savoir

qui c'est, voulait simplement se payer votre tête. Je suis son ex-femme, c'est tout.

Elle m'a passé le verre qu'elle avait rempli pour moi. Comme je faisais mine de le lever à sa santé, elle m'a arrêtée sèchement :

— Pas besoin de jouer aux grandes amies. Par ailleurs, j'ai un cours à donner dans environ quarante minutes. Conversation d'anglais. Donc, même si professionnellement je pourrais avoir intérêt à discuter avec vous, je n'ai franchement pas envie de m'attarder en votre compagnie.

Je l'ai priée de m'excuser d'être venue de la sorte, sans m'annoncer et sans avoir été invitée.

— Comprenez-moi, je suis très inquiète pour Paul.

— Oh, ma pauvre ! Être aussi préoccupée par le sort de cet idiot. Parce que c'est ce qu'il est, un idiot. Et qui ne peut pas faire un geste sans se nuire…

Prise d'un autre accès de toux particulièrement brutal, elle s'est éclairci la gorge avec une rasade de vin.

— On m'a dit et répété que fumer était une manie stupide, d'accord, mais sans ça la vie serait peut-être encore plus intolérable. Enfin, vous n'avez probablement jamais touché à une cigarette, vous. Je parie que vous êtes une de ces Américaines qui font du jogging dès qu'elles ont deux minutes de libres.

— Merci de me réduire au statut de stéréotype culturel.

— De rien, a-t-elle répondu en écrasant son mégot. Et donc, en quoi puis-je vous être utile ?

— Je sais que Paul est venu vous voir.

— Correction : Paul est venu pleurnicher ici. M'implorer pour que je convainque notre fille de reprendre contact avec lui. Ce que j'ai catégoriquement refusé, bien entendu.

J'ai bu une gorgée de vin, réfléchissant à la façon de formuler précisément ce que je m'apprêtais à dire.

— Je comprends votre réaction. Après tout, il a passé des dizaines d'années à nier votre existence et celle de sa fille. Mais s'il vous plaît, n'oubliez pas que je n'avais jamais entendu parler de vous, ni de Samira. Enfin, voilà, Paul a subi une sorte d'énorme crise, il a disparu et…

— Et cette fois, sa disparition sera peut-être irréversible. Je peux admettre l'autodestruction : c'est un choix personnel, comme le mien de fumer quarante cigarettes par jour. La grande différence, c'est que je ne m'en prends qu'à moi-même, alors que Paul est quelqu'un dont les pulsions autodestructrices finissent par démolir ceux qui se trouvent sur son passage. Quand je l'ai jeté dehors cette nuit, je lui ai dit de rendre service à tout le monde et d'aller se suicider.

Un silence.

— L'intensité de votre haine est impressionnante, ai-je déclaré calmement.

— Et vous, vous êtes qui, Mère Teresa ?

— Je vais probablement divorcer dès que je serai rentrée aux États-Unis, mais avant cela je dois le ramener dans son pays. Et le plus loin possible de Ben Hassan.

— Ce gros connard ! Il peut être aussi bien votre meilleur ami que votre pire cauchemar.

— Vous êtes toujours en relation avec lui ?

— Pourquoi pas ? Bien qu'il soit fort possible qu'il ait assassiné mon père et mes deux frères. Non que je le blâmerais totalement de l'avoir fait, d'ailleurs.

— Ils sont morts ? Tous les trois ?

— Tous les trois six pieds sous terre, oui. Ben Hassan était-il derrière ça ? Ça reste une énigme insoluble. (Avant de continuer, elle nous a resservi du vin.) Je le répète, je ne l'en blâmerais pas. Après avoir aidé Paul à échapper à son mariage forcé avec moi, il a eu les mains écrabouillées, sa carrière de peintre a été ruinée. La police et l'appareil judiciaire ont laissé mon père et mes frères s'en tirer en échange d'une petite somme d'argent mais le fait est que Ben Hassan n'a plus jamais pu se servir d'un pinceau. J'étais tellement écœurée que mon père se soit conduit comme un bandit que j'ai rompu complètement avec lui et avec mes frères, deux idiots qui lui obéissaient au doigt et à l'œil, quel que soit son ordre. Comme d'aller casser les doigts d'un garçon dont le seul crime avait été de venir en aide à un ami.

— Vous-même, vous n'avez pas eu de remords ? D'après ce que Ben Hassan m'a raconté hier soir, vous tambouriniez à la porte de Paul en criant que votre famille vous tuerait s'il ne vous épousait pas.

Elle a éteint dans le cendrier sa troisième cigarette depuis mon arrivée.

— Vous ne savez rien du tout. Dès que je suis tombée enceinte, je me suis retrouvée à la merci de ma famille. Ai-je fait « exprès » d'être enceinte de lui ? Disons que nous étions imprudents tous les deux. Et non, je ne prenais pas la pilule. Et oui, j'avais l'espoir que Paul m'épouserait, me sortirait du Maroc et m'emmènerait en Amérique. Donc, j'étais intéressée, absolument, mais on s'est quand même aimés, tous les deux. Un temps, en tout cas. Plus tard, je lui ai même dit : « Épouse-moi, aide-moi à obtenir la Green

Card, et dès qu'on sera aux États-Unis, je suivrai ma propre voie. » Quand il s'est dérobé, j'ai commis une erreur fatale : j'ai annoncé ma grossesse à mon père. À partir de là, on était fichus tous les deux. Mon père était incapable de subtilité, de réflexion. Il fallait qu'il ait le dernier mot, toujours, et c'était la grosse artillerie. Et ceux qui se mettaient en travers de son chemin étaient impitoyablement punis. Ce qui a été le cas du pauvre Ben Hassan.

— Donc, vous pensez que c'est lui qui a supprimé votre père et vos frères…

— Je vous l'ai dit, la question reste ouverte. Mon père est mort dans un accident de la route entre Casablanca et Marrakech. D'après le rapport de police, les freins de sa Mercedes ont lâché, sans qu'il ait pu être établi formellement s'il y avait eu sabotage ou non. Ils ont conclu qu'il avait voulu freiner quand une moto s'était soudain rabattue devant lui et qu'il avait perdu le contrôle de la voiture, laquelle a fait trois tonneaux avant d'exploser. Le châssis était tellement endommagé par les flammes qu'aucune conclusion n'a pu être tirée. Certains enquêteurs ont affirmé que les plaquettes de frein étaient usées à un point suspect, comme si elles avaient été volontairement abrasées. Et on n'a jamais retrouvé le conducteur de la moto, bien entendu. Comme cela s'est passé tard la nuit, sur une route pratiquement déserte, l'enquête s'est arrêtée là.

« Environ sept ans plus tard, mon frère Abdullah a été retrouvé pendu dans son appartement d'une résidence de la Costa del Sol. Il avait bien réussi dans la filière de la moquette et des sols en lino… vous voyez, nous n'avions pas grand-chose en commun. Assez tard dans sa vie, la quarantaine passée, il avait épousé une femme très belle et très stupide, et ils avaient deux petites filles qu'il gâtait outrageusement quand il était à la maison, ce qui n'arrivait pas souvent. Ayant étendu son affaire à l'Espagne, il avait acheté un logement dans une copropriété extrêmement *petite-bourgeoise* de Torremolinos – je vous l'ai dit, il n'avait pas de goût... Mais aucun signe de dépression ou d'instabilité psychologique. C'est sa maîtresse, une fille de bar, qui l'a trouvé, et pendant un moment elle a été la principale suspecte. Sauf qu'Abdullah, qui avait développé un problème d'obésité presque aussi grave que celui de Ben Hassan, pesait alors dans les cent cinquante kilos. Il était plus qu'improbable qu'elle ait pu l'accrocher là-haut. Et il avait pris un tas de somnifères, ce soir-là. Enfin, elle a été emprisonnée plusieurs mois, et son véritable petit ami aussi, mais la police n'a rien pu prouver. Et moi, j'ai toujours été persuadée que Ben Hassan était impliqué dans cette mort.

— Pourquoi ne pas avoir alerté les autorités, dans ce cas ?

— Sur quoi ? Sur le fait que, quinze ans plus tôt, mon père avait chargé ses deux fils d'infliger une punition révoltante à un homme qui, depuis, était devenu une sorte de Parrain à Casa et à Rabat ? Qui avait ses entrées dans le monde de la haute finance et aux plus hauts échelons de l'administration publique, même si aucun de ces notables n'aurait ouvertement reconnu qu'il comptait un tel magouilleur parmi ses amis ? Ben Hassan le savait. Il était « connecté » même si on le tenait à distance, et cela lui assurait le confort et la protection nécessaires pour sodomiser un nouvel éphèbe chaque mois... Eh oui, je dépasse les bornes, là. Je parle trop. La nuit dernière, après avoir viré votre mari, j'ai été incapable de fermer l'œil, et comme j'avais deux cours tôt le matin j'ai pris un cachet de dexédrine pour me requinquer. Et un autre une vingtaine de minutes avant que vous débarquiez ici. Le vin et le speed se combinent à merveille. Un peu comme le yin et le yang. Maintenant, vous allez vous dire que je suis une lamentable épave, une camée qui se fait plaquer par tous ceux qui osent l'approcher. Si c'est ce que vous pensez, vous avez raison.

Silence. J'ai posé mon verre, le cerveau brusquement embrumé par l'alcool et la touffeur de l'après-midi saharien que le climatiseur poussif tempérait à grand-peine.

— Je ne pense rien, ai-je murmuré.

— Menteuse !

Son rire a dégénéré en expectoration bronchitique.

— Votre autre frère, vous n'en avez pas parlé…

— Driss ? Encore plus nul qu'Abdullah ! Jamais marié, aucun intérêt pour quoi que ce soit… Il supervisait l'entrepôt d'Abdullah à Casa, mais après son « suicide », le type qui a racheté l'affaire l'a congédié. Vu qu'il avait claqué à la roulette et en prostituées le peu qu'il avait hérité de notre père, il a fini chauffeur de limousine à l'aéroport. Chaque année, il passait sa semaine de congés payés à Agadir, l'horrible station balnéaire destinée aux minables dans son genre. Un soir, il est allé nager et, à une cinquantaine de mètres du rivage, un hors-bord lui est passé dessus. Il a eu le crâne fendu en deux. Le bateau, envolé. Pas même d'immatriculation, rien. C'était sa cinquième nuit à Agadir et il adorait nager le soir, donc on peut raisonnablement en déduire que quelqu'un avait observé ses petites habitudes avant de passer à l'acte. (Un haussement d'épaules, une autre gorgée de vin, encore une cigarette.) Je n'aime pas votre silence, a-t-elle repris. Vous avez l'air de tout juger dans votre coin.

— Je vous croyais plus perspicace.

— C'est de l'ironie ?

— Non, pas du tout. J'essayais seulement de trouver un sens à votre histoire.

— Quel sens ? Je n'ai jamais demandé directement à Ben Hassan s'il était l'instigateur de tous ces « accidents » survenus à ma famille. Parce que, d'une certaine manière, il est devenu un vrai ami pour moi et ma fille. Quand Samira a refusé de me voir, il y a plus de dix ans, pour plein de raisons liées à mon départ à Ouarzazate et à l'angoisse accumulée au fil des années, il a été comme un père pour elle, à Casa. Et c'est lui qui l'a convaincue de revenir peu à peu vers moi, ce dont je lui serai toujours reconnaissante. Vous savez qu'elle est tombée enceinte d'un homme d'affaires français : là encore, Ben Hassan a négocié dans l'intérêt de Samira. L'homme est retourné à son épouse légitime et à ses enfants en France, d'accord, mais il lui garantit trois cents euros par mois et...

— Ben Hassan m'a dit cinq cents, à moi.

— Ah, peut-être qu'il en reçoit cinq cents et en donne trois à Samira. Quelle importance ?

— ... l'importance que Ben Hassan empoche deux mille quatre cents euros chaque année.

— Oui... Entre deux pleurnicheries, Paul m'a en effet raconté que vous êtes comptable. Qu'est-ce qu'une femme aussi rationnelle et compétente que vous a pu trouver à ce grand enfant nombriliste ?

J'ai soutenu son regard.

— Eh bien, le sexe, d'abord, qui a tout de suite été extraordinaire. Et l'excitation de partager la vie d'un artiste, de surcroît réellement doué. Et l'idée que notre enfant aurait quelqu'un d'aussi talentueux pour père. Et...

Les mots se sont éteints dans ma bouche. J'étais si fatiguée, soudain. Le vin sans doute. Ou l'amertume corrosive de cette femme étrange assise devant moi. Ou la prise de conscience soudaine de ma naïveté : je m'étais imaginé qu'un lien se créerait entre nous, puisqu'elle avait elle aussi tout misé sur Paul avant d'être cruellement trahie. Je me suis redressée sur mon siège.

— J'ai cru qu'il allait m'ouvrir des perspectives dont je rêvais depuis longtemps. Aventure, créativité et liberté. La libération de tous ces masques que la vie moderne nous impose, en Amérique. Mais tout en critiquant le matérialisme ambiant Paul les voulait, ces masques : la jolie maison, le club de remise en forme, les étés dans le Maine, les bons dîners, les vins fins... Et il savait que j'allais lui apporter tout cela parce que j'avais ce qui lui manquait tellement : le sens des responsabilités. Et la foi en nous, en notre vie commune, en notre avenir ensemble. Bien sûr, j'ai aussi commis la pitoyable erreur de penser pouvoir le changer. Et donc, oui, vous avez raison, je me suis trompée. Je plaide coupable. Et en dépit de ça, en dépit de tout ce qu'il m'a fait, je ne veux pas qu'il lui arrive du mal...

Elle m'a observée, une nouvelle cigarette allumée entre les doigts.

— Vous attendez que je vous félicite pour votre franchise ?

— Non, je voudrais juste savoir deux choses.

— Allez-y.

— Vous étiez au courant que Ben Hassan avait convaincu Paul de contracter un prêt pour l'appartement de votre fille ?

— Quel prêt ?

— Il m'a dit que ce Philippe avait donné à Samira la moitié du prix d'un logement à Casablanca. Un million de dirhams.

— Pardon ? Écoutez, le petit Français a été correct, oui, il s'est engagé sur une sorte de pension alimentaire pour l'enfant, mais un million de dirhams ? On nage dans l'absurde ! Samira habite un appartement de cinquante mètres carrés qu'elle loue deux mille dirhams, ce qui est une aubaine dans ce quartier. Vous savez qu'elle enseigne à l'université ? La littérature. Sa spécialité : la mélancolie chez les romantiques. Très approprié, n'est-ce pas ? Elle a fait son doctorat en France, à Aix-en-Provence, et sa thèse a même été publiée. Je suis vraiment fière d'elle, et j'adore mon petit-fils, mais de là à m'imaginer que son Français lui ait offert un million de dirhams…

J'ai tressailli, commençant à discerner les dessous du jeu auquel Ben Hassan s'était livré.

— Ben Hassan m'a certifié avoir dit à Paul que le plus sûr moyen de regagner la confiance de Samira serait d'apporter « l'autre » million de dirhams nécessaire à l'achat de l'appartement qu'elle voulait.

— Et il a gobé ça, naturellement ?

— Malheureusement. J'ai vu le contrat qu'ils ont signé. Paul est censé lui rembourser un million six pour un million emprunté.

— Jamais entendu parler d'une chose pareille. S'il

avait donné cette somme à Samira, ou s'il lui avait acheté lui-même quelque chose, elle me l'aurait dit, j'en suis certaine. Voyons, à Gauthier, un million de dirhams lui paierait un cent mètres carrés ! Elle serait aux anges. Votre mari s'est fait pigeonner.

J'ai repris mon verre et j'ai bu une longue rasade, tentant d'assimiler cette nouvelle.

— Donc, Paul s'est enfui parce que…

— Parce que vous l'avez bien cherché, m'a-t-elle coupée. Je suis au courant de toute l'histoire, cette vasectomie clandestine.

— Par Paul ?

— Oh, non ! Par Ben Hassan.

— L'ordure… Et je suppose qu'il vous a aussi téléphoné hier soir, ou ce matin, pour vous prévenir que je venais à Ouarzazate ?

— En effet. Je mettrais ma main au feu qu'il vous a promis le contraire, non ? Et je suis sûre que vous regrettez maintenant de lui avoir confié le petit tour pendable que Paul vous a joué. Encore une fois, comment une femme sensée telle que vous…

— Oui, j'ai été naïve. À cause de mon optimisme. Ce n'est jamais une bonne chose, il faut croire.

— Vous avez procuré à Ben Hassan une information dont il peut se servir contre vous.

— Mais je suis également informée qu'il a trompé Paul, maintenant. Lui faire emprunter un argent qui n'est pas allé à votre fille, c'est ce qu'on appelle une malversation, non ?

— C'est à voir. Avez-vous lu le contrat ? Paul, certainement pas. Enfin, je comprends au moins pourquoi il s'attendait à être reçu à bras ouverts quand il est allé sonner chez Samira il y a deux jours. Et après, quand elle l'a éconduit, il a couru chez Ben Hassan, qui lui a mis en tête d'aller à Ouarzazate pour demander mon aide.

— Ben Hassan a monté tout ce stratagème pour détruire Paul. Il a eu votre père, vos frères, et maintenant… au tour de Paul. Le dernier membre du quatuor qui a ruiné son avenir de peintre. Sa vengeance est pratiquement consommée.

— Il n'en reste pas moins un homme obèse et triste. Et quelqu'un qui a perdu son rêve de toujours. Quelle vengeance pourrait réparer ça ?

J'ai terminé mon verre. Farida a regardé sa montre.

— Bon, je n'ai plus du tout envie de parler de ça, et j'ai un cours à assurer. Non que j'aie grande envie d'y aller mais c'est mon travail, si marginal soit-il dans ce coin perdu du Sahara, et le travail permet de faire passer le temps. J'aimerais que vous partiez, à présent.

— Juste une dernière question.

— Quoi ?

— Paul vous a-t-il laissé entendre qu'il avait des intentions suicidaires ?

— Vous voulez savoir s'il allait suivre mon conseil et se supprimer ? Je n'ai pas mâché mes mots. Je lui ai jeté à la figure qu'il avait gâché ma vie, celle de sa fille, celle de Ben Hassan. Et ensuite, je lui ai appris que je n'ignorais rien de ses manigances à votre détriment, cette lâcheté de vous faire croire qu'il voulait un enfant avec vous. Là, il s'est vraiment effondré.

— Qu'a-t-il dit ?

— « J'ai tout foutu en l'air. » J'ai répondu : « C'est exactement ça. » Et je lui ai montré la porte. Il s'est mis à pleurer, m'a suppliée de lui pardonner.

Je lui ai dit : « Je te mets dehors tout comme tu m'as mise hors de ta vie il y a des années. »

— Alors, vous avez eu votre revanche, vous aussi. Est-ce que ça change quoi que ce soit ?

Elle a pris une autre cigarette.

— Non, rien. Rien du tout.

Elle est allée à la porte d'entrée, l'a ouverte.

— Partez, maintenant.

— Je regrette que vous soyez aussi amère.

— Vous, vous ne l'êtes pas ?

Je suis partie.

À nouveau exposée à la terrible canicule, j'ai cherché un taxi des yeux. Mon esprit tournait à vide. Je ne voyais qu'une issue : retrouver Paul au plus vite et le soulager d'au moins un souci lancinant en lui expliquant qu'il ne devait rien à Ben Hassan. Avait-il conservé une copie du contrat ? Pourrais-je débusquer un avocat à Casablanca qui non seulement serait capable d'obtenir l'annulation de l'accord de prêt mais aussi de persuader le ministère public de poursuivre Ben Hassan pour détournement de fonds ? Enfin, tout cela était absurde : Farida venait de me confirmer que Ben Hassan était protégé en haut lieu. Mon seul espoir, c'était qu'une fois Paul rentré aux États-Unis, il nous laisserait tranquilles.

Apercevant enfin un taxi, je l'ai hélé frénétiquement. Pendant le court trajet du retour, j'ai regardé partout, guettant la silhouette dégingandée de Paul, en vain. À mon entrée, Yasmina a ouvert de grands yeux :

— Comment, vous n'êtes pas avec M. Paul ?

— Pourquoi ? Vous l'avez vu ?

— Il est revenu.

— Il est... quoi ?

— Oui, il y a encore trois ou quatre minutes, il était là. Vous l'avez manqué de peu. Tenez, il a laissé ça pour vous. (Elle m'a tendu une enveloppe sur laquelle Paul avait inscrit de sa main la lettre R.) Incroyable que vous ne l'ayez pas aperçu en arrivant en taxi.

— Je... Où est-il allé ?

— Il voulait se rendre à la station de bus. Pour partir dans le Sud. Il n'avait pas de bagages.

— Il est parti à pied ?

— Oui.

Je me suis retournée. Mon taxi avait déjà disparu.

— Où est-ce ?

— Oh, à cinq minutes. Vous reprenez l'avenue, puis la première à gauche et vous verrez la gare routière, en face de la station-service Q8. Mais faites vite !

J'ai couru dans le dédale de ruelles, l'enveloppe à la main, puis sur l'avenue Mohammed-V. Le trottoir surchauffé brûlait mes pieds à travers mes sandales, mes yeux étaient irrités par la sueur qui coulait de mon front. Je cherchais Paul et son mètre quatre-vingt-quinze, sa queue-de-cheval grise se balançant au rythme de son pas accéléré. Je fendais péniblement l'air rendu visqueux par la chaleur, une mélasse qui se collait à moi et obstruait chaque pore de ma peau. Il n'y avait qu'un autobus à l'arrêt et... mon Dieu, non, c'était lui qui grimpait les marches, et... non, impossible, la double porte se refermait derrière lui. J'ai hurlé « Attendez, attendez ! » mais déjà le lourd véhicule s'ébranlait. Des hommes à une terrasse de café voisine avaient entendu mes cris et gesticulaient à l'adresse du chauffeur pour qu'il s'arrête ; rien à faire. Le bus a pris de la vitesse en entrant sur la chaussée. J'avais trente secondes de retard, à peine… Je me suis effondrée sur le sol poussiéreux et ai perdu connaissance quelques secondes. Deux consommateurs sont venus m'aider et m'ont fait asseoir à une table du café, à nouveau le contact d'un linge mouillé sur ma nuque, mes oreilles bourdonnantes captant à peine le brouhaha des badauds autour de nous, une bouteille d'eau glacée dans ma paume. J'ai bu, les yeux fermés.

Mes sauveteurs voulaient savoir s'ils devaient me conduire à l'hôpital. J'ai réclamé davantage d'eau. J'ai ouvert l'enveloppe. Ma vue était encore un peu trouble, mais j'ai pu déchiffrer les quelques mots que Paul avait griffonnés d'une écriture plus désordonnée que jamais :

« J'ai touché le fond. Je suis à bout. Ne me poursuis pas. Laisse-moi faire ce qui est maintenant nécessaire.

« Je suis plus que navré, mais le pardon est hors de question, dans mon cas. C'est pour ça que je m'en vais. Pour toujours.

« Tu étais l'amour de ma vie. C'est seulement maintenant que je le vois.

« Adieu. P. »

J'ai relevé les yeux sur les visages préoccupés qui m'entouraient.

— Où allait le bus ? ai-je articulé d'une voix lasse.

— À Tata, a répondu quelqu'un.

— C'est où ?

— Une ville à six heures d'ici, au sud.

J'ai pris ma respiration. Il fallait décider à l'instant.

— À quelle heure part le prochain bus pour Tata ?

19

L'un des hommes venus à ma rescousse était chauffeur de taxi et il a tenu à me ramener à l'hôtel. Yasmina est sortie en hâte et m'a soutenue jusqu'à un fauteuil de la réception. Elle m'a apporté de l'eau fraîche, enjoignant une employée de me rapporter une compresse mouillée. Elle m'a conseillé d'aller me reposer dans la chambre pendant qu'elle vérifierait si je pouvais encore attraper le vol pour Paris.

— Il a pris le bus pour Tata, lui ai-je expliqué d'une voix encore faible. Le prochain est à 15 h 30, dans une heure et demie. Je dois le prendre.

— Mais c'est à six heures de route ! En plein désert !

— Il menace de mettre fin à ses jours, ai-je dit en lui montrant l'enveloppe que Paul m'avait laissée. Si je parviens là-bas ce soir, il y a encore une chance que…

— Madame, il suffit que je téléphone aux gendarmes, ils arrêteront l'autobus et placeront votre mari sous surveillance, pour son bien.

Sa proposition était raisonnable mais j'obéissais à une logique différente : j'étais convaincue que Ben Hassan serait au courant dès que Paul se trouverait entre les mains des forces de l'ordre, et qu'il s'arrangerait pour que sa vengeance s'accomplisse. Dans son état psychologique, Paul ne résisterait pas à deux jours de prison. Non, deux heures suffiraient à le faire basculer dans la folie. Et ce que Farida m'avait raconté au sujet de son père et de ses frères me prouvait assez que Ben Hassan était sans scrupules. Paul serait « suicidé » pendant sa détention préventive et tous, les policiers, Ben Hassan, voire Samira, Farida et la si gentille propriétaire de l'hôtel Oasis, confirmeraient qu'il n'avait plus toute sa raison les jours précédant sa mort par pendaison dans sa cellule capitonnée. Une issue qui ne coûterait qu'une poignée de billets de banque à celui qui se présentait comme un « simple brasseur d'affaires ».

— Je vais prendre ce bus, ai-je annoncé à Yasmina. Je suis la seule qui puisse le tirer d'affaire, la seule !

— Je vous en prie, vous allez...

— Pas de discussion !

Cette réprimande a fait sursauter Yasmina.

— Pardon, pardon...

Elle a posé une main tremblante sur mon bras.

— Je vous en supplie, madame : allez dans votre chambre, prenez une douche, étendez-vous et laissez-moi appeler la gendarmerie.

— Ma décision est prise. Et si jamais j'apprends à mon arrivée à Tata que mon mari a été obligé de descendre de force de l'autobus...

— Non, non, vous avez ma parole, je ne téléphonerai pas. Mais douchez-vous tranquillement et buvez encore au moins un litre d'eau. Vous êtes au bord de la déshydratation.

J'ai obéi et, après lui avoir demandé de me réserver un taxi pour dans une heure, j'ai rejoint ma chambre.

Tout en me douchant et en me préparant, je n'ai cessé de me battre avec mes propres objections, dont celle-ci : n'était-ce pas absurde de poursuivre Paul jusqu'à Tata ? Avais-je un autre choix ? Paul m'avait trahie, mais c'était ma fureur qui avait tout déclenché. Je lui avais dit qu'il ne méritait pas de vivre et maintenant, il semblait déterminé à mettre fin à ses jours. À moins que je ne le rattrape in extremis, au bord du gouffre…

En bas, j'ai fait mes adieux à Yasmina :

— Vous avez été formidable avec moi.

— J'aurais voulu vous convaincre de rester…

— Oui, mais il faut que j'aille jusqu'au bout.

Elle m'a lancé un regard qui disait clairement : Non, il ne « faut » pas… et vous le savez, puis elle m'a tendu une carte de l'hôtel avec son numéro de téléphone inscrit au dos.

— Si je peux vous aider d'une manière ou d'une autre, vous savez où me trouver.

Dix minutes plus tard, j'étais en route vers le Sud. Dire que l'autocar était vieillot aurait été un euphémisme : c'était une relique des années 1980 à la peinture écaillée, aux sièges rongés par l'usure, aux vitres grises de saleté, dépourvu d'air conditionné et de ventilation quelle qu'elle soit. Heureusement, nous n'étions qu'une dizaine de passagers à nous rendre à Tata, j'allais donc disposer de deux sièges contigus pour tout le voyage. Avec moi se trouvaient quatre dames âgées en burqa, trois hommes chenus, une jeune mère avec deux bébés et une adolescente timide qui m'a jeté plusieurs regards à la dérobée, intriguée par ma présence. J'ai réussi à lui sourire avant de me plonger à nouveau dans mes réflexions.

Le paysage que nous avons traversé était constitué

de taches de verdure – palmeraies, terres arables – entourées de sable à perte de vue. Parfois, une montagne aux sommets sévères se profilait à l'horizon, ou un village animé avec son souk en pleine activité, des tentes bédouines plantées en bordure de route, mais ces notes de présence humaine ne dissipaient pas l'impression que, à chaque kilomètre, nous nous enfoncions toujours un peu plus dans un vide géographique. La veille, j'avais lu sur un site Internet qu'en berbère tamazight Ouarzazate signifiait « sans bruit », « sans désordre ». Les yeux sur les dunes que cuivrait le soleil déclinant, je mesurais maintenant pourquoi. Comparée à la bruyante confusion des autres villes marocaines, Ouarzazate était non seulement « la porte du désert » mais également celle qui ouvrait sur le silence infini dans lequel je m'avançais.

Le désert est une tabula rasa, au sens propre comme au sens figuré, un espace sur lequel la vie humaine n'a pas projeté sa chaotique prévisibilité. Mais, à contempler cette immensité saharienne, j'en suis venue à me demander si cela aussi n'était pas une illusion. Vous regardez une mer de sable sur laquelle une famille de Bédouins s'aventure avec ses enfants et vous admirez la simplicité intemporelle de ce tableau, mais la réalité n'est-elle pas autrement plus complexe ? Il y a la lutte incessante pour la survie, la quête permanente de l'eau, les échanges pour avoir l'argent nécessaire à sa subsistance.

« Sans bruit et sans désordre ». Mais la vie est précisément cela, du bruit et du désordre. Jusqu'aux confins de la Terre, ils nous rattrapent et nous encerclent, car, même dans le vide silencieux du Sahara, les démons qui nous habitent ne se taisent jamais.

Au crépuscule, nous avons fait halte dans un hameau

baigné par un petit oued. J'ai acheté une tasse de thé à la menthe à un homme aux traits chagrins accroupi dans le sable. Une guérite en planches abritait des toilettes de fortune, un simple trou percé dans le sol et entouré de quelques pierres plates. J'en suis ressortie la gorge nouée par l'odeur épouvantable, aspirant vainement l'air surchauffé du dehors qui, même à la tombée de la nuit, était dépourvu de fraîcheur.

En reprenant place, j'ai essayé de dormir un moment mais la suspension récalcitrante du bus et le cours de mes pensées m'interdisaient le sommeil. J'ai essayé d'établir une stratégie. Tata ne devait pas être une ville importante. Quatre ou cinq hôtels, tout au plus. J'allais les visiter un par un, trouver Paul, le rassurer, puis contacter Yasmina et lui demander de nous réserver deux places sur le vol de Paris du lendemain. Nous serions de retour à son hôtel vers midi et…

Planifier, comme d'habitude. En espérant une réaction raisonnable de quelqu'un qui ne l'était guère, même en temps normal. Si vindicative et fielleuse qu'elle se soit montrée, Farida avait au moins raison sur une chose : Paul semait le chaos dans la vie de tous ceux qui l'approchaient. Seulement, il y avait un monde entre le Paul que j'avais rencontré trois ans plus tôt, feignant de ne pas voir la confusion qu'il déclenchait autour de lui, et l'homme qui m'avait laissé un mot suicidaire. Il ne pouvait plus échapper à sa vérité, mais il pouvait encore s'échapper vers le Sahara.

Les heures ont passé lentement. Je me suis assoupie à la nuit tombée, me réveillant en sursaut quand le bus s'est arrêté brusquement et que le chauffeur, actionnant son klaxon, a lancé : « Tata ! » Je me suis levée, courbaturée et transpirante. Nous étions sur un parking à l'extérieur des murs d'une ville. Frottant la marque que la fermeture Éclair de mon sac avait laissée sur ma joue, j'ai mis pied à terre, immédiatement entourée par deux jeunes gens. La vingtaine, une maigre tentative de barbe au menton, une casquette de base-ball vissée sur le crâne, ils me jaugeaient d'un regard déplaisant.

— *Bonsoir, jolie dame*, a commencé l'un d'eux en français.

— Besoin d'un guide ? a fait l'autre.

J'ai tenu le passeport de Paul devant eux, ouvert à la page de sa photo.

— Je cherche cet homme. Mon mari.

— Ah, je sais où il est ! s'est exclamé le premier.

— C'est vrai ? Honnêtement ?

— Vous venez avec nous et on vous montre, a complété le second.

Aussitôt, leur proposition a été interrompue par le conducteur du bus qui s'est mis à les invectiver en arabe, répétant le mot « emchi » à plusieurs reprises. Pas du tout intimidés, les deux petits durs lui ont répondu sur le même ton, jusqu'à ce qu'un quinquagénaire en costume anthracite finisse par s'en mêler. Le plus âgé des deux jeunes ponctuait la moitié de ses phrases par des œillades arrogantes à mon intention, ainsi que par des apartés en français et en anglais : « Vous ne voulez pas vous amuser avec moi ? », « *I love American women* », « Vous n'avez pas besoin de votre mari, ce qu'il vous faut, c'est un homme plus jeune »… Finalement, le quinquagénaire, une cigarette coincée entre les lèvres, a dit quelque chose à propos de la police, et les deux jeunes se sont esquivés, non sans que le plus déplaisant des deux me glisse avec un clin d'œil : « Une prochaine fois, peut-être. » Après leur départ, l'homme m'a donné sa carte et m'a expliqué en français qu'il travaillait pour une petite pension en ville, très confortable, où il me garantissait une excellente chambre pour trois cents dirhams, soit un rabais de près de la moitié par rapport au prix normal. Il se faisait un plaisir de persuader la cuisinière de me préparer un dîner malgré l'heure tardive, si je le désirais. Ouvrant une nouvelle fois le passeport de mon mari, je lui ai demandé s'il savait dans quel hôtel il avait pu descendre.

— Quand est-il arrivé ?

— Avec l'autobus précédant le mien.

— Impossible.

— Pourquoi « impossible » ? Je l'ai vu de mes yeux monter dans ce bus.

— Mais j'étais ici à son arrivée, comme à celle de tous les autobus en provenance de Ouarzazate, et il n'y avait qu'un Occidental à bord, un Allemand dans les soixante-dix ans qui voyageait seul.

— Il n'aurait pas pu descendre pendant que vous regardiez ailleurs ?

— Croyez-moi, madame, aucun touriste parvenant à Tata n'échappe à mon attention. Si vous voulez vérifier chez mes concurrents, vous le pouvez.

J'ai eu l'impression de perdre pied de nouveau.

— Je vous donne cinquante dirhams si vous m'emmenez dans tous les établissements hôteliers de la ville.

— Je vous assure que…

— Cent dirhams.

Ouvrant les bras en signe de reddition, il m'a fait signe de le suivre.

Nous sommes entrés dans la ville proprement dite par une porte voûtée. Tata semblait n'être qu'un dédale de ruelles qui serpentaient dans la pénombre, peu ou pas éclairées. Nous avons fait halte dans une sorte de relais pour routards désargentés. Le réceptionniste, émacié, les yeux cerclés d'énormes cernes, s'est levé pour donner l'accolade à mon escorte, qui lui a expliqué en arabe la raison de notre visite. Se penchant sur la photographie d'identité de Paul, il a secoué plusieurs fois la tête. Dix minutes et trois hôtels ou auberges plus tard, je me suis résignée à suivre Naguib – le prénom de mon guide – jusqu'à son propre établissement.

— À quelle heure part le premier autobus pour Ouarzazate ?

— Il y en a un à 5 heures du matin.

— Ce qui supposerait que je quitte votre hôtel à quelle heure ?

— 4 h 45 serait suffisant. Il n'y a qu'à descendre la côte jusqu'à la station.

Dans l'obscurité, une voix moqueuse a répété :

— « Descendre la côte, descendre la côte »…

Les deux petites brutes qui m'avaient importunée tout à l'heure ont émergé d'un recoin. Avec une fausse nonchalance, ils ont allumé des cigarettes et celui qui se prenait pour un séducteur a incliné la visière de sa casquette en une parodie de salut qui m'était destiné. Alors que Naguib se mettait à les invectiver, le jeune homme m'a lancé en français : « *On ne voulait pas vous manquer de respect, madame.* » En deux secondes, ils s'étaient volatilisés.

— Vous les connaissez ? ai-je demandé à Naguib.

— Hélas ! Ils viennent de Marrakech. Ils font partie de l'équipe chargée de la réfection de la route nationale. Ils ne sont là que depuis une quinzaine de jours mais ils se prennent pour des caïds. Idiots… et inoffensifs. On y va ?

Nous avons entrepris l'ascension d'un raidillon qui conduisait au sommet de la vieille ville, une sorte de tour de Babel planant au-dessus des maisons basses. Je suis parvenue en haut, haletante, la bouche desséchée. Une vieille femme en hijab m'a apporté une bouteille d'eau et m'a fait asseoir pendant que Naguib, muni de mon passeport et de trois cents dirhams, se chargeait de mon enregistrement. Elle m'a demandé si j'aimais le couscous à l'agneau et j'ai répondu « *très bien* ». Je n'avais pratiquement rien avalé de solide depuis le matin. Ensuite, Naguib m'a guidée à travers le bâtiment, imposant comme un petit château fort, agrémenté de multiples patios et terrasses. Sous la lueur spectrale de la lune, nous avons suivi une sorte de chemin de ronde. Ma chambre était sous les combles. Simple et joliment décorée, d'une propreté remarquable, elle possédait un grand lit et une salle de bains fonctionnelle.

Avant de prendre congé, Naguib m'a dit :

— Je commence mon service à 6 h 30 demain matin. Il y a un bus à 8 heures. Profitez-en pour avoir une vraie nuit de sommeil, prendre un petit déjeuner tranquille… vous serez de retour à Ouarzazate dans les quatorze heures.

— Naguib, à votre avis, est-il possible que mon mari ait pu descendre à un point ou un autre de la route entre Ouarzazate et ici ?

— L'autobus peut très bien s'arrêter dans un village, oui, mais seulement à la demande d'un voyageur. Sauf qu'il n'y a presque pas d'hôtels ni de restaurants, en chemin.

— Pensez-vous que le chauffeur de son bus soit encore à Tata ?

— Non. Il est rentré à Ouarzazate par celui de 20 heures. Il ne reviendra que demain. Je n'ai pas son numéro de portable. Vous pourriez attendre son retour et nous l'interrogerions.

— Je crois que je vais quand même prendre le premier bus du matin.

— Comme vous voudrez, madame. Voici mon numéro de téléphone, au cas où.

Il l'a noté sur un bout de papier.

— Merci pour tout, Naguib.

— Dans combien de temps désirez-vous dîner ?

— Un quart d'heure, maximum. Le temps de passer sous la douche.

— Je vais dire à la cuisinière de vous attendre.

Quinze minutes après, en forme et rafraîchie, je pénétrais sur la belle terrasse qui servait de salle à manger. Une seule des sept tables était occupée par un homme aux cheveux grisonnants et lunettes rondes, en chemise à manches courtes bleue, short tabac et sandales orthopédiques. Il avait posé un livre ouvert contre sa bouteille, *Der Zauberberg*[1], de Thomas Mann. J'en ai déduit que c'était l'Allemand qui était arrivé par l'autocar de Paul. Qui sait s'il n'avait pas des informations vitales, lui ? Le cœur battant, je me suis approchée. Il a levé vers moi des yeux lavande au fond desquels j'ai cru percevoir une tristesse profonde – ou était-ce moi qui projetais la mienne sur tout le monde ? Son visage parcheminé était encore énergique.

1. *La Montagne magique.*

— Désolée, je ne parle pas votre langue, me suis-je lancée en anglais. Je me débrouille en français, quoique, et… excusez-moi d'interrompre votre repas.

— J'ai terminé, a-t-il répondu en anglais avec un sourire en montrant son assiette vide. Si vous avez besoin de compagnie, je vous en prie…

Galamment, il s'est levé et a reculé pour moi la chaise en face de la sienne.

— C'est très aimable à vous, mais avant de m'asseoir j'ai une question urgente.

— Bien sûr.

— Vous avez voyagé dans le bus qui a quitté Ouarzazate à 14 heures, n'est-ce pas ?

— Effectivement.

— Auriez-vous vu cet homme ?

J'ai extirpé le passeport de Paul de ma poche de pantalon. Il a examiné posément la photographie.

— Non, je crains de n'avoir vu personne lui ressemblant, même de loin.

— Vous en êtes certain ?

— Au départ, je suis allé m'asseoir dans le fond, donc je suis passé devant tous ceux qui avaient déjà pris place.

— Mais il est monté au tout dernier moment…

— Je me rappelle avoir regardé qui était le dernier à embarquer, et c'était le chauffeur.

— Je ne comprends pas ! Je l'ai *vu* grimper dans cet autocar !

— Qui est-ce ?

— Mon mari.

— Ah… Mais asseyez-vous, je vous prie. Je m'appelle Dietrich.

— Robyn. (Nous avons échangé une poignée de

main par-dessus la table.) L'Allemagne est l'un des pays que j'aimerais vraiment connaître, ai-je ajouté.

— Si vous le faites, outre Berlin, Hambourg et Munich, vous devrez emprunter la Romantische Strasse et vous arrêter à Rothenburg ob der Tauber. Une ville médiévale entre Würzburg et Nuremberg, entièrement restaurée après les bombardements de la guerre. « *Sehr gemütlich* », comme nous disons : très belle, très tranquille – c'est là que je vis depuis trente ans. Et jusqu'à ce que je parte à la retraite l'année dernière, j'avais une congrégation exceptionnelle, à Rothenburg.

— Vous êtes prêtre ?

— Pasteur luthérien. Enfin, j'étais.

— Et puis-je vous demander ce qui vous amène au Sahara en plein mois de juillet ?

Il a semblé réfléchir un instant.

— Vous savez, il y a une phrase d'un roman anglais qui m'a beaucoup marqué, à propos d'un homme traversant ces contrées après avoir été frappé par une perte terrible. L'auteur a écrit : « Il sillonnait l'Afrique du Nord en essayant de purger son esprit. » C'est pour la même raison que je suis ici, à cette époque effectivement étonnante de l'année.

— Une perte terrible ?

Il a hoché gravement la tête.

— Celle qui a été mon épouse durant quarante-quatre ans est décédée ce Noël.

— Oh, mon Dieu, c'est affreux… Ç'a été soudain ?

— Brutal, oui. Une rupture d'anévrisme au cerveau. Pendant le dîner, chez nous, elle s'est levée pour aller chercher le dessert dans le réfrigérateur, elle s'est immobilisée avec une expression de douleur effrayante et elle est tombée. Le temps que j'arrive à elle, elle était morte.

Une minute auparavant, nous discutions avec animation d'une production peu convaincante de *Rigoletto* que nous avions vue le week-end précédent à l'Opéra de Würzburg. Dix secondes, et elle n'était plus… de ce monde, en tout cas. Vous connaissez ces paroles : « Au cœur de la vie nous sommes déjà dans la mort. »

— « Terre redevenue terre, cendres redevenues cendres, poussière redevenue poussière », ai-je aussitôt complété, le souvenir de la liturgie de mon enfance me revenant – l'un des quelques avantages d'avoir reçu une éducation épiscopalienne…

— Cela apparaît aussi dans l'antienne latine « *Media vita in morte sumus* ». Et elles ont souvent inspiré les poètes, Rilke, par exemple… mais je fais le pédant.

— Non ! C'est passionnant. Je ne m'attendais pas du tout à avoir une conversation de ce genre à Tata, ce soir. J'apprécie énormément de pouvoir vous parler.

— Mais vous espériez parler avec votre mari…

— Oh oui, ai-je bredouillé, sentant les larmes se former sous mes paupières.

— Je regrette mon indiscrétion.

— Pas du tout…

— Voudriez-vous un verre de vin ?

— Je crois que ça me ferait du bien, oui.

Attrapant la bouteille à peine entamée, il m'a servie. Le couscous est arrivé sur ces entrefaites. J'ai remercié la cuisinière, m'excusant de l'avoir fait veiller si tard.

— *Pas de problème*, a-t-elle chuchoté avant de battre en retraite à l'office.

Évitant avec tact les sujets trop personnels, il m'a interrogée sur mon travail, sur la vie à Buffalo, et demandé si les chutes du Niagara étaient visibles de chez moi. Il m'a parlé de ses études à Heidelberg, de ses deux fils, un avocat et un inspecteur des impôts – « Nous aurions pas mal à échanger, eux et moi », ai-je plaisanté –, dont l'un vivait à Nuremberg et l'autre à Munich.

Mon plat terminé et après un deuxième verre de vin, je me sentais moins fragile, moins à fleur de peau. Et j'éprouvais un besoin irrépressible de me confier, surtout à quelqu'un d'aussi prévenant. Posément, je lui ai raconté l'essentiel de mon histoire, en débutant par les doutes que j'avais eus avant le mariage et en concluant par ma découverte dévastatrice, ainsi que la crise dramatique qui en avait résulté.

— Pour être totalement honnête, ai-je noté à la fin de ce long monologue, je ne peux pas affirmer avec certitude que c'est bien Paul que j'ai vu avenue Mohammed-V, et encore après, et à la station de bus. Les jours précédents, j'ai eu l'impression de l'apercevoir partout. Mais quand je l'ai appelé dans les rues de Ouarzazate, il ne s'est pas retourné, alors qu'il n'était qu'à quelques mètres de moi. Et je suis hantée par la lettre qu'il m'a laissée. Parce que… sa mort y est lisible.

Dietrich réfléchissait, le front plissé.

— Vous êtes franche, je voudrais l'être aussi. Je ne vais pas vous dire quelque chose de facile comme : « Il y avait quelqu'un qui ressemblait en tout point à votre mari à Ouarzazate. » Et je ne vais pas non plus soutenir que vous désiriez tellement le retrouver que vous avez *cru* le voir. Mais peut-être… Non, vous allez me prendre pour un illuminé.

— Continuez, s'il vous plaît.

— Je ne veux pas évoquer de « présences », de « spectres », quel que soit le nom qu'on leur donne.

Je n'ai pas d'expérience en la matière, je ne suis même pas sûr de comprendre de tels phénomènes ou d'y croire. Mais peut-être, je répète, peut-être y a-t-il eu une image de votre mari que vous avez…

Je l'ai interrompu.

— Conjurée, invoquée, projetée ? Je vois que vous êtes réticent à utiliser de tels termes mais c'est peut-être ça, oui. Seulement ça. Tout comme, quand je suis sur le point de perdre tout espoir, je ne peux m'empêcher de me demander si ce n'est pas un fantôme que j'ai vu…

— Mais vous n'avez pas de raisons de présumer qu'il n'est plus de ce monde. Vous m'avez vous-même dit que la jeune femme de l'hôtel lui avait parlé juste avant votre retour.

— Oui…

Sirotant son vin, Dietrich semblait réfléchir.

— Il y a deux choses distinctes, a-t-il fini par déclarer. D'abord, il semblerait que la colère de son ex-femme et de ce Ben Hassan soit en partie motivée par le fait que votre mari s'est comporté comme un colonialiste. Il est arrivé dans un pays qui se cherche encore, il a profité de nombre de ceux dont il a fait connaissance ici, il a semé le trouble, et puis il est parti, refusant la responsabilité du gâchis qu'il laissait derrière lui.

« La deuxième chose qui me frappe, c'est l'acuité de votre culpabilité. Il vous a trahie d'une façon inimaginable, et votre seule réaction a été de le mettre face à sa trahison. Ce que vous m'avez raconté, ses affirmations répétées qu'il voulait un enfant avec vous suivies d'une décision aussi égoïste de sa part, c'est, pardonnez-moi… révoltant. Et je trouve que le confronter à la preuve noir sur blanc de son crime – le mot n'est pas trop fort, non, il y a quelque chose de criminel dans son acte – a été un choix rigoureux et juste, qui témoigne de votre grande maturité. Et maintenant, le fait que vous l'ayez cherché sans relâche depuis qu'il a fui d'Essaouira, que vous vous retrouviez en plein Sahara, seule, pour tenter de le sauver de lui-même… vous avez mon admiration, Robyn.

À mon insu, les larmes sont revenues. J'ai baissé la tête. Dietrich m'a pris la main et a exercé une brève pression qui signifiait « courage ».

— Vous allez vous en sortir, a-t-il repris. Considérez la situation comme un labyrinthe terriblement compliqué mais dites-vous également que vous n'avez pas perdu vos moyens, que vous savez toujours lire une carte, que votre mémoire et votre intuition vous permettront de vous extirper de ses tracés les plus trompeurs. D'expérience, le plus grave échec, c'est de perdre l'espoir, croyez-moi. Et de conclure que vous n'avez rien vu de ce qui allait vous terrasser.

— Oh, je l'ai vu, et comment… mais j'ai aussi choisi d'ignorer les signes avant-coureurs, j'ai repoussé les avertissements, refusé d'accepter qu'il était intrinsèquement incapable d'assumer la responsabilité d'une vie à deux.

— Eh oui… parce que vous êtes humaine – je ne dis pas « trop humaine ». Parce que chacun de nous, à sa manière, répugne à accepter la réalité de « l'autre ». Et de nous-mêmes, bien sûr. Parfois, nous avons tellement besoin d'espérer que nous fermons les yeux devant des vérités pourtant évidentes. Comment arriver à rester lucide ?

— Vous y êtes parvenu, vous.

— Oh, n'en soyez pas si certaine. J'ai autant de défauts et de handicaps que n'importe qui. Ma vie conjugale a été loin de la perfection, par exemple…

— Mais elle a duré… quarante-quatre ans ?

— Certes, mais durant six années nous avons été séparés, l'un et l'autre impliqués dans des relations sentimentales différentes. C'est ma faiblesse qui a été le déclencheur de cette crise, de notre séparation : une liaison avec une femme, une de mes paroissiennes… Vous imaginez bien l'impact négatif que cela a eu sur ma carrière cléricale, mais Herta, mon épouse, a eu elle aussi des aventures. Je ne le dis pas pour excuser mon comportement, au contraire : depuis, j'ai discerné qu'elles étaient avant tout la conséquence de mes limites en tant qu'époux, compagnon de tous les instants. Et retrouver mutuellement le chemin du cœur de l'autre, quelle fascinante odyssée ! Ardue, souvent douloureuse, mais le résultat a été vingt années de félicité à nouveau partagée, fusionnelle…

« Et puis, en une minute, elle est morte. À soixante-huit ans seulement. Elle qui n'avait jamais fumé, qui buvait modérément, qui menait une vie active. Sa mère a atteint les quatre-vingt-dix ans, son père les quatre-vingt-douze. Nous aurions dû avoir au moins une décennie de plus ensemble. Enfin… Comme je le disais aux membres de ma congrégation lorsqu'il leur arrivait de subir une tragédie personnelle, ce que Dieu nous réserve n'est jamais complètement discernable.

— D'après vous, c'est la main divine qui a frappé votre femme ?

Il a souri.

— Je vois que vous connaissez bien l'Ancien

Testament. Je ne sais pas si Dieu est une puissance immanente qui voit tout, sait tout, contrôle toutes les inflexions de notre destinée. Ma conception de la foi est plus complexe que cela. C'est l'acceptation de l'existence de forces qui sont au-delà de l'ici et maintenant. L'aspiration à une structure éthique qui nous permette de nous améliorer tous. La nécessité d'assumer le mystère fondamental de l'univers, de la vie elle-même. Montaigne, qui invitait ses contemporains à reconnaître ce mystère, n'a-t-il pas dit qu'à la fin nous sommes tous responsables de nos actes ?

— Existentialiste avant la lettre.

— Mais croyant, aussi.

— Je conçois très bien que l'on puisse embrasser la foi sans cesser d'être un être pensant.

— Mais vous-même, vous n'avez jamais pu y arriver ?

— Oh, j'en ai à revendre, de la foi… la foi dans l'impératif d'aller de l'avant. Et hier, en contemplant le Sahara, j'ai été étreinte par une émotion complètement panthéiste : Dieu manifesté dans la splendeur du monde. Seulement, je n'arrive pas à appréhender qui Il est, et je ne me vois pas tomber à genoux en Le priant de me rendre mon mari. J'aurais l'impression de parler toute seule, à vrai dire.

— Il n'empêche que je prierai pour vous ce soir.

— Merci, c'est très gentil à vous, et j'aimerais pouvoir vous rendre la pareille. J'espère simplement que ce voyage dans l'indicible procure une certaine consolation. Je me rappelle une réflexion de ma mère, après la mort de mon père : « Le deuil a ses voies impénétrables, lui aussi. »

— C'est une « terre inconnue ». « *Niemandsland* », comme nous disons en allemand. Semblable au monde qui commence juste après les murailles de cette ville. Je reviens aujourd'hui de deux journées passées dans les dunes. Malgré les supplications du directeur de l'hôtel, qui m'enjoignait d'engager un chauffeur-guide, j'ai loué un 4 × 4 et je suis parti droit devant, en solo. Il le fallait.

— Même si c'était dangereux ?

— Ça l'était, oui. Les pistes sont à peine visibles, et on risque toujours de s'ensabler. Bien entendu, l'hôtel aurait alerté qui de droit si je n'étais pas rentré mais tout de même, deux jours sous le soleil implacable de juillet, c'était quelque chose. Et si j'avais épuisé ma réserve d'eau... Il paraît que mourir de soif est une expérience atroce.

— Et que tentiez-vous de prouver, en vous lançant dans le Sahara tout seul ? Vous vouliez entrer en communication avec Dieu ?

Il a retiré ses lunettes et s'est frotté les yeux.

— Je voulais faire face à ma solitude.

— La solitude devant le deuil ?

— Oui, mais aussi devant Dieu. Et au fait que j'ai finalement compris son impuissance à m'apporter les réponses dont j'ai tant besoin.

— Et malgré cela, vous croyez encore ?

— Bien sûr. Ce n'est pas par habitude, ni par asservissement aux rites, bien que je continue à découvrir des trésors dans la liturgie ecclésiastique. Si je crois toujours, c'est pour me permettre de rester ouvert à l'énigme fondamentale de la vie. Qu'est-ce que nous appelons « réalité » ? Et qu'est-ce qu'un mirage ? Pourquoi passons-nous notre vie à tenter de distinguer entre les deux ? Et si la mort n'est que la fin de l'état conscient, de notre moi physique... quel sens ça a ?

— C'est *le* mystère, ai-je approuvé.

Il a jeté un coup d'œil à sa montre.

— Ah, j'ai promis à Horst, mon fils, d'être sur Skype à minuit, 1 heure du matin chez lui. Il est en plein divorce, en ce moment, il dort peu et il a du mal à accepter que sa femme ne l'aime plus. Il n'a que trente-deux ans, leur fille, deux. Il n'était pas heureux dans ce mariage mais il a choisi de s'abandonner à une immense tristesse. Je peux le comprendre : ce choix, je l'ai fait aussi, à certains moments difficiles.

— Vous semblez être un très bon père, pour l'appeler si tard…

— Être parent, ça ne s'arrête jamais. Vos enfants le restent pour toujours, leur vulnérabilité requiert sans cesse votre attention, leur lutte pour forger quelque chose qui ressemble à du bonheur… ou pas.

— C'est un rêve qui est terminé, pour moi. D'être mère.

— Ne dites pas ça.

— J'ai eu quarante ans en octobre.

— Avec les progrès de la médecine, vous avez encore le temps.

— J'aimerais pouvoir le croire.

— Nous avons eu un échange d'une rare profondeur, Robyn. Et qui résonne particulièrement, ici, dans le désert. Merci.

— C'est moi qui devrais vous remercier. Pour m'avoir écoutée.

— Vous m'avez entendu, vous aussi. Le croyant que je suis est enclin à penser que nous avons été réunis ce soir pour une raison précise. Pour nous rappeler que, même dans l'affliction et l'isolement les plus extrêmes, quelqu'un peut toujours survenir en ce monde qui prouve que personne n'est vraiment seul.

— Belle formulation. Me permettez-vous encore une question ? Si vous priez pour moi cette nuit, qu'allez-vous demander ?

— Je vais demander à Dieu de vous accorder la force de comprendre que, en essayant de sauver votre mari de lui-même, vous tentez aussi de vous préserver du malheur qu'il a engendré. Ce que vous ne voyez pas encore, c'est que vous voulez le sauver pour être en mesure d'avoir le choix de le quitter. Et il vous reste encore à assimiler ceci : votre culpabilité est injustifiée. Elle ne sert qu'à dissimuler une vérité que vous refusez de regarder en face : le fait qu'il ne vous mérite pas.

J'ai saisi mon verre pour en vider le fond.

— J'ai une dernière question, Dietrich : quand vous avez été si seul et si vulnérable dans le désert, Dieu vous a parlé ?

— Bien entendu.

— Puis-je savoir ce qu'il vous a dit ?

— Mais oui. Il m'a dit : « Retourne en lieu sûr. »

— C'est un bon conseil.

Dietrich s'est levé.

— Je prends l'autobus de 8 heures demain matin, si vous avez envie d'un compagnon de voyage jusqu'à Ouarzazate…

— Je dois attraper celui de 5 heures.

— Voyons, vous êtes épuisée !

— Je le suis, mais il y a un vol direct pour Paris dans l'après-midi et le premier bus du matin me permettra d'arriver à temps.

Je me suis mise debout à mon tour, et quand j'ai avancé ma main pour serrer la sienne il s'est rapidement incliné dessus. Un parfum de vieille Europe au cœur brûlant du Sahara.

Quelques minutes plus tard, dans ma chambre où le climatiseur luttait vaillamment contre la chaleur persistante, j'ai repensé au sage conseil que Dietrich avait reçu du Créateur alors qu'il s'était risqué loin dans le vide saharien : « Retourne en lieu sûr. »

Ouvrir mon ordinateur portable, chercher la connexion, aller sur le site de voyages que j'avais mis en favori ; en quelques clics j'ai réservé trois vols le lendemain : Ouarzazate-Paris à 14 heures, Paris-Boston à 19 heures avec arrivée à 20 h 30 grâce au décalage horaire, et une dernière correspondance, serrée mais faisable, Boston-Buffalo à 21 h 45. Le prix de cet itinéraire de dernière minute était aberrant, mille sept cents dollars en classe économique. Tant pis, l'argent comptait peu. Il était temps de m'extirper de toute cette folie et de retourner à la maison. Ensuite, j'ai envoyé un message marqué « urgent » à Morton : « J'espère que vous avez votre BlackBerry sur vous. Inutile de venir m'attendre à l'aéroport de Buffalo, je suis encore au Maroc, je vous raconterai tout d'ici peu. »

Incroyable, ce par quoi j'étais passée en une journée, mais quand le fil narratif d'une vie s'emballe… J'étais moins stressée à présent, et ce dîner avec Dietrich m'avait beaucoup éclairée. Un tournant était en train de se produire : j'abandonnais le navire naufragé, je regagnais mon pays. J'avais pris une décision cruciale et maintenant je pouvais me laisser aller dans les bras de Morphée. Pour quatre courtes heures.

Il faisait nuit noire lorsque je me suis réveillée ; la lune brillait encore quand j'ai quitté l'hôtel et que je me suis engagée dans la pente escarpée. La station d'autocars étant tout près, j'avais compté quinze bonnes minutes de battement avant de devoir m'enfermer dans une autre guimbarde poussive.

Sur le terre-plein, j'ai aperçu deux silhouettes adossées à un mur, deux bouts de cigarette rougeoyants. Des ombres se sont mises en mouvement vers moi. Aux casquettes de base-ball luisant dans la pénombre, j'ai reconnu les deux jeunes qui m'avaient importunée à ma descente du bus.

— *Hello, pretty lady*, a sussuré le plus agaçant des deux tandis que son comparse se plantait devant moi comme s'il avait l'intention de me barrer le chemin.

Décelant une menace dans leur attitude, j'ai adopté un ton dégagé :

— Vous êtes des lève-tôt, je vois…

— On voulait dire au revoir.

— Ah. Au revoir, alors.

Tandis que je tentais de les contourner, j'ai remarqué que son ami tenait une petite bouteille dans une main, un chiffon dans l'autre. J'ai pressé le pas mais le premier a fondu sur moi sans crier gare, bloquant mes deux bras dans mon dos. Au moment où j'ouvrais la bouche pour appeler à l'aide, l'autre m'a plaqué le chiffon dessus. Une odeur écœurante a envahi mes narines. Je me suis débattue, lançant des coups de pied dans le vide, essayant de me libérer. La pression du tissu sur mon visage s'est accentuée tandis qu'on m'attrapait par les cheveux et me tirait la tête en arrière.

« Ce n'est pas vrai, dites-moi que ce n'est pas vrai… »

Et ensuite, le trou noir.

20

Quand mes yeux ont retrouvé la lumière, j'aurais voulu tomber à nouveau dans le noir. Car redevenir consciente revenait à devoir considérer une mort imminente.

Je n'étais nulle part. Seulement secouée, projetée de droite à gauche. J'avais l'impression que ma tête allait exploser, la substance chimique que j'avais été obligée d'inhaler – du chloroforme ? – avait déclenché une migraine intense et une nausée latente. Vomir, cependant, était inenvisageable puisqu'un chiffon me bâillonnait la bouche. Je risquais la suffocation. Et bouger m'était impossible car j'avais les mains attachées aux chevilles. J'ai refoulé mes haut-le-cœur.

J'avais été jetée sur la plate-forme d'un pick-up ou d'un camion à ridelles. Il faisait encore nuit, mais l'aube commençait à fendre le ciel noir. Lorsque je suis parvenue à me redresser sur les genoux un moment, je n'ai entrevu que le vide autour de moi, avant qu'une ornière me propulse à nouveau contre le plancher sale et rouillé du véhicule.

On m'entraînait dans le désert. Je savais ce qu'ils allaient me faire une fois qu'ils m'auraient emmenée

loin de toute civilisation. Et, après m'avoir violée
– à deux contre une, je n'avais aucune chance d'y
échapper –, ils me tueraient, enfouiraient mon cadavre
dans le sable et regagneraient leur chantier à temps
pour la nouvelle journée de travail, comme si rien ne
s'était passé. Quand ma disparition serait finalement
signalée, quelles traces resterait-il pour me localiser ?
J'ai aperçu mon sac à dos du coin de l'œil. Il avait
été jeté sur la plate-forme, à côté d'un jerrycan en
plastique dans lequel clapotait un liquide, assurément
de l'essence.

« Ils vont me violer ; et ensuite, m'étrangler ; et
ensuite, se servir de ce bidon pour brûler mon corps
et enterrer les restes dans le sable… »

Je me suis mise à hurler. J'ai hurlé malgré le bâillon. Hurlé comme une folle. Avec l'espoir absurde
que quelqu'un pourrait m'entendre. J'ai hurlé de rage,
de terreur, de révolte.

J'ai essayé de me défaire de mes liens, mais mes
mains étaient attachées si serrées qu'il m'était impossible ne serait-ce que de desserrer un peu le nœud.
Sans même parler de le couper avec un couteau. J'ai
quand même tiré, me servant de mes doigts engourdis
pour essayer de défaire le lien. À chaque tentative, la
corde me cisaillait encore un peu plus la chair.

« Ce n'est pas vrai, dites-moi que ce n'est pas
vrai… »

Mais si. Le jour commençait à se lever et j'étais
à peu près certaine que ce n'était maintenant qu'une
question de minutes. Ce devait être leur plan : me
violer et m'étrangler avant le lever du jour. Brûler
mon corps, enterrer les restes, reprendre la route…

Je luttais et luttais encore. Mes cris étouffés se sont

transformés en sanglots désespérés à mesure que je prenais pleinement conscience de la situation : il n'y avait aucune issue. J'allais mourir. Et avant que cela n'arrive, ils me feraient subir la pire des dégradations. Et je ne pouvais rien faire.

Le camion a commencé à ralentir avant de s'arrêter complètement. Ils ont coupé le moteur et j'ai entendu les deux portières claquer. Des bruits de pas, puis une voix :

— On a bien dormi, jolie dame ?

Il est monté à l'arrière et s'est penché sur moi pour me caresser les cheveux. Quand je me suis contorsionnée pour tenter de lui échapper, il m'a décoché une gifle sur l'oreille gauche. L'effet a été immédiat : une douleur atroce, comme si mon tympan venait d'éclater. J'ai hurlé, et cette fois un poing s'est abattu sur ma joue, si fort que j'ai perdu connaissance. Lorsque j'ai repris mes esprits, mon visage irradiait de douleur. Et cette petite ordure brandissait un couteau devant mes yeux. Il m'a saisie par les cheveux.

— Tu résistes encore et je te troue la peau, a-t-il sifflé. Je te tranche les seins, peut-être le nez. Tu veux ça, sale pute ?

Comme je faisais signe que non, affolée, son expression meurtrière a été remplacée par un large sourire presque aussi menaçant.

— Tu me fais des problèmes et ça va très mal pour toi. Tu m'en fais pas et tu seras très contente. Compris ?

Il m'a encore tirée par les cheveux pour souligner ses paroles. Éperdue, j'ai acquiescé de la tête plusieurs fois.

— Bonne fille, va...

Il s'est adressé en arabe à son comparse, qui à son tour a grimpé sur la plate-forme, lui aussi un couteau à la main.

— Mon copain va couper tes cordes. Tu ne vas pas te débattre, hein ? Bien, bien…

Quand mes poignets ont été libérés, le sang a afflué dans mes mains avec une force qui m'a surprise. Nouvelle gifle sur l'autre oreille à cause de ce mouvement involontaire.

— J'ai dit, tu bouges pas ! a maugréé la petite ordure.

— Pardon, pardon, ai-je bredouillé à travers le bâillon.

— Dis-moi que tu veux, a-t-il demandé en baissant la voix, me frappant encore parce que j'avais tressailli. Dis-le-moi !

— Oui… oui. Je veux…

— Tu bouges, tu es cuite.

S'aidant de la corde toujours accrochée à mes chevilles, il m'a traînée au bord du plateau d'où il a sauté d'un bond. Il a coupé les dernières entraves puis il s'est escrimé sur la ceinture et la fermeture Éclair de mon pantalon avant de me l'arracher, faisant venir ma culotte avec. Dans la pénombre, j'ai tâtonné en arrière à la recherche d'une arme quelconque. Mes doigts se sont refermés sur le bouchon vissé du jerrycan. Le type s'était maintenant positionné entre mes cuisses, jean baissé, le sexe dressé.

— Tu vas résister ? a-t-il grogné en s'abattant sur moi.

J'ai secoué la tête de droite à gauche, voyant au passage que son comparse se tenait maintenant un peu plus loin de nous. Il avait replié son couteau et tentait nerveusement d'allumer une cigarette avec son briquet, apeuré mais attendant son tour. Ma main droite toujours sur le bouchon, j'ai posé la gauche sur le bras de mon agresseur, caressante, un geste qu'il a pris pour une invitation et une capitulation, ce qui lui a donné un sourire satisfait.

— Tu as envie de moi, hein ?

J'ai hoché la tête. Le bout de son pénis frottait contre mon sexe, cherchant à me pénétrer.

— Ouvre-toi, a-t-il ordonné.

Je l'ai entendu qui crachait dans sa paume puis j'ai senti sa main sur mon sexe. Une poussée de ses reins et j'ai cru être déchirée. Une agonie. J'ai réprimé un hurlement de souffrance. Il avait fermé les paupières et commençait à donner de violents coups de boutoir. Ma main gauche sur son bras, j'ai fait mine de répondre à ses assauts en roulant des hanches tandis que, de la droite, je m'escrimais à dévisser le bouchon. Au moment où ses gémissements s'accéléraient et où son pénis se raidissait encore plus à l'approche de l'éja-culation, j'ai senti un petit filet d'essence s'échapper sur le bout de mes doigts.

Je lui ai alors caressé le visage. Il a rouvert des yeux extasiés et j'y ai aussitôt enfoncé mes doigts. Du sang a jailli, il a lâché un glapissement affreux et s'est rejeté en arrière. Déjà, je saisissais le bidon et je l'aspergeais avec. Il a chancelé, fait quelques pas et il est tombé à genoux, se tenant la tête, hurlant de douleur alors que l'essence attaquait les blessures que je lui avais infligées. Bondissant sur le sol, j'ai arra-ché la cigarette de la bouche de l'autre garçon et je l'ai jetée en direction de mon violeur. Il y a eu une

308

sourde déflagration, suivie d'un geyser de flammes. Le tout n'avait pas duré plus de trois secondes.

Aux cris affreux du violeur prisonnier du brasier se sont ajoutés ceux de son complice, d'abord de surprise, puis de panique quand il s'est rendu compte que je me précipitais sur lui. J'ai réussi à lui griffer une joue avant que son poing ne m'atteigne en pleine face. Je me suis écroulée. De toutes ses forces, il m'a décoché un coup de pied à la tête.

À nouveau, j'ai sombré.

21

C'est la fournaise du désert qui m'a ramenée à la vie, au risque de terminer ce que ces deux garçons avaient commencé et me tuer.

Quand je suis revenue à une relative conscience, la sensation de chaleur et une douleur omniprésente dans mon corps m'ont envahie. Le crâne en ébullition, la pommette fracturée, les lèvres fendues, cet écho insupportable qui continuait dans mon oreille… Je suis restée un instant les yeux fermés, la tête entre les mains.

J'ai voulu me relever. Impossible. Je suis retombée à genoux. Le sable était comme une plaque brûlante, me forçant à me remettre debout. Et là, je l'ai vu. Ou plutôt j'ai vu ce qui restait de lui. Encore à genoux, noirci par les flammes qui avaient dévoré la moitié de son visage, laissant l'autre presque intacte. L'un de ses yeux avait jailli de son orbite et pendait dans le vide.

Je me suis détournée et j'ai vomi, prise de spasmes d'une telle violence que j'ai perdu l'équilibre. De nouveau, la brûlure du sable sur ma peau m'a contrainte à me relever. Tout me revenait, maintenant, dans les moindres abominables détails. Depuis mon enlèvement jusqu'à l'instant présent. Tout ce qu'ils m'avaient fait.

Tout ce que j'avais fait, et dont la preuve repoussante était devant moi.

La nausée ajoutait à ma soif dévorante. Combien de temps étais-je restée sous ce soleil impitoyable ? Machinalement, j'ai regardé mon poignet, songeant que le survivant m'avait sûrement volé ma montre. Non, la Rolex de mon père était toujours là. 8 h 23, indiquaient les aiguilles à ma vue troublée par l'intense réverbération et les contrecoups de la commotion à la tête. J'ai fait quelques pas et soudain j'ai senti quelque chose de mou sous mon pied nu. Sur le sable ocre se détachaient la culotte et le pantalon blancs qu'il m'avait arrachés avant de me pénétrer. Avant que je l'aveugle et le livre au feu.

Au prix d'efforts et de souffrances indescriptibles, je les ai enfilés sur mes jambes et mes hanches brûlantes. Alors que je ramassais et renfilais mes sandales, j'ai remarqué des traces de roues devant moi, qui formaient un cercle et se perdaient au loin. Il était parti, donc... Après m'avoir terrassée d'un coup de pied à la tête, le salaud avait sauté au volant du pick-up et abandonné son complice aux flammes et moi à des éléments naturels qui allaient m'infliger une mort si monstrueuse que la strangulation aurait peut-être été préférable. Qu'avait dit le pasteur allemand la veille au soir... Dietrich, oui ? Que la déshydratation constituait l'une des fins les plus atroces qui soient. Et c'était ce qui m'attendait, maintenant, car les marques parallèles disparaissaient à l'horizon, englouties par cette immensité beige qui, avec ses cratères et ses dunes fossilisés, faisait penser à la face cachée de la Lune.

En s'enfuyant, il m'avait privée de tout ce qui me conférait une identité et me gardait en lien avec le monde : mon passeport, mes cartes de crédit, le peu d'argent liquide que j'avais encore, mon ordinateur portable, mon billet d'avion ainsi que mes quelques habits et le chapeau qui aurait pu retarder un peu l'insolation. J'étais seule, perdue en plein Sahara, dénuée de tout, sans eau, sans rien.

J'ai risqué un coup d'œil au corps calciné de mon assaillant. C'était le sort qui m'attendait, et il allait me frapper dans quelques heures seulement.

Clouée au sol par l'épuisement et la soif, j'allais connaître une lente agonie sous la boule de feu qui irradiait le ciel, et si on finissait par trouver mon cadavre, celui-ci aurait été soumis à de si graves brûlures que… Non, je ne devais pas y penser. Il fallait essayer de trouver de l'aide, ou un point d'eau, ou… quoi ? Aussi loin que mon regard portait, c'était un vide radical, terminal. Mis à part la trace du véhicule qui s'étendait à…

Mais justement, là était ma chance ! La petite crapule avait fait demi-tour pour repartir vers un endroit peuplé, quel qu'il soit. Il suffisait de suivre le tracé de sa fuite pour… pour mourir, probablement. Car des lieues et des lieues me séparaient d'un semblant de vie, un chemin que, surtout dans mon état, je n'aurais jamais la force d'accomplir.

Les yeux baissés sur les deux lignes au sol, j'ai pourtant commencé à les suivre d'une démarche hésitante, le cerveau embrumé, la vision trouble, avec un besoin de boire lancinant. Je m'obligeais à marcher, prenant les traces pour guide. Sans autre choix. Rester sur place aurait été accepter la mort.

Au bout d'un quart d'heure, chaque foulée devenait une torture, les forces me manquaient déjà. La bouche desséchée par les vomissures et le manque grandissant de salive, la gorge toujours plus serrée… Était-ce ainsi que ça commençait, mourir de soif, par cette lente contraction de l'œsophage déshydraté qui finissait par vous étouffer sans merci ?

La mort. La mienne.

Qui allait remarquer que je n'étais plus de ce monde ? Qui s'en soucierait ? Est-ce que Paul aurait des remords, s'il était encore en vie ? Et à part lui ? Quelques collègues de travail allaient déplorer ma mort, ce serait tout. Quarante ans sur la planète effacés d'un coup, la trace de mon passage aussi éphémère que les marques laissées par mes sandales sur le sable et aussitôt emportées par le vent du Sahara.

J'ai mis un genou à terre, mais cette fois je n'ai pas pu me relever. J'aurais tant voulu en appeler à une miséricorde céleste, prier Dieu de me sauver, mais comment était-ce possible si je continuais à douter de Son existence ? Comment crier : « Ne m'abandonne pas ! Montre-moi la voie pour sortir de cet enfer ! » Mon autre genou a cédé. J'ai fermé les yeux, ma tête près d'éclater. La fin était là. J'ai entrouvert les paupières pour fixer l'astre incandescent qui allait me tuer.

« Que Ton règne vienne. »

Le soleil me dévorait par les yeux.

« Que Ta volonté soit faite. »

J'ai basculé en avant et j'ai quitté le monde. L'obscurité m'a accueillie, non la lumière diaphane d'un paradis, non les portes d'un Éden. Juste le vide béant de l'inconscience.

Je suis restée ainsi jusqu'à… jusqu'à ce qu'une main se referme sur mon épaule. Il y a eu un chuchotement dans une langue que je ne connaissais pas, gagnant en intensité comme si l'on s'était rapproché de mon oreille.

— *Aslama ! Nodi, nodi !*

J'ai ouvert un œil. Ma vue était trouble.

— *Nodi, nodi !*

J'ai essayé d'ouvrir la bouche. Je n'en avais même plus la force. Amorphe, j'étais incapable de réagir à la main qui me secouait l'épaule, à la voix claire qui répétait encore, plus fort maintenant :

— *Aslama ! Nodi, nodi !*

Une petite voix.

J'ai ouvert un œil et j'ai réussi à discerner une frêle silhouette vêtue d'un vêtement flottant, le visage dissimulé par un foulard. La voix, la fragilité de la main qui me secouait. C'était une fillette. Qui était-elle ? Une innocente messagère envoyée pour me guider dans le monde d'après la vie ? Mais pourquoi s'adressait-elle à moi en arabe ?

— *Aslama, aslama... Nodi, nodi !*

« Salut à toi, salut. » Et si je croyais savoir ce que « *nodi* » devait signifier, c'est parce que l'une des femmes d'étage le répétait quand elle tentait de tirer de ses fréquentes siestes le réceptionniste de l'hôtel d'Essaouira. « Réveille-toi, réveille-toi ! » Mais elle ne pouvait espérer plus de moi que cet œil à demi ouvert et le désir de retourner à la sombre vacuité que j'avais si longtemps habitée.

Soudain, j'ai senti quelque chose de liquide sur mes lèvres. La voix cristalline m'invitait : « *Maa, maa... Cherbi !* » Ma bouche s'est ouverte toute seule, laissant le passage à « *maa, maa* ». De l'eau. De l'eau qui s'est lentement frayé une voie à travers ma gorge contractée et m'a rendu un semblant de lucidité. J'étais toujours là, dans le Sahara. Vivante, apparemment. Et de l'eau coulait en moi, et la petite voix disait : « *Bellati, bellati...* »

Et puis j'ai senti un linge recouvrir mon visage, l'obscurité m'a enveloppée et j'ai été à nouveau seule. Jusqu'à ce que la petite voix revienne, avec maintenant deux autres. Des voix d'hommes. « *Cherbi, cherbi !* » Le linge a été retiré de mon visage, une main large et ferme m'a soulevé la tête. Un filet d'eau m'a étranglée mais on m'a redressée et j'ai pu boire, boire avec une avidité maladroite, m'étouffant encore, reprenant mon souffle, recevant la vie par gorgées plus prudentes. J'ai rouvert les yeux. Deux visages d'homme burinés étaient inclinés vers moi mais ils ne me voulaient aucun mal, ils étaient en train de m'arracher à une mort certaine...

On m'a soulevée en m'attrapant par mes membres inertes. Une odeur de bouse ou de crottin. J'étais étendue sur une surface inclinée, des planches disjointes qui s'incrustaient dans mon dos et qui ont craqué quand quelqu'un est venu près de moi. Une petite fille au sourire adorable m'a pris la main et l'a gardée dans la sienne. Le bruit sec d'un fouet, un braiment d'âne, et le monde s'est mis à tanguer doucement.

J'ignore combien de temps j'ai basculé une nouvelle fois dans le néant. À mon réveil, il y avait dans mon champ de vision des lueurs flottantes de bougies, deux lampes à pétrole brillant faiblement sur un fond pelucheux, et le profil d'une vieille femme, ciselé comme sur une frise de l'Antiquité, qui s'est animé quand je me suis ébrouée.

— *Allahou Akbar !*

Bien qu'étouffée, l'exclamation m'a fait sursauter. Je n'ai pas eu la force de me redresser, d'autant qu'une main me pressait maintenant sur ma couche, celle d'une femme beaucoup plus jeune, radieuse, d'une beauté presque douloureuse après les hideux abysses d'où j'émergeais à peine.

— *Hamdoulillah !*

Quand la jeune femme a effleuré mon visage, une douleur fulgurante m'a arrachée à ma prostration. La plus âgée a énoncé avec autorité ce qui ressemblait à des instructions et j'ai bientôt senti un baume à l'odeur apaisante sur ma joue. Encore hagarde, j'ai tardé un moment avant de réaliser que j'étais étendue sur un lit de sangles et que, hormis un tas de linge blanc maculé de sang amoncelé entre mes cuisses, j'étais pratiquement nue. La vue de ces taches rouges m'a ramenée d'un coup à l'arrière de ce camion, à l'homme penché sur moi, à mon corps déchiré.

J'ai été prise de frissons. La plus jeune des deux femmes s'est tout de suite rapprochée de moi, m'enlaçant, me murmurant des paroles de consolation en arabe. L'autre est revenue avec une tasse dans laquelle un breuvage brunâtre dégageait une forte odeur d'herbes et d'épices. Soutenue par la plus jeune, j'ai bu l'infusion douce-amère. Ses pouvoirs calmants devaient être extraordinaires car je me suis endormie en quelques minutes.

Quand je me suis réveillée, il faisait déjà jour. Je me sentais encore très faible et le tintement dans mon oreille ne me laissait pas de répit. J'ai essayé de me redresser, en vain. Mon regard embrumé a erré autour de la tente. La fillette, qui dormait sur un petit matelas plus loin, s'est levée d'un bond et a couru à moi. Bien qu'encore ensommeillée, elle m'a souri gaiement et je me suis efforcée de lui rendre un sourire.

— *Tu parles français ?* ai-je murmuré mécaniquement.

Elle a fait non de la tête avant de s'en aller d'un pas dansant, revenant bientôt avec la très jolie jeune femme que j'avais vue… Quand ? La veille ? Combien de temps s'était-il écoulé depuis que ces inconnus m'avaient sauvée, me tirant des griffes du désert ?

— Aslama, m'a dit la nouvelle venue avec un adorable sourire.

Se cramponnant à sa djellaba, la petite fille m'a dévisagée avant de lancer comme en une explication :

— *Mema !*

— Ta mère ?

Elles se sont dévisagées, partageant leur perplexité. J'ai tenté une version phonétiquement plus compréhensible.

— Ta maman ?

Elles m'ont adressé un sourire radieux, toutes les deux, mais la petite fille a eu un brusque accès de timidité et s'est réfugiée derrière sa « *mema* ».

— Pas de problème… ai-je dit en essayant de sourire en dépit de mon extrême faiblesse.

La mère a dit quelque chose à sa fille, qui s'est précipitée hors de la tente. J'avais la sensation que ma vessie était sur le point d'éclater. Pendant nos cours, Soraya m'avait appris quelques expressions en arabe qui pourraient m'être utiles pour ma vie quotidienne à Essaouira. Je me suis rappelé celle dont j'avais tant besoin :

— *Wein bit el maa ?*

« Où sont les toilettes ? » La jeune femme a eu l'air ravie que j'aie posé cette question dans sa langue, elle m'a répondu par un flot de paroles puis, constatant que je ne comprenais pas, m'a fait signe de patienter.

Elle est allée prendre une longue djellaba noire au fond de la tente et s'apprêtait à me la passer quand la vieille dame a surgi. Après avoir demandé des explications à la plus jeune, elle a hoché la tête et m'a attrapée de ses mains osseuses mais pleines de force. Pendant qu'elle me soutenait à la verticale et veillait à ce que je ne baisse pas les yeux sur la partie inférieure de mon corps, la jeune femme et la fillette se sont hâtées de retirer bandages et pansements. Ensuite, elles m'ont enfilé la djellaba, rêche sur ma peau nue, et la vieille m'a désigné d'un doigt l'épais voile noir qu'elle voulait que je mette, expliquant – d'après ce que j'ai saisi de ses gestes et mimiques – que les toilettes étaient dehors et que je devais me couvrir avant de quitter la tente. Lorsqu'elle l'a elle-même drapé sur ma tête, je me suis sentie comme un cheval affligé d'œillères : toute vision périphérique supprimée, je ne voyais plus le monde qu'à travers une mince fente horizontale.

Pas facile de mettre un pied devant l'autre avec une burqa. Les trois femmes ont dû m'entourer pour m'aider à marcher, les brûlures sur mes jambes faisant de chaque pas un supplice. Dehors, j'ai dû fermer un instant les yeux dans la lumière aveuglante du désert. J'ai pu apercevoir quelques tentes abritées tant bien que mal par des arbres squelettiques, et l'océan de sable au-delà. Était-ce là ce qu'on appelait une oasis ?

Elles m'ont conduite à une tente encore plus petite. Alors que la fillette commençait à soulever le battant en toile, la vieille femme a soudain ordonné aux autres d'attendre avec moi. Elle est entrée, revenant peu après avec un miroir qu'elle tentait de dissimuler dans les pans de sa djellaba. Mon cœur s'est serré d'angoisse. Elle ne voulait pas que je puisse me voir.

Alors que je tendais la main vers le miroir, elle m'a adressé une réprimande en secouant son index devant elle, telle une mère qui refuse que son enfant fasse un caprice. Ensuite, elle a fait signe à la jeune femme et à la petite fille de m'accompagner à l'intérieur, leur donnant de rapides instructions.

Les toilettes se résumaient à un seau flanqué d'une écuelle remplie d'eau. L'une a relevé ma djellaba, l'autre m'a guidée au-dessus du seau. Le premier jet d'urine m'a provoqué une douleur déchirante au bas-ventre. La jeune femme m'a prise par les épaules pour me réconforter.

Quand j'ai eu terminé, la petite fille a trempé un linge dans l'écuelle et me l'a tendu. J'ai sursauté de douleur au premier contact du tissu mouillé sur mon sexe. Notant la stupéfaction dans mes yeux, la jeune femme m'a serrée plus fort en me prodiguant tout bas des encouragements qui devaient signifier sois patiente, surmonte ta peur et ton désespoir, et tout finira par rentrer dans l'ordre.

Elles m'ont aidée à regagner la tente, puis à me dépouiller des pesants vêtements. Elles m'ont allongée nue sur le lit de camp. La petite fille, qui ne me quittait pas des yeux, me relevait le menton d'un doigt chaque fois que mon regard dérivait vers le bas. J'ai senti qu'on m'appliquait un liquide huileux sur les jambes, une sorte de pommade sur les joues et les tempes. Puis cela a été l'arôme poivré de l'infusion qu'elles m'ont fait boire jusqu'à la dernière goutte. Elles voulaient que je dorme. Parce que quand on dort, on oublie… Alors que je replongeais dans les ténèbres, ma dernière pensée cohérente a été : Est-ce que je vais rester ici à jamais ? Et d'ailleurs, quelle importance ?

22

Peu à peu, j'ai retrouvé la notion du temps. Les heures et les jours avaient jusque-là passé sans que j'en aie vraiment conscience, et c'est grâce à de simples repères que mon existence a repris un cours plus normal : j'avais constaté que ma guérison impliquait de boire l'infusion miraculeuse deux fois par jour, et que celle-ci me garantissait au moins neuf heures de sommeil ininterrompu à chaque reprise. Le plus remarquable, dans cette « tisane », c'est que tout en se révélant un puissant somnifère elle me laissait les idées claires au réveil.

« Idées claires » était sans doute une bien grande expression, dans mon cas. Les palpitations et les bourdonnements qui continuaient à faire résonner mon crâne prouvaient que les brutalités subies avaient sérieusement endommagé mon oreille interne, et peut-être une partie du système nerveux. J'ai compris seulement plus tard pourquoi l'aïeule qui m'avait prise en charge tenait tant à ce que je dorme si longtemps : le sommeil permettait à mon cerveau de se remettre de ses lésions.

Elle s'appelait Titrit. La belle jeune femme qui était restée à mon chevet aux pires moments, Aïcha, était sa fille. Et la fillette qui m'avait découverte inanimée dans le désert, elle-même l'enfant d'Aïcha, avait pour prénom Naïma. Tout cela, je l'ai appris – enfin, assimilé – le premier jour où Titrit a décidé d'assouplir ma cure de sommeil. Comme elle ne m'avait pas donné l'infusion habituelle ce matin-là, j'ai senti dans l'après-midi que la lucidité me revenait peu à peu. Après tout ce temps passé ensemble, j'ai décidé que les présentations étaient nécessaires.

— Je m'appelle Robyn, ai-je commencé en accompagnant mes paroles de force gestes. Et vous ?

La petite a tout de suite compris. Elle m'a nommé sa grand-mère et sa mère en les montrant tour à tour du doigt puis, de sa voix cristalline qui me ravissait chaque fois, elle a annoncé fièrement en se désignant elle-même :

— Naïma !

Titrit lui a fait les gros yeux, comme pour l'avertir qu'une telle exubérance n'était tolérée qu'en raison de son très jeune âge. Aucunement intimidée, pourtant, Naïma a répété avec délice le geste de félicitation que je lui avais adressé, levant son pouce droit en l'air à plusieurs reprises. Pendant qu'Aïcha l'encourageait en riant et en tapant dans ses mains, Titrit les a ramenées au calme d'un regard impérieux. Par signes, elle m'a fait comprendre qu'elle voulait que je me lève et me dirige vers elles toute seule, pour la première fois sans aide depuis qu'elles m'avaient recueillie. J'ai obtempéré, les jambes mal assurées. Les deux mètres à peine qui nous séparaient m'apparaissaient comme une distance infranchissable. Voyant que je voulais accélérer le pas pour ne pas perdre l'équilibre, Titrit a levé ses deux mains devant elle, me signifiant qu'il fallait au contraire avancer lentement pour recouvrer progressivement une marche assurée. J'ai suivi son conseil, surveillant chacune de mes enjambées, tentant de surmonter le tournis qui m'avait d'abord assaillie. Parvenue à l'autre bout de la tente, j'ai été récompensée par les applaudissements enthousiastes des deux plus jeunes et un hochement de tête satisfait de la grand-mère.

Pour la première fois, j'ai observé ce qui avait constitué mon univers pendant... une semaine, dix jours, ou plus ? La tente était plantée sur de la terre battue, et non du sable, puisque nous nous trouvions dans une oasis. Un tapis à poil ras au centre. Dans un coin, le lit de camp sur lequel j'avais passé toutes ces heures comateuses. Une lampe à pétrole suspendue à un poteau. Deux seaux, l'un pour les ablutions, l'autre rempli d'eau potable. Deux tabourets bas pour les invités. Un espace plus que modeste mais que je me sentais maintenant fière d'avoir pu traverser par moi-même.

Épuisée par cet effort, j'ai dû m'asseoir sur l'un des tabourets pour souffler et surtout recouvrer mes esprits. Titrit a posé une main sur le sommet de mon crâne en la faisant osciller de droite à gauche, ce que j'ai interprété ainsi : « Ta tête n'est pas encore entièrement remise, les vertiges vont continuer, il te faut de la patience... » Puis elle m'a fait signe de me lever et a demandé à Aïcha et Naïma de m'aider à me dépouiller de la chemise de nuit blanche dans laquelle j'avais dormi. Mes jambes et mes cuisses restaient enveloppées de linges imprégnés d'une huile aux puissants effluves d'herbes médicinales. Le bandage protégeant mon bas-ventre avait été changé chaque jour mais, bien que les saignements aient cessé, Titrit avait continué à m'enduire régulièrement les lèvres et l'intérieur du vagin d'un onguent qui devait être de sa fabrication, procédant à des soins aussi intimes avec le plus grand naturel.

La vieille femme a dû estimer que le moment était maintenant venu que je regarde en face les séquelles de ce qui m'avait été infligé… ou peut-être les progrès de la guérison. Alors qu'elles déroulaient les bandes autour de mes jambes, j'ai instinctivement détourné le regard. Maintenant que je revenais plus ou moins à la vie, la dernière chose que je souhaitais, c'était voir à quel point j'étais défigurée. Parce qu'il faudrait alors me poser la question de ce que serait mon existence une fois que j'aurais quitté cette tente, de ma capacité ou non à retrouver ce qui avait été pour moi la normalité. Est-ce que je le voudrais seulement, si je me retrouvais défigurée et infirme ?

Avec la sagesse due au grand âge, Titrit s'est immédiatement aperçue de ma réticence et de mon appréhension. Jugeant sans doute qu'il valait mieux vaincre le mal par le mal, elle est sortie une minute pour revenir avec un miroir rectangulaire. Entre-temps, Aïcha et Naïma avaient fini de me dénuder. Imaginant trop bien ce que la longue exposition aux féroces rayons du soleil avait pu infliger à mes membres inférieurs et à mon visage, je me suis raidie. Titrit m'a incliné la tête vers le bas avec une douce fermeté. Mes cuisses étaient marquées de zébrures rougeâtres, certaines profondes, d'autres commençant juste à s'estomper, traces de brûlures qui striaient également mes mollets. Le pire, cependant, était les étranges et minuscules taches, certaines rouges, d'autres grises, que l'on voyait partout, en particulier sur ma cuisse droite.

— Qu'est-ce que c'est ? ai-je bredouillé en montrant

ce qui ressemblait à une éruption particulièrement virulente.

Titrit a fait mine de plonger les bouts réunis de son pouce et de son majeur dans ma chair pour simuler une piqûre d'insecte, trouvant même dans sa mémoire le mot en français :

— *Puces*.

J'avais lu de nombreuses mises en garde contre ce fléau du désert dans les guides touristiques que j'avais consultés avant notre départ, mais leur morsure sur mes jambes était pire que ce que je pouvais imaginer. Titrit a cherché à me rassurer en me faisant comprendre que les taches finiraient par disparaître avec le temps.

— Et les brûlures, là ?

À nouveau, par gestes, elle m'a recommandé la patience avant de me prendre par l'épaule et de prononcer un seul mot, ses yeux dans les miens :

— *Chadjah !*

Devant ma mine perplexe, elle m'a touché le front, puis le cœur, puis m'a relevé le menton avec son index.

— *Courage ?* ai-je tenté en le prononçant à la française.

Aussitôt, Aïcha a hoché la tête plusieurs fois, puis elle a expliqué quelque chose à Titrit qui a levé un doigt sentencieux devant moi, telle une maîtresse d'école.

— *Chadjah*, a-t-elle répété.

Singeant à la perfection sa grand-mère, Naïma s'est mise à scander « *Chadjah, chadjah, chadjah !* » en me montrant du doigt, une pantomime qui a arraché un sourire même à la sévère Titrit. Puis cette dernière a placé le miroir en face de mon sexe et m'a obligée à constater de mes propres yeux que les grandes et les petites lèvres avaient retrouvé leur apparence habituelle.

Ensuite, elle a demandé à Aïcha de lui apporter le pot d'onguent avec lequel elle m'avait soignée, elle m'a fait écarter un peu les jambes et, avec deux doigts enduits de cette décoction d'herbes, elle a entrepris d'explorer mon intimité. Une fois encore, j'ai été impressionnée par le naturel avec lequel elle accomplissait cet examen, mais aussi par le fait que, loin de congédier Naïma de la tente, elle laissait sa petite-fille s'approcher et regarder. L'absence totale de pruderie, la solidarité féminine qui s'exprimait là sans grandes déclarations étaient à la fois déconcertantes et profondément rassurantes. Surtout dans mon état de fragilité psychologique. Et à voir Naïma observer sans nulle honte cette exploration vaginale menée pour mon bien – mais sans qu'on lui ait donné la sinistre raison pour laquelle elle était nécessaire, j'en étais sûre –, je me suis sentie presque réconfortée, comme si cela démystifiait la chose. L'absence de douleur m'a prouvé que l'onguent de Titrit avait opéré des miracles. Sa vérification terminée, elle a levé le pouce à mon intention – elle aussi avait donc adopté ce geste – et d'un mouvement elle a indiqué que toutes les blessures internes étaient guéries.

Et maintenant, ma figure. Ce que je redoutais le plus. Qui a dit que le visage est le reflet de l'âme ? Si tel était le cas, la mienne devait être encore abîmée, ravagée… Lorsque Titrit a levé le miroir en face de moi, j'ai vu du coin de l'œil que sa fille tressaillait, comme si elle s'attendait à une réaction désespérée de ma part dès que je me verrais. Alors, j'ai fermé brièvement les yeux, j'ai pris mon courage à deux mains et…

D'abord, les plaques de peau brûlée sur le front, les joues, le menton, et une profusion de ces mêmes points rouges ou gris qui prouvaient que les puces s'en étaient donné à cœur joie. De nouveau ce geste rassurant de Titrit : rien de tout cela n'était permanent. Par contre, la tache violette qui couvrait ma pommette gauche jusqu'à se fondre dans le cerne foncé sous mon œil semblait… indélébile. Du même côté, l'oreille restait boursouflée, et mes lèvres craquelées me donnaient une apparence malsaine, pour tout dire repoussante.

Je me suis détournée du miroir, essayant de réprimer un sanglot. En vain. J'étais devenue un monstre de foire, une curiosité frappée par un sort dont les stigmates ne s'en iraient jamais. Mais mon image, déjà accablante en soi, avait aussi ranimé le souvenir de l'agression monstrueuse dont j'avais été victime – et de la folie qui avait été la mienne en me lançant à la recherche d'un homme dont la lâcheté aurait dû suffire pour que je lui retire mon amour.

Lorsque je me suis effondrée, Aïcha s'est précipitée vers moi pour me réconforter, mais Titrit n'était pas près de tolérer que je m'apitoie ainsi sur moi-même. Elle m'a littéralement arrachée à sa fille et s'est lancée dans un sermon dont je comprenais le sens sans en comprendre les mots et qu'elle ponctuait de mouvements furibonds de son doigt crochu. En dépit de la barrière de la langue, je saisissais ce qu'elle voulait me dire : « Assez de pleurnicheries ! Le passé est le passé ! Tu as survécu ! Tu peux marcher, alors avance, avance ! Tes cicatrices se refermeront, la plupart d'entre elles disparaîtront, d'autres non, et alors ? Nous sommes tous marqués par la vie. Tu dois te préparer à revenir à ta vie, à embrasser ton avenir. À avoir des enfants, à connaître le bonheur. Mais pas de crises de larmes ici ! Je ne le tolérerai pas, tout simplement parce que tu vaux mieux que ça. Compris ? »

Sa tirade avait été si véhémente que Naïma est allée se cacher dans les jupons de sa mère. Je suis restée là, tête basse, comme une enfant qui vient de se faire passer un savon mais qui perçoit instinctivement qu'elle l'a mérité. Je n'avais pas d'autre choix que de laisser mon horrible expérience derrière moi.

Pour autant, la formidable Titrit n'était pas disposée à me laisser reprendre ma route sur-le-champ. Comptant sur ses doigts jusqu'à quatorze, elle m'a indiqué qu'elle pourrait éventuellement me renvoyer dans le monde dans deux semaines. Ce qui m'a contrainte à aborder le sujet qui me tourmentait depuis le début : à la suite du viol, j'avais perdu toutes mes affaires, dont mon argent liquide. Je n'avais plus rien. Après avoir déchiffré mes gesticulations, elle a haussé les épaules pour dire ce que j'ai compris comme : Et pourquoi tu aurais besoin d'argent, ici ? Tu es sous notre protection.

— Mais je ne veux pas recevoir votre hospitalité, tous les soins que vous me prodiguez, sans rien vous donner en retour.

Son aisance à lire mes pensées sur mes lèvres, dans mes intonations et mes mouvements était sidérante. Sa réplique en arabe, ou du moins ce que j'en ai déduit :

— Arrête avec ça ! Tu es notre invitée, nous allons continuer à te soutenir jusqu'à ce que tu sois complètement rétablie. Et quand tu seras prête, nous trouverons le moyen de te renvoyer chez toi.

Interrompant les remerciements dont je l'abreuvais, elle a levé une main péremptoire qui signifiait « C'est gentil mais… tais-toi, maintenant ! ». Me conduisant par le bras jusqu'à ma couche, elle a ordonné à Aïcha et Naïma d'envelopper à nouveau mes jambes dans des bandages frais.

Les jours suivants m'ont amené une paix relative qui m'a permis de retrouver un semblant d'équilibre. Tous les soirs, vers 20 heures, Titrit me faisait boire une dose de son infusion, augmentée depuis qu'elle avait renoncé à celle du matin, et j'avais maintenant des nuits de onze ou douze heures de sommeil ininterrompu. La plupart du temps confinée dans ma tente exiguë sans rien à lire ni de quoi coucher mes pensées sur le papier, sans aucune des distractions du monde moderne – Internet, deux cents chaînes de télévision, un smartphone sur lequel pianoter inconsolablement ou même un petit poste de radio –, j'étais livrée pour l'essentiel à mes réflexions. Pascal, je crois, a dit que tous les maux de l'être humain viennent de ce qu'il est incapable de rester tranquillement dans la solitude de sa chambre. Alors que le brouillard dans lequel j'avais vécu ces dernières semaines commençait à se dissiper, que la violence du choc laissait place à une sorte d'engourdissement, je me retrouvais sans rien d'autre à faire que d'entamer un bilan exhaustif de ma vie.

Déterminée à me remettre sur pied au sens propre comme au sens figuré, Titrit insistait pour que je mange correctement. J'avais beau serrer au maximum la ceinture du pantalon en lin blanc que j'avais récupéré, il glissait désespérément de mes hanches. Toutes ces journée passées dans un semi-coma à me nourrir de graine de couscous et de légumes m'avaient fait perdre énormément de poids. Aïcha – elle-même dotée d'un solide appétit et de formes généreuses – a immédiatement décidé qu'il fallait que j'engraisse.

Nous étions maintenant en août, d'après mes calculs. Le désert autour de nous grésillait sous la fournaise.

Comme j'étais à présent en mesure de me déplacer toute seule et d'aller dîner sous la tente principale à la nuit tombée, Titrit m'a fait comprendre que j'avais l'obligation de rester voilée dès que je m'aventurais dehors. Et je n'allais certainement pas lui opposer mes convictions féministes. Ces gens m'avaient sauvé la vie. Ils avaient veillé à mon bien-être avec un zèle confondant. Ils me nourrissaient sans attendre la moindre contrepartie financière. Comment aurais-je pu ne serait-ce qu'oser me soustraire à sa demande ?

Grâce aux explications hésitantes d'Idir, le mari d'Aïcha, j'ai compris que le destin m'avait amenée en plein territoire berbère. Idir faisait partie de ceux que Naïma avait été chercher lorsqu'elle m'avait trouvée. D'ailleurs, que faisait-elle toute seule dans le désert ? Je n'ai pas osé poser la question. Le lieu où elle m'avait découverte était peut-être tout proche de l'oasis, une enclave de précaire fertilité protégée par une enceinte en pierres brunes qu'un œil non averti n'aurait pu distinguer au milieu de cette plaine de sable et de rocs.

Idir paraissait nettement plus âgé que sa femme, à moins que la dureté de son labeur au grand air ne l'ait considérablement vieilli, tandis qu'Aïcha, avec sa silhouette juvénile et sa peau d'une merveilleuse douceur, faisait à peine la trentaine. Idir n'était pas un grand causeur, mais il parlait français, en tout cas suffisamment pour que nous puissions nous comprendre. C'est lui qui m'a raconté que les Berbères n'étaient pas une simple tribu mais un grand peuple, présent en Algérie, Tunisie, Libye et même en Égypte. Selon lui, l'épicentre de sa culture se trouvait ici même, au Maroc, et plus précisément au sud de Ouarzazate.

— *C'est notre pays,* m'a-t-il expliqué. *Ils disent*

que le roi à Rabat est notre maître mais pour nous, c'est ici notre royaume.

Le seul autre homme du campement était Immeldine, le mari de Titrit, aussi tanné et endurci par le soleil du Sahara que sa femme. Un fumeur acharné et un grand introverti : au cours de la quinzaine de jours pendant laquelle j'ai dîné tous les soirs avec la famille, je n'ai dû entendre sa voix qu'à deux ou trois reprises. Il passait le plus clair de ses journées à travailler dans le potager et à trier les légumes que son gendre et lui vendaient au marché de Tata, ou à s'occuper des quelques chèvres qui leur procuraient du lait. De leur côté, les femmes tissaient des tapis rudimentaires, brodaient des napperons ou des calottes comme celles qu'Idir et Immeldine portaient en permanence.

— *Elles travaillent bien bien*, m'a assuré Idir, cherchant ses mots en français. *Tous les mois, mon ami Aatif, il prend ce qu'elles font dans son camion et il va vendre à Marrakech. Dernière fois, il nous donne deux mille dirhams ! Tout cet argent d'un coup, jamais vu !*

J'ai pensé à Paul dépensant des sommes folles pour une simple bouteille de vin, et à mon dernier dîner d'affaires dans le meilleur grill-room de Buffalo avant de partir au Maroc, l'addition atteignant les trois cents dollars pour deux convives. Avec deux mille dirhams cette famille pourrait vivre pendant un mois. Et il fallait voir la lueur de fierté dans les yeux d'Aïcha et de Naïma quand Idir avait rendu cet hommage direct à leur labeur…

Un matin, je me suis approchée de leur poste de travail, un carré de tissu attaché à quatre piquets sous lequel elles s'activaient inlassablement sur un métier à tisser antique. Malgré la chaleur démentielle, Titrit était tout en noir, Aïcha dans une tenue plus claire qui ne laissait pour autant pas un pouce de sa chair exposé, seule Naïma, du fait de son jeune âge, ne portait qu'une fine djellaba. Comme j'enviais leur liberté et leur concentration alors que je transpirais à profusion sous mon suaire, désœuvrée. Lorsque j'ai fait comprendre à Titrit que je désirais participer, elle m'a montré comment tirer le fil de chaîne. Je me suis vite retrouvée en nage, proche de la déshydratation, et elle s'est hâtée de me guider jusqu'à ma tente, où j'ai bu de l'eau fraîche tirée du seau qui m'avait été réservé et dont je devais user avec parcimonie. Car si enchanteur que soit le mot « oasis », la sécheresse environnante restait une menace constante. Il était vital de ne pas abuser des modestes ressources de la petite nappe phréatique près de laquelle le campement s'était établi.

Je m'étais aussi aperçue qu'Aïcha se chargeait elle-même de l'éducation de sa fille. Chaque après-midi, elles s'absorbaient quelques heures dans des cours de lecture, d'écriture et de calcul. Un matin, Naïma a bondi dans ma tente au comble de l'excitation : à peine revenu du marché de Tata, son père lui avait offert un grand livre qu'il avait acheté d'occasion. Un Tintin en arabe, dont elle m'a montré la couverture non cartonnée et aux bords un peu usés. J'ai essayé de lui expliquer que j'avais connu les œuvres d'Hergé à peu près à son âge, moi aussi, et que je me rappelais encore les aventures de l'intrépide journaliste belge, de son fidèle fox-terrier et de l'impossible capitaine Haddock. Spontanément, elle s'est assise sur mes genoux et a commencé à me faire la lecture. Charmée par sa voix chantante et par la chaleur de ce petit corps plein de vie contre le mien, j'ai fermé les yeux, le cœur serré à l'idée que je n'éprouverais jamais le bonheur d'être mère. L'émotion était tellement forte que je n'ai pas entendu Aïcha entrer sous la tente. J'ai sursauté, pensant qu'elle n'apprécierait peut-être pas une telle complicité entre sa fille et moi, mais elle m'a adressé un sourire compréhensif et a encouragé Naïma à poursuivre sa lecture.

Quand elle est revenue dans la soirée pour changer mes pansements, elle a posé un doigt sur mon alliance, fait mine de serrer un être invisible contre son cœur et touché sa tempe d'un air interrogateur. Sa manière de me demander : « Où est ton mari ? » J'ai balayé l'air de ma main ouverte pour répondre : « Parti. » Elle m'a regardée avec commisération, puis elle a effleuré mon ventre et dessiné une courbe dans le vide. Étais-je enceinte ? J'ai secoué tristement la tête avant de murmurer :

— Je voudrais un enfant mais…

Sans comprendre l'anglais, elle a certainement saisi ce que je voulais dire puisqu'elle a soupiré :

— *Inch'Allah.*

Si Dieu le veut…

Les jours s'écoulaient lentement. Dans mon état de faiblesse physique et psychologique, pourtant, cette torpeur me convenait très bien. En dehors des repas du soir en famille, de la collation matinale et du déjeuner apportés à ma tente ainsi que de l'heure entière que Titrit et Aïcha consacraient quotidiennement à panser mes plaies, le grand moment de mes journées avait lieu quand Naïma venait me rendre visite en fin d'après-midi. Auparavant, elle avait passé la matinée à aider sa mère et sa grand-mère au métier à tisser, puis étudié sous la direction d'Aïcha. Un jour, alors qu'elle était arrivée en courant à toutes jambes, elle m'avait dit en pointant un doigt sur sa bouche :

— *English ?*

Répétant sa mimique, j'avais répondu à sa question par une autre, employant un mot que j'avais glané à Essaouira :

— *Arabyie ?*

Depuis, nous passions chaque jour une ou deux heures à nous apprendre quelques rudiments de nos langues maternelles respectives. Elle m'avait déjà appris à compter jusqu'à dix en arabe, tandis qu'elle s'initiait aux pronoms anglais, « *I, you, he, she, it* ». Je mémorisais des expressions comme « *Sakha ala acha* » (Merci pour le dîner), « *Ana drit el maa* » (Je voudrais de l'eau) ou « *Intina sahabti* » (Tu es mon amie), et Naïma, ravie de maîtriser l'alphabet jusqu'à la lettre *m*, m'avait fait promettre de lui en enseigner deux autres quotidiennement.

Notre leçon terminée, elle disparaissait à l'arrivée d'Aïcha, puis j'avais encore un long moment pour moi avant le repas du soir. J'aimerais pouvoir dire que ces heures en tête à tête avec moi-même me permettaient de reprendre peu à peu ma destinée en main, d'adopter des résolutions quant à ma vie future ainsi que Titrit m'y avait encouragée ; hélas, ces instants de silence solitaire me ramenaient le plus souvent au bord du gouffre. Aux terribles souvenirs de ce que j'avais vécu dans le désert. À l'image insoutenable de mon agresseur périssant dans les flammes. À l'horreur devant ce que j'avais été forcée de commettre. Était-ce un meurtre ? Me confronter à cet aspect de moi-même restait insupportable.

Je n'étais pas rétablie, je le voyais bien. Ni physiquement ni, surtout, mentalement. Tout en ayant conscience du fait que je ne pourrais pas rester indéfiniment dans cette oasis, je ne me sentais pas encore la force de revenir au monde du dehors. Et non, je n'aurais pas désiré que le temps passe plus vite. Je me satisfaisais de l'isolement, d'avoir à me voiler dès que je faisais un pas dehors et même de la distance que le chef de cette famille tant aimée m'imposait. Toujours poli avec moi, Idir n'avait jamais fait la moindre récrimination alors que je restais une charge pour eux, mais j'étais une femme, et une étrangère, et il tenait à me rappeler en silence que je devais rester à ma place. Il m'adressait rarement la parole lors des repas, peut-être aussi à cause du petit poste de télévision qu'il avait relié à une antenne fichée au sommet de la tente principale et qui ne captait que la chaîne nationale marocaine. Chaque soir, puisqu'il n'y avait pas d'électricité à l'oasis, il devait le connecter à la batterie du petit camion à plateau dont ils se servaient pour livrer leurs légumes au marché de Tata.

En rejoignant la famille de Titrit pour le dîner sous la grande tente vers la fin de la deuxième semaine de ma convalescence, je les ai tous trouvés serrés devant le petit écran, captivés par le bulletin d'informations du soir. Derrière le présentateur ânonnant ses dépêches, une photo a retenu mon regard. Celle d'une Occidentale. Comme le commentaire était en arabe et que la réception était loin d'être parfaite, il m'a fallu un moment pour me rendre compte que la femme dont il était question était… Naïma a été plus rapide que moi. Se dévissant le cou dans ma direction, son doigt tendu vers l'écran, elle a articulé en silence l'un des pronoms anglais que je lui avais appris :

— *You !*

23

Le bulletin d'informations télévisées : mon portrait, celui de Paul, de toute évidence l'agrandissement des clichés de nos passeports que la police d'Essaouira avait dûment photographiés ; quelques plans d'une portion de désert délimitée par du ruban plastifié indiquant qu'un crime avait été commis là ; et puis... oh, Seigneur, un extrait d'une conférence de presse de l'inspecteur Moufad brandissant avec insistance cette même photo devant les caméras comme pour proclamer : « La voilà, la coupable ! »

« *You* ». Moi. Officiellement recherchée par la police et présentée à ces êtres généreux comme une suspecte. Recherchée non seulement pour la disparition mystérieuse de son mari mais pour la mort violente d'un autre homme.

Malgré le choc, je me suis mise à réfléchir à toute vitesse. Comment étaient-ils parvenus à faire la connexion entre ce cadavre calciné dans le désert et moi ? Le complice du violeur, revenu à Tata, avait-il servi à la police une histoire à dormir debout ? Qu'il s'inquiétait pour son ami parti la nuit précédente pour une promenade romantique parmi les dunes du

Sahara avec une Occidentale tout juste rencontrée et qui l'avait embarqué dans sa voiture de location ? En tombant sur les restes noircis du jeune homme et en constatant que je m'étais volatilisée, les enquêteurs avaient déduit que la virée galante avait mal tourné et que j'avais maladroitement tenté d'éliminer les preuves de l'homicide avant de...

Mais non, quel tissu d'aberrations ! J'étais arrivée en bus, je n'avais jamais loué de voiture à Tata. Et le personnel de l'hôtel se rappellerait que j'avais dîné très tard et que j'étais remontée dans ma chambre. Sauf que les flics essayaient tout de même d'établir un lien entre la disparition de Paul, le cadavre dans le désert et... le fait que j'étais introuvable ! Moufad, ne me pardonnant pas d'avoir échappé à sa surveillance à Essaouira, voulait faire d'une pierre deux coups. Et il disposait d'une preuve suffisante pour m'incriminer publiquement.

Un autre scénario a pris forme dans mon esprit : le voyou revient en ville, s'aperçoit que mon sac est resté dans le pick-up. Dans sa petite tête affolée, il conçoit un stratagème qui le tirera d'affaire : il retourne au même endroit, y dépose mon sac à côté de la dépouille de son complice, revient à Tata et donne une version moins précise sur la façon dont son ami a tenté d'emballer une Américaine de passage. Du coup, les circonstances précédant le meurtre importent peu : il existe une pièce à conviction sur la scène même du crime, et Moufad est libre d'insinuer que je suis une dangereuse psychopathe qui, après avoir éliminé son mari, s'est acharnée sur un jeune innocent...

— *Qu'est-ce qu'ils racontent ?* ai-je demandé à Idir qui, loin de sa déférence habituelle, m'a fait cavalièrement signe de me taire pendant qu'il continuait à suivre les informations à la télévision.

Son attitude m'a consternée, de même que la manière dont Titrit et son mari évitaient maintenant de me regarder. À cela s'ajoutait l'expression à la fois incrédule et atterrée sur le beau visage d'Aïcha. Quand elle a plaqué ses mains sur les oreilles de Naïma pour lui épargner ce que le commentateur expliquait en voix off, j'ai cru que le sol s'ouvrait sous mes pieds.

Sitôt le bulletin achevé, Immeldine et Idir ont échangé quelques phrases d'un ton cinglant. Aïcha ayant tenté d'intervenir, elle a été vertement remise à sa place par sa mère comme par son époux. Naïma s'est mise à pleurer. Consternée, j'ai insisté auprès d'Idir :

— *S'il vous plaît, qu'est-ce qu'ils ont dit ?*

Une explosion verbale d'Immeldine m'a fait sursauter et a poussé Naïma à se cacher dans le dos de sa mère, apeurée. D'une voix mal assurée, tremblante d'indignation, Idir m'a lancé :

— *Va dans la tente. On t'apporte ton manger.*

— *Si vous me laissez juste expliquer ce que...*

— *Va !*

Drapée dans ma burqa, j'ai franchi les quelques pas jusqu'à la tente qui m'avait été assignée. Une fois seule, submergée par une panique irrépressible, je me suis mise à faire les cent pas dans l'espace confiné en me tordant les mains. Tout allait recommencer, alors. Je redoutais qu'Idir et Immeldine concluent qu'ils n'avaient d'autre solution que de me livrer à la police, et ensuite... Une cellule putride, les quolibets – ou pire –, des gardiens, Moufad me soumettant à des interrogatoires-marathon pour me faire craquer, m'arrachant des aveux durant lesquels je reconnaissais avoir tué Paul dans un accès de rage et m'être débarrassée – comment ? Mais cela n'aurait plus d'importance… – de son corps dans l'Atlantique, avoir accepté avec joie d'aller batifoler dans les dunes de Tata avec ces deux monstres, m'être déchaînée sur l'un d'eux quand il avait eu un geste déplacé et…

« Arrête ton délire ! » me suis-je murmuré. Mais c'était trop tard, l'anxiété avait pris le pas sur la raison. Dans un éclair de lucidité, j'ai entrevu que tout le traumatisme psychologique du viol que j'avais refoulé pendant ces semaines revenait à la surface, mais cela n'a servi qu'à me faire perdre pied davantage. Bientôt, je me suis effondrée sur le sol, prise de sanglots incontrôlables. Ces moments affreux de mon enfance, toutes les fois où nous avions été expulsés d'une maison ou d'un appartement dont mon père n'avait pu assurer le loyer et où j'avais dû me séparer d'un environnement familier sans vraiment comprendre pourquoi… Ça recommence, me suis-je dit entre deux crises de larmes ; je suis renvoyée d'un endroit où je me sentais en sûreté, bannie d'une famille qui en quelques jours m'a donné plus d'amour et de respect que je n'en ai jamais connu. Ceux qui ont été mon refuge me rejettent, et le monde malveillant qui m'attend au-delà de cette petite oasis va m'engloutir sans pitié…

Mes sanglots étaient devenus si convulsifs, si violents que j'ai cru un instant être en train de devenir folle. Je n'arrivais plus à contrôler mes mouvements : mes soubresauts me projetaient contre les parois de la tente, menaçant de la faire s'effondrer. Mais soudain, j'ai senti que je n'étais plus seule : Aïcha et Titrit s'étaient ruées à l'intérieur, la première, me prenant dans ses bras, me forçant à m'asseoir sur le lit de camp, murmurait doucement à mon oreille tandis que la seconde se tenait légèrement à distance, sans intervenir. Peut-être avait-elle compris qu'il fallait que je laisse enfin la souffrance s'exhaler hors de moi. Que je verse jusqu'à mes dernières larmes avant d'avoir la force de me confronter au monde au-delà de la sérénité du désert. Quelles que soient ses motivations, elle a attendu que l'épuisement ait eu raison de moi pour aider sa fille à me déshabiller et à me passer la chemise de nuit blanche dans laquelle j'avais dormi toutes ces nuits. Puis elle m'a lentement massé le front et les tempes avec un onguent qui embaumait le patchouli et la camomille, avant de me redresser sur ma couche et de me faire boire de longues rasades de sa tisane calmante. Alors que je m'abandonnais au sommeil et à l'oubli, j'ai saisi la main de l'une et de l'autre dans la mienne en murmurant :

— *Choukrane, choukrane…*

Quand j'ai repris connaissance beaucoup plus tard, j'ai d'abord eu du mal à reconstituer dans ma tête les événements passés… quand, la veille ? Ma montre indiquait qu'il était presque 11 heures du matin. J'avais donc échappé à la réalité tout ce temps, plus de treize heures d'affilée ? En me levant pour enlever ma chemise de nuit et revêtir ma djellaba, je me suis sentie étonnamment ferme sur mes pieds, plus que je ne l'avais été depuis longtemps. Puis l'idée qu'Idir allait me remettre à la police a resurgi, et avec elle tous mes doutes, toutes mes craintes.

Alors que je revenais des toilettes, je l'ai trouvé debout à l'entrée de ma tente.

— *Je dois te parler à toi*, m'a-t-il annoncé.

— *Bien sûr*, ai-je répondu en l'invitant à passer à l'intérieur.

Comme il secouait vigoureusement la tête, j'ai aussitôt regretté ce faux pas : pour lui, il était impensable de se retrouver en tête à tête avec une femme qui n'était ni sa mère, ni son épouse, ni sa fille. Il m'a montré du menton la plus grande tente où nous avions dîné en famille jusque-là et je l'ai suivi. Sans un mot, il a pris un pot d'eau bouillante, jeté quelques pincées de thé et de feuilles de menthe séchées dans la vieille théière, a rempli cérémonieusement deux verres et m'en a offert un, s'inclinant légèrement devant moi quand je l'ai remercié. Nous nous sommes assis, lui sur l'un des deux tabourets bas, moi sur le tapis. Cherchant ses mots, les sourcils froncés, il a commencé :

— Je sais ce qui s'est passé. J'ai de la peine pour toi, je… juge rien, mais la police te cherche. S'ils te trouvent ici, ils vont nous accuser. Très mauvais. Tu dois partir. (Je lui ai indiqué d'un signe de tête que je comprenais sa décision.) Tu n'as plus d'argent, plus de papiers, c'est ça ?

— En vérité, j'ignore quoi faire. Après ce qui m'est arrivé… ah, je n'oublierai jamais le soutien que vous et votre famille m'avez apporté ! Mais je n'ai pas réellement réfléchi à la suite…

L'air concentré, il a continué le discours qu'il avait visiblement préparé dans sa tête, certainement avec l'approbation de son beau-père :

— Il y a l'homme qui vient chercher les tapis

et les… choses que nos femmes fabriquent. Tout à l'heure, il va venir. Il va t'emmener. À Marrakech, mais pas directement, vous allez vous arrêter.

— Il faut le prévenir que je suis recherchée par la police.

— Mais oui. C'est mon ami ! Maintenant, retourne dans la tente et il faut que tu réfléchisses à quoi faire pour les papiers et l'argent parce que tu vas en avoir besoin. Ma femme viendra te prévenir quand il sera là.

De retour au modeste abri qui m'avait procuré tant de réconfort et que j'allais devoir quitter dans quelques heures, j'ai essayé de réfléchir à différentes options. En bonne comptable, je me suis mise à aligner les pour et les contre, sans parvenir à une solution vraiment satisfaisante. Le premier et incontournable problème était ma situation financière. Zéro en liquide. Zéro en cartes de crédit. En admettant que j'arrive à téléphoner à Morton aux États-Unis, et qu'il me transfère d'urgence des fonds au Maroc, comment les récupérer dans une banque ou une agence de virements internationaux sans la moindre pièce d'identité ? Le récit de nos mésaventures s'était peut être déjà ébruité hors des frontières marocaines. La mise en scène télévisée de Moufad la veille par laquelle l'inspecteur m'avait implicitement désignée comme la coupable d'un double meurtre avait dû alerter le FBI…

Une opération bancaire ou même un échange de mails au nom de Robyn Danvers était inenvisageable. Rien ne pouvait échapper à leur surveillance. Lorsque Paul m'avait suggéré ce voyage au Maroc, j'avais effectué quelques recherches par Internet sur cette destination uniquement pour m'assurer qu'elle était aussi sûre qu'il me l'avait garanti. Hormis un sanglant attentat contre un café pour touristes à Marrakech en 2011 et quelques mises en garde officielles sur l'insécurité possible à l'extrême sud du territoire, le pays paraissait stable et bien organisé. Comme dans tous les États récemment visés par des actes terroristes, les systèmes de surveillance avaient été renforcés, les communications par téléphone ou Internet plus sérieusement contrôlées, et maintenant que je faisais l'objet d'une « chasse à l'homme » nationale... Je devais faire profil bas.

Tandis que j'étais plongée dans ces raisonnements, mon regard s'est arrêté sur ma main gauche. Et c'est là que l'idée m'est apparue. Trois ans plus tôt, lorsqu'il m'avait demandée en mariage au cours d'une escapade d'un week-end à New York, Paul m'avait entraînée chez Tiffany pour que je choisisse une bague de fiançailles et une alliance. Ayant vendu récemment quelques lithographies, il était d'humeur dispendieuse et avait insisté pour que je choisisse un très beau diamant monté en solitaire et une bague également en platine. Je m'étais récriée quand la très souriante et efficace vendeuse lui avait discrètement annoncé le prix mais il avait dissipé la tension en plaisantant tout haut : « Ma future épouse est bien plus raisonnable que moi. » Je me rappelais encore le regard entendu avec lequel elle avait détaillé sa queue-de-cheval grisonnante, son blouson en cuir noir, son jean et ses bottes mexicaines au moment où il lui tendait sa carte de crédit. Sur le moment, pourtant, j'avais été enchantée par son impétuosité romantique, tout en espérant par-devers moi qu'il avait la réserve nécessaire pour un achat aussi extravagant. À la fin du mois, il était dans le rouge, bien entendu...

Et maintenant, au-delà de ces réminiscences douces-amères, les bagues étaient là, sur mes doigts amaigris. Ma seule source d'argent liquide. Trouver un bijoutier prêt à les acheter – même à perte – dans une ville aussi courue et réputée que Marrakech semblait faisable. Avec trente ou quarante mille dirhams, car j'étais prête à les brader, je paierais mon voyage jusque là-bas, puis un taxi pour Casablanca, puis le faux passeport que Ben Hassan ne pourrait pas me refuser si je lui jetais une poignée de billets à la figure, puis le transfert à Tanger, et ensuite le ferry reliant le Maroc à l'Espagne. Et là-bas, je contacterais Morton, un avocat, le consulat américain qui me fournirait les documents nécessaires pour rentrer enfin chez moi. S'il restait nombre de points d'interrogation dans cette ébauche de plan, c'était un net progrès par rapport à mon incertitude antérieure.

Avant toute chose, néanmoins, il fallait me préparer à une autre épreuve qui s'est présentée à moi quand, vers midi, Aïcha et Naïma sont entrées dans la tente avec un bol de couscous et un triangle de kesra. M'enlaçant les jambes, la petite a fondu en larmes, bredouillant trois des mots d'anglais qu'elle avait retenus de nos leçons :

— *You no go…*

J'aurais tant voulu rester avec elles, à cet instant. Quand je me suis accroupie devant Naïma, elle a enfoui sa tête dans mon épaule et s'est mise à sangloter. Je l'ai serrée dans mes bras, levant les yeux sur sa mère qui avait les larmes aux yeux, elle aussi.

— *I don't want to go*, Naïma. Je n'ai pas envie de partir. Je voudrais rester avec toi. Mais il faut que je rentre chez moi.

J'ai porté la main droite à mon front, puis à mon cœur.

— Tu seras toujours là pour moi... et là.

Avec un sourire désolé, elle a répété mon geste, et mes paroles.

— *Here... and... there.*

Je pleurais moi aussi. Ma main a cherché sur ma nuque le fermoir de la chaîne sur laquelle était accroché le petit fer à cheval en argent que mon amie Ruth m'avait offert neuf mois plus tôt, lors d'une visite à Brooklyn où je lui avais annoncé que Paul et moi avions décidé d'avoir un enfant. C'était le porte-bonheur qu'elle était allée m'acheter après avoir entendu la grande nouvelle. Mais quel pouvoir aurait-il pu avoir contre la farouche détermination de celui que j'avais cru être mon partenaire à piétiner notre promesse réciproque ? Et pourtant, pourtant, qui savait si ce bout d'argent joliment incrusté ne venait pas de me sauver de la mort ?

Je lui ai passé la chaîne au cou en lui faisant comprendre par signes que c'était un cadeau d'amour que je lui transmettais. D'un air grave, elle a saisi le bijou entre ses doigts menus et l'a contemplé sous toutes les coutures.

Lorsque sa grand-mère nous a rejointes sous la tente quelques minutes plus tard, m'apportant mes vêtements occidentaux lavés et soigneusement pliés, Naïma a couru à elle pour lui montrer avec fierté ce souvenir de notre rencontre. Titrit a souri à sa petite-fille avant de s'approcher de moi. Elle avait aussi une djellaba et une burqa qu'elle m'a tendues en m'expliquant silencieusement que c'était pour mon voyage à Marrakech. Soudain, sans que son visage tanné ne me donne aucune indication de ce qui allait suivre, elle m'a saisie par les épaules avant de poser l'une de ses grandes mains ridées sur mes cheveux.

— *Allah yibarek fik wal'ayyam al-kadima.*

Cette phrase, je l'avais déjà entendue à plusieurs reprises depuis mon arrivée au Maroc, sans tout à fait en saisir la signification. Là, pourtant, j'ai compris que c'était la prière d'une mère qui m'était adressée, l'ultime geste de protection avant le départ pour l'inconnu. « Qu'Allah répande ses bénédictions sur toi dans les temps à venir. »

Le calme de l'oasis a brusquement été rompu par le bruit d'un moteur qui ralentissait, marquait une pause avant de se taire définitivement. Nous nous sommes toutes immobilisées, Titrit, Aïcha, Naïma et moi : nous avions compris que mon départ était imminent.

24

Il s'appelait Aatif. Je dois dire qu'il n'inspirait pas confiance de prime abord. Court sur pattes, un début de brioche, les quelques dents qui lui restaient jaunies par le tabac, le cheveu rare, des yeux fatigués… Probablement de mon âge, ou un peu moins, mais le visage sans doute vieilli par les aléas de l'existence. Son véhicule était une fourgonnette Citroën à quatre roues motrices dont la carrosserie d'un blanc passé, éraflée et bosselée, révélait au moins quinze ans de bons et loyaux services. Il y avait deux fauteuils à l'avant et un grand volume de stockage derrière. Ce qui m'a le plus frappée, au début, c'est son extrême timidité. Il n'était pas taciturne et renfermé comme Immeldine, ne dégageait pas l'autorité naturelle mais détachée d'Idir : simplement, il n'avait pas l'air à l'aise en compagnie des autres. Était-ce de la crainte, ou un sens inné de la discrétion ?

Sa gêne était palpable quand Idir m'a appelée pour que je les rejoigne et que j'ai retiré mon voile. Était-ce de voir une Occidentale – pourtant Idir l'avait certainement prévenu que j'étais américaine –, ou en raison des marques et des cicatrices sur mon visage ?

Lorsque je lui ai tendu la main, il a eu une expression aussi horrifiée que si je venais de lui montrer un sein mais l'a acceptée. La sienne était froide et moite. Et il n'arrivait pas à me regarder dans les yeux. À la tristesse de partir s'ajoutait maintenant l'appréhension de voyager avec quelqu'un d'aussi fuyant.

Point positif, il parlait français, bien mieux qu'Idir et de mieux en mieux au fur et à mesure que nous avons discuté. En quelques mots, il m'a expliqué qu'Idir l'avait mis au courant de ma situation et lui avait précisé que je ne pourrais pas le payer avant de parvenir à Marrakech.

— La police est à ma poursuite, vous comprenez ? ai-je insisté.

— Oui.

— C'est un problème pour vous ? (Il a haussé les épaules.) Eh bien, si vous êtes prêt à prendre le risque…

Relevant les yeux, il s'est ébroué.

— Bon, deux mille dirhams pour vous emmener à Marrakech. D'accord ?

Le prix paraissait très raisonnable, surtout en tenant compte des risques qu'il prenait en circulant avec moi.

— C'est parfait. Il faudra d'abord que je vende mes bijoux pour vous régler mais vous avez ma parole, je le ferai.

Regardant ailleurs, il a murmuré :

— D'accord.

— En combien de temps serons-nous à Marrakech ?

Il a réfléchi un court instant.

— Trois jours.

— Trois jours ! Mais je croyais que c'était seulement

à six heures de Ouarzazate en voiture, et qu'il en fallait sept pour aller d'ici à Ouarzazate !

— Je dois réunir de la marchandise pour le commerçant de Marrakech avec qui je travaille. Beaucoup d'arrêts, beaucoup de gens qui n'ont que moi pour écouler ce qu'ils confectionnent, comme vos amis ici.

— Mais trois jours… où va-t-on dormir ? Je n'ai pas d'argent pour payer l'hôtel, ni pour manger.

— Moi non plus. J'ai deux couchages dans le fourgon. On dormira près de la voiture.

Cette perspective ne me plaisait pas du tout. J'ai consulté Idir du regard pour savoir si je pouvais faire confiance à celui qu'il disait être son ami et j'ai obtenu un signe de tête affirmatif. L'air plus embarrassé que jamais, Aatif, qui avait remarqué ma réaction, a détourné les yeux.

— Vous serez en sécurité, a-t-il dit tout bas.

J'ai cherché ses yeux avant de répondre.

— Entendu.

Idir et Immeldine ont passé les dix minutes suivantes à charger des tapis et des articles de broderie dans la Citroën. J'ai vu qu'Idir insistait auprès du chauffeur pour qu'il leur rapporte une somme correcte dans une dizaine de jours, il a retourné les poches de sa gandoura afin de montrer qu'il n'avait presque plus d'argent. Comme j'aurais voulu pouvoir les aider tout de suite ! Mais j'étais comme lui, mes poches étaient vides…

— Aatif va vous ramener de l'argent que je lui remettrai après avoir vendu mes bijoux, lui ai-je assuré.

Quand il a compris ce que je disais, il a agité la main en signe de dénégation.

— On t'a aidée, c'était normal. On ne veut rien.

— Mais moi, je veux vous remercier.

Les sourcils froncés, Idir a considéré mon objection et fini par s'incliner légèrement dans ma direction, acceptant mon offre avec dignité. Prenant entre ses doigts le petit pendentif autour du cou de Naïma, qui était venue se placer à côté de son père, il m'a saluée une nouvelle fois pour exprimer sa gratitude et celle de sa famille.

Aatif a refermé la double porte arrière. L'heure du départ avait sonné. Aïcha, qui s'était remise à pleurer, m'a serrée dans ses bras un instant. Titrit contrôlait mieux ses émotions : avec une tape affectueuse sur l'épaule, elle m'a montré son poing serré en clignant de l'œil, ce que j'ai traduit comme une marque d'approbation : j'avais bien fait de me défendre contre mes assaillants. Après avoir vérifié d'un coup d'œil que son père était d'accord, Naïma s'est avancée vers moi. Quand je me suis accroupie devant elle, elle m'a embrassée délicatement sur les deux joues. Elle ne pleurait pas. Sous le regard paternel et grand-paternel, elle avait instinctivement compris qu'elle ne devait pas s'abandonner à la tristesse qui nous avait submergées plus tôt, lorsque nous étions sous la tente entre femmes.

Les adieux d'Immeldine se sont résumés à un signe de tête solennel, ceux d'Idir aussi. « OK ? » m'a lancé Aatif. J'ai hoché la tête à mon tour et je me suis installée sur le siège passager. Aïcha, Titrit et Naïma se sont approchées de ma portière. La camionnette a démarré. Ma dernière image a été celle de Naïma qui levait sa petite main en l'air et tentait de sourire bravement. J'ai fondu en larmes sous mon voile. La fille que j'aurais tant voulu avoir, que je n'aurais jamais. La merveilleuse fillette que je ne reverrais plus.

Quand nous sommes arrivés à l'entrée de l'oasis, je me suis retournée pour regarder encore ce lambeau de terre fertile au milieu du néant. Leur monde. Qui avait été le mien quelque temps. Et maintenant, je retournais au territoire de la confusion, de l'agressivité et de l'agitation. Nous sommes passés sous l'arche en pierre qui séparait l'oasis de la mer de sable. Poussant un petit levier, Aatif a annoncé :

— 4 × 4. On en a besoin, là.

Nous sommes partis en suivant une piste, en réalité deux sillons peu profonds laissés antérieurement par d'autres véhicules. Au bout d'une minute, je me suis retournée encore : l'oasis n'était plus visible, happée par l'horizon incandescent.

L'habitacle de la voiture était dans un état effroyable. Sièges défoncés, détritus sur le plancher, cendrier débordant de mégots, pare-brise maculé de sable et d'insectes écrasés. Comme la chaleur était intenable, j'ai commis l'erreur de baisser ma vitre, laissant entrer des nuages de poussière rougeâtre soulevée par les roues alors que nous avancions relativement vite. Aussitôt, Aatif a ralenti.

— Vous n'êtes pas obligée de porter la burqa, ici, a-t-il déclaré.

— Vous êtes sûr ?

— Oui. Surtout que je n'ai pas la climatisation. Et si vous voulez aussi enlever la djellaba…

Je me suis immédiatement hérissée.

— Qu'est-ce que ça veut dire ? ai-je lancé d'un ton coupant.

— Je veux dire que… vous seriez plus à l'aise dans vos vêtements.

— Et où je me changerais, ici ?

Il a arrêté la fourgonnette, en est sorti pour aller chercher mes habits. Puis il est venu ouvrir ma portière.

— Vous pouvez vous changer derrière la voiture, a-t-il proposé timidement. Quand vous êtes prête, vous m'appelez.

— Merci...

Il s'est éloigné en allumant une cigarette. Je l'ai regardé marcher, sa chemise grise et son pantalon marron se détachant à peine sur le fond du désert, puis faire halte, le dos toujours tourné. J'ai retiré rapidement la djellaba. Soulagée de ne plus être en contact avec la toile rêche, ma peau a aussitôt subi la brûlure du soleil saharien. Je me suis hâtée d'enfiler mes vêtements, puis je l'ai hélé. Il est revenu lentement vers moi. Soudain, j'ai chancelé. C'était la première fois, depuis le moment où je m'étais réveillée, blessée et violée sous ce ciel implacable, que je me retrouvais confrontée à toute sa terrifiante immensité. Privée du cadre rassurant de l'oasis, j'étais brusquement livrée à d'horribles réminiscences. Et la chaleur réverbérée par le sable était stupéfiante. À nouveau, c'était comme si le désert et ses maléfices allaient m'engloutir tout entière. Je me suis affaissée contre la portière, incapable de résister à ce subit accès de panique. Comprenant qu'il m'arrivait quelque chose, Aatif s'est mis à courir. Quand il est parvenu à moi, haletant, la chemise trempée de sueur, je me cramponnais à la poignée comme un naufragé en haute mer à une planche de bois.

— Je peux vous aider ? (J'ai fait oui de la tête.) Je peux prendre votre bras ?

Nouveau signe d'assentiment.

Il m'a saisie par le coude et m'a éloignée de la portière afin de pouvoir l'ouvrir.

— Il faut vous asseoir, maintenant.

Je me suis laissée aller contre lui, sans force. Malgré son apparence chétive, il a fait preuve d'une vigueur surprenante pour me soutenir et m'aider à m'asseoir sur le siège. Après s'être assuré que j'étais bien installée, il est allé à l'arrière puis il est revenu avec une bouteille d'eau en plastique qui scintillait de condensation. Avait-il une sorte de glacière dans le fourgon ? Il a repris sa place derrière le volant.

— Buvez.

J'ai vidé la moitié de la bouteille avant de la lui tendre. Il a pris quelques petites gorgées puis il me l'a rendue.

— Il faut boire encore.

— Merci, ai-je murmuré. Merci beaucoup et… je m'excuse d'avoir réagi comme ça, tout à l'heure.

— Pas de problème.

— Si. Seulement, c'est que… il m'est arrivé quelque chose d'affreux, dans le désert…

— Je sais. Idir m'a raconté. Horrible, mais…

Il a remis le contact et nous avons recommencé à rouler avant qu'il ne termine sa phrase.

— … mais je vous amène à Marrakech.

Je me suis radossée au siège, encore frissonnante. Pendant l'heure qui a suivi, Aatif a eu le tact de garder un silence complet, se contentant de conduire, de fumer cigarette sur cigarette et de me jeter parfois un coup d'œil pour voir si j'étais remise. Le soleil avait commencé à baisser à l'horizon, baignant le Sahara d'une lueur mystérieuse, celle de l'heure bleue. J'aurais voulu simplement apprécier la pure beauté de ce grand vide mais je craignais toujours de céder à son appel, de m'y perdre et d'y retrouver les spectres abominables d'un passé récent. Et j'étais reconnaissante à Aatif de sa discrétion, d'avoir compris qu'il fallait me laisser le temps de m'extirper seule de mon cauchemar.

C'est le problème, avec le genre de traumatisme que j'avais subi : on peut rationaliser, se dire qu'on « fera avec », on se rend compte que sa présence redoutable peut revenir vous assaillir à tout moment. Or il est nécessaire d'apprendre à vivre avec jusqu'à la fin de vos jours. Même si vous finissez par trouver des stratagèmes pour refouler ce qu'il a d'abominable, il ne vous quittera jamais. Ce que vous avez vécu a irrémédiablement altéré votre univers.

Un cahot plus prononcé, et nous nous sommes engagés sur une chaussée goudronnée. En voyant le panneau routier indiquant la direction de Tata, je n'ai pu m'empêcher de frissonner.

— Ne vous inquiétez pas, a dit calmement Aatif, nous n'y allons pas. Dans un moment je vais devoir m'arrêter, et il va falloir que vous remettiez la djellaba et le voile.

— Pourquoi ?

— Il y a un contrôle de police à deux ou trois kilomètres d'ici.

— Comment le savez-vous ?

— Je suis passé par là tout à l'heure en venant à l'oasis.

Il a ralenti, vérifiant dans son rétroviseur que nous étions bien le seul véhicule sur cette portion de route qui menait à Ouarzazate. Il m'a assuré que je pourrais me changer sans être vue grâce à la nuit tombante, mais que si je voyais des phares arriver…

— Je ferai vite, ai-je promis.

J'étais à peine revenue à ma place, de nouveau ensevelie sous mes voiles, qu'un camion a surgi dans l'autre sens, illuminant quelques secondes la cabine de la Citroën.

— Juste à temps, a-t-il commenté.

— Et si la police réclame mes papiers ?

Il a sorti de la boîte à gants une carte d'identité marocaine. La femme sur la photo pouvait avoir dans les trente-cinq ans. Son visage était harmonieux et sévère. Mais les photos d'identité n'ont-elles pas toujours tendance à nous donner un air grave, presque trop sérieux ?

— C'est votre femme ?

— Ma sœur.

— Mais… elle n'a pas besoin de ses papiers ?

— Plus maintenant. Elle est morte.

— Oh, c'est affreux ! Si jeune…

— Le cancer se moque bien de l'âge qu'on a. (Il a allumé une nouvelle cigarette.) Quand la police va nous arrêter, je dirai que vous êtes ma sœur.

— Et s'ils me posent directement des questions ?

— Ils ne le feront pas. Vous portez la burqa. C'est seulement s'ils pensaient qu'on est des terroristes qu'ils vous demanderaient d'enlever votre voile. Je n'emprunte pas souvent cette route et bon, je ne peux pas dire que je connais tous les policiers et qu'ils me connaissent tous, mais…

— Pourtant vous êtes d'ici, non ?

— Mon village est à plusieurs heures de Ouarzazate. Si nous étions dans mon secteur, je n'essaierais même pas de vous faire passer pour ma sœur. Tout le monde nous connaît, là-bas, et tout le monde sait qu'elle est morte. Ici, pas de problème… enfin, j'espère.

— Mais s'ils me questionnent ?

— Vous ne parlez pas. Je dirai que vous êtes sourde-muette.

— Ce n'est pas risqué ?

— Tout ce voyage est risqué.

Cinq minutes plus tard, nous y étions. Les deux policiers en uniforme avaient garé leur voiture de patrouille pour ne laisser qu'une voie sur la route. Ils ont demandé poliment nos papiers à Aatif. L'un d'eux a braqué sa torche électrique sur moi mais j'ai continué à fixer la pénombre à travers le pare-brise, mes yeux rendus pratiquement invisibles par la burqa. Le faisceau lumineux m'a quittée et ils ont prié Aatif de descendre pour ouvrir les portes arrière. Tout en inspectant le fourgon, ils lui posaient un nombre de questions que j'ai trouvé alarmant. Ma nervosité ne cessait de croître tandis que je m'attendais à tout instant à ce que la torche revienne se poser sur moi et qu'ils s'aperçoivent qu'ils avaient face à eux la femme la plus recherchée du Maroc. J'ai fermé les yeux. Après un moment qui m'a paru interminable, j'ai entendu Aatif refermer sa portière et l'un des policiers lui souhaiter bonne route – ou bonne nuit.

La Citroën s'est ébranlée. J'ai rouvert les paupières. Aatif venait de prendre une nouvelle cigarette et lâchait un gros panache de fumée. Visiblement soulagé, il a annoncé :

— Le premier barrage est derrière nous.

25

Nous avons passé la nuit aux abords d'un hameau situé à une trentaine de minutes de Tata, à Sidi Bou Tazert, un peu en retrait de la route principale et non loin du premier arrêt dans la tournée qu'Aatif entamerait tôt le lendemain matin. L'idée de dormir à Tata me répugnant, il avait pensé faire halte par ici.

— C'est tranquille, personne ne nous verra, m'avait-il assuré.

En réalité, il s'agissait d'un petit champ à peine abrité par un arbre squelettique. Quelques vaches et chèvres broutaient près des fossés. Aatif a une nouvelle fois prouvé le respect scrupuleux qu'il me portait en étendant les deux sacs de couchage de chaque côté de la fourgonnette. En fait de sacs, c'étaient de fines nattes en coton doublées d'un drap et coiffées d'un filet antimoustiques qu'il m'a conseillé de déployer sur mon visage avant de dormir, car les insectes reviendraient dès le lever du soleil. J'avais déjà constaté dans l'oasis que les « mouches du désert », les entêtés phlébotomes qui ne cessent de vous tourmenter dans la journée, s'en allaient à la nuit tombée. C'est pourquoi, m'a expliqué Aatif, il était indispensable de se coucher tôt et de se mettre en route à l'aube.

— Pas besoin d'un réveille-matin, ici, a-t-il résumé. Les moustiques sont là pour ça.

La nuit était maintenant bien installée. Il est allé s'agenouiller sur sa natte et, prostré dans ce que je devinais être la direction de La Mecque, s'est adonné à la prière du soir. Ses dévotions terminées, il est allé prendre dans la cabine de la fourgonnette une petite caisse en plastique d'où il a extrait un minuscule réchaud à gaz, une marmite, deux assiettes et deux cuillères. Pendant le dîner très simple qu'il avait préparé – du couscous agrémenté de quelques carottes bouillies et d'une galette – et que nous avons pris de mon côté du véhicule, je l'ai interrogé sur sa vie. Il venait d'un village à quatre ou cinq heures d'ici nommé Mhamid, au bout d'une route bitumée qui partait de Ouarzazate, passait par une agglomération berbère importante, Zagora, et se terminait là. Après Mhamid, c'était le Sahara. Lui-même se considérait comme complètement berbère, avec des sentiments pour le moins mitigés vis-à-vis du gouvernement de Rabat et de ses représentants.

— Avec la police, je me montre toujours poli, a-t-il expliqué. J'ai de bonnes relations avec les fonctionnaires de mon département mais je ne veux pas qu'ils me marchent sur les pieds. Je ne suis pas le seul à penser comme ça. Et c'est une des raisons pour lesquelles j'ai accepté de vous conduire à Marrakech : si vous voulez leur échapper...

— Ils croient que j'ai agressé mon mari, ai-je soupiré.

— Vrai ou pas, ce n'est pas mon affaire.

— Je vous assure que c'est faux.

— Je vous crois, alors.

— Mais vous devez aussi comprendre…

Je lui ai raconté mon histoire d'une traite, en la condensant et en me bornant à dire que Paul était parti après que j'avais découvert qu'il m'avait trahie, sans préciser de quelle manière. Je lui aussi parlé de l'inspecteur d'Essaouira et de son acharnement à me désigner comme coupable, de l'ami de mon mari à Casablanca qui l'avait abusé, de ce qui s'était passé à Tata et après. Il m'a écoutée en silence. À la fin, il a allumé une nouvelle cigarette directement au mégot de celle qui venait de se consumer.

— Ce policier d'Essaouira… Je connais des gens qui ont souffert terriblement à cause d'hommes tels que lui. Ils décident que vous êtes fautif, ils manipulent les témoignages et les preuves, ils n'arrêtent pas jusqu'à ce que le juge vous accable. Ce ne sont pas des Berbères.

Je lui ai alors expliqué mon plan : gagner Marrakech, vendre mes bijoux, rejoindre Casablanca, donner assez d'argent au truand dont mon mari avait été l'ami pour qu'il me procure un faux passeport et me fasse sortir du pays.

— Je veux être franche avec vous, ai-je dit. Ne rien vous cacher. Pour que vous mesuriez exactement les risques que vous courez.

— Je vous ai vue à la télé avant d'arriver à l'oasis, madame. Alors, quand Idir m'a dit que je devais vous conduire à Marrakech…

Il s'est interrompu avec une expression que je ne lui avais encore jamais vue, l'ébauche d'un sourire malicieux.

— Eh bien, si on peut jouer un tour à cet inspecteur qui se croit tellement fort… ce serait pas mal, non ?

J'ai levé les yeux vers le ciel au-dessus de nous. Sidérant. J'avais pour moi l'immense voûte céleste de la nuit saharienne, cette clarté, cette densité d'étoiles qui donnaient l'impression de se trouver sur une autre planète… Même en pleine nature dans les environs de Buffalo et par nuit claire, je n'aurais discerné que le tiers des constellations qui se dessinaient à présent avec une netteté magique. Comme si une autre perception de ma place dans l'univers m'était offerte avec ces bouquets de feux d'artifice stellaires, ces lointaines et mystérieuses mégalopoles de lumière blanche. Et dire que tant de ces points lumineux n'existaient déjà plus… Si mon père répétait toujours que la contemplation des étoiles donne conscience de sa propre insignifiance, je me suis sentie curieusement galvanisée par le spectacle du ciel, cette nuit-là. Je les regardais et elles semblaient me dire : Puisque rien n'importe vraiment dans l'incompréhensible immensité du cosmos, tout ce qui te définit, toi, est absolument important. Qu'as-tu d'autre que ta vie, ton histoire ?

— Le ciel est d'une beauté incroyable, ai-je dit à Aatif.

— Oui, oui, très joli, a-t-il répondu d'un ton peu convaincu.

— J'aimerais croire au paradis, vous savez. Au fait que tout ne s'arrête pas après la mort. J'y ai pensé en vous regardant prier tout à l'heure.

— Oui, c'est important de croire au paradis. Parce que la vie est difficile, difficile…

— Et avoir la foi c'est difficile, aussi.

Il m'a lancé un regard interloqué.

— Non, c'est simple ! C'est bien.

— Vous avez des enfants ? (Le voyant tiquer, je me suis empressée d'ajouter :) Pardon, j'ai posé une question qu'il ne fallait pas ?

Il a allumé une autre cigarette sans répondre. Après plusieurs bouffées, il a annoncé que Titrit lui avait donné une bonne réserve de feuilles de sa tisane. La nouvelle venait à point, car je ne savais pas si j'aurais été capable de trouver le sommeil sous cette merveilleuse voûte céleste.

— J'aimerais beaucoup en boire une tasse, ai-je affirmé.

Il est allé chercher de l'eau dans l'un des bidons en plastique qu'il rangeait à l'arrière de la fourgonnette et en a mis à bouillir sur son réchaud. Connaissant la rapidité avec laquelle la tisane agissait sur moi, je lui ai dit que j'allais me changer pour dormir. M'écartant un peu de notre campement, j'ai sorti ma chemise de nuit du sac et je l'ai enfilée rapidement. Étrange, comme je m'étais adaptée à cette existence dépourvue de tout ce qui avait été le plus évident pour moi, une cuvette de W-C, Internet, un téléphone... Parce que je n'avais pas eu d'autre choix.

L'infusion m'a tout de suite plongée dans une douce torpeur. Après avoir souhaité bonne nuit à Aatif, je me suis glissée sous le drap, j'ai placé la moustiquaire sur mon visage et contemplé une dernière fois le dôme lumineux qui s'étendait à l'infini. Juste avant de céder au sommeil, j'ai aperçu une forme sombre au milieu de la piste. C'était Aatif, en train de fumer une cigarette, lui aussi la tête levée vers l'inconnu.

J'ai vu qu'il s'essuyait les yeux avec la manche de sa chemise. Avait-il pleuré ?

Aatif avait dit juste : aux premières lueurs du jour, les satanés insectes étaient de retour, aussi ponctuels qu'un réveil. Une dizaine d'entre eux, qui bourdonnaient hystériquement contre le filet, m'ont réveillée en sursaut. Presque 7 heures à ma montre. Saluées par un trait de rose dans le ciel.

Déjà debout, Aatif était penché sur le réchaud, occupé à préparer du thé. Il m'a saluée d'un petit geste maladroit.

— Bien dormi ? ai-je demandé.

— Oui, assez bien.

— Quel est le programme d'aujourd'hui ?

— On retourne sur la grand-route. Je dois m'arrêter dans plusieurs villages. Il peut y avoir des contrôles de police, vous devez rester en djellaba et burqa.

J'ai donc revêtu ma tenue de camouflage. Deux minutes après, j'avais l'impression d'être dans un sauna.

— Premier arrêt à Tissint, dans une heure environ, a-t-il annoncé.

Nous avons retrouvé le macadam. Ce matin-là, le soleil m'a paru plus brutal que jamais, et la mince fente de la burqa ne protégeait pas du tout mes yeux. En me voyant baisser le pare-soleil devant moi, Aatif a ouvert la boîte à gants et en a sorti une paire de lunettes à monture en plastique rouge.

— Tenez.

— Merci beaucoup !

J'avais écarté le voile pour les chausser convenablement mais il a soudain crié :

— Non !

Relevant la tête, j'ai compris pourquoi. Immédiatement après le tournant que nous venions de négocier se dressait un barrage de police. Par chance, un camion était arrêté avant nous. J'ai vu que l'un des policiers en uniforme regardait dans ma direction alors que je venais de remettre la burqa en place. Avait-il remarqué quoi que ce soit ? Si oui, c'était le début de la fin. Pour l'heure, ils inspectaient avec un soin alarmant le véhicule qui nous précédait.

— S'ils vous posent une question, ne dites rien, a chuchoté Aatif.

— Et s'ils veulent que j'enlève mon voile ?

— Surtout, pas un mot…

Le camion ayant été autorisé à repartir, nous avons avancé au niveau de la voiture de police garée à contresens pour ne laisser qu'une seule voie libre. Sur la lunette arrière, on apercevait une affichette en arabe et en français avec ma photo. « Personne disparue – Recherchée par la police. »

Aatif, qui avait également vu l'avis de recherche, a agrippé son volant tandis qu'un très jeune policier – vingt-deux ans tout au plus – passait la tête par la portière en réclamant nos papiers. Pendant ce temps, son collègue plus âgé ouvrait la double porte à l'arrière et retirait un par un les ballots de broderies et les tapis. Avec l'insistance du débutant désireux de bien faire, le jeune flic a demandé la carte grise du véhicule et posé une foule de questions à Aatif. Depuis l'arrière, son collègue lançait lui aussi des questions, peut-être sur l'origine de la marchandise. Il est resté calme et courtois jusqu'à ce que le jeune policier s'emporte, pour une raison qui m'a échappé, évidemment. La voix d'Aatif a pris une intonation contrariée.

À ce moment, le plus âgé est apparu devant ma vitre baissée et a entrepris de m'interroger en arabe. J'ai difficilement résisté à une vague de panique. Au moins le voile épais autour de mon visage l'empêchait-il de constater que j'étais maintenant ruisselante de sueur. Suivant les recommandations d'Aatif, je me suis tue même quand le policier a brandi un doigt menaçant à quelques centimètres de mes lunettes de soleil. L'irritation de mon compagnon a grimpé d'un cran, il s'exprimait maintenant avec une note de défi dans la voix. Impossible de savoir ce qu'il disait, mais le gaillard qui s'était penché par la vitre a reculé brusquement. Les deux policiers se sont consultés du regard avant de rejoindre leur voiture de patrouille.

Aatif n'a pas répondu au regard interrogateur que je lui lançais. Les mâchoires serrées, il a fermé les yeux, comme s'il se résignait à son sort tout en se blâmant de m'avoir acceptée à son bord. Un moment interminable s'est écoulé. Du coin de l'œil, je voyais le policier le plus âgé parler dans le combiné de son émetteur-récepteur, les yeux baissés sur nos papiers. Avaient-ils un moyen de découvrir que la carte servant à m'identifier appartenait à une femme décédée ?

Il est revenu d'un pas décidé vers nous. Alors que j'étais sûre qu'il allait m'ordonner de descendre du véhicule et de retirer ma burqa, il a simplement rendu les papiers à Aatif et lui a fait signe de repartir. Marmonnant un remerciement, celui-ci a remis le contact et la camionnette a fait un bond en avant.

Cinq minutes plus tard, le barrage était loin derrière nous et aucun autre véhicule n'était en vue. Je me suis tournée vers celui qui une fois encore venait de me tirer d'affaire.

— Pardon mais je bous, là-dedans. Il faut que je me découvre.

Aatif n'a rien répondu, toutefois son mécontentement était évident. Un coup d'œil dans le rétroviseur m'a renvoyé le spectacle de ma chevelure trempée, de mon visage rouge comme une tomate, et de la peur qui se lisait dans mon regard. Il m'a tendu la bouteille d'eau.

— Finissez-la. Vous en avez besoin. On en reprendra au prochain village.

— Aatif… Je suis navrée, vraiment…

— Pourquoi ? Vous avez fait exactement ce que je vous avais dit. Ces policiers, ils étaient… pénibles. Je leur ai expliqué que vous aviez un problème à la tête, que vous ne pouviez ni entendre ni parler, mais le plus jeune a insisté, il a dit qu'ils voulaient être sûrs. Je leur ai répondu : « D'accord, enlevez-lui sa burqa de force, mais après il y aura de sérieuses conséquences pour vous » ; heureusement ils se sont dégonflés. Enfin bon, vous avez vu l'affiche. En temps normal, il y a des contrôles, mais pas autant. Ils vous cherchent. Entre ici et Taznakht, il n'y aura plus de barrage mais demain nous allons devoir éviter les grandes routes.

— Heureusement que nous avions la carte d'identité de votre sœur…

Il a allumé une cigarette.

— Nous l'avons enterrée il y a seulement quinze jours. Sans doute que sa mort n'a pas encore été enregistrée dans leurs fichiers, à Rabat…

— Quoi, il y a deux semaines seulement ? Mais c'est terrible ! Et vous avez déjà repris le travail ?

— Il le faut. Ma sœur avait deux enfants. Le papa est dans l'armée, basé au Sahara occidental, près de la Mauritanie. Il envoie un peu d'argent, seulement un peu. C'est ma mère qui s'occupe des petits mais elle est âgée, fatiguée. Et mon père est mort. Alors je dois travailler dur, très dur.

— Écoutez, on a frôlé la catastrophe, tout à l'heure. Je comprendrais très bien si vous jugiez que c'est trop dangereux pour vous. Vous pouvez me laisser sur la route et j'essaierai de continuer en stop.

— Sans parler l'arabe ? Une femme seule ?

— Mais je ne veux pas vous attirer d'ennuis, que vous risquiez de perdre votre gagne-pain à cause de moi…

— J'ai dit que je vous amenais à Marrakech, je le fais.

Dix minutes plus tard, nous entrions dans le village de Tissint. Quelques masures basses au bord de la route poussiéreuse, une boucherie avec des quartiers de viande pendus à des crochets et infestés de mouches, deux cafés, un garage, des hommes désœuvrés assis à l'ombre, et l'odeur omniprésente des ordures pourrissant dans la fournaise. La cliente d'Aatif, une grosse dame enjouée, habitait une sorte de maison-hangar à la sortie de l'agglomération. Elle a tenu à nous servir du thé et j'ai compris qu'Aatif répondait à ses questions à mon sujet, sûrement en invoquant la déficience mentale pour expliquer mon mutisme. Elle m'a adressé un sourire compatissant avant d'aider Aatif à charger les coussins et dessus-de-lit en velours brodé qu'elle avait confectionnés. Tandis que nous nous préparions à reprendre notre chemin, elle a saisi la main de mon compagnon dans les siennes et lui a adressé une sorte de supplique.

À nouveau sur la route, j'ai voulu savoir ce que la couturière lui avait demandé avec tant d'empressement.

— Elle m'a expliqué que son mari est à l'hôpital et qu'il n'en sortira sans doute pas vivant. Cancer, à trente-huit ans… Et ils ont deux enfants, tout petits. Elle attend énormément de ce que je vais pouvoir tirer de la vente de sa marchandise au commerçant de Marrakech que je fournis.

— Donc, vous devez négocier au mieux pour vos clients ?

— Évidemment. Lui, il veut sa marge. Moins cher il achète son stock, mieux c'est pour lui.

— Vous êtes obligé de batailler dur pour eux ?

— C'est pour moi aussi. Je reçois trente-cinq pour cent sur toutes leurs ventes. Plus ils gagnent, mieux c'est… pour moi !

— Cette femme, elle voudrait combien ?

— Elle dit qu'avec mille cinq cents dirhams elle et ses enfants pourront s'en sortir le mois prochain. Ça veut dire que je dois obtenir dans les deux mille dirhams de la vente. Pas facile, parce que tous les commerçants de la ville affirment que les affaires vont mal, qu'il y a moins de touristes qu'avant, bien que le Maroc reste un pays tranquille.

— Et vous arrivez à gagner votre vie ?

Il a paru presque choqué par ce que ma question avait de direct, mais il a répondu.

— Disons que je me débrouille. Mais si j'avais une famille à nourrir…

— En plus de votre mère et de vos neveux, vous en avez une ?

— J'ai une autre sœur qui vit à Zagora. Elle est

institutrice, son mari aussi. Ils ont deux enfants. Ils s'en sortent. C'est la seule de chez nous qui a fait des études.

— Mais pas de femme, pas d'enfants à vous ?

— Pas encore, mais… J'ai connu une fille qui me plaît beaucoup : Hafiza. Vingt-huit ans… oui, vous pouvez dire plus jeune que moi ! Elle est brodeuse, très gentille, un bon cœur. Et elle voudrait plein d'enfants, comme moi ! Elle est de mon village, je connais ses parents, je sais que plusieurs hommes ont demandé sa main mais elle est difficile… Et son père aussi, malheureusement ! Il ne m'accordera pas sa fille tant que je n'aurai pas une maison pour elle.

— Quoi, il veut que vous achetiez une maison tout de suite ?

— Pas toute la maison, mais que j'aie un… un apport.

— Et il faudrait combien ?

— J'ai trouvé quelque chose qui me plaît, trois pièces, tranquille, pour… cent mille dirhams. L'an dernier, j'ai mis de côté dix mille, mais la banque attend que j'apporte quarante mille dirhams pour me prêter le reste.

— Et le père d'Hafiza est intraitable ?

— Oui. Pas de maison, pas de mariage.

— C'est un peu sévère de sa part…

— Si seulement je pouvais gagner un peu plus… Au village, je répare des vélos, c'est mon deuxième travail mais ça ne me rapporte que trois ou quatre cents dirhams par mois.

Une maison de cent mille dirhams – autour de douze mille quatre cents dollars américains. Le prix d'une voiture ultrabasique dans mon pays. Et c'était cette somme qui faisait obstacle à son rêve de se marier, de fonder une famille...

— Vous n'avez jamais été marié, avant ?

— Non, a-t-il répondu à voix basse.

— C'est étonnant.

— Pourquoi ?

— Parce que vous êtes quelqu'un de droit et de très respectable, ce qui est rare, de nos jours...

Il a réagi avec un mélange touchant de fierté et d'embarras.

— Vous ne devriez pas me dire ça.

— Pourquoi ?

— Je vais avoir la grosse tête ! a-t-il plaisanté avec un grand sourire. (Allumant une cigarette, il a repris son air sérieux, grave même.) Il y a dix ans, j'ai proposé le mariage à une fille de mon village, Amina, et elle a dit oui. Et puis un homme de Ouarzazate est passé par chez nous, Abdul, très riche : il a trois boulangeries là-bas. Il a vu Amina, il est revenu une semaine après, il a rencontré son père, il lui a demandé la main de sa fille et il l'a eue, bien sûr. Il avait de l'argent, et moi pas.

— Je comprends pourquoi ces quarante mille dirhams sont si importants pour vous.

— Je n'y arriverai jamais. Son père m'a accordé un an, pas plus.

— Et la banque ne peut pas faire un effort ?

— La banque ! Mon cousin travaille à celle de Zagora où j'ai demandé le prêt mais je gagne trop peu...

J'ai senti qu'il avait envie d'abandonner ce sujet au plus vite. Il était gênant d'aborder ses problèmes financiers, surtout avec une femme. Mais c'est l'un des paradoxes du voyage : on croise de complets inconnus et on se confie parfois plus volontiers à eux qu'à des proches justement parce que l'on sait que, le périple terminé, on ne les reverra sans doute jamais. À condition d'arriver au bout du voyage, bien entendu.

Notre prochain arrêt était Melimna, une bourgade plus développée où la cliente d'Aatif, après avoir chargé plusieurs dizaines de serviettes et nappes en coton brodé, a tenu à nous servir un succulent tagine de poulet. J'ai aussi eu la possibilité d'utiliser, pour la première fois depuis des semaines, de vraies toilettes avec une chasse d'eau. La tournée d'Aatif nous a ensuite conduits à Foum Zguid et Alougoum, deux villages sahariens typiques : des maisons écrasées par le soleil, quelques cafés et échoppes somnolentes et les habituels hommes jeunes ou vieux attendant on ne sait quoi à l'ombre d'auvents fatigués. À chaque occasion, Aatif a été accueilli avec une amabilité chaleureuse, témoignage de la confiance que ces femmes industrieuses plaçaient en lui. Et si elles ne dissimulaient pas leur curiosité envers moi, cette présence silencieuse qui buvait tant d'eau sous sa burqa, il maîtrisait désormais parfaitement son numéro, expliquant avec conviction qu'il convoyait par charité une malheureuse privée de l'ouïe et de la parole depuis la naissance.

Quand nous avons quitté Alougoum, l'après-midi tirait à sa fin et je ne parvenais plus à rester emprisonnée dans cette pesante tenue.

— Je peux enlever mon voile un moment ? ai-je demandé à Aatif.

Il a réfléchi un instant.

— On va bientôt arriver à Taznakht, c'est une vraie

ville. Je connais un endroit après où on peut passer la nuit. D'ici là, cette route n'est pas très fréquentée, la police installe rarement des barrages ici, donc... oui, si vous y tenez vraiment, je suis d'accord.

Il s'est arrêté pour que j'aille me changer une nouvelle fois, retrouvant avec délice ma chemise légère et mon pantalon qui, sans être propres, constituaient une véritable libération après la prison de tissu dans laquelle j'avais été confinée au cours des dix dernières heures.

De retour dans la voiture, Aatif m'a accueillie avec cette question :

— Vous n'avez pas d'enfants. C'est votre décision ?

J'ai réfléchi un moment avant de lui répondre. Et lorsque j'ai pris la parole, je lui ai expliqué simplement que mon premier mari n'était pas quelqu'un avec qui j'aurais pu imaginer en avoir, et que le second, après avoir affirmé en vouloir, avait changé d'avis. J'imaginais parfaitement ce qu'il devait en conclure : Cette femme doit vraiment être insupportable dans la vie courante, si elle a été mariée à deux hommes qui n'ont pas voulu d'enfants avec elle, mais sa réaction a été surprenante, désarmante presque :

— On dirait que vous n'avez pas eu de chance avec les hommes.

— Ou bien je les ai mal choisis...

— Parce qu'ils ne vous méritaient pas.

J'étais sur le point de le remercier pour la gentillesse de ses paroles quand nous avons brusquement entendu le grondement d'une puissante moto qui arrivait derrière nous. Les mains crispées sur le volant, Aatif jetait des coups d'œil tendus dans le rétroviseur.

— Rangez-vous sur le côté, ai-je chuchoté avec l'idée de me cacher le temps que le motard nous dépasse.

— Trop tard…

La moto était déjà à notre niveau, sur le point de nous doubler. Deux passagers coiffés de casques noirs identiques, habillés tout en jean, de type européen. Le conducteur était un jeune d'une vingtaine d'années avec une fille derrière lui qui nous a souri mais qui, en me voyant assise au côté du chauffeur, s'est penchée pour dire quelque chose à son compagnon.

— Accélérez, ai-je ordonné à Aatif.

Hélas, Aatif avait raison, il était trop tard. Les motards s'étaient arrêtés devant nous et mettaient déjà pied à terre. Ils ont retiré leurs casques et sont venus vers nous. L'un et l'autre d'allure sportive, sûrs d'eux. Lorsque le jeune homme a levé la main pour nous saluer. Aatif m'a dévisagée, perplexe.

— Je m'en charge.

Je suis sortie de la camionnette.

— *Vous parlez francais ?* a demandé le garçon, avec un accent prouvant que c'était sûrement sa langue maternelle.

J'ai hoché la tête.

— Oui, et plutôt bien, je crois.

— Tout va bien ? s'est enquise la fille d'un ton préoccupé.

— Très bien, oui. Pourquoi ?

— Vous n'êtes pas l'Américaine que tout le monde recherche, par hasard ?

— On a vu votre photo partout, a complété le garçon.

371

Nier n'aurait servi qu'à aiguiser leurs soupçons. J'ai choisi de jouer mon va-tout.

— Oui, c'est moi. Et ce monsieur me conduit au poste de police le plus proche, où j'informerai les autorités que je suis saine et sauve.

— Qu'est-ce qui vous est arrivé ?

— Oh, c'est une longue histoire…

— Vous êtes sûre que tout va bien ? On pourrait vous accompagner.

— C'est gentil mais non, pas besoin.

Ils lançaient fréquemment des coups d'œil intrigués à Aatif, cherchant à deviner s'il représentait un danger, s'il me forçait à voyager avec lui contre mon gré.

— Je me sentirais mieux si on vous accompagnait jusqu'à Taznakht, a insisté le garçon.

— Encore merci pour votre offre mais je vous assure que je ne cours aucun danger. C'est tout le contraire : cet homme m'a tirée d'un très mauvais pas.

Ils se sont consultés du regard, se demandant sans doute si j'avais toute ma raison. Les efforts que je faisais pour paraître calme ne leur avaient pas échappé.

— Je peux parler à votre chauffeur, si vous voulez, a insisté le garçon.

Il était temps de mettre fin à cette absurdité.

— J'apprécie votre gentillesse mais vraiment, je…

— Vous seriez d'accord pour nous retrouver au poste de police de Taznakht ?

Oh, leurs fichues bonnes intentions ! Et moi qui avais été assez bête pour retirer ma burqa ! J'ai improvisé.

— Je vais vous dire : il y a certainement un grand café dans la rue principale. On s'y retrouve dans une heure. Entendu ? Comme ça, vous serez sûrs que tout va bien pour moi.

— Je préférerais qu'on les accompagne, a chuchoté la fille à son compagnon, pas suffisamment bas cependant pour que cela m'échappe.

— Il faut que j'appelle Martin à Paris d'ici une demi-heure maximum, lui a-t-il répondu. Donc nous irons voir la police de Taznakht, nous leur dirons que nous vous avons vue sur la route et après, ce sera leur affaire.

— Bien sûr, dites-leur. Mais comme je comptais aller les voir dès que je serais arrivée là-bas…

Un autre coup d'œil perplexe vers Aatif, puis le garçon a déclaré :

— D'accord. On se voit à Taznakht.

— Au café de la rue principale, oui. Une bière ne sera pas de refus.

Il a consulté sa montre, visiblement pressé par le temps. Après quelques secondes d'hésitation, il a fait signe à sa compagne et ils sont retournés à leur moto. Ils ont démarré et sont partis à toute allure. Dès qu'ils ont été hors de vue, je me suis ruée dans la fourgonnette. À ma mine, Aatif a compris que ma petite conversation avec le couple de motards français n'avait rien apporté de bon.

— Il faut qu'on quitte cette route, ai-je dit. Tout de suite.

26

Aatif s'est mis à réfléchir à toute vitesse. Repartir en direction du sud par la route principale jusqu'à Foum Zguid aboutirait à une impasse puisque la seule voie vers l'est était presque impraticable. Il le savait, son village, Mhamid, se trouvant à une cinquantaine de kilomètres de là où nous étions. En direction du levant, la piste était souvent obstruée par des dunes mouvantes et on s'y enlisait facilement. À cette époque de l'année, alors que le thermomètre grimpait au-dessus des quarante-cinq degrés, une mort horrible nous attendait sûrement.

— En plus, même s'il y avait une route directe pour Mhamid, vous emmener à mon village serait très… compliqué, a-t-il expliqué timidement.

— Je comprends.

— Mais si on part à l'ouest, ça nous fait redescendre loin au sud, et ensuite il faudrait remonter par Agadir. Beaucoup de touristes, là-bas. Donc beaucoup de policiers.

L'alternative, c'était de se rendre au hameau d'Asaka, à une dizaine de kilomètres à l'est. Il avait là une cliente qu'il comptait passer voir dans une quinzaine de jours seulement, mais elle avait toujours du stock d'avance.

— Je lui dirai que j'avais encore un peu de place dans ma camionnette. Ensuite, je connais une autre piste pas loin de sa maison. On pourra rester là-bas pour la nuit.

— La police ne risque pas de nous chercher dans cette zone ?

— Le couple de Français leur dira que vous circuliez avec un Marocain. Même s'ils donnent la description de la Citroën, ce modèle est courant au Maroc. Si on repart très tôt demain matin, les policiers de Taznakht penseront qu'on est retournés vers le sud. Ils garderont peut-être un barrage mais avec la burqa ça devrait passer. Le point important, c'est que vous devez rester voilée jusqu'à Marrakech. Autrement, on n'y arrivera pas.

Dans la lumière déclinante de la fin d'après-midi, nous sommes donc remontés un peu au nord avant d'obliquer sur une piste en plein désert. Celle-ci était particulièrement traîtresse, criblée d'ornières, envahie par des bancs de sable parfois élevés. Nous avancions tout doucement, ballottés en tous sens. Si le paysage m'a rappelé les abords de l'oasis, par ici il donnait l'impression d'une immensité ouverte devant soi. C'était plutôt comme si nous nous traînions dans un cul-de-sac ; la sensation oppressante d'arriver au bout d'une impasse.

— Je vois mieux maintenant pourquoi les flics n'auraient pas envie de nous pourchasser ici, ai-je fait remarquer.

— Et c'est pour ça qu'on va y rester jusqu'au lever du jour.

Il nous a fallu presque une heure pour atteindre Asaka, qui se réduisait à un groupe de quatre ou cinq misérables cahutes. Celle où nous nous sommes arrêtés était occupée par un quinquagénaire grisonnant, sa jeune épouse et quatre bambins qui devaient tous avoir moins de six ans. Ils m'ont soigneusement évitée, intimidés par cette inconnue en burqa. La femme était encore jolie mais visiblement aigrie car elle n'a cessé de houspiller ses enfants, d'accabler de reproches son mari assis par terre qui fumait une cigarette d'un air penaud. À un moment, elle s'en est prise à Aatif, tandis qu'il casait dans la Citroën les deux brassées de djellabas en coton léger qu'elle avait cousues. Son mari ayant proposé du thé, Aatif a préféré décliner son offre en montrant la route du doigt.

Aussitôt après avoir redémarré, il a pris une piste à droite, un passage creusé entre des monceaux de sable, tellement étroit que deux véhicules n'auraient pu s'y croiser. Au bout d'un quart d'heure, nous sommes parvenus à un petit espace moins enclavé dans les dunes, au milieu duquel s'élevait une pompe à bras. Notre campement pour la nuit.

— Attention, l'eau d'ici n'est pas potable, m'a prévenue Aatif en allant chercher l'un des jerrycans à l'arrière de la fourgonnette maintenant remplie de marchandises.

Il s'en est servi pour préparer du thé et du couscous sur son réchaud. Quand je lui ai demandé si je pouvais au moins me laver à la pompe, il a acquiescé d'un signe de tête, ajoutant que je devais veiller à ne pas trop puiser d'eau : le code d'honneur du désert obligeait à penser au voyageur suivant, qui en aurait peut-être un besoin vital. Je me suis déshabillée en hâte. Le premier jet obtenu en actionnant le levier était brunâtre, repoussant, le deuxième un peu plus clair, le troisième tolérable. Je n'avais ni savon ni brosse à dents (la dernière fois que j'avais utilisé du dentifrice avait été le matin de mon départ de Tata) et pourtant je me suis sentie revigorée par la fraîcheur de l'eau sur ma peau nue.

— Cette femme, elle se plaint tout le temps, jamais contente, a commenté Aatif pendant que nous mangions. Pas du tout comme ma douce Hafiza. Elle, elle ne deviendra jamais une mauvaise épouse comme l'autre…

Élever quatre enfants dans le dénuement et dans un coin aussi désolé, il y avait de quoi perdre toute joie de vivre, non ? Mais j'ai gardé cette pensée pour moi.

— Je suis contente pour vous que vous ayez trouvé celle qui vous convient, me suis-je bornée à dire.

— Oui, si j'arrive à donner à son père ce qu'il exige. La dot, ça existe, en Amérique ?

— Plus vraiment, non. Mais pour mettre un terme à un mariage, par contre, il faut souvent beaucoup d'argent, dans mon pays.

— L'argent n'est pas un but, a-t-il déclaré gravement, mais quand on n'en a pas…

— Qu'est-ce que vous aimeriez avoir, à part une maison pour Hafiza et vous ?

— Un téléphone portable. Très utile pour mon commerce. J'en avais un mais ça revenait très cher et je devais économiser pour la maison, aussi. Et si possible, une nouvelle télé. La mienne a plus de quinze ans, on ne voit presque rien ! Et bien sûr, Hafiza voudra meubler notre chez-nous…

Qu'il était touchant, l'espoir qui illuminait ses traits. Je craignais pour lui qu'il ne réussisse pas à convaincre la famille de la jeune femme. Un revers de plus, une déception de taille dans cette vie déjà si pénible.

La nuit était tombée. Après avoir bu la tisane

calmante qu'Aatif m'avait préparée, j'ai étendu ma natte près de la camionnette. Le sol était trop bosselé et je l'ai prévenu que j'allais dormir derrière une petite dune à deux ou trois mètres de là. Il m'a rappelé que nous devions être prêts à partir avant l'aube, pour éviter la police mais aussi parce que, son chargement maintenant complet, il pouvait écourter sa tournée de deux jours et se rendre directement à Marrakech le lendemain. Cela me convenait très bien : plus tôt je serais là-bas, plus vite je serais en mesure de vendre mes bijoux.

Ayant souhaité une bonne nuit à Aatif, je suis allée me coucher derrière mon petit rempart de sable, assez confortablement installée dans mon sac de couchage improvisé, la moustiquaire au-dessus de la tête. Les yeux levés vers les étoiles scintillantes, j'ai songé que, dès le lendemain, je serais à nouveau dans une ville. Quand reverrais-je un ciel aussi vaste et limpide que celui du désert ?

J'ai été réveillée par des voix. Insistantes. Menaçantes même. Il faisait toujours sombre. 4 h 12 à ma montre. J'ai entendu Aatif parler d'un ton étrange, à la fois indigné et suppliant. Sans bruit, j'ai rampé jusqu'au sommet de la dune, risquant un coup d'œil par-dessus. Quatre hommes étaient là, dont je n'ai pu distinguer l'âge ; deux d'entre eux retenaient Aatif par les bras tandis que les deux autres étaient occupés à sortir toute la marchandise du fourgon. Comme en réaction à ce qu'Aatif venait de dire, l'un des inconnus est venu à lui et l'a violemment giflé. Je me suis recroquevillée par terre. Fébrilement, j'ai creusé un trou dans le sable, jeté dedans mes bagues et ma montre, puis je l'ai comblé en posant à cet endroit deux cailloux de forme reconnaissable que j'avais trouvés près de moi. Ensuite, je suis restée immobile ; j'étais terrifiée.

Il y a eu d'autres imprécations, d'autres échanges irrités, le bruit sourd d'un coup de poing et un cri de douleur qui ne pouvait venir que d'Aatif. Des portières qui claquaient, un moteur de voiture qui démarrait en toussant, le crissement de pneus sur le sable. J'ai attendu cinq bonnes minutes, jusqu'à être certaine qu'ils ne reviendraient pas. Après avoir rapidement déterré mes bijoux et ma montre, j'ai couru à la camionnette. Aatif était par terre, se tenant le ventre, secoué de sanglots.

— Des voleurs... Ils ont tout emporté !

Comme j'essayais de le prendre dans mes bras, il s'est débattu, honteux de se montrer à moi dans cet état.

— Aatif ? Ça va ?

— Ils m'ont frappé, ils ont dévalisé la camion-nette et... ils ont trouvé mon portefeuille. Quatre cents dirhams... tout l'argent que j'avais ! (Se redressant péniblement sur les genoux, il a plongé son visage dans ses mains, au désespoir.) Je n'ai... pas de chance. Jamais eu de chance. La vie est... trop dure...

Cette fois, il n'a pas repoussé la main que je posais sur son épaule.

— Vous êtes vivant, Aatif. C'est le principal. Et il y a toujours une solution.

— Une solution ? Quelle solution ? Je suis ruiné ! s'est-il écrié.

— Mais non...

— Si ! Toute la marchandise, partie. Et je n'ai plus d'argent pour aller à Marrakech...

— Vous avez refait le plein aujourd'hui. Et les

deux jerrycans d'essence à l'arrière sont pleins... ils ne les ont pas volés, n'est-ce pas ?

— Je ne sais pas !

Je me suis ruée vers le fourgon dont la porte arrière était restée ouverte, adressant une prière muette à quelque force surnaturelle là-haut, dans les millions d'étoiles du firmament... Les bidons d'eau et d'essence étaient toujours là, par miracle.

— On a de l'essence, ai-je confirmé en revenant près d'Aatif. Deux bidons entiers. Ce sera suffisant pour arriver à Marrakech ?

— Je... oui, je crois.

— Eh bien, voilà au moins une bonne nouvelle. Et maintenant, Aatif, dites-moi combien vous aurait rapporté tout ce que vous transportiez ?

Il s'est livré à un rapide calcul dans sa tête.

— En obtenant les meilleurs prix, peut-être... huit mille dirhams ?

— Et comme vous ne percevez que trente-cinq pour cent du total, vous auriez dû vendre l'ensemble douze mille dirhams, exact ?

— Je... eh, vous comptez vite, vous !

— Forcément, c'est mon métier. Enfin, si nous nous mettons en route maintenant, en combien de temps nous arriverons à Marrakech ?

— Dix ou douze heures...

— Vous connaissez un bijoutier fiable, là-bas ?

— Je connais des gens qui connaissent des bijoutiers.

— Très bien. Donc, voilà la solution : nous laissons une demi-heure à ces salauds pour déguerpir, nous nous mettons en route – je promets de garder la burqa sur moi tout le temps jusqu'à Marrakech –, nous trouvons un bijoutier qui me donnera la somme dont j'ai besoin et je vous donne les deux mille dirhams pour m'avoir conduite, plus douze mille pour ce qui vous a été volé. De cette façon, vos clients ne seront pas lésés… et vous non plus.

— Non, non, impossible, a-t-il fait en secouant la tête.

— Vous devez accepter, Aatif ! C'est à cause de mon idée idiote de retirer le voile que les jeunes Français m'ont aperçue avant Taznahkt, ce qui nous a amenés à faire ce détour, ce qui a provoqué… tout ça. Vous n'avez pas d'autre choix. Vous acceptez et c'est tout.

Il s'est frotté les yeux de ses mains calleuses.

— Je ne mérite pas que vous m'aidiez, a-t-il murmuré.

— Mais si, bien sûr que si. Et la malchance ne dure pas toujours… si on le veut.

Il s'est levé, retrouvant peu à peu un souffle régulier. Un sourire hésitant est apparu sur ses lèvres.

— *Un peu de thé ?* a-t-il proposé.

— Une rasade de whisky marocain ne me ferait pas de mal, en effet, ai-je convenu, ayant surmonté le choc de ce réveil brutal et la pensée effrayante que l'histoire aurait pu se répéter si je n'avais pas été cachée derrière la dune.

J'ai frissonné malgré moi, ce qui n'a pas échappé à Aatif. Surmontant sa timidité naturelle, oubliant un instant sa propre infortune, il m'a surprise en me prenant la main et en la serrant brièvement.

— D'accord pour le whisky marocain, a-t-il tenté de plaisanter, et ensuite… Marrakech.

27

Il nous a fallu presque treize heures pour rejoindre Marrakech. Quand Aatif s'est remis au volant, ses mains tremblaient encore et il avait du mal à refouler des larmes de rage impuissante. Comme j'avais posé ma main sur son bras pour lui manifester ma sympathie, il s'est redressé, a serré les dents et nous a ramenés sur l'interminable piste toute crevassée. Au bout d'une heure de cahots, retrouver le macadam a été un vrai réconfort, de même que constater qu'aucun barrage n'était en vue. Alors que nous roulions vers le nord, je lui ai demandé s'il comptait signaler le vol à la police.

— Pour avoir encore plus d'ennuis ? Il n'y a pas beaucoup de voleurs itinérants, au Maroc, et ils n'opèrent que sur les petites routes. Si je les dénonce et qu'on les arrête, ça change quoi ? Ils passent un an en prison, maximum, et après ils me cherchent pour se venger. Ça ne vaut pas la peine.

— Je me sens d'autant plus coupable que vous avez été contraint de quitter la route principale à cause de moi…

— Mais non. J'ai dormi près de ce village des tas

de fois et je n'ai jamais eu de problème. On n'a pas eu de chance, c'est tout.

Nous en avons eu aux abords de Taznakht, pourtant. Nous sommes tombés sur un contrôle de police, mais, après avoir distraitement examiné nos papiers et inspecté le fourgon vide, les policiers nous ont laissés passer sans encombre. Quatre heures de désert ininterrompu ont suivi. Nous n'avons effectué qu'un seul arrêt pour verser l'un des jerrycans d'essence dans le réservoir, boire un peu d'eau et finir les quelques bouts de *kesra* qui nous restaient. Nous avons recommencé à rouler, l'un et l'autre très conscients que nous n'avions plus un dirham sur nous et qu'il fallait absolument parvenir à Marrakech avant la tombée de la nuit.

Au contrôle de l'accès à Ouarzazate, un jeune policier plein de zèle s'est mis à me poser des questions et n'a guère paru impressionné par l'histoire de sourde-muette que lui servait Aatif. Alors que je continuais de regarder droit devant moi sans réagir, il est allé chercher un supérieur et lui a expliqué la situation avec force gestes qui m'ont fait comprendre qu'il avait l'intention de me retirer la burqa de force. Le second policier, qui avait à peu près la cinquantaine, a eu un rapide échange avec Aatif et celui-ci a dû être convaincant car il nous a fait signe de continuer. Dès que le barrage a été derrière nous, il a agrippé son volant de plus belle, tentant de retrouver un flegme déjà mis à rude épreuve au cours des dernières vingt-quatre heures.

— On a eu chaud, ai-je déclaré.

Il a hoché la tête à plusieurs reprises.

— Bon, si tout se passe bien, on ne nous arrêtera plus avant Marrakech.

Quand nous sommes entrés sur l'avenue Mohammed-V

de Ouarzazate, nous avons eu lui et moi des réactions radicalement différentes : alors que je regardais en tous sens dans l'espoir improbable que Paul surgisse soudain sur un trottoir, Aatif gardait la tête basse et les yeux obstinément fixés sur la chaussée à deux mètres devant la Citroën. Autant j'avais désespérément besoin de revoir mon mari disparu, autant il redoutait d'apercevoir la femme qui avait brisé son cœur en partant avec le roi de la boulangerie local. Tous, chacun à sa manière, nous restons hantés par nos histoires d'amour, passées et présentes.

— La route à partir de maintenant, elle est… compliquée, m'a-t-il prévenue au bout d'un moment de silence, tandis qu'il se décrispait un peu après avoir quitté le centre-ville.

— C'est-à-dire ?

— Vous avez le vertige ?

Une heure plus tard, j'ai compris le sens de sa question. Nous avions grimpé à près de deux mille mètres et nous roulions à présent sur une deux-voies exiguë accrochée aux flancs vertigineux du Haut Atlas. Les lacets en épingles à cheveux dissimulaient souvent d'angoissants obstacles : un camion dévalant la pente vers nous, un berger menant une dizaine de chèvres, ou encore un jeune casse-cou qui a pratiquement jeté sa moto sous notre véhicule avant de nous éviter en nous lançant un chapelet d'injures.

Le passage du col de Tizi-n-Tichka a été encore plus éprouvant. Une seule erreur de jugement et nous basculions dans le vide dont aucun muret, aucune rambarde ne nous séparait. Comme j'étais du côté passager et que nous remontions vers le nord, mon regard était dangereusement attiré par l'abîme, à seulement quelques centimètres des roues de la fourgonnette. C'était vertigineux, en effet.

— En hiver, avec la neige, c'est très dur, a commenté Aatif entre ses dents serrées.

En plein été, cela restait une épreuve pour les nerfs, chaque zigzag présentant un nouveau danger, une possible collision ou quelque obstacle sur la chaussée malmenée par les intempéries. Tout en fumant, Aatif chantonnait doucement et cela m'a soudain ramenée à un trajet en voiture avec mes parents quand j'avais quinze ans. Nous déménagions de Chicago à Minneapolis et nous avions été surpris par une tempête de neige sur l'autoroute : en dépit de la visibilité réduite à zéro, mon père avait continué à rouler à quatre-vingts ou plus, ignorant les injonctions de ma mère. Pendant tout ce pénible moment il n'avait cessé de fredonner un air de Sinatra dont le refrain était… « *Fly me to the moon* ». Aatif se montrait beaucoup plus prudent, lui, car, ainsi qu'il me l'avoua, même s'il empruntait cet itinéraire deux fois par mois, il continuait de le redouter.

— Dans cette zone, il y a au moins un accident mortel par semaine, annonça-t-il.

— Mais nous ne serons pas celui de cette semaine.

— *Inch'Allah*…

Un moment s'est tout de même révélé particulièrement pénible, éprouvant pour son sang-froid et le mien. Alors que nous traversions un village perché à flanc de montagne, un gamin d'environ sept ans a fusé devant nous, poursuivant le ballon qui venait de lui échapper. Aatif a donné un coup de frein désespéré qui a fait patiner le véhicule sur le côté. Poussant un hurlement d'effroi, j'ai plaqué mes mains sur mes yeux pendant qu'il parvenait miraculeusement à stopper notre dérive juste au bord du précipice, nous épargnant une chute d'au moins trois cents mètres. Terrorisé d'avoir échappé de peu à la mort et de nous avoir vus si proches de l'abîme, le garçon a détalé comme un lapin. Un silence irréel s'est abattu. Comme toujours après des instants particulièrement stressants, Aatif a empoigné le volant, repris sa respiration et allumé une cigarette. Lorsqu'il s'est senti à nouveau maître de lui, il a effectué une petite marche arrière précautionneuse pour nous remettre sur notre trajectoire et nous avons continué.

— Nous avons été à deux doigts d'avoir l'accident mortel de la semaine, a-t-il commenté sobrement.

Heureusement, nous avons commencé à descendre ; à partir de là, la route reprenait un tracé moins capricieux jusqu'à ce que nous quittions pour de bon la montagne. Le soir tombait quand nous avons fait halte pour nous reposer et nous restaurer.

— Où est votre bijoutier, à Marrakech ? me suis-je enquise.

— Nous devons d'abord aller voir mon distributeur du souk. Il attend cette livraison avec impatience, il va être très fâché que je ne lui apporte rien mais il connaîtra peut-être quelqu'un pour vos bijoux.

— À l'allure où on va, nous y serons quand ?

— Avant 8 heures, j'espère… s'il n'y a pas plus de barrages.

Il y en avait un à l'entrée de la ville, sans doute très sérieux puisque la circulation était bloquée sur plusieurs centaines de mètres. Il nous a fallu près de quarante minutes pour parvenir à la barrière de contrôle.

— Rappelez-vous, ce n'est pas seulement vous

qu'ils recherchent, m'a dit Aatif en percevant ma nervosité. Ils sont après les terroristes, aussi.

Toutefois, les policiers étaient tellement surmenés au milieu de la cohue automobile du soir qu'ils se sont contentés d'un examen sommaire de nos pièces d'identité avant de nous autoriser à passer.

Marrakech ! Je m'étais tellement attendue à une cité mythique que je n'étais pas préparée aux étendues de banlieues grises, aux centres commerciaux, aux hôtels des grandes chaînes internationales, à de tels embouteillages. Nous nous sommes garés non loin du fameux souk, l'immense place-caravansérail. Là les charmeurs de serpents donnaient des sueurs froides aux touristes, des singes apprivoisés couraient en tous sens, un dromadaire esseulé attendait qu'on le prenne en photo avec un ou deux visiteurs hilares sur son dos, des jeunes gars du cru ne laissaient pas une minute de paix aux rares femmes étrangères qui s'aventuraient seules ici et des guides improvisés brandissaient des brochures criardes sous le nez de tous ceux qui n'étaient visiblement pas marocains… Mon attention a été attirée par l'un de mes concitoyens, la cinquantaine, bien conservé, vêtu comme s'il était en villégiature dans les Hamptons, sa jolie épouse permanentée suspendue à son bras, qui se débattait parmi un groupe de harponneurs de touristes. « *Leave me the fuck alone !* » a-t-il finalement explosé tandis que la femme suivait mon passage d'un œil indigné, mon accoutrement symbolisant pour elle une soumission féminine complètement inacceptable.

Aatif m'a entraînée à travers ce bruyant kaléidoscope, entre les étals de tapis et les alignements de bois sculpté ou d'articles en cuir odorant, jusque sous une arche ouvrant sur une ruelle obscure qui conduisait à un autre bazar nettement plus calme et raffiné que l'esplanade livrée aux yeux étrangers. Des hommes en costume trois-pièces ou en djellaba de soie blanche immaculée faisaient la causette devant des vitrines remplies d'or et de pierres précieuses.

Il m'a précédée dans un magasin-dépôt. Un garçon d'une trentaine d'année, survêtement noir avec la marque Armani bien en évidence, lunettes de soleil Versace, les poignets ornés de gourmettes voyantes et d'une grosse Breitling, l'a distraitement salué d'un signe de tête tout en continuant à parler dans son téléphone portable. Il en avait un autre posé sur la table devant lui, à côté d'une calculatrice chromée, d'un paquet de Marlboro et d'un briquet sans doute en or massif. Il m'a lancé un regard méfiant puis, ayant terminé sa conversation, m'a montrée du doigt en demandant à Aatif ce que je fabriquais là. Aatif s'est lancé dans de longues explications et, lorsque sa voix a pris une inflexion plus plaintive, j'ai compris qu'il lui relatait sa mésaventure, la raison pour laquelle il se présentait à lui les mains vides.

Sans daigner lui offrir une cigarette, le jeune frimeur en a allumé une et en a pris une bouffée qu'il a soufflée impudemment dans la figure d'Aatif. J'ai immédiatement détesté son arrogance, cette suffisance de petit coq qui devait sans doute sa richesse à son papa et traitait de haut des personnes humbles comme Aatif. Il était certainement imbuvable avec les femmes, les considérant comme des objets à consommer pour son plaisir, si tant est qu'il en ait été capable – ce genre de vanité machiste dissimule souvent l'impuissance. J'ai été tentée d'arracher mon voile et de lui demander des comptes, mais cela aurait été trop risqué. Je suis restée plantée là à l'écouter invectiver Aatif avant de le congédier du même geste que s'il chassait une mouche.

Aatif a quitté le bureau la tête basse, les larmes aux yeux. Sur le pas de la porte, je me suis retournée et j'ai fixé ce sale type. Cherchant mes yeux accusateurs à travers la fente de la burqa, il a éructé quelque chose en arabe mais je n'ai pas bougé. Encore une bordée de mots irrités puis, comme je continuais à l'accabler d'un regard plein de mépris, il a perdu de son aplomb, rallumant une cigarette, m'enjoignant encore de déguerpir d'une voix où perçait maintenant de la nervosité. Il s'est levé, s'est détourné en faisant mine de consulter ses messages sur l'écran du téléphone. Lentement, j'ai pointé un doigt accusateur vers lui. Il a réagi comme n'importe quel petit caïd à qui l'on tient tête : il a tourné les talons et s'est enfui par la porte de derrière.

J'ai rejoint Aatif sur le trottoir, où il fumait nerveusement une cigarette, les yeux rouges.

— Qu'est-ce qu'il vous a raconté ? ai-je voulu savoir.

— Il a dit que j'étais un imbécile de m'être fait dévaliser, que je l'avais laissé sans stock et que même si je revenais la semaine prochaine avec une camionnette pleine j'aurais à lui donner cinq mille dirhams en plus, pour le dédommager.

— Ah oui ? En réalité, rien ne vous force à continuer à traiter avec lui.

— Mais son père et lui sont mes seuls contacts d'affaires à Marrakech depuis cinq ans !

— Et alors ? Je suis sûre que vous pouvez trouver mieux. Et moins mal élevé, en plus.

— Jusqu'ici, je n'avais jamais eu de problème avec lui…

— Évidemment, vous acceptiez les conditions ridicules qu'il vous faisait.

— Il n'est pas facile, non, mais…

— Pas de « mais », Aatif. Il vous suffit de chercher un peu et vous trouverez un revendeur qui non seulement se chargera de ce que vous lui apportez mais vous traitera avec respect.

Il a médité mes paroles un moment puis, sans y répondre directement, a tendu le doigt vers une boutique située de l'autre côté de la ruelle.

— Lui, c'est un bon bijoutier…

C'était sa façon de faire dévier la conversation. Il a dû m'accompagner à l'intérieur puisque je ne voulais pas enlever mon voile et nous attirer plus d'ennuis, et il a traité avec le propriétaire, un homme massif aux manières cassantes qui a tendu en avant sa grosse patte pour que j'y dépose mes bagues. Vissant une loupe d'horloger sur son œil, il a fait mine de les étudier avant de donner son verdict en arabe à mon compagnon, qui me l'a traduit au creux de l'oreille :

— Cinq mille dirhams.

Sans un mot – n'étais-je pas sourde, muette, déséquilibrée, je ne sais quoi ? –, j'ai ouvert ma paume et le gros bonhomme y a déposé mes bijoux. À la boutique suivante, le bijoutier s'est montré plus amène mais il a été tout de suite clair qu'il ne me prenait pas au sérieux. Comme je refusais d'un signe les dix mille dirhams qu'il avait offerts, il a souri en montrant des dents aussi brunes que son veston et il est immédiatement monté à quinze mille. Encore un signe négatif de ma part, une fois qu'Aatif m'eut expliqué à voix basse de quoi il retournait :

— Vingt mille, point final.

J'ai fait non de la tête. Un rapide salut et nous étions partis.

Je commençais à me dire que j'allais devoir me défaire de mes bijoux à un prix désespérément bas quand j'ai aperçu une petite joaillerie d'aspect cossu au coin de la ruelle que nous empruntions. Sur la belle façade en mosaïque se détachaient des lettres dorées, *ABBOU-JOAILLIER*, surplombées par une étoile de David en maçonnerie. J'avais lu quelque part que le Maroc gardait une communauté juive relativement importante et bien intégrée à une société très majoritairement musulmane. Nous sommes entrés dans la boutique, tout en acajou et miroirs. L'homme d'une soixantaine d'années qui examinait des pierres précieuses sur une large table s'est levé pour nous accueillir. Costume croisé à rayures, chemise bleu nuit et cravate noire, il avait une allure à la fois raffinée et débonnaire avec ses lunettes bifocales à fine monture perchées au bout du nez. J'ai remarqué sur le comptoir une photographie de lui plus jeune, dans les quarante ans, devant une bijouterie new-yorkaise dont la devanture indiquait un numéro de la 48e Rue Ouest. Comme il me posait une question en arabe, j'ai décidé de prendre un risque dont les conséquences pourraient être désastreuses mais qui me permettrait certainement de mieux vendre mes bagues : j'ai retiré mon voile. Il a été des plus étonnés de découvrir que la burqa dissimulait une Occidentale.

— D'après cette photo, j'imagine que vous parlez anglais, ai-je commencé.

— En effet, madame.

Il m'a fait signe de m'asseoir. Resté près de la porte, Aatif semblait très nerveux de me voir ainsi exposée. Je lui ai proposé d'aller fumer une cigarette dehors et il s'est exécuté aussitôt, saluant le bijoutier d'une légère inclination du torse avant de sortir. Ce dernier m'a tendu une carte de visite au nom de Yossef Abbou.

— Donc, vous avez travaillé à New York ?

— J'y ai vécu quinze ans. Je suis toujours associé au nouveau propriétaire de la bijouterie que j'avais là-bas, et j'y retourne une fois par an.

— Qu'est-ce qui vous a décidé à revenir au Maroc ?

— La famille, a-t-il dit avec un bref sourire.

Il s'est interrompu et m'a dévisagée avec une insistance non déguisée. Je me suis préparée à ce qui allait suivre.

— Pardonnez-moi de demander cela, madame, n'ai-je pas déjà vu votre visage ?

— C'est possible, ai-je répondu prudemment, mais est-ce que cela importe ?

Il a réfléchi un instant.

— Puis-je vous offrir une tasse de thé ?

— C'est très aimable mais je préfère en venir directement au but de ma visite ici. Verriez-vous un inconvénient à baisser les stores de votre vitrine pendant que nous discutons de la transaction que j'ai à vous proposer ?

Il a hésité quelques secondes, se demandant sans doute s'il était raisonnable de me laisser rester dans son établissement. Ma bague de fiançailles et mon alliance n'avaient pas échappé à son regard expert.

— Bien sûr, madame.

Il est allé à la porte, retournant la pancarte « Fermé »

qui était suspendue dessus, puis il a baissé tous les stores vénitiens avant d'allumer quelques spots au plafond et de s'asseoir en face de moi.

— Eh bien, en quoi puis-je vous aider ?

— Je dois vendre ceci, ai-je annoncé en retirant les deux bagues de mes doigts. Elles viennent de chez Tiffany. C'était un cadeau de mon mari.

— Cinquième Avenue, au croisement de la 57ᵉ Rue, a-t-il complété en souriant.

— Exactement. La bague de fiançailles est en platine, avec un diamant de 1,1 carat. Je vois que votre ordinateur est connecté, vous pouvez facilement consulter le prix sur le site de Tiffany, c'est ce que j'ai fait il y a quelques mois quand j'ai renouvelé l'assurance. Treize mille dollars. L'alliance est le modèle Étoile, platine et sept diamants d'un total de 0,75 carat. Sa valeur est de…

— Je dirais quatre mille dollars chez un revendeur de la 57ᵉ, m'a-t-il coupée.

— Impressionnant.

— C'est mon métier. Moi, je suis impressionné par la précision de votre présentation. Vous êtes également dans la joaillerie ?

— Non, mais je suis experte-comptable.

— Ah… oui, en effet, j'ai lu cela dans le journal.

Ainsi, il savait qui j'étais mais il était disposé à faire affaire avec moi… C'était du moins ce que j'espérais.

— Puis-je examiner vos bagues, madame ?

— Bien sûr.

Il a passé un long moment à les étudier avec sa loupe de bijoutier, les a pesées, puis il est allé à son ordinateur et a ouvert le site du célèbre joaillier new-yorkais. Ensuite, il s'est emparé de son téléphone portable et a eu une conversation à voix basse avec son interlocuteur. Seigneur, il prévient la police ! ai-je pensé, mais, comme s'il avait deviné mes craintes, il m'a adressé un sourire rassurant. Son appel terminé, il m'a expliqué qu'il avait dû consulter son associé avant de faire une offre.

— Ce sont effectivement des diamants de chez Tiffany montés sur platine. Aux États-Unis, la vente au détail des deux rapporterait dans les dix-sept mille dollars, je le sais, mais nous sommes à Marrakech et il est impossible que je vous offre une somme même approchante.

— Combien, alors ?

— Quarante-cinq mille dirhams.

— Soixante-dix.

— Impossible. Cinquante mille, c'est mon dernier prix. Presque six mille dollars.

— Oui, et si j'allais dans une boutique de change de bijoux près de la 42e Rue à Manhattan, ils m'offriraient au moins douze mille.

— Mais vous n'êtes pas à New York. Bon, disons, cinquante-deux mille cinq cents, parce que c'est vous.

— Alors que vous allez les revendre au moins cent mille les deux avant une semaine ? Soixante-cinq mille.

— Soixante, et c'est mon dernier mot.

M. Abbou a pris la main que je lui tendais en inclinant légèrement le torse vers moi. Ses yeux se sont posés sur mon poignet.

— Attendez, c'est une Rolex Explorer, non ? Des années 1960 ?

— Elle est de 1965. Elle appartenait à mon père et elle a été récemment estimée à quinze mille dollars.

— Je peux la voir de plus près ?

Dès que je la lui ai confiée, il m'a demandé la permission de l'ouvrir pour en étudier le mécanisme avec sa loupe. Une fois encore, il est allé consulter la cote sur son ordinateur avant de passer un rapide coup de fil.

— Je peux vous en proposer cinquante mille dirhams, pas plus.

— Quatre-vingts.

— Je regrette. Soixante.

— Voyons, je suis sûre que si vous appelez l'un de vos riches clients, il sera preneur pour cent trente mille dirhams.

— Bon, soixante-cinq.

— Soixante-dix… et c'est mon dernier prix.

Cette fois, c'est lui qui a initié la poignée de main.

— Marché conclu, madame. Et maintenant, une tasse de thé ?

Comme j'avais approuvé de la tête, il est allé donner quelques ordres par la porte de service.

— Désireriez-vous quoi que ce soit d'autre ? a-t-il demandé en revenant vers moi.

— Oui. Le moyen d'aller à Casablanca sans être vue.

— Vous avez une pièce d'identité quelconque ?

— Celui qui m'a conduite ici m'a prêté les papiers de… quelqu'un d'autre. Et comme je portais la burqa, il n'y a pas eu de problème.

— Pourquoi ne pas continuer avec lui jusqu'à Casa, alors ?

— Je ne veux pas l'impliquer davantage dans cette histoire.

— Oui…

Il a tambouriné des doigts sur le comptoir, la mine pensive.

— Eh bien, je pense pouvoir vous aider.

Le thé nous a été servi par un jeune homme impeccablement sanglé dans un costume croisé, qui n'a pu réprimer un mouvement de surprise en découvrant une Occidentale assise là, son lourd voile noir posé sur la table. Mon hôte a eu un bref échange en arabe avec lui avant de lever cérémonieusement son verre dans ma direction.

— Je vous souhaite un bon retour dans votre pays, madame. Si je ne suis pas indiscret, comment envisagez-vous de quitter le Maroc, dans votre situation ?

— Il me faut un nouveau passeport. Vous ne connaîtriez pas quelqu'un qui arrange ce genre de problèmes, par hasard ?

J'aimais autant ne plus avoir affaire à Ben Hassan.

— Je ne connais personne, mais c'est avec plaisir que j'enverrai Ismaïl, mon assistant, à Casablanca avec vous, a répondu M. Abbou avec un sourire indulgent. Il prendra l'une de mes Mercedes et vous gagnerez la capitale confortablement. Trois mille dirhams pour ce service vous semblent convenables ?

— Comment ? Je parie que n'importe quel taxi ici ferait la route pour moitié prix !

— C'est exact, madame, mais vous oubliez les barrages de police que vous allez certainement rencontrer cette nuit. Avec Ismaïl, vous aurez l'air d'une Marocaine de la haute société se faisant conduire par son chauffeur, alors que dans un banal taxi…

— OK, entendu, trois mille.

— Il faudra évidemment parler avec celui qui vous a amenée ici et voir s'il accepte de vous prêter la même carte d'identité encore un jour ou deux.

— Oui, c'est vital. Mais avant d'aller plus loin, et

si vous me pardonnez d'être aussi directe : pourrais-je voir l'argent dont vous avez parlé ?

— Mais bien entendu ! Les affaires sont les affaires. Et regardez, je vous laisse vos bijoux et votre montre pendant que je vais chercher les fonds dans mon coffre-fort.

Restée seule un instant avec Ismaïl, qui gardait un œil vigilant sur la porte du magasin mais aussi sur ma marchandise, je lui ai demandé s'il parlait français.

— Oui, madame.

— Combien de temps nous prendra le trajet jusqu'à Casablanca ?

— Dans quel quartier allez-vous ?

— Gauthier, vous connaissez ?

— Très agréable. En fait, à cette heure tardive de la soirée, cela ne prendra que deux heures et demie. Il y a l'autoroute presque sans arrêt de Marrakech à Casablanca.

M. Abbou est revenu avec des liasses de billets encore entourées des bandes de papier de la banque. Je les ai recomptés avec soin avant d'en glisser la moitié dans la poche de ma djellaba. Ensuite, j'ai demandé au bijoutier si je pouvais m'entretenir avec mon chauffeur dans sa boutique.

— Naturellement. Voulez-vous que je lui dise d'entrer ?

— Merci. Il s'appelle Aatif.

— Très beau prénom. Vous en connaissez la signification en arabe ?

— Non.

— « Miséricordieux ».

Ismaïl est sorti le chercher. M. Abbou a dit qu'il pouvait se retirer si je désirais que la conversation soit privée, mais je l'ai prié de rester. J'ai fait signe à Aatif de s'asseoir sur la chaise proche de la mienne. Son regard s'est arrêté sur l'impressionnante pile d'argent devant moi.

— C'est pour vous, Aatif.

Il a ouvert des yeux gigantesques.

— Mais non, madame. Nous étions convenus de deux mille dirhams pour aller à Marrakech.

— Oui, mais je vous avais également promis douze mille pour vous dédommager de ce qu'ils vous ont volé dans votre camionnette. Et entre-temps, j'ai estimé que vous méritiez un bonus. Au total, il y a cent mille dirhams pour vous.

— Mais… pourquoi ?

— Parce que quand vous aurez réglé vos dettes il vous restera suffisamment pour acheter une maison et épouser Hafiza, en y ajoutant vos économies.

Silence. Aatif a passé une main sur son visage.

— C'est trop gentil à vous, a-t-il murmuré.

— Vous le méritez, je le répète.

— Mais…

Pesant légèrement sur son épaule, M. Abbou lui a chuchoté quelques mots en arabe. Soudain, Aatif a saisi mes mains dans les siennes en un geste de remerciement éperdu.

— J'ai enfin de la chance, alors…

— Moi aussi.

Je me suis tournée vers M. Abbou, m'adressant à lui en français pour qu'Aatif comprenne.

— Voyez-vous, Aatif a besoin d'un nouveau partenaire commercial à Marrakech pour écouler la marchandise qu'il rapporte du Nord. Celui avec qui il traitait jusqu'ici est épouvantable.

M. Abbou ayant voulu savoir de qui il s'agissait, Aatif l'a nommé.

— Ah, c'est un enfant gâté, aussi bête que méchant… Vous serez encore à Marrakech demain ?

— Je… je crois, a répondu Aatif timidement. Il faut que je dorme un peu, nous avons roulé beaucoup et…

— Où allez-vous passer la nuit ? l'a interrompu M. Abbou.

Aatif a eu une mimique de perplexité résignée.

— Nous avons une maison d'hôtes dans la cour derrière. Simple et fonctionnelle. Vous êtes mon invité. Et vous dînerez avec moi ce soir, il y a un excellent restaurant juste à côté. Demain matin, je vous présenterai à quelques commerçants fiables de ma connaissance.

Aatif a eu le sourire réservé mais sincère que je lui avais vu si souvent.

— Merci, merci beaucoup.

Comme je lui demandais si je pouvais conserver la pièce d'identité de sa sœur quelques jours de plus, avant de la lui renvoyer par la poste à l'adresse qu'il me donnerait, il m'a répondu :

— S'il vous plaît, gardez-la. Ma sœur aurait été contente de savoir qu'elle a pu rendre service à quelqu'un comme vous.

Jetant un coup d'œil à mon poignet pour vérifier l'heure, j'ai eu un sursaut en m'apercevant que ma montre n'était plus là. Le dernier souvenir tangible de mon père, mon unique héritage… Mais c'était quelqu'un qui savait ce que la vie avait d'imprévisible – « Il faut jouer les cartes qui t'ont été servies », aimait-il me dire. J'étais sûre qu'il aurait approuvé le fait que je me sépare de sa Rolex pour une aussi bonne cause.

— Il est plus de 21 heures, m'a appris M. Abbou, qui avait surpris ma réaction.

Nous allions être à Casablanca vers minuit, donc. Prenant le bloc de papier à en-tête de la bijouterie sur la table, j'ai noté mon adresse de courrier électronique et j'ai tendu la feuille à Aatif.

— Voilà la meilleure façon de me joindre, lui ai-je expliqué. Surtout, n'oubliez pas de m'envoyer des photos de votre mariage.

Se levant, il a repris mes mains dans les siennes.

— *Allah yibarek fik wal'ayyam al-kadima*, a-t-il dit avec ferveur.

Souriante, j'ai répété la bénédiction ainsi que je l'avais apprise. Oui, qu'Allah répande ses bénédictions sur toi dans les temps à venir...

Dix minutes plus tard, j'étais en route, toujours dissimulée sous ma burqa. Auparavant, M. Abbou avait tenu à m'accompagner jusqu'à la vénérable Mercedes – un modèle des années 1980, m'a-t-il précisé – dont Ismaïl allait prendre le volant. J'ai remis à celui-ci l'adresse de Ben Hassan.

— Pas de problème, on a le GPS, a-t-il commenté.

M. Abbou m'a rappelé qu'il y avait son numéro de portable inscrit sur la carte de visite qu'il m'avait donnée peu de temps auparavant.

— À la moindre difficulté, vous m'appelez. Je ne suis pas en mesure de vous trouver un passeport mais j'ai des contacts efficaces, en cas de besoin. Ah, et finalement, le transport jusqu'à Casablanca vous est offert.

— C'est gentil de votre part.

— Disons que c'est une mitsva, a-t-il dit avec un clin d'œil.

Une mitsva... J'ai eu un petit rire.

— Eh bien, si je m'attendais à entendre parler yiddish à Marrakech...

— C'est de l'hébreu, chère madame. Et la vie est pleine de surprises.

— Oui, j'ai cru m'en apercevoir...

— Et une mitsva doit toujours être récompensée par une autre.

— Comme c'est juste... et rare.

J'ai serré sa main dans la mienne.

— Ce fut un plaisir de traiter avec vous, monsieur.

— Plaisir partagé, madame.

Ouvrant la portière pour moi, il m'a laissée partir vers mon destin. Un quart d'heure plus tard, nous prenions de la vitesse sur l'autoroute presque déserte. Nous avions mis au point une histoire qu'Ismaïl raconterait à la police si nous étions arrêtés, mais le trajet s'est déroulé sans encombre. Sur la banquette arrière de la voiture plaisamment climatisée, j'ai plus ou moins somnolé jusqu'au seul barrage contrôlant l'entrée de Casablanca. M. Abbou avait raison : en voyant un chauffeur en costume-cravate et une femme voilée dans une Mercedes noire, les policiers nous ont fait signe de continuer.

À notre arrivée au pied de l'immeuble de Ben Hassan, dix minutes après, j'ai donné à Ismaïl deux mille dirhams en dépit de ses protestations – son employeur lui avait précisé de n'accepter aucun argent de ma part, a-t-il affirmé –, en le priant de m'attendre en bas jusqu'à 1 heure du matin.

— Si vous ne me revoyez pas d'ici là, vous rentrez

tranquillement à Marrakech, mais dans le cas où j'aurais besoin de vous…

— Je serai là.

C'était simple : sans le faux passeport que Ben Hassan pourrait me procurer, je n'aurais plus aucune issue. Cependant, s'il n'était pas chez lui ou s'il élevait des objections inattendues, je pensais pouvoir convaincre Ismaïl de me conduire jusqu'à Tanger et, là-bas, me mettre en quête d'un passeur de clandestins qui m'aiderait à quitter le pays. Je gardais tout de même l'espoir qu'à la vue de vingt mille dirhams en liquide, Ben Hassan me fournirait le nécessaire et prendrait des dispositions pour que j'attrape le ferry du matin en direction de l'Espagne.

J'ai attendu devant la porte principale jusqu'à ce qu'un jeune couple sorte. Je me suis glissée à l'intérieur et j'ai gravi les quatre étages desservis par un escalier de guingois. Aucune réponse à mon premier coup de sonnette. J'ai laissé mon doigt sur le bouton pendant près d'une petite minute, et finalement on m'a ouvert. Ben Hassan en personne, toujours en caftan blanc et l'air aussi ensommeillé qu'à notre première rencontre. La vue d'une inconnue en burqa devant chez lui l'a plutôt décontenancé, et quand j'ai abaissé mon voile il a eu quelques secondes de stupeur avant de reprendre son expression habituelle d'implacable ironie.

— Eh bien, eh bien… La femme la plus recherchée du Maroc qui vient dire un petit bonjour !

Je l'ai repoussé à l'intérieur de l'appartement, et sans faire de manières j'ai annoncé :

— J'ai besoin d'une douche et d'un passeport.

28

De l'eau chaude coulant d'un pommeau de douche.
Du savon, du shampooing, une brosse à dents et du
dentifrice. Une grande serviette. Un lit avec des draps,
et avant de m'y abandonner un léger souper accompagné de quelques verres de vin. Basique, dira-t-on,
mais quand on en a été privé un long moment, tout
cela s'apparente à un luxe incroyable.

J'étais toujours aussi mal à l'aise en compagnie
de Ben Hassan, mais je devais convenir qu'il restait
un hôte exemplaire. Dès mon arrivée impromptue, il
avait veillé à ce qu'Omar me prépare la salle de bains
réservée aux invités et me trouve de quoi me changer
pendant que je passais près de vingt minutes sous le
flot revigorant de la douche et que tous les vêtements
que j'avais si longtemps portés disparaissaient dans
la machine à laver.

— J'espère que vous n'avez rien contre le pigeon,
m'a lancé Ben Hassan en me voyant entrer dans la
salle à manger vêtue d'une djellaba en fin coton
appartenant à Omar et dont la taille me convenait
d'autant mieux que j'avais sérieusement fondu durant
mon odyssée au Sahara.

— S'il est cuit, non.

— Bien répondu ! Nous avons un reste de pastilla qu'Omar vient de réchauffer. Et j'imagine que vous ne seriez pas contre un peu de vin ?

— Vous imaginez parfaitement.

Le rosé était délicieux et la pastilla, une tourte composée d'amandes pilées, de cannelle, de harissa et de viande de pigeon tout à fait cuite, magnifique. Durant le trajet entre Marrakech et Casablanca, j'avais résolu que si je revoyais Ben Hassan je m'abstiendrais de toute allusion à Paul et aux conditions du prêt qu'il lui avait extorqué. Obtenir de lui un nouveau passeport et le moyen de rejoindre Tanger, c'était tout ce que je désirais, mais ce retour au confort, ce dîner tardif et la simple sensation de me sentir à nouveau propre, débarrassée d'une croûte de sueur et de poussière persistante, avaient tendance à me ramollir un peu l'esprit.

Sous la douche, j'avais procédé à un bilan rapide de mes dommages corporels. Nettement moins bleue maintenant, ma pommette restait douloureuse au toucher, enflée. Alors que les brûlures causées par le soleil s'étaient atténuées sur mon visage, elles zébraient encore de cicatrices violacées l'arrière de mes jambes. De retour aux États-Unis, il me faudrait probablement consulter un gynécologue et passer une IRM du crâne car le bourdonnement dans mon oreille gauche persistait. Que savait Ben Hassan de ce qui m'était arrivé ? Sa remarque sarcastique en m'accueillant prouvait qu'il n'ignorait pas que les autorités m'impliquaient dans la disparition de mon mari, et il avait sans doute vu les images télévisées du cadavre calciné dans le désert. Mais il n'était pas question de parler de tout cela avec lui. Je désirais simplement apprécier ce moment de répit et préparer mon échappée au plus vite. Je l'ai donc laissé faire les frais de la conversation pendant que je savourais le rosé et la pastilla.

— D'après ce que j'ai entendu à propos de vos exploits, a-t-il commencé après quelques banalités, vous savez vous dépêtrer des pires situations. Je regrette sincèrement les mauvais traitements dont vous avez souffert ici, comme en témoignent les traces de votre impressionnant cocard à l'œil gauche, mais je crois comprendre que votre agresseur en a été pour ses frais, n'est-ce pas ? Enfin, je ne suis pas de la police, grâce au ciel, et donc je ne cherche pas à savoir comment vous en êtes arrivée à le faire périr par le feu. Ni à quoi vous étiez occupée avec lui en plein désert…

Je l'ai dévisagé un instant.

— Ce… garçon et son complice m'ont droguée puis enlevée dans une rue de Tata pour m'emmener au milieu du Sahara. Ils m'ont violée et laissée pour morte.

— Et vous avez riposté.

— Je n'ai jamais dit ça !

— Bien sûr que non. Son comparse non plus, d'ailleurs.

— Son… Quoi, ils l'ont retrouvé ?

— À vous de vous renseigner à ce sujet. Mais comme je présume que votre plus pressant désir est de quitter ce pays au plus vite, si possible demain…

— Vous pouvez m'y aider ?

— Pour un certain prix, oui.

— Combien ?

— Discutons-en tranquillement demain matin, d'accord ?

— Je préfère maintenant.

— Ah, l'experte-comptable, encore et toujours !

— C'est simplement que je ne vous fais pas confiance.

— Oui ? Pourquoi êtes-vous présentement sous mon toit, alors ?

— Parce que vous êtes ma seule option. Un, j'ai besoin d'un faux passeport ; deux, vous êtes la seule personne que je connaisse au Maroc capable de me procurer ce genre d'article ; trois, me voici, partageant cet excellent rosé avec vous.

— Profitant de mon hospitalité ?

— Je peux m'en aller sur-le-champ.

— Pour aller où ? Et pour vous affubler à nouveau de ces oripeaux indigènes ? Quoique passer tous ces horripilants contrôles de police en vous dissimulant sous un voile ait été assez fort. Comment vous êtes-vous débrouillée lorsqu'ils vous ont demandé une pièce d'identité ?

— J'avais une solution.

— Je n'en doute pas.

— Alors, ce passeport, combien ?

— Ah ! on ne badine pas, ce soir…

— Je veux seulement entendre votre prix.

— Voyons… Je suppose qu'on vous a dépouillée de tout, y compris vos cartes de crédit ?

— Exact. Et je ne suis pas disposée à vous emprunter la moindre somme.

— Je n'en attendais pas moins de votre part. Cela dit, si vous n'avez pas de liquide…

— J'en ai une certaine quantité.

— Et comment vous l'êtes-vous procurée, si je puis me permettre ?

— J'ai vendu le peu de bijoux que j'avais à Marrakech.

Il a observé ma main gauche avec un intérêt non dissimulé.

— En effet. Tous les vestiges de votre mariage se sont envolés, je vois.

— À part les séquelles psychologiques.

— Le résultat a dû être conséquent, puisque je vois aussi que votre Rolex, assurément une pièce de collection, n'est plus à votre poignet.

— J'ai eu quelques dettes à régler.

— Oui, quelqu'un a dû faciliter votre évasion des griffes de la police. Il a pris très cher, c'est sûr.

— En fait, c'est probablement l'un des hommes les plus respectables que j'aie jamais croisés.

— J'en suis ravi pour vous. Les hommes respectables, c'est une denrée rare de nos jours.

— Mais vous en êtes.

— Oui ? Donc, j'en conclus que vous n'êtes pas complètement démunie sur le plan financier ?

— Vous m'aviez dit que votre prix habituel pour un passeport était dix mille dirhams, non ?

— Je vous ai également indiqué que si le demandeur était « problématique », en l'occurrence recherché par la police, le tarif était beaucoup plus élevé. Et c'est pourquoi je crains que, dans votre cas, il faille parler de trente-cinq mille dirhams.

— Je ne peux pas aller au-delà de vingt-cinq, transfert à Tanger inclus. Vous pourriez dire à Omar de me conduire, non ?

— Ce serait cinq mille dirhams de plus.

— Quoi ? Pour quatre heures de route !

— N'oubliez pas les risques que cela suppose…

— Je remettrai la burqa et je me servirai de la carte d'identité marocaine que j'ai en ma possession. Une fois au port, je me changerai avec mes vêtements habituels et je me servirai du passeport que vous allez me fabriquer.

— Dites donc, vous avez déjà tout planifié ! Impressionnant. Sauf que vous avez omis le péril auquel nous nous exposerions, Omar et moi. Enfin, pour montrer ma bonne volonté, je suis prêt à dire trente mille…

Je lui ai tendu la main.

— Marché conclu.

Avec une réticence visible, il l'a prise dans sa grosse patte difforme, toujours aussi brûlante et moite.

— À quelle heure pourrai-je avoir le passeport, demain ?

— Il est déjà 1 h 30 du matin, chère Robyn, et je ne peux me passer de sommeil. Disons qu'en me levant vers dix heures il m'en faudra environ une pour réaliser le passeport. J'ai l'appareil photo nécessaire et le cachet officiel, mais je dois aussi entrer le nouveau numéro dans leur base de données, ce qui requiert la collaboration d'un… associé. Étant donné votre aisance dans cette langue, j'ai décidé que vous serez de nationalité française mais, même au port de Tanger, de nos jours, la police des frontières a des ordinateurs. Il est nécessaire qu'une date d'entrée sur le territoire apparaisse sur l'écran quand ils vont scanner votre passeport.

— Ce qui signifie des frais supplémentaires ?

— Mais non. Le tarif que je vous ai donné inclut

tout. Demain, nous vous choisirons un nom. Rien de trop farfelu, d'accord ? La nuit porte conseil.

— Entendu. Je ne suis pas contre prendre un peu de repos, moi aussi.

— Votre lit vous attend.

— Encore une chose : pendant mon absence, est-ce que quelqu'un a signalé avoir vu Paul ?

— Non. Rien depuis ce fameux jour où vous lui avez donné la chasse à Ouarzazate.

— Que je lui... ? Attendez, comment êtes-vous au courant ?

— J'ai mes sources.

— Son « autre épouse », par exemple ?

— Peut-être. Et maintenant, j'imagine que vous brûlez d'envie de me demander pourquoi je n'ai pas remis à Samira l'argent que Paul a emprunté pour son appartement, exact ?

— Je ne pense pas avoir jamais mentionné que je m'en souciais.

— L'une de mes sources à Ouarzazate m'a informé que vous étiez visiblement très contrariée par ce détail. Maintenant, je peux facilement vous expliquer la vérité...

— La vérité, c'est que vous me baladez dans une galerie de glaces où tout est faux-semblant, indéfini et, oui, trompeur. Donc, peu importe. Je ne veux pas savoir pourquoi elle n'a jamais eu cet argent. Arrangez-vous avec votre conscience. Tout à l'heure, vous allez recevoir de moi quatre mille dollars. Nous sommes parvenus à un accord, la discussion est close. Merci à nouveau pour votre hospitalité.

Un long silence a suivi, durant lequel Ben Hassan nous a servi un verre d'eau-de-vie. Et c'est lui qui a repris la parole en premier, abandonnant pour un moment son rictus sardonique.

— Je ne partage pas entièrement votre opinion sur moi, madame. Je l'admets, je peux être imprévisible, et aussi, je n'oublie pas facilement un tort commis à mon encontre lorsqu'il a été délibéré. Par ailleurs, je suis capable d'être le meilleur des amis, comme je l'ai été pour votre mari il y a si longtemps. Et le résultat… (Il a levé devant mes yeux ses mains déformées.) Chacun de nous a sa manière de réagir aux injustices qui nous frappent. De continuer son chemin, tout bonnement. Et nous pouvons parfois être poussés à faire le mal en dépit de nos principes. Quoique dans votre cas tout récent, personne ne pourrait vous blâmer d'avoir justement rétribué votre assaillant. Au pied du mur, certains d'entre nous se soumettent à l'inévitable ; d'autres, comme vous et moi, se révoltent et sont prêts à tout. À répondre à la violence par la violence. Parce que notre instinct de survie est le même depuis l'époque des cavernes, il est le plus fort et le plus pertinent. Vous avez eu la force de survivre, et je n'en ai que plus d'admiration pour vous, mais n'essayez pas de monter sur vos grands chevaux moralisateurs, là. Vous êtes exactement comme moi : vous avez tué pour rester en vie.

— Oh, il y a une grande différence : vous avez tué par vengeance.

— Non. La seule différence, c'est que, contrairement à vous, je n'ai pas eu la possibilité de riposter sur-le-champ. Les deux mains en bouillie, sacré handicap, non ? Mais finalement, j'ai eu le dernier mot, uniquement pour prouver que je ne me laisserais plus jamais soumettre par des brutes pareilles.

Et c'est également un message que j'ai envoyé à mon petit environnement social, parce que tout le monde a su. Et les gens ont aussi compris qu'il était impossible de me coller la responsabilité de ces morts, vu le luxe de précautions dont je m'étais entouré. Cela étant, voulez-vous que je vous dise la grande leçon que tout le monde a tirée de la « punition » que j'ai infligée ? Ils ont tous compris que j'étais prêt à tuer pour continuer à vivre.

Une fois seule dans ma chambre, j'ai repensé à notre conversation. J'étais tentée de disséquer la logique douteuse qui avait amené Ben Hassan à faire de nous deux des semblables, mais à quoi bon ? Demain, à cette même heure, je serais en Espagne et Ben Hassan n'aurait plus aucun impact sur ma vie… à moins que je me laisse hanter par son curieux sens de la morale. Mais de fait, j'allais être hantée par tant d'épreuves et de spectres que je n'avais pas besoin d'y ajouter les acrobaties dialectiques d'un faussaire.

J'étais debout depuis 4 heures du matin, et la fatigue a vite eu raison de moi.

Je me suis réveillée complètement désorientée. Puis j'ai reconnu peu à peu la chambre. J'étais chez Ben Hassan. Que j'ai vu en chair et en os lorsque je suis passée devant son « bureau » en descendant le couloir.

— Eh bien, on peut dire que vous aviez besoin d'un bon somme ! m'a-t-il lancé.

— Quelle heure est-il ?

— Midi, dans trois minutes.

— Pas possible…

— Ne vous inquiétez pas. Prenez une douche,

pendant ce temps Omar vous préparera un petit déjeuner et j'en profiterai pour passer quelques coups de fil. Et ensuite, au travail !

— On aura assez de temps pour… ?

— … pour tout préparer et vous expédier en lieu sûr ? Mais oui. Et plus vite vous serez prête, mieux ce sera.

Je me suis hâtée de rejoindre la salle de bains. Cette fois encore, un sèche-cheveux avait été déposé près de ma petite pile de vêtements. Intraitable en affaires, Ben Hassan n'en était pas moins très attentionné. Vingt minutes plus tard, rafraîchie et vêtue d'habits propres, je sirotais un vrai café dans la cuisine, accompagné de deux croissants. La sonnerie de la porte d'entrée ayant retenti, Omar est allé ouvrir, puis Ben Hassan m'a rejointe.

— La collation vous plaît ?

— Ces croissants sont sublimes.

— Je le dirai à notre boulanger, il sera content.

Entendant des voix dans le hall, je lui ai adressé un regard interrogateur.

— Vous avez de la visite ?

— Nous en avons. Voyez-vous, chère Robyn, la nuit dernière, après que vous êtes allée vous coucher, j'ai réfléchi à notre conversation. J'ai reconsidéré les risques encourus et je suis parvenu à la conclusion que certains clients en présentent trop pour moi. C'est votre cas. Un autre élément que j'avais négligé s'est imposé avec moi : je ne peux pas m'aliéner mes amis et associés, et c'est ce qui arriverait si je vous aidais à vous enfuir du pays. Plusieurs des hommes qui sont maintenant dans l'entrée correspondent à cette définition. Ce sont des partenaires, et ils brûlent de vous parler puisqu'ils appartiennent à la Sûreté nationale. Ce que vous autres Américains appelez le FBI.

— Salaud, ai-je sifflé entre mes dents.

— Je ne vais pas contester l'épithète, même si elle m'est désagréable. Remerciez-moi au moins de vous avoir offert le gîte, le couvert et une nuit de sommeil réparateur.

Se retournant vers la porte ouverte, il a lancé quelques mots en arabe et je me suis retrouvée entourée de trois hommes en costume-cravate et d'un agent en civil. L'un des trois inspecteurs m'a priée, en français, de confirmer mon nom. Je me suis exécutée.

— Nous préférerions ne pas avoir à utiliser de menottes, a-t-il suggéré.

— Je vais vous suivre sans faire d'esclandre, monsieur.

— C'est très sage de votre part, madame.

Encadrée par le quatuor, je suis sortie dans le couloir sans adresser un mot à Ben Hassan, qui nous a pourtant suivis jusqu'à la porte et m'a adressé des adieux bien dans son style :

— Surtout, passez dire bonjour la prochaine fois que vous serez à Casablanca. Et n'oubliez pas le fin mot de votre odyssée : tout est une question de survie.

Les quatre hommes ne m'ont pas quittée d'une semelle jusqu'à leur voiture banalisée qui a démarré en trombe, flanquée de deux motards de la police.

Était-ce si surprenant que l'histoire se finisse ainsi ? Au bout d'un quart d'heure, j'ai vu à travers le pare-brise – les vitres teintées des portières empêchaient de distinguer quoi que ce soit – que nous entrions dans un complexe d'immeubles modernes avant de dévaler une rampe conduisant à un garage en sous-sol. À nouveau, ils m'ont fait avancer, deux hommes devant moi, deux dans mon dos. Parvenu à une porte blindée, l'un d'eux a pianoté un code sur le boîtier de contrôle et elle s'est ouverte automatiquement. Une cage d'escalier peinte en gris-vert, une succession de couloirs et une pièce nue avec une table et quatre chaises en fer au milieu faisant face à un miroir que j'ai suspecté d'être sans tain pour permettre à un ou à des observateurs de suivre un interrogatoire sans être vus.

Ils m'ont laissée seule, refermant bruyamment des loquets derrière le battant. Inutile d'essayer de leur expliquer qu'ils n'avaient pas à craindre que je m'enfuie. Je me suis installée sur une chaise, j'ai plongé mon visage dans mes mains avec cette seule et unique pensée : ne pas perdre mon sang-froid, réclamer la présence d'un avocat, refuser calmement de répondre à la moindre question. Au bout de je ne sais combien de temps, la porte s'est ouverte et une femme est apparue. Occidentale, proche de la quarantaine, vêtue d'un impeccable tailleur en lin et d'un chemisier blanc, un gros porte-documents en cuir sous un bras. Elle est venue à moi, m'a tendu la main.

— Ravie de faire enfin votre connaissance, Robyn.

J'ai répondu à son salut tout en me demandant ce qu'elle pouvait bien faire là, dans un commissariat ou un QG de la police marocaine. Elle m'a aussitôt fourni la réponse :

— Allison Conway, consule adjointe des États-Unis à Casablanca. Nous n'avons guère de temps, puisque l'inspecteur al-Badissi et un interprète seront ici dans un instant, mais je tenais à vous expliquer auparavant que vous…

Elle a été interrompue par l'irruption dans la petite

salle d'interrogatoire d'un homme en costume beige à qui j'ai donné quarante-cinq ans à vue de nez. Il avait une épaisse tignasse noire soigneusement gominée, la moustache bien taillée. Il s'est présenté. C'était l'inspecteur que la consule adjointe venait de mentionner. L'air sévère mais visiblement soucieux de suivre la procédure à la lettre, il a voulu savoir si je désirais boire quelque chose. J'ai accepté un verre d'eau. Il a lancé des instructions en arabe au policier qui restait sur le pas de la porte, prêt à la refermer alors qu'une femme d'une cinquantaine d'années venait de nous rejoindre, l'air aussi stricte que sa robe et sa veste noires, ses cheveux sombres tirés en un chignon compact.

— Voici Mme Zar, qui va traduire mes paroles.

— Mais nous parlons en français, maintenant…

La consule adjointe, qui s'était assise à la table, a posé une main sur mon épaule, se chargeant de répondre à mon objection.

— J'ai jugé que c'était préférable, Robyn. Pour qu'il n'y ait aucun malentendu dans cette conversation.

— Mais que se passe-t-il, ici ? lui ai-je chuchoté en anglais.

— Laissez l'inspecteur s'exprimer et tout va s'éclaircir, m'a-t-elle assuré sur le même ton.

On m'a apporté une carafe d'eau et un verre, l'inspecteur a pris place en face de moi, ouvert un épais dossier devant lui et m'a jaugée un moment avant de commencer à parler, l'interprète traduisant au fur et à mesure en anglais pour moi.

— Au nom de Sa Majesté et de son gouvernement, madame, je voudrais d'abord vous exprimer nos plus grands regrets pour l'épreuve que vous venez de subir. Ainsi que Mme la vice-consule peut le confirmer, nous avons agi en étroite collaboration avec le consulat des États-Unis afin de vous retrouver. C'est avec un immense soulagement que nous vous recevons ici bien vivante et, je l'espère, en relative bonne santé.

Je me suis bornée à hocher la tête en remerciement, étonnée d'une telle courtoisie.

— Et maintenant, a poursuivi al-Badissi en se carrant sur son siège, nous devons malheureusement revenir sur les événements survenus dans un secteur du Sahara à... environ quarante-trois kilomètres au sud de Tata. Certes, nous savons ce qui est arrivé là-bas mais...

En dépit de mes belles résolutions, j'ai presque bondi de ma chaise.

— Comment ça, vous savez ? C'est moi qui étais là-bas, c'est moi qui ai été victime de...

Sentant la main de la consule adjointe serrer plus fort mon bras, je me suis tue, reprenant ma respiration.

— Excusez-moi de vous avoir interrompu, monsieur l'inspecteur. Ces quelques semaines ont été très, très longues.

— Vous n'avez pas à vous excuser, madame. C'est nous qui vous devons des excuses pour ce que vous avez enduré. Mais pour en revenir à ce que je disais, nous savons, oui, ce qui s'est passé dans le désert.

À ce stade, il s'est mis à lire à voix haute le résumé officiel des « faits » à partir de mon enlèvement non loin de l'arrêt d'autobus de Tata. J'ai ainsi appris le nom des deux « criminels », selon la terminologie employée : Abdallah Taleb et Imad Chouyab, tous deux âgés de vingt et un ans, originaires de Marrakech et embauchés sur un chantier routier dans le Sahara. Après m'avoir assommée, ils m'avaient dépouillée de toutes mes affaires, dont le partage entre eux avait suscité une dispute qui avait vite dégénéré. Chouyab ayant poignardé son complice, il avait mis le feu à sa dépouille, pensant dans sa panique qu'il effacerait les preuves de son crime, puis il était retourné à Tata. Quelques jours plus tard, alors qu'il essayait de revendre mon passeport et mon ordinateur au marché noir, un commerçant avait alerté les forces de l'ordre. Après avoir passé des aveux complets, accablé de honte, il s'était pendu dans la cellule où il attendait son procès.

Je me suis à nouveau crispée mais la pression de la main de la consule adjointe m'a rappelée encore une fois à la modération. J'avais évidemment compris la fonction de cette version édulcorée, et sans doute partiellement mensongère, que l'inspecteur me servait maintenant : les autorités d'un pays dont l'économie dépendait tant du tourisme avaient du mal à admettre publiquement qu'une Occidentale avait été violée et abandonnée en plein désert. Quant au Chayoub en question, on était en droit d'envisager que, suite à une « confession » arrachée sous les coups, il avait été « suicidé » en prison. On éliminait ainsi un témoin doublé d'un acteur du crime. Que mon viol soit passé sous silence m'était insoutenable, mais je comprenais aussi qu'on m'offrait là une issue : la justice ne me demanderait aucun compte, il n'y aurait pas de complément d'enquête. Même si les familles des deux garçons en réclamaient, l'instruction habituelle relative à un homicide n'aurait pas lieu d'être puisque, selon les officiels eux-mêmes, le seul coupable de meurtre n'était plus de ce monde… Ils avaient concocté un scénario qui refermait à jamais le dossier.

Al-Badissi a continué son récit. Laissée inconsciente sur une dune, j'avais été sauvée par une famille de nomades qui m'avait aidée à recouvrer mes forces et, finalement, à rejoindre Casablanca. Connaissaient-ils réellement l'identité de mes sauveurs, ou était-ce encore, de leur part, une invention seulement destinée à expliquer comment j'avais miraculeusement échappé à la mort et pourquoi j'avais disparu pendant des semaines ?

— Je vous coupe à nouveau, monsieur l'inspecteur, mais c'est bien ainsi que cela s'est passé. Je dois la vie aux gens qui m'ont recueillie et à l'homme qui m'a conduite jusqu'à Marrakech.

En voyant la surprise se peindre sur ses traits, j'ai conclu qu'en effet ils ignoraient tout de Titrit et des autres, d'Aatif et des risques qu'il avait courus pour me mener à bon port. J'étais rassurée : mes amis berbères n'allaient pas recevoir la visite de la Sûreté nationale, être harcelés de questions, voire menacés. Le regard d'avertissement de la vice-consule m'a rappelé qu'il était inutile d'abuser de la patience de l'inspecteur.

— Je suis content que vous ayez été secourue par certains de nos concitoyens, a remarqué sobrement celui-ci. Ce qui me permet d'ajouter que ces voyous qui vous ont dévalisée, ces criminels, je répète, ne sont pas du tout représentatifs du peuple marocain.

— Je le sais très bien, monsieur, croyez-moi.

— Bon… Donc, nous avons préparé un communiqué en anglais, français et arabe. Mme la vice-consule a eu l'obligeance d'examiner les trois versions et a confirmé qu'elles lui convenaient. Nous aimerions que vous le signiez vous-même, après lecture, évidemment. Aussi, il serait important que nous prenions une photographie de vous à mes côtés : diffusée aux médias, elle sera la preuve que vous êtes en vie et bien portante, car vous imaginez que votre longue disparition a suscité un grand émoi dans notre pays et ailleurs. Pour le reste, nous avons veillé à faire transférer à Casablanca toutes les affaires personnelles que vous et votre mari aviez laissées à l'hôtel d'Essaouira où vous avez séjourné. Vos bagages vous attendent à l'hôtel Mansour, un excellent établissement où vous serez notre invitée ce soir. Lors de l'arrestation d'Imad Chayoub, nous avons récupéré votre passeport, que voici. Nous avons aussi constaté que vous aviez un vol de retour pour New York réservé auprès de Royal Air Maroc mais que vous n'aviez pas utilisé. À notre demande, ils vous ont donné une place demain à midi sans pénalité ni supplément. Et nous assurerons votre transfert à l'aéroport, bien entendu.

Ben Hassan avait donc dû appeler ses contacts policiers tôt le matin, pendant que je dormais, en leur demandant d'attendre que je sois prête avant de venir prendre leur « livraison ». Puis le consulat américain avait été prévenu, le changement de réservation effectué, tout un engrenage complexe dont le seul but était de mettre un point final à cette histoire au plus vite, et de m'expédier hors du Maroc.

— Tout cela est très aimable à vous et je vous en remercie, ai-je relevé, mais il reste un « détail » que vous n'avez pas abordé : avez-vous obtenu la moindre information ou indication permettant de retrouver la trace de mon mari ?

L'air plus grave que jamais, l'inspecteur s'est emparé d'un autre dossier et l'a ouvert.

— Le 2 août, vers 7 heures du matin, votre mari a réglé sa note à l'hôtel L'Oasis de Ouarzazate. Un guide touristique local, un certain Idriss, d'après le rapport transmis de là-bas, se rendait à son travail dans sa jeep quand il a aperçu M. Leuen marchant droit devant lui, en direction de… nulle part. En plein désert, déjà. Il s'est arrêté, lui a proposé de monter, soucieux de constater qu'il n'avait ni chapeau, ni gourde. M. Leuen l'a remercié et a repris sa route. C'est la dernière fois qu'il a été vu.

— À quelle heure était-ce ?

— Autour de 7 h 30.

— C'est impossible ! Je suis arrivée à Ouarzazate à la même heure et j'ai aperçu mon mari au moins trois fois dans la matinée !

— Ah ? Et vous lui avez parlé ?

— Non. Il… comment dire ? Il paraissait vouloir m'éviter. La réceptionniste de l'hôtel m'a certifié qu'il était repassé à 14 heures et comptait attraper le car de 14 h 10 pour Tata. Je l'ai suivi, il marchait juste devant moi ! Malheureusement, j'ai raté le bus de quelques secondes et j'ai dû prendre le suivant.

Avec une moue circonspecte, al-Badassi a sorti d'autres documents qu'il a étudiés avec soin.

— J'ai ici la déposition du guide et celle de la gérante de L'Oasis. D'après eux, votre mari est parti de l'hôtel à 7 heures et cet Idriss l'a vu marcher dans le désert une demi-heure plus tard. Rien de plus.

— Je l'ai vu, vous dis-je !

— Dans ce cas, pourquoi n'a-t-il pas répondu à vos appels ?

— Je... je n'en sais rien. Il ne voulait pas me parler, je crois. Mais la femme de l'hôtel, je me rappelle exactement ses mots quand je suis revenue de ma visite chez...

Je n'ai pas terminé ma phrase. Expliquer à l'inspecteur que j'étais allée chez la première femme de Paul ? Que j'avais croisé à plusieurs reprises l'homme qui était mon mari et qu'il ne m'avait pas adressé la parole ? Il allait forcément se demander si j'avais encore toute ma raison... Mes paupières se sont fermées. La scène sur le trottoir de la grande avenue, le « Vous l'avez manqué de peu » de Yasmina, la course-poursuite jusqu'à l'autobus en partance pour Tata...

Tout le reste, tout ce qui m'était arrivé après, était pourtant réel, trop réel. Je gardais nombre de marques physiques de l'agression. Ils avaient bien retrouvé le corps calciné. Le passeport sur la table devant moi n'était pas un faux, c'était bien moi sur la photo. Tout cela était tangible, vérifié, alors que ces heures suffocantes à Ouarzazate, quand j'avais vu tant de fois Paul sans jamais l'atteindre... Qu'était-ce alors ? Sûrement pas un fantôme. Une hallucination, un mirage ?

— Ça va, Robyn ?

La consule adjointe s'était penchée vers moi et me scrutait d'un regard perplexe.

— Non, évidemment, ai-je murmuré.

Elle a approché ses lèvres de mon oreille :

— Je ne suis pas autorisée à vous donner de conseil formel, cela n'entre pas dans mes prérogatives de diplomate, mais de vous à moi, franchement : à votre place, je signerais cette déclaration. Je l'ai fait étudier par quelqu'un de notre service juridique et par l'un de nos meilleurs traducteurs. Tout est en ordre et cela vous permet de quitter le Maroc sans risque de complications ultérieures…

Alors, elle aussi se doutait – ou était sûre – que les restes humains retrouvés dans le désert n'étaient pas imputables au garçon si commodément disparu tandis qu'il était sous la garde de la police.

— Donnez-leur ce qu'ils veulent, a-t-elle continué tout bas. Signez ce papier, posez pour la photo destinée à la presse, passez la nuit au cinq-étoiles qu'ils vous proposent et montez dans l'avion demain. Ce qu'ils font est très bien conçu et très judicieux. Je vous conseille vivement d'agir aussi judicieusement.

À nouveau, mes yeux se sont fermés sous l'assaut des souvenirs. Paul sur notre balcon à Essaouira, la tendresse de son sourire quand nous marchions sur la plage, sa silhouette si reconnaissable se glissant dans l'étroite allée de Ouarzazate… Et ensuite, rien. Le vide, aussi radical que celui du Sahara.

J'ai rouvert les yeux. L'inspecteur m'observait, préoccupé.

— Aimeriez-vous avoir un peu de temps pour y réfléchir, madame ?

— Non, ai-je tranché. Je veux rentrer chez moi. Où dois-je signer ?

29

À 4 heures du matin, je me suis redressée d'un bond dans le lit, un violent sursaut qui m'a arrachée au sommeil en quelques secondes. Sans me rappeler un seul détail du cauchemar qui m'avait secouée, je sentais seulement une présence diffuse, oppressante. Indéfinie mais sur le point de m'engloutir. Mes yeux affolés n'ont trouvé qu'une chambre d'hôtel au mobilier lourd.

Cette chambre m'avait été réservée, et quand j'y suis entrée nos grosses valises y trônaient, envoyées d'Essaouira. Voir les affaires de mon mari mêlées aux miennes était assez pénible, mais durant les dix minutes qu'il a fallu pour les trier, choisir une tenue pour mon voyage du lendemain et ranger les vêtements de Paul dans un seul bagage, je n'ai pas éprouvé de colère, ni même de tristesse, seulement une impression d'irréalité, comme si j'accomplissais des gestes d'automate.

La consule adjointe, Mme Conway – mais elle insistait pour que je l'appelle par son prénom –, m'avait accompagnée à l'hôtel dans une voiture de police banalisée que l'inspecteur avait réquisitionnée pour moi dès que j'avais paraphé la déclaration. Il avait aussi fallu que je pose avec lui pour la photographie destinée à prouver au public que « l'affaire était close ». Je lui avais fait promettre qu'elle ne serait pas transmise aux médias avant que je sois dans l'avion pour les États-Unis : je ne tenais pas à être regardée comme une bête curieuse à l'aéroport, et il était important pour moi d'être rentrée au pays avant que la nouvelle de ma réapparition soit diffusée.

« Vous avez très bien réagi avec la police, avait commenté la diplomate alors que nous partagions un thé en attendant que la chambre soit prête. Ils voulaient régler ça rapidement, sans complications, et ils ont apprécié que vous jouiez le jeu.

— Est-ce que j'avais le choix ?

— Après ce que vous avez traversé, nombre d'individus seraient en état de stress post-traumatique. Vous, vous avez gardé tous vos moyens devant l'inspecteur. Je vous ai admirée, franchement.

— J'ai eu plusieurs semaines pour digérer le pire. Et maintenant, j'ai une faveur à vous demander.

— Avec plaisir, si c'est dans mes cordes. »

Je lui ai parlé de la famille qui m'avait sauvée, je lui ai donné une localisation approximative de l'oasis où elle était installée et, lui remettant mes trente mille dirhams restants, je l'ai priée de leur faire parvenir cet argent.

« Je ne peux rien promettre mais je vais essayer, Robyn.

— Il ne faut pas que les autorités soient impliquées. D'après ce que j'ai compris, ils se méfient pas mal de tout ce qui vient de Rabat.

— Des Berbères ?

— Exactement.

— Eh bien, ce sera un défi intéressant à relever.

— Merci, Allison. Je peux vous poser une question, maintenant ?

— Bien sûr !

— La police a-t-elle mené des recherches dans la zone où mon mari a été aperçu pour la dernière fois ?

— Absolument. Et ils n'ont rien trouvé, jusqu'ici. »

Je savais ce qu'elle entendait par « rien » : pas de cadavre desséché par le soleil ou déchiqueté par les vautours…

« Et ce guide qui dit l'avoir vu, est-ce qu'il a formellement identifié Paul ?

— D'après le rapport de la Sûreté nationale de Ouarzazate, il a décrit un Blanc de sexe masculin, de presque deux mètres, très mince, avec de longs cheveux gris et une barbe de plusieurs jours. Cela ressemble beaucoup à votre mari, non ? »

Fermant les yeux, j'ai revu sa chevelure se balançant sur sa chemise blanche alors qu'il courait vers la station d'autobus, mes appels suppliants ne servant qu'à accélérer sa fuite.

« Oui, ça lui ressemble, ai-je murmuré.

— Évidemment, il aurait pu y avoir un autre touriste répondant à la même description dans cette partie du désert le même jour, et c'est pourquoi j'ai interrogé mes collègues des consulats de tous les pays occidentaux. Ils n'ont enregistré aucune disparition d'un ressortissant présentant ces caractéristiques. (Elle m'a regardée avec attention avant de poursuivre :) Et vous, Robyn, vous maintenez l'avoir vu dans les rues de Ouarzazate plusieurs heures après sa disparition présumée ?

— Oui. Même si je me suis souvent posé la question, depuis : est-ce qu'on voit la réalité, ou seulement ce qu'on veut voir ? »

Elle a réfléchi un moment.

« Croyez-moi, et je parle d'expérience parce que j'ai perdu ma sœur il y a cinq ans dans un accident de voiture où j'étais la passagère : c'est quand on pense avoir surmonté le traumatisme initial qu'il surgit de nulle part et vous saute à la gorge. Maintenant que vous êtes hors de danger, le chagrin va revenir sous des formes qui vous étonneront parfois. »

C'était précisément ce qui m'était arrivé dans cette chambre d'hôtel à 4 heures du matin, cette sensation d'une force menaçante qui m'encerclait, prête à m'étouffer. Et après avoir fait les cent pas pour me calmer, j'ai été prise d'une impulsion en effet surprenante : rhabillée en hâte, je suis descendue avec la valise contenant les vêtements de mon mari et je suis partie dans la rue déserte. Soudain, j'ai aperçu la forme prostrée d'un sans-abri en haillons au bord du caniveau et, sans un mot, j'ai déposé la valise devant lui avant de lui tendre la moitié des mille dirhams que j'avais conservés au cas où, avant mon départ. Il a contemplé tous ces billets dans sa main d'un air effaré.

— Pourquoi moi ?

— Pourquoi pas vous ?

De retour à l'hôtel, je suis restée près d'une heure dans un bain brûlant, et j'ai pleuré jusqu'à l'épuisement. Puis je me suis rallongée sur le lit dans l'espoir que le sommeil m'emporterait pour de bon cette fois, mais j'étais trop éveillée, maintenant, trop tendue, si bien que j'ai fini par me lever et allumer mon ordinateur. Morton avait répondu au message que je lui avais envoyé après avoir reçu la clé de ma chambre, l'informant que j'étais en vie et que j'arriverais bien à Buffalo le lendemain – en fait, aujourd'hui – à 20 heures. J'avais aussi indiqué que Paul était officiellement porté disparu, présumé décédé.

Sa réponse était aussi laconique que pragmatique : « Je serai à l'aéroport. Très content que vous soyez hors de danger. Paul : il faut savoir que selon la législation de l'État de New York une personne disparue ne peut être considérée comme morte qu'au bout de sept ans. Cela dit, nous avons certaines dispositions légales pour vous protéger. On en reparle. Bon voyage. Morton. P-S : Je vais enfin pouvoir dormir, sachant que vous allez bien. » Mon fidèle associé gardait la tête froide pour moi.

Ensuite, tout s'est passé comme dans un brouillard. Une voiture banalisée m'a emmenée à l'aéroport à 9 h 30. L'enregistrement terminé, deux policiers en civil m'ont escortée à travers un sas de sécurité spécial, à la sortie duquel une représentante de la compagnie nationale marocaine nous attendait pour nous conduire dans un salon d'attente privé. Mes « anges gardiens », qui avaient pour instructions de veiller à ce que je quitte effectivement le Maroc, ne m'ont pas lâchée jusqu'à la porte de l'avion.

Huit heures plus tard, c'est devant un agent du service d'immigration américain en uniforme que je me suis trouvée dans le hall des arrivées de JFK à New York. Alors que j'avais redouté une avalanche de questions, mon nom n'avait apparemment pas été entré dans le système du département de la Sécurité nationale avec la mention « disparue », ou bien le consulat américain à Casablanca s'était arrangé pour l'en retirer. En tout cas, le fonctionnaire bedonnant coincé dans sa guérite s'est contenté d'examiner mon passeport sous toutes les coutures et de me demander combien de temps j'avais passé en dehors du homeland de la patrie américaine.

— Six ou sept semaines, ai-je répondu.

— Et vous n'avez été qu'au Maroc ?

— Seulement au Maroc, oui.

— Vous travailliez, là-bas ?

— Non. Je voyageais.

— Ç'a dû être une sacrée aventure.

Sa remarque m'a prise de court quelques secondes.

— On peut le dire, oui.

Je suis arrivée à Buffalo trois heures plus tard, accueillie par Morton qui, après m'avoir donné une accolade paternelle, a déclaré que j'avais l'air bien mieux que ce qu'il avait redouté. Fidèle à lui-même, il n'a pas cherché à obtenir plus de détails durant le trajet en voiture jusqu'à chez moi, se bornant à mentionner que le *Buffalo Sun* avait repris des dépêches d'agences de presse internationales annonçant ma réapparition. La copie imprimée de la page publiée sur Internet qu'il m'a passée tout en conduisant comportait la photo de ma poignée de main avec l'inspecteur à Casablanca, sur laquelle j'avais l'air plus que hagard. Il a ajouté que plusieurs de mes anciens collègues du *Sun* avaient téléphoné au bureau pour solliciter une interview à mon retour.

— Je me suis permis de leur répondre que vous désiriez être tranquille.

— Vous n'auriez pas pu mieux dire, Morton.

Dès la première nuit, j'ai su que je ne supporterais pas la vue de tous les débris de notre vie commune qui traînaient dans cette maison poussiéreuse et morne. Le sommeil a été long à venir, puis trop bref. Le lendemain matin, j'ai téléphoné au directeur d'une résidence-hôtel du centre-ville que j'avais aidé dans sa comptabilité et il m'a volontiers loué un studio pour quelques semaines. Après m'y être installée dans l'après-midi, j'ai appelé mon médecin traitant depuis plus de dix ans, Sally Hart, une quinquagénaire qui alliait compétence et rigueur professionnelle à un humour parfois mordant. Mais elle savait aussi écouter et faire preuve de beaucoup d'empathie. Elle m'a conseillé de venir à son cabinet au plus vite. En entrant, il ne m'a pas échappé qu'elle considérait avec attention les marques sur mon visage.

— Vous avez appris par la presse que j'avais disparu dans le Sud marocain, je suppose…

— Bien sûr. Ils ne donnaient pas beaucoup de détails, à part qu'on ne retrouvait plus votre trace ni celle de votre mari. Et dans le journal de ce matin, j'ai vu que vous étiez réapparue. Vous n'avez pas perdu de temps pour rentrer au bercail.

Tout en lui parlant de mon problème d'insomnie et de la sensation d'étouffement qui m'avait oppressée toutes ces dernières nuits, je lui ai exposé sans détour la trahison de Paul, la crise que sa découverte avait déclenchée, et aussi l'enlèvement et le viol dans le désert. Je ne suis pas allée jusqu'à lui raconter jusqu'à quels extrêmes j'étais allée pour me défendre. C'était un secret que je ne pouvais pas partager, même avec une personne de confiance comme elle, non seulement parce que la version officielle de ma mésaventure l'avait délibérément omis mais aussi parce que ce seul souvenir provoquait en moi une répugnance physique insupportable. D'ailleurs, Allison Conway, bien que très vraisemblablement au courant de ce qui s'était passé lors de ce terrible jour, m'avait exhortée au silence lors de notre conversation à l'hôtel Mansour : « Si j'étais vous, avait-elle dit en précisant que c'était strictement entre nous, je resterais très évasive quant à ce qui vous est arrivé là-bas. Les Marocains vous ont procuré le moyen d'éviter d'entrer dans les détails, grâce à leur relation officielle des faits. Pour le reste, il est sans doute plus sage de vous en tenir à elle et d'essayer d'oublier. »

Quarante-huit heures après avoir entendu ce conseil, devant le Dr Hart, le film de ces insoutenables minutes continuait à repasser dans ma tête, de la pénétration brutale à l'instant où j'étais parvenue à ouvrir le jerrycan et, au ralenti, les deux ou trois secondes qui avaient suffi pour que j'arrache la cigarette allumée de la bouche du complice, que je la jette sur le corps trempé d'essence et que je regarde mon bourreau se tordre dans les flammes. Ce que j'avais éprouvé alors, j'étais maintenant prête à l'admettre, avait été proche de l'exultation, celle de la vengeance accomplie. En dépit de sa conception plus que douteuse de la morale, Ben Hassan avait certainement touché un point sensible – comme il savait si bien le faire – lorsqu'il m'avait lancé : « N'essayez pas de monter sur vos grands chevaux moralisateurs, là. Vous êtes exactement comme moi : vous avez tué pour rester en vie. » Ce constat était ce qui me hantait nuit et jour, surtout la nuit.

Sally Hart, qui se rappelait encore ma confidence enthousiaste quelques mois plus tôt, quand je lui avais appris que Paul et moi avions décidé de faire un enfant, a réagi à la nouvelle de la vasectomie clandestine de Paul avec une sévérité qu'elle n'a pas cherché à tempérer :

— Je ne peux qu'imaginer le choc et le désespoir qui ont dû être les vôtres lorsque vous avez découvert ce qu'il avait fait. Que cela ait provoqué son effondrement nerveux, sa disparition et vos efforts pour le chercher à travers tout le Maroc, vous exposant à des dangers tels qu'une agression sexuelle loin de tout secours… eh bien, je vais sans doute vous paraître peu professionnelle mais je dois dire que je n'éprouve aucune compassion envers votre mari. Et j'espère que vous, vous ne vous sentez pas trop coupable.

— La culpabilité est toujours là. Mais j'avoue que je suis avant tout préoccupée par mon insomnie, mes crises de panique nocturne et aussi la peur d'avoir été infectée pendant le viol.

Elle m'a prescrit une batterie d'examens médicaux auxquels je me suis soumise la semaine suivante. La conclusion a été que j'avais eu de la chance : aucun parasite n'avait colonisé mon organisme, aucune maladie sexuellement transmissible n'a été détectée, l'exploration gynécologique a montré que le traumatisme interne avait été surmonté et mon tympan gauche était intact, tandis que le canal auditif mettrait encore quelques semaines avant de revenir à un état normal. Un scanner n'a pas révélé de dégât structurel de la face, notamment la redoutée « fracture du zygomatique » que le spécialiste consulté avait envisagée ; quant à mon cocard à l'œil gauche, il allait s'estomper progressivement. Le dermatologue à qui j'ai fait appel m'a assuré que les cicatrices au visage disparaîtraient grâce à la pommade qu'il m'a conseillée mais s'est montré plus circonspect au sujet de certaines abrasions de la peau sur mes jambes.

Mon amie Ruth est venue passer un week-end avec moi. Elle a écouté avec des yeux horrifiés le récit de ce qui m'était arrivé dans le désert – expurgé des détails les plus cruciaux et les plus violents –, et celui de mon sauvetage avec des larmes dans les yeux. Comme je lui parlais de mes troubles du sommeil, elle a dit :

— Écoute, tu es revenue dans la patrie de la pharmacopsychologie, et tu ne peux pas vivre sans dormir, alors demande un bon somnifère à ton médecin. Et à ta place, je consulterais un spécialiste des syndromes post-traumatiques.

— Que veux-tu dire ? me suis-je récriée. Qu'il faut parvenir à la « résilience » ? « Apprendre à pardonner » ? Tout ce jargon débile de la pseudo-psychologie ? Ah, pardon de m'emporter comme ça mais je crois que j'ai surtout besoin de temps, maintenant.

— Je suis désolée si je t'ai…

— Non, non, Ruth. C'est moi qui t'ai sauté à la gorge pour rien. Je ne dis pas que voir un psy n'aiderait pas mais…

Je n'ai pas eu la force de terminer ma phrase. Parce que j'aurais voulu exprimer ce qui restait informulable : … mais je ne vais pas aller m'allonger sur un divan pour parler de mes problèmes en « omettant » le fait que j'ai brûlé vif celui qui m'a violée, et qu'avant que le coup de pied à la tête reçu de son complice ne me fasse perdre connaissance, j'ai ressenti quelque chose d'effrayant : une sensation de vengeance consommée, de… victoire. Je n'étais pas prête à exprimer tout haut cette part si sombre de moi-même.

J'avais cependant accepté l'antidépresseur combiné à un léger somnifère que le Dr Hart m'avait proposé en me prévenant qu'il ne commencerait à faire effet qu'au bout d'une semaine. Ce n'est qu'au bout de dix jours que mes cauchemars ont commencé à perdre en intensité. Les images atroces qui la nuit me revenaient par flash ont commencé à s'estomper et à laisser la place au sommeil. Sally Hart, qui avait tenu à une visite de contrôle hebdomadaire, m'a elle aussi plusieurs fois conseillé d'avoir recours à un soutien psychologique.

— Quand vous avez mal aux dents, vous allez chez le dentiste, a-t-elle raisonné, donc, pourquoi ne pas essayer au moins une ou deux séances avec une spécialiste que je connais bien ?

Parce que je ne veux pas parler de ça ! aurais-je voulu crier, mais j'ai choisi une formule plus diplomatique :

— J'avance à mon rythme. Plus tard, sans doute.

En attendant, je me suis absorbée autant que possible dans mon travail, passant douze à treize heures par jour au bureau, avant tout pour m'occuper l'esprit mais aussi parce que cela répondait à mes exigences de perfection. Et moins d'un mois après mon retour j'ai signé un gros contrat client, la comptabilité d'une chaîne de magasins de bricolage du nord de l'État de New York. Au bout de six semaines passées à l'hôtel, je suis rentrée à la maison, et pourtant il m'a fallu encore dix jours avant de pouvoir pénétrer à nouveau dans l'atelier de Paul.

Sur la table à dessin attendait l'épaisse enveloppe que j'avais envoyée de Casablanca, contenant le carnet de croquis de Paul. Morton, qui l'avait réceptionnée au bureau, me l'avait apportée à l'aéroport mais je n'avais pas eu le courage de l'ouvrir, me bornant à l'abandonner dans l'atelier. Après tout ce temps écoulé, j'ai finalement sorti le carnet et j'ai été une nouvelle fois captivée par la minutie, l'intelligence et l'audace de son crayon pour ces scènes de la vie marocaine. Ces images m'ont aussi ramenée aux événements : ma découverte de sa trahison, la fin si tragique et si absurde de notre union, les affres de l'incertitude quant à son sort depuis sa disparition et maintenant ma solitude dans cette maison vide, à panser mes plaies et… à pleurer. Car les barrages que j'avais édifiés depuis mon retour venaient de céder.

Dans la salle de bains, je me suis aspergé la figure d'eau froide en me regardant fixement dans le miroir. Il fallait que je parvienne à une sorte de pacte avec ma douleur et avec moi-même. Et cela requérait plus que des journées de travail acharné, plus qu'une rapide conversation avec mon médecin traitant, plus que le cadre familier de Buffalo : un complet changement de décor.

Une heure plus tard, un verre de vin à la main, je suis allée m'asseoir devant mon ordinateur. Comme je savais exactement ce que je voulais, ma recherche n'a pas été longue pour trouver un chalet en location aux abords du lac Saranac, dans le massif des Adirondacks. Au cours de notre tchat sur la page du site, le propriétaire m'a dit qu'il habitait tout près, à Lake Placid, et qu'il pouvait faire nettoyer et préparer la maison d'ici au soir, me prévenant qu'il n'y avait pas de connexion Internet et que la réception téléphonique était des plus faibles. « Aucun problème, au contraire », ai-je répondu, et nous sommes convenus du prix pour un mois. J'ai ensuite rempli un grand sac en toile de quelques affaires et de livres. Il ne me restait plus qu'à informer Morton avant de me mettre en route : « Désolée de vous prévenir au dernier moment mais voilà, je viens de décider de m'éclipser pendant quatre semaines. Dans un endroit très retiré et très tranquille, exactement ce qu'il me faut. Je trouverai un moyen de vérifier mes e-mails régulièrement, s'il y a urgence. J'espère que vous n'y verrez pas d'inconvénient. »

Comme à son habitude, il a répondu en un temps record : « Non, oubliez votre compte mail et votre téléphone l'espace d'un mois. C'est ce dont vous avez besoin, pour plein de raisons. Cachez-vous bien. » Je ne me suis pas fait prier.

Le chalet était d'une simplicité rafraîchissante, et idéalement isolé au bout d'une petite route en gravier compacté. Le village le plus proche, où j'allais faire des courses deux fois par semaine, se trouvait à une quinzaine de kilomètres. Ma vie quotidienne consistait à dormir, lire, faire la cuisine, écouter de la musique classique ou du jazz à la radio et marcher, marcher encore et toujours le long du lac, sur une superbe piste de trekking que je parcourais quotidiennement pendant au moins trois heures. Et réfléchir, aussi. Énormément. Aussi lucidement que possible. Par exemple au manque de souplesse de mon caractère jusqu'à ce que les épreuves subies au Maroc me fassent voir la vie autrement, à cette rigidité qui agaçait souvent Paul. J'en étais venue à considérer le monde comme une feuille de calcul grandeur nature dont je cherchais éperdument à rectifier la colonne des pertes. Je me suis interrogée sur cette tendance que j'avais à me sentir responsable de tout, à l'impact que mon si irresponsable et si merveilleux père avait eu sur ma conception du monde, et à mon entêtement à choisir des hommes voués à l'autodestruction avec le désir inconscient de les en sauver... ce que je n'avais pas réussi à faire avec mon père.

La quête d'amour, surtout quand elle a pour objet un père ou une mère qui semble ne l'accorder qu'au compte-gouttes, a d'étranges effets. Est-ce que, depuis ma prime enfance, j'avais passé ma vie à attendre d'être trahie ? Pourquoi avais-je choisi des hommes que je savais au fond de moi incapables de m'apporter la stabilité émotionnelle dont j'avais manqué jadis ?

« Pile ou face, et la vie change », aimait dire mon père, lui qui attendait sans cesse que la chance tourne enfin. Quant à moi, mon existence avait basculé au Sahara. Le sort m'avait conduite à des extrémités difficilement imaginables, aux limites de ce qu'un être humain peut endurer. Et c'était précisément ce que j'avais fait, endurer. Personne ne saurait jamais que j'avais dû tuer pour vivre. C'était un secret que je garderais toujours en moi, avec la leçon que j'en avais tirée : on peut survivre à presque tout si on a décidé de vivre coûte que coûte. Et aussi : on ne surmonte les plus grands chagrins que par la force de caractère.

Au cours de ces semaines solitaires au bord du lac, la sombre présence qui avait pesé sur moi depuis que j'avais été hors de danger s'est estompée peu à peu. Elle venait de moins en moins frapper à la porte de mon subconscient. Ce répit m'a laissé l'espace nécessaire pour me poser l'une des questions les plus insistantes qui soient : qu'est-ce que je voulais vraiment ? Et, pour une fois, j'ai commencé à entrevoir une réponse.

À mon retour à Buffalo, il y avait dans la pléthore d'e-mails qui m'attendaient un message qui m'a ravie. Aatif m'avait écrit en français, accompagnant son court texte d'une photo : « Robyn ! Je voulais que vous ayez une photographie de mon mariage et de la maison que nous habitons maintenant. Je vous suis à jamais reconnaissant. J'ai même un téléphone portable – suivait un numéro de téléphone marocain – et cette adresse e-mail d'où je vous écris. La bénédiction d'Allah soit sur vous ! »

Le cliché le montrait en compagnie d'une jeune femme toute menue qui semblait pétillante de vie. Hafiza, donc. Tous deux en costumes de mariés traditionnels, ils se tenaient debout devant une structure en béton simple et carrée, peinte dans cette merveilleuse nuance de bleu profond que l'on voit si souvent dans les paysages marocains. Du linge séchait déjà sur un fil dans le jardinet. J'ai aussitôt envoyé une réponse : « Le bonheur est une bénédiction, Aatif. Savourez le vôtre avec votre charmante épouse. » Avant de refermer la fenêtre de son e-mail, j'ai regardé encore cette image de félicité conjugale, non sans un pincement au cœur : je n'avais plus rien de pareil, pour ma part, rien qu'un fantôme qui continuait à rôder autour de moi.

Il y avait aussi un message de la consule adjointe à Casablanca. Comme promis, Allison m'informait de la poursuite des recherches pour Paul, écrivant que des manœuvres militaires venaient de se dérouler dans la zone où il avait été vu pour la dernière fois, qu'à cette occasion les soldats avaient passé le terrain au peigne fin et qu'ils n'avaient pas trouvé de restes humains. En ce qui concernait Idir et sa famille, ses efforts pour les retrouver avaient également été infructueux, m'apprenait-elle, mais j'avais maintenant un moyen de l'aider notablement : immédiatement, je lui ai envoyé les coordonnées qu'Aatif venait de me transmettre en lui expliquant que c'était quelqu'un qui connaissait bien Idir et qu'il pourrait lui donner des indications infiniment plus utiles que les miennes. Sans tarder, j'ai de nouveau écrit à Aatif pour le prévenir qu'une diplomate du consulat américain allait le contacter, qu'elle avait de l'argent pour Idir et sa famille et que je le remercierais à jamais s'il pouvait assister la vice-consule Conway.

Des semaines plus tard, j'ai reçu un e-mail d'Allison. Après de nombreuses tentatives, elle avait réussi à parler avec Aatif, qui lui avait promis de remettre la somme à Idir dès qu'il retournerait à l'oasis, dans une dizaine de jours. Elle lui avait envoyé l'argent par un mandat postal, dont le coupon de réception venait de lui être adressé. Et encore un mois après, il y a eu un bref message de mon ami : « Mission accomplie ! » Il avait joint une photo de Titrit, Aïcha et Naïma – les hommes étaient vraisemblablement absents lors de son passage –, la vieille dame toujours aussi grave et impassible, les deux plus jeunes souriant à l'appareil et agitant la main en signe de bonjour. J'ai imprimé le cliché et je l'ai placé dans un cadre à côté de la photo d'Aatif et de sa femme. La seule famille qui me restait.

Six mois après mon retour, j'ai passé un deuxième test de séropositivité. Négatif. Les contrôles concernant des maladies sexuellement transmissibles que le Dr Hart a de nouveau réclamés n'ont indiqué aucun problème.

— La vie est à vous, m'a-t-elle déclaré avec un sourire amical.

C'était en partie vrai. L'ecchymose autour de mon œil gauche n'était presque plus visible, les cicatrices sur mon visage seulement discernables de tout près. Par ailleurs, la porte de l'atelier de Paul restait fermée depuis ma seule incursion, et si je m'étais peu à peu habituée à vivre dans la maison privée de sa présence il m'arrivait de sentir son ombre s'y glisser aux moments les plus inattendus. Déterminée à surmonter autant que possible les séquelles de ce qui m'était arrivé, je suis parvenue à me passer des somnifères après avoir débusqué le seul phytothérapeute chinois de la ville. Au bout de quelques nuits de terrible insomnie, la tisane qu'il m'avait conseillée a commencé à agir.

J'ai retrouvé le sommeil, le vrai, et non l'hébétude artificielle. Quelques semaines plus tard, un matin d'hiver au ciel limpide, je me suis rendue à un centre de procréation assistée rattaché au campus de l'université de Buffalo. L'entretien préalable et la séance de questions-réponses se sont révélés plus éprouvants que je ne m'y attendais. À ma grande surprise, j'ai néanmoins passé le test. Quelques jours après, le médecin qui m'a reçue a insisté sur le fait que j'avais maintenant quarante et un ans. Puis il m'a informée que je devais choisir un donneur de sperme et me préparer à deux, trois, voire cinq tentatives avant d'être enceinte.

Le donneur, oui... J'avais eu tendance à relativiser

ce « détail ». Les quinze jours suivants, j'ai épluché cet incroyable dossier, un millier d'hommes ou plus décrits avec la plus grande minutie sur des fiches standardisées : leur origine, leurs études, leur vie passée. Il y avait quelque chose de totalement surréaliste à étudier le CV de tous ces anonymes qui s'étaient masturbés dans une éprouvette pour devenir le père d'un enfant qu'ils ne connaîtraient jamais. De mon enfant.

Au final, j'ai retenu quatre candidats dont j'ai scanné les fiches pour les envoyer à Ruth. De Brooklyn, elle m'a indiqué par e-mail sa préférence, la même que la mienne : Michael P., trente-trois ans, titulaire d'un doctorat de l'université de Chicago, auteur publié, pratiquant régulièrement plusieurs sports, mentionnant dans ses principaux hobbys le cinéma, la musique classique et le jeu d'échecs.

— Le côté « échecs », je ne suis pas sûre, a-t-elle relevé. Ça dénote une tendance à se prendre la tête… et à prendre celle des autres.

— On peut aimer les échecs sans se transformer en Bobby Fischer, Ruth ! Et j'aime bien l'aspect sportif-intello. En admettant que tout ça soit transmis à la prochaine génération, évidemment. Je vois bien ce qu'il y a d'absurde dans ma démarche : choisir le père de son enfant en cochant des cases comme en commandant dans un restaurant chinois, ce dim sum oui, celui-là non…

— Et si tu te retrouves enceinte, vin de prune offert !

— Si je me retrouve enceinte, ce sera un miracle.

— Tu l'as déjà eu ton miracle cette année, chérie : revenir du Sahara vivante.

— Justement ! Pourquoi le sort me sourirait-il encore ?

Mais il l'a fait, après trois sollicitations de ma part. J'aurais du mal à décrire l'intense sensation de solitude qui vous étreint quand vous êtes étendue sur un lit d'examen, les jambes écartées, suspendues dans des étriers et qu'une infirmière s'approche avec une pipette contenant le sperme du donneur que vous avez choisi. Quelle froideur et quelle radicale modernité : plus besoin d'établir un premier contact. Plus besoin de cette valse-hésitation, « vais-je ou non sauter le pas et coucher avec un presque inconnu ? ». Plus d'interrogations et d'espoirs quant à une possible vie commune. Plus de décisions à prendre ensemble. Plus besoin de déterminer si votre conjoint souhaite vraiment avoir un enfant, ou s'il ne parvient simplement pas à dire ce qu'il désire réellement… Pourtant, je ne doutais pas un instant de faire le bon choix : j'étais trop fragile sur le plan émotionnel, trop réticente à me risquer dans une nouvelle relation, et trop pressée par le temps. Un jour, peut-être, je serais à nouveau prête à m'engager. Assurément, pas maintenant.

La première insémination ayant échoué, j'ai attendu quatre semaines avant de me prêter au même étrange processus. Quinze jours plus tard, j'ai accueilli mes règles avec une déception qui frisait le désespoir. Plus entêtée que jamais, cependant, j'ai décidé de disputer un troisième round et cette fois… Au bout de deux jours de retard dans mon cycle menstruel, j'ai acheté le test de grossesse pharmaceutique. Positif. J'en ai refait un cinq jours plus tard, pour être sûre. Positif. Encore une semaine et Sally Hart, après m'avoir confirmé la grande nouvelle, m'a serrée chaleureusement dans ses bras après la consultation.

— C'était votre rêve depuis si longtemps…

Et la plupart des rêves, il n'y a que vous qui puissiez les réaliser. Personne d'autre. C'est un peu comme le bonheur : on ne peut jamais compter sur quiconque pour parvenir à cet état auquel on parvient maintes fois sans l'avoir planifié. En fin de compte, être heureux – ou ne pas l'être – ne tient qu'à nous, et à nous seul.

Les trois premiers mois, seule Ruth – et, bien sûr, mon médecin – était dans la confidence, mais une fois passé le risque d'une fausse couche je me suis dit qu'il était temps d'apprendre à Morton et à mon équipe que je serais bientôt mère. Et que j'avais l'intention de prendre une année de congé après la naissance. Parce que, alors, je ne serais plus seule, probablement pour la première fois de ma vie.

J'ai dû toutefois retarder mon annonce de quelques jours, car j'ai été appelée à New York par des affaires urgentes relatives à mon mari disparu-présumé-décédé. Une semaine auparavant, son galeriste, Jasper Pirnie, m'avait téléphoné pour me dire qu'il avait appris sur Internet la disparition de Paul et qu'il s'excusait de ne pas m'avoir contactée plus tôt.

— Je ne vais pas vous raconter que j'étais trop occupé et autres balivernes, a-t-il commencé. Je regrette d'être resté silencieux tout ce temps mais j'ai aujourd'hui une bonne raison de vous appeler : j'ai des nouvelles intéressantes pour vous.

Et de m'expliquer que l'un de ses clients réguliers, un richissime entrepreneur coréen, était tombé amoureux de l'un des premiers dessins de Paul exposés à la galerie lors d'un récent passage à New York, une vue de l'océan chargé de nuages sur une plage du Maine.

— Quand il m'a demandé le prix, j'ai dit vingt-deux mille dollars et il a accepté sur-le-champ ! Donc, bravo, vous allez recevoir cinquante pour cent de cette somme.

— Non, je…

— Je veux dire que cet argent sera versé au fonds d'héritage de Paul. Mais plus important encore : ce gentleman est un collectionneur acharné. Il a montré son acquisition à d'autres amateurs d'art tout aussi fortunés dès son retour à Séoul et les œuvres de Paul Leuen sont désormais très cotées là-bas. Donc, je voulais savoir si par hasard vous…

Comprenant aussitôt où il voulait en venir, je lui ai parlé du carnet que Paul avait laissé avant de disparaître et j'ai tenté de lui décrire la qualité exceptionnelle de son travail à Essaouira. Quand j'ai eu terminé, j'ai senti que son instinct de marchand d'art était éveillé.

— Eh bien… vous serait-il possible de me les envoyer par FedEx, en urgent ? a-t-il dit, cachant non sans mal son excitation.

Auparavant, j'avais mis sur pied avec Morton un cadre légal permettant de gérer les futures ventes des œuvres de Paul : un fonds de placement à son nom qui me reviendrait au bout des sept ans après lesquels il serait officiellement déclaré décédé s'il ne réapparaissait pas. Nous pensions alors qu'il s'agirait de quelques milliers de dollars au plus, mais lorsque Jasper m'a rappelée trois jours après il ne cherchait plus à déguiser son enthousiasme :

— C'est un trésor que vous nous avez donné,

Robyn ! La maîtrise de l'artiste est en effet absolument remarquable ici, et j'ose ajouter que les circonstances tragiques qui entourent cette série vont rendre l'intérêt de la critique encore plus vif. Nous allons monter une exposition des dessins d'Essaouira mais je peux déjà vous assurer que leur valeur marchande sera nettement plus élevée que par le passé.

— C'est-à-dire ?

— Sans trop m'avancer, et bien entendu il y a tout un travail de préparation des médias à faire, je pense que… quarante mille le dessin ne serait pas excessif.

J'ai sursauté. Cinquante dessins à quarante mille dollars pièce, cela représentait deux millions ! Dont la moitié irait au fonds de placement Paul Leuen.

— Impressionnant, ai-je murmuré.

— Est-ce que vous auriez encore d'autres œuvres de Paul ?

— Il doit rester au moins soixante ou soixante-dix dessins et eaux-fortes dans son atelier, ici.

— Pourriez-vous les emballer et nous les expédier rapidement ? C'est très important. Et pourriez-vous venir me voir à New York la semaine prochaine ?

J'avais déjà ouvert l'agenda sur mon iPhone pour vérifier mes engagements dans les prochains jours.

— Jeudi me conviendrait.

À mon arrivée à Manhattan le jeudi après-midi, j'avais déjà engagé un avocat new-yorkais sélectionné par Morton. En plus de déménager et de constituer un plan d'épargne solide pour l'enfant que je portais, j'avais décidé d'honorer la volonté de Paul en achetant un appartement à sa fille au Maroc, à cette différence près que je me passerais des services de Ben Hassan, cette fois. Mais s'il était facile de se projeter dans l'avenir, je devais encore vérifier si l'optimisme de Jasper était réaliste.

Quand la voiture avec chauffeur qu'il m'avait envoyée à l'aéroport de La Guardia a émergé du tunnel de Midtown et que j'ai eu toute la majesté verticale de Manhattan devant moi, une pensée m'a assaillie : ce qui allait advenir maintenant de Paul Leuen. Cet hommage posthume à un grand artiste était le rêve qu'il avait caressé sans jamais le poursuivre avec l'obstination nécessaire. Il était incroyablement doué, certes, mais il lui avait manqué le talent d'accepter son talent. Et pour cela, pour ne pas avoir eu cet indispensable ingrédient, il avait été l'incarnation de l'une des grandes contradictions de la condition humaine : être son pire ennemi.

Jasper m'avait réservé une chambre dans un hôtel-boutique ultraraffiné près de sa galerie. Une bouteille de champagne m'attendait dans ma suite au décor minimaliste chic, et puisque je ne pouvais pas boire d'alcool, je la donnerais à Ruth. Devant le grandiose panorama urbain que m'offraient les immenses baies vitrées, je pensais toujours à Paul. Il aurait dû être là à se réjouir de voir le succès se présenter enfin après des années et des années à accepter en silence que la reconnaissance de la critique et du public, si méritée ait-elle été, se dérobe à lui. Il aurait pu maintenant entrer en fanfare par la grande porte qui lui était restée si longtemps fermée. Au lieu d'être avec moi, dans cette chambre, il était perdu dans l'immensité du Sahara. Il avait voulu fuir, et le désert infini l'avait happé.

Sentant les larmes me brûler les yeux, je suis allée me passer de l'eau sur le visage. J'ai retouché mon fond de teint, j'ai repris ma veste en cuir et je suis sortie. La galerie de Jasper se trouvait dans le quartier ultrabranché du Meatpacking District, à quelques mètres seulement de l'hôtel, de l'autre côté du carrefour. Et c'est là que je l'ai vu, tandis que, perdue dans mes pensées, j'attendais que le feu passe au vert. Sur le trottoir opposé. Une chemise blanche, un pantalon en toile, ses cheveux poivre et sel lâchés sur les épaules. Sous le choc, je me suis répété en silence : Ce n'est pas lui, ce ne peut pas être lui ! J'ai cligné les yeux, focalisant mon regard sur l'homme en face de moi. La cinquantaine, un mètre quatre-vingt-quinze ou plus, un carnet de croquis dans une main, l'un de ces gros crayons français que je connaissais si bien dans l'autre. Le prénom, le cri, est sorti tout seul :

— Paul !

Il s'est tourné vers moi. Il m'a souri. Heureux de me voir.

Un taxi surgi de nulle part est passé à toute vitesse entre nous, deux secondes seulement. Après, Paul n'était plus là. Je suis restée à regarder en tous sens. Aucun signe de lui. J'ai traversé la rue à toutes jambes, pensant qu'il s'était rué dans une boutique ou un immeuble. J'ai à nouveau ratissé la zone du regard, puis je suis retournée à l'hôtel en courant, au cas où il aurait franchi la chaussée derrière le taxi.

À moins qu'il se soit réfugié dans la galerie. Je m'y suis précipitée, à bout de souffle. La jeune femme au comptoir de réception avait des lunettes à la dernière mode et un air de Mlle Je-sais-tout.

— Est-ce que quelqu'un vient d'entrer ici ? ai-je lancé, haletante.

Elle m'a jaugée avec un détachement ironique.

— À moins que ce soit un fantôme, non.

— Il… j'ai rendez-vous avec Jasper.

— Vraiment ? a-t-elle fait, incrédule.

Quand je me suis nommée, pourtant, elle a radicalement changé d'attitude. Rougissant, elle m'a dit que j'étais attendue et que si je voulais bien passer…

— Un instant.

Je suis retournée dehors, persuadée que j'allais le trouver là, sur le trottoir. Souriant. Heureux de me voir, prêt à célébrer la bonne fortune qui était la sienne, la nôtre. En ce début de soirée, la rue était animée, mais il n'y avait aucune trace de sa haute silhouette. J'ai scruté les alentours à gauche, à droite, devant, derrière. Une minute auparavant, il avait été là, et maintenant… retour au néant.

Ce n'était ni du délire, ni une apparition. Ni un mirage. Il avait été là. Je l'avais vu, de mes yeux grands ouverts.

Mais ouvrons-nous jamais vraiment les yeux ?

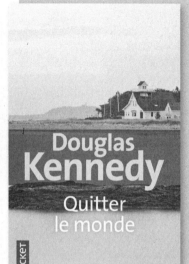

« L'un des
meilleurs romans
de cet écrivain
américain. »

François Busnel,
L'Express

Douglas KENNEDY
QUITTER
LE MONDE

« Je ne me marierai jamais et je n'aurai jamais d'enfants. » Lorsqu'elle prononce cet arrêt, Jane a 13 ans. Le lendemain matin, son père fait ses valises. Hasard ? Coïncidence ? Toute sa vie, Jane s'en mordra les doigts.

De Harvard à Boston, des belles lettres aux manipulations boursières, tout ce qu'elle touche se dérobe. Et lorsque, enfin, la vie lui fait un cadeau, c'est pour le lui reprendre aussitôt. Alors Jane n'a qu'une obsession : fuir, n'importe où, hors du monde.

Retrouvez toute l'actualité de Pocket sur :
www.pocket.fr

POCKET N° 14020

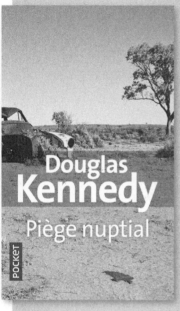

« C'est *Fantasia chez les ploucs* version kangourous. Haletant et hilarant. »

Alexis Liebaert,
Marianne

Douglas KENNEDY
PIÈGE NUPTIAL

Quelques règles élémentaires de survie dans le bush australien :

1) Ne jamais conduire en pleine nuit sur une route déserte : un kangourou se ferait une joie de défoncer votre pare-chocs.

2) Ne jamais céder aux charmes d'une auto-stoppeuse du cru.

3) Et ne jamais se laisser droguer, enlever et épouser par ladite autochtone.

Dans son village, en effet, le divorce n'est pas autorisé. Mais le nombre de veuves y est impressionnant...

*Cet ouvrage a été composé et mis en page
par Nord Compo à Villeneuve-d'Ascq*

Imprimé en France par **CPI**
en avril 2018
N° d'impression : 3026615

POCKET – 12, avenue d'Italie – 75627 Paris Cedex 13

Dépôt légal : octobre 2016
Suite du premier tirage : mai 2018
S26525/07